EDITION SF

Herausgegeben von
Klaus-Dietrich Petersen

Inhalt

Vorbemerkung

Seit 1960 kann der deutsche Leser Science Fiction-Romane und -Kurzgeschichtenbände aus einem ständig anwachsenden Taschenbuch- und Buchangebot auswählen, und insbesondere in den letzten fünf Jahren war ein rapider Zuwachs an Neuerscheinungen zu verzeichnen. Es gibt heute so gut wie keinen wichtigen SF-Roman aus dem „Golden Age“ der Science Fiction und der Zeit danach, der nicht in einer deutschen Fassung erhältlich wäre. Etwas anders bestellt ist es auf dem Gebiet der Kurzgeschichte. Da sich im deutschen Sprachraum SF-Magazine schwertaten und Taschenbuch- und Buchanthologien vergleichsweise selten waren, blieben eine Reihe von guten Erzählungen bislang noch unübersetzt. Dennoch gilt auch hier, daß der größte Teil des wichtigsten Kurzgeschichtenmaterials — wenn auch auf eine Vielzahl von Publikationen verteilt — eine Übersetzung ins Deutsche erfahren hat.
Eines allerdings gab es bisher nicht: eine mehrbändige Anthologie mit der Zielsetzung, aus dem Fundus der besten SF-Kurzgeschichten der Welt jene zu einer Sammlung zu vereinigen, die in besonderer Weise zeittypisch, charakteristisch oder für die Entwicklung der Science Fiction von besonderer Bedeutung sind. Dieses Ziel haben wir uns bei der Zusammenstellung der **Science Fiction-Anthologie in 15 Bänden** gesteckt. Das Buch, das Sie jetzt in Händen halten, ist Teil dieses chronologisch angeordneten Werkes. Bitte beachten Sie, daß die einzelnen Bände zwar in sich chronologisch geordnet sind, aber im Erscheinungsmodus nicht zwingend von den Klassikern bis zur Moderne vorstoßen. Insgesamt sind 10 Bände zur angloamerikanischen Science Fiction (je einer zur SF der zwanziger sowie der dreißiger Jahre, je

zwei zur SF der vierziger, fünfziger, sechziger und siebziger Jahre) geplant. Drei weitere Bände widmen sich den Klassikern (ein Band angloamerikanische Klassiker, ein Band europäische Klassiker, ein Band deutsche Klassiker), zwei Bände schließlich sind der modernen europäischen beziehungsweise deutschen Science Fiction vorbehalten.
Zu den Intentionen der Herausgeber gehört es, ein Kernwerk der Science Fiction (für den Bereich der kürzeren Texte) zu schaffen, das dem Leser einen Überblick über die literarische Entwicklung des Genres bietet und die wichtigsten Autoren mit je einer Story vorstellt. Es soll dabei versucht werden, Story und Autor der Gesamtentwicklung zuzuordnen und nach Möglichkeit in einen zeitgenössischen Kontext zu setzen. Zugleich wird versucht, bei der Auswahl der Beiträge in jeder Hinsicht ein möglichst breites Spektrum zu wahren und im Zweifelsfalle eher zugunsten unübersetzten Materials zu entscheiden. Letzteres bedeutet: Entscheidend sind die eingangs genannten Kriterien. Stehen jedoch gemäß diesen Kriterien von einem Autor mehrere gleichwertige Stories zur Verfügung, wird meistens jene Story berücksichtigt, die im deutschen Sprachraum die unbekanntere ist. Es gibt allerdings Fälle, dies als Einschränkung, in denen der Name eines Autors so eng mit einer einzigen Story verbunden ist, daß ein solcher Dualismus nicht ignoriert werden kann.
Eine weitere Einschränkung muß an dieser Stelle erwähnt werden: Wir haben in der Regel darauf verzichtet, Kurzgeschichten in diese Sammlung aufzunehmen, die später zu Romanen erweitert wurden, weil wir davon ausgehen, daß in diesen Fällen die Romanfassung die endgültige, vom Urheber autorisierte Fassung ist, die nicht durch Früh- und Teilfassungen torpediert werden sollte.

Hans Joachim Alpers
Werner Fuchs

Einleitung

Die vierziger Jahre, vielzitiertes und oft beschworenes „Golden Age" der Science Fiction, waren auch nach objektiven Kriterien von nicht zu unterschätzender Wichtigkeit für die Entwicklung und Entfaltung des Genres. Vor dem Hintergrund eines konjunkturellen Aufschwungs nach der Depression der dreißiger Jahre begann in der Unterhaltungsindustrie eine neue Ära. Neue Medien wurden erkundet und erobert, Expansion in bisher kaum erahntem Maße wurde Wirklichkeit. Dies hatte auch entscheidende Auswirkungen auf die Entwicklung der Science Fiction. Im wesentlichen war es das Zusammentreffen von vier Faktoren, das einen günstigen Einfluß auf die Entwicklung der Science Fiction hatte:

1. Die allgemeine Marktsituation erlaubte die Expansion von bisher unterrepräsentierten Genres.
2. Der Konkurrenzdruck zwang zu Innovationen, zum Ausloten der Möglichkeiten, zur Hervorbringung des Besonderen, zur Differenzierung.
3. Science Fiction traf bei Lesern und Autoren auf eine Aufbruchstimmung, auf die Bereitschaft, sich mit dem Genre weiterzuentwickeln.
4. Mit John W. Campbell jr., dem Redakteur des führenden SF-Magazins **„Astounding Science Fiction"**, stand ein Mann zur Verfügung, der innovativ war, handeln, anleiten und urteilen konnte, in gewisser Weise besessen war und eine Vision von den Möglichkeiten der Science Fiction hatte, ein Ziehvater, Ideenlieferant und Arbiter elegantiarum in einer Person.

Die frühen vierziger Jahre waren für die Science Fiction eine Zeit hektischer Aktivität. Das Universum war groß und literarisch unerforscht, der Optimismus der Autoren grenzenlos. Die Autoren der Campbell-Ära sahen den Menschen zum erstenmal als komische Spezies, als ein Wesen, dem durch die Anwendung von Wissenschaft und Technik die Tür zu den Sternen offenstand. Es war die Zeit der großen Abenteuer und der ersten großen Themenexplosion im Genre.

Bereits in der zweiten Hälfte der Dekade wurden einige Akzente anders gesetzt. 1945 geht der Zweite Weltkrieg zunächst in Europa, dann im Pazifik mit einem sinistren Paukenschlag zu Ende: Die USA werfen Atombomben auf Hiroshima und Nagasaki und zwingen Japan damit zum Frieden. Die Welt muß sich mit der Erkenntnis abfinden, daß eine Waffe existiert, deren Anwendung zum Ende aller Zivilisation oder sogar zur Vernichtung allen Lebens auf der Erde führen kann. Diese Erkenntnis allerdings wird sich in ihrer vollen Konsequenz erst allmählich in den Köpfen der Menschen verankern.

Die Nachkriegszeit in Amerika ist zwar nicht von der Not und dem Elend geprägt, wie dies in jenen europäischen Ländern der Fall ist, auf deren Boden der Krieg gewütet hat, aber eine goldene Zeit ist sie keineswegs. Die Arbeitslosigkeit macht sich breit, und unter dem neuen amerikanischen Präsidenten Truman und seinem Außenminister Dulles kommt es rasch zu einer Verhärtung dem einstigen Alliierten Sowjetunion gegenüber: Der kalte Krieg beginnt.

In der Science Fiction der frühen vierziger Jahre dominierten Autoren wie Robert A. Heinlein, Isaac Asimov und A. E. van Vogt. Zumindest in dieser Beziehung sollte sich nichts ändern, denn diese drei Autoren blieben die ganze Dekade hindurch führend und prägend für die Entwicklung der Science Fiction. Überhaupt unterscheidet sich die Situation im Genre zunächst nur wenig von der in den Jahren 1943 und 1944: Papierknappheit und der Mangel an Autoren — viele befanden sich im Krieg — hatten dazu geführt, daß von dem Magazinboom Anfang der vierziger Jahre nur die Magazine **„Amazing“**, **„Astounding“**, **„Famous Fantastic Mysteries“**, **„Fantastic Adventures“**, **„Planet Stories“**, **„Startling Stories“**

und **„Thrilling Wonder Stories“** zurückgeblieben waren. Auf den Seiten dieser Magazine hält das „Golden Age“ auch nach 1945 unverändert an. Weiterhin erscheint eine Vielzahl guter Geschichten, wenngleich die zweite Hälfte der vierziger Jahre insgesamt nicht mehr so spektakulär wie die erste Hälfte ist.

In der Science Fiction-Welt fühlt man sich durch den Beginn des Atomzeitalters zunächst einmal bestätigt. Dies gilt besonders für den Redakteur, die Autoren und die Leser von **„Astounding“**, wo der Enthusiasmus keine Grenzen kennt. Ausdruck findet dies auch in der abgedruckten Leserpost, obwohl Redakteur John W. Campbell jr. sich in seinem Optimismus von keinem übertreffen läßt. Als etwa ein Leser der Meinung Ausdruck gibt, nun werde der Mond ja wohl noch vor 1960 erreicht werden, wirft Campbell ihm vor, zu konservativ zu denken. Die Mondlandung werde bestimmt noch vor 1950 stattfinden. (Zum Vergleich: Nach dem Start des Sputnik im Jahre 1957 antwortete der deutsche Fernsehastronom und Vorgänger von Prof. Heinz Haber, Dr. Rudolf Kühn, auf die Frage nach dem Zeitpunkt einer möglichen Landung des Menschen auf dem Mond: „In diesem Jahrhundert nicht mehr!“)

Die optimistische Stimmung wandelt sich erst allmählich in der Folge des kalten Krieges. Mahnungen und düstere Zwischentöne kommen auf, finden auch und gerade Eingang in die Science Fiction.

Die Atombombe und die aus ihr resultierende Strahlung werden zum thematischen Schwerpunkt der Jahre 1947—1949. Die Mehrzahl dieser Stories beinhaltet allerdings noch eine positive Grundstimmung. So werden Mutanten- und Psi-Stories wie vom Fließband verfaßt, und fast immer spiegeln sie die Erregung der Autoren über die neuen Möglichkeiten wider. Es sind positive Mutationen, die durch das Einwirken radioaktiver Strahlung auf die menschlichen Gene entstehen. Während in der Realität bereits Krankheit, Deformation und Tod als Auswirkungen radioaktiver Strahlung diagnostiziert wurde, spekulierten die SF-Autoren vor allem über die verheißungsvolle Freisetzung übersinnlicher

Fähigkeiten. Zu den Stories und Romanen, in denen dieser Themenkreis aufgegriffen wird, gehören:

Rog Phillips: **„So Shall Ye Reap!"** (1946)
Theodore Sturgeon: **„Thunder and Roses"** (1947)
Raymond F. Jones: **„The Children's Hour"** (1947)
Poul Anderson/F. N. Waldrop: **„Tomorrow's Children"** (Andersons Erstling, 1947)
J. Russel Fearn: **„After the Atom"** (1948)
Judith Merril: **„That Only a Mother"** (1948)*
Wilmar H. Shiras: **„In Hiding"** (1948)*
Theodore Sturgeon: **„Prodigy"** (1949)

Gelegentlich — Theodore Sturgeon oder Judith Merril wären zu nennen — sind allerdings schon Geschichten dabei, in denen die Schattenseiten des Themas nicht verborgen bleiben. In späteren Jahren erweist sich die Bombe schließlich als jener Punkt, an dem die Science Fiction philosophisch umkippt, exemplarisch im Werk eines J. G. Ballard angelegt: Wissenschaft und Technik verlieren ihre Unschuld, die optimistische, ja himmelsstürmende Science Fiction, die das Heil der Menschheit allein in der Technologie sieht, hat fortan nicht nur einen unangenehmen Beigeschmack, sondern gilt sogar als naiv.
Kehren wir zu den SF-Magazinen der zweiten Halbdekade der vierziger Jahre zurück. **„Astounding"** ist noch immer der eindeutige Marktführer, obwohl der Starautor des Magazins, Robert A. Heinlein, inzwischen für **„Collier's"** und **„The Saturday Evening Post"** schreibt und Jugendbücher verfaßt. Lediglich sein Roman **„Gulf"** erscheint 1949 noch in **„Astounding"**. Dennoch hält Campbell weiterhin die Crème der Autoren um sich versammelt. Am ehesten machen ihm die beiden Pulp-Magazine **„Thrilling Wonder Stories"** und **„Startling Stories"** Konkurrenz. Hier gedieh die Farbigkeit und die Exotik. Unter Verzicht auf die strenge Logik und wissenschaftliche Argumentation, die Campbell seinen **„Astounding"**-Autoren abverlangte, blühte hier der „sense

* in diesem Band enthalten

of wonder" in seiner ältesten Ausprägung, wurde der Brückenschlag zur Fantasy versucht, wurden Subbereiche bis hin zu den Themenbereichen der klassischen Abenteuerliteratur ausgebaut oder neuentdeckt. Beiden Magazinen haftete vor dem Ende des Krieges ein Juvenile-Image an, aber unter dem neuen Redakteur Sam Merwin jr., der von 1945—1951 für die Auswahl des Materials verantwortlich zeichnete, kam es rasch zu einem Aufschwung. A. E. van Vogt veröffentlichte in **„TWS"** seinen Roman **„The Weapon Shops of Isher"**, James Blish **„Let the Finder Beware"** (später, 1952, auch **„Jack of Eagles")**, Jack Vance gab hier sein Debüt, und zu den weiteren Stammgästen gehörten Leigh Brackett, Henry Kuttner und auch Ray Bradbury. Im Schwestermagazin **„Startling Stories"** waren es im wesentlichen die gleichen Autorennamen, die für die besten Beiträge standen — vor allem das Autorenehepaar Kuttner/Moore verdient Erwähnung —, daneben zählten aber auch Fredric Brown (dessen Satire **„What Mad Universe"** hier erschien), Arthur C. Clarke **(„Against the Fall of Night";** später wurde daraus **„The City and the Stars")** und Charles L. Harness **(„Flight into Yesterday"**, späterer Titel **„The Paradox Men")** zu den Mitarbeitern. **„Thrilling Wonder Stories"**, insbesondere aber **„Startling Stories"**, wo es zum Prinzip wurde, pro Ausgabe einen Text von Kurzromanlänge zu präsentieren, boten den Autoren Gelegenheit, längere Texte zu veröffentlichen. Hierdurch wurden auf breiterer Front als bisher Storyautoren der Science Fiction an umfangreichere Texte herangeführt. Das Ergebnis war nicht nur ein Zuwachs an heute klassischen Kurzromanen und Romanen, sondern es wurden auch wichtige Voraussetzungen geschaffen, die es vielen Autoren später ermöglichten, als Romanautoren auf dem Taschenbuchmarkt Fuß zu fassen. Daß aber auch kurze Texte von hoher Qualität ihren Platz in diesen Magazinen hatten, beweist u. a. Ray Bradburys **„Kaleidoscope"**, 1949 in **„TWS"** erschienen, eine Story, die in Stil und Stimmung in besonderem Maße den Übergang von den vierziger zu den fünfziger Jahren verkörpert und deshalb auch uns als Schlußgeschichte und Überleitung in diesem Band dient.

Neben **„Astounding"**, **„Startling Stories"** und **„Thrilling Wonder Stories"** wollen wir uns hier darauf beschränken, nur noch auf ein Magazin hinzuweisen: **„Planet Stories"**. Auf Abenteuergeschichten spezialisiert, die auf anderen Welten spielen, erscheinen hier beispielsweise Leigh Bracketts Marsnovellen, aber auch ein Autor wie Ray Bradbury kommt zum Zuge: 1946 erscheint in **„Planet Stories"** mit **„The Million Year Picnic"** die erste Story aus dem Zyklus der berühmten Mars-Chroniken.
Das Golden Age hält für **„Astounding"** bis zum Jahre 1947 unvermindert an. Dann allerdings flacht die Kurve ein wenig ab. Wichtige Autoren brechen aus Campbells Stall aus, Campbells Philosophie in Sachen Science Fiction bekommt Risse, wirkt nicht mehr so scharf konturiert, Pseudowissenschaften halten gegen Ende des Jahrzehnts allmählich Einzug in die frühere Hochburg der exakten Wissenschaften.
Die Zeit nach dem Zweiten Weltkrieg erweist sich als ein gutes Pflaster für Irrationalismus jeder Art. Spinnerte Ideen tauchen auf, und ab 1947 grassiert die UFO-Seuche. Dies hat auch einen gewissen Einfluß auf die Science Fiction. Insbesondere Raymond Palmer, Redakteur von **„Amazing"**, frönt diesem Irrationalismus, indem er seinem Autor Richard S. Shaver viel Platz einräumt. Mit **„I Remember Lemuria"** und einer Vielzahl anderer Texte, die allgemein als „Shaver Mystery" bezeichnet werden, versuchte Shaver den Lesern einzureden, es gäbe tatsächlich in Höhlen unter der Erde degenerierte Abkömmlinge einer prähistorischen Superrasse. Seine Texte deklarierte er als Tatsachenberichte, als Aufzeichnung von Stimmen aus der Tiefe. Der Autor glaubte tatsächlich selbst an diesen Unfug, und in der Blütezeit des „Shaver Mystery" schaffte er es, nicht nur viele Leser nach seinen Verkündigungen süchtig zu machen, sondern viele müssen wie er allen Ernstes daran geglaubt haben (einige begannen sogar mit der Spitzhacke zu graben). Campbell verschloß sich solchen haarsträubenden Auswüchsen lange Zeit, zog aber schließlich mit L. Ron Hubbards **„Dianetics"**-Artikeln dann doch nach.
Der allmähliche Abstieg von **„Astounding"** wurde flankiert, zum Teil aber auch mit ausgelöst von einer verbesserten Marktlage

für die Science Fiction, die das Tief der Kriegsjahre und der unmittelbaren Nachkriegszeit vergessen ließ. Aus sieben bzw. acht Magazinen in den Jahren 1945 und 1946 waren 1947 bereits 11 geworden. 1948 waren 13 Magazine auf dem Markt, und 1949 steigerte sich diese Zahl auf 17. Auch in England gab es inzwischen SF-Magazine, 1946 allein sieben an der Zahl. Auf lange Sicht konnte sich von den englischen Magazinen aber nur **„New Worlds“** halten und es auf über 200 Ausgaben bringen. In den sechziger Jahren sollte dieses Magazin schließlich zur Keimzelle und Kinderstube der „New Wave“ werden und das Gesicht der Science Fiction entscheidend verändern helfen.
Zu den Besonderheiten der vierziger Jahre zählt auch die Tatsache, daß die Anzahl der weiblichen SF-Autoren zunahm. Zu C. L. Moore, die bereits im ersten Band zur Science Fiction der vierziger Jahre präsentiert wurde, gesellten sich Leigh Brackett, die ihrem Mann Edmond Hamilton einiges voraus hatte und atmosphärisch dichte, farbige Abenteuer schrieb, Edna Mayne Hull, die Gattin A. E. van Vogts, Judith Merril, Wilmar H. Shiras, Katherine MacLean, Margaret St. Clair und Andre Norton (wobei letztere erstmals 1947 in Erscheinung tritt, aber ihre eigentliche Karriere erst Anfang der fünfziger Jahre beginnt). Allerdings schrieben diese weiblichen Autoren Männer-SF; eine eigene Identität fanden die Frauen in der Science Fiction erst in den siebziger Jahren.
Folgende für das Genre wichtige Autoren begannen in der hier thematisierten zweiten Hälfte der vierziger Jahre ihre Autorenkariere:

1945: Jack Vance, Rog Phillips, Bryce Walton
1946: Arthur C. Clarke, William Tenn, Margaret St. Clair, David Duncan
1947: H. Beam Piper, T. L. Sherred, Alfred Coppel, Andre Norton, Poul Anderson
1948: E. Everett Evans, Judith Merril, Wilmar H. Shiras, Peter Phillips, Charles L. Harness
1949: John Christopher, Kris Neville, Roger Dee, Katherine MacLean, Jerome Bixby

Den Zugewinnen steht jedoch auch ein großer Verlust gegenüber: 1946 stirbt mit Herbert George Wells einer der Wegbereiter, Vordenker und größten Autoren der Science Fiction.
Der Markt für Science Fiction begann sich auch außerhalb der Magazinszene allmählich zu entfalten. Verlage wie Gnome, Press, Prime Press, Shasta, Fantasy Press — sämtlich von Fans gegründete Unternehmungen, die Magazin-SF als Hardcover nachdruckten — sowie Scribners (mit Jugendbüchern), Crown, und Random House (die beiden letzteren mit SF-Anthologien) verhalfen der Science Fiction zu vorsichtigen Schritten in ein neues Territorium. Einige berühmte, dickleibige Anthologien erblickten das Licht der Welt und wurden Grundstock für so manche Sammler-Bibliothek: Nach **„Portable Novels of Science Fiction“** (herausgegeben von Donald A. Wollheim) und Groff Conklins **„Best of SF“** (1946) erschienen **„Adventures in Time and Space“** (1946, Herausgeber: Raymond J. Healy und Francis McComas) und **„A Treasury of Science Fiction“** (1948, Herausgeber: Groff Conklin), und ab 1949 brachten die Herausgeber Everett F. Bleiler und T. E. Dikty jährlich Sammelbände mit den besten Stories des vorausgegangenen Jahres heraus. Im Bereich der Sekundärliteratur war mit Arthur Lloyd Eshbachs **„Of Worlds Beyond“** 1947 eine erste Aufarbeitung des Genres greifbar.
Was nun die vorliegende Anthologie angeht, so standen wir bei der Auswahl wie stets in solchen Fällen wieder einmal vor der Qual der Wahl. Eine Novelle fehlt hier, die wir aus Platzgründen nicht berücksichtigen konnten: T. L. Sherreds **„E for Effort“.** Es handelt sich hierbei unbedingt um einen wichtigen Klassiker der vierziger Jahre, obwohl der Autor sonst wenig Einfluß auf die Science Fiction ausgeübt hat. Die Länge der Geschichte in Relation zur Wertigkeit des Autors ließ uns dann schließlich zu einem Verzicht gelangen. Die folgenden Stories von Autoren, die in anderen Bänden dieser fünfzehnbändigen Anthologie berücksichtigt werden oder bereits wurden, wären unter anderen Umständen ebenfalls für diesen Band in Erwägung gezogen worden:

Fredric Brown: **„Placet Is a Crazy Place“** (1946)
Ray Bradbury: **„The Million Year Picnic“** (1946)
Jack Williamson: **„With Folded Hands“** (1947)
Theodore Sturgeon: **„Thunder and Roses“** (1947)
Charles L. Harness: **„Time Trap“** (1948)
James H. Schmitz: **„The Witches of Karres“** (1949)

Bleibt als abschließende Wertung der Science Fiction der vierziger Jahre: In dieser Dekade öffneten sich Türen zum SF-Wunderland, und so manches, was damals geschrieben wurde, hat heute durch nostalgische Gefühle des Lesers eine zusätzliche Dimension erhalten. Alles in allem brachten die vierziger Jahre der Science Fiction eine Handvoll wichtiger Romane und Serien und viele gute Geschichten, aber im stilistischen Vergleich schneidet die SF jener Jahre mit der SF der fünfziger Jahre eindeutig schlechter ab. Eine Aussage von Isaac Asimov, wonach er bis Ende 1949 etwa 12000 Dollar mit seiner Science Fiction verdient hatte, vermag vielleicht den Kern bloßzulegen: 12000 Dollar für zehn Jahre Arbeit, 43 Stories und zwei Magazinromane eines der prominentesten Autoren der Science Fiction. Die Science Fiction vermochte ihre Autoren kaum zu ernähren. Wer über die Runden kommen wollte, mußte schnell und viel produzieren. Wenn sich auch aus diesem Umfeld einige große Autoren entwickelten, so fehlte es letztlich doch an Breite.

Hamburg/Erkrath, im September 1982

Hans Joachim Alpers
Werner Fuchs

1945

Murray Leinster

Erstkontakt

(First Contact)

A. Bertram Chandler

Shrick, der Riesentöter

(Giant Killer)

1945...

Der Zweite Weltkrieg geht zu Ende. Am 9.5. um 00.01 Uhr tritt die deutsche Gesamtkapitulation in Kraft. Hitler, Goebbels, Himmler und Ley begehen Selbstmord, Goebbels hat zuvor noch seine sechs Kinder getötet. In Italien wird Benito Mussolini von antifaschistischen Partisanen erschossen. Dresden, Würzburg, Paderborn, Hildesheim, Münster und Potsdam sind von schweren Luftangriffen zerstört. Die schon auf der Konferenz von Jalta zwischen Roosevelt, Churchill und Stalin beschlossene Aufteilung Deutschlands in Besatzungszonen beginnt. In San Francisco werden die UN (United Nations) gegründet. Die USA lassen über Hiroshima und Nagasaki Atombomben abwerfen, die unvorstellbare Verheerungen anrichten. Auf nur 17 qkm Fläche sterben 110000 Menschen, die Zahl der Verwundeten ist ebensogroß. Gesamtbilanz des Zweiten Weltkrieges: 30 Millionen getötete Zivilisten, 10 Millionen getötete Soldaten; allein in den nationalsozialistischen Konzentrationslagern sind etwa 5,7 Millionen Juden ermordet worden. Pro Kriegstag wurden etwa 2500 Deutsche getötet oder verwundet. Millionen Flüchtlinge und Heimatvertriebene durchirren Europa. Der Physik-Nobelpreis wird dem Österreicher W. Pauli für Atomforschung zugesprochen. Die 24zylindrige Rotationspresse kann 1200000 achtseitige Zeitungen in einer Stunde drucken. J. Stebbins und A. E. Whitford weisen mittels seiner Ultrarotstrahlung das optisch unsichtbare Zentrum der Milchstraße nach. Zwischen Monarchisten und Kommunisten bricht in Griechenland ein Bürgerkrieg aus. Die Arabische Liga wird in Kairo gegründet. Ho Chi Minh wird Präsident der Republik Vietnam. Seit 1943 sind in den USA bereits über eine Milliarde Comic-Hefte verkauft worden. Es sterben der Dichter Franz Werfel, die Lyrikerin Else Lasker-Schüler, der Philosoph Ernst Cassirer der Vererbungsforscher Th. H. Morgan und der amerikanische Präsident Franklin Delano Roosevelt. John Steinbeck veröffentlicht „Die Straße der Ölsardinen". Der aus Moskau kommende Wilhelm Piek reorganisiert die KPD. In Großbritannien gewinnt die Labour-Party die Wahlen und nimmt ein Sozialisie-

rungsprogramm in Angriff, Churchill muß in die Opposition. Der „Be-bop"-Jazz wird modern. Die Dreharbeiten zu Gershwins „Rhapsody in Blue" werden vollendet.

Murray Leinster

Erstkontakt

(First Contact)

William Fitzgerald Jenkins, alias Murray Leinster, wurde 1896 geboren und starb 1975. Von Kritikern und Kollegen wurde er oft „the dean of science fiction" genannt, der Dekan der SF, denn er konnte auf eine der längsten Schriftstellerkarrieren innerhalb des Genres zurückblicken. Begonnen hatte sie 1919 mit der Story ***„The Runaway Skyscraper"*** *in* ***„Argosy",*** *und selbst in den späten sechziger Jahren wurden noch Romane von ihm publiziert, meist Remakes älterer Texte. Er hatte also ein Jahrzehnt vor den ältesten, in den sechziger Jahren noch aktiven SF-Autoren zu schreiben begonnen, was ihn unter seinen Kollegen zu einer Art Vaterfigur werden ließ und ihm seinen Beinamen bescherte. Leister war ein sehr fleißiger Autor, er verfaßte Hunderte von Erzählungen und Kurzromane, von denen auch viele bei uns erschienen, der Löwenanteil als Heftromane. Bekannt wurden* ***„The Forgotten Planet"*** *(1954,* ***„Der vergessene Planet"****), ein sehr exotischer Roman, der eine Zusammenfassung dreier Novellen darstellt, die zwischen 1920 und 1953 erschienen, und der Episodenroman* ***„Colonial Survey"*** *(1956, anderer Titel:* ***The Planet Explorer"****, dt.:* ***„Der Planeten-Inspektor"****), aus dem die Story* ***„Exploration Team"*** *1956 den Hugo-Gernsback-Award gewann.*

Alles in allem war Leinster ein solider Unterhaltungsautor, echte Höhepunkte und Innovationen fehlten in seinem Werk. Mit ***„Sidewise in Time"*** *(1934) wird ihm zwar die erste Parallelweltenstory zugeschrieben, ansonsten passen aber viele seiner Texte in die* *unimaginative SF der dreißiger Jahre mit ihren schablonenhaften Plots. Dennoch konnte er sich in der Campbell-Ära der neuen Richtung anpassen. Seine beste Zeit war das Jahrzehnt nach dem Zweiten Weltkrieg, und hier stand ganz am Anfang seine berühmteste Geschichte* ***„First Contact“****. Diese Story, im Mai 1945 in* **„Astounding“** *erschienen, wurde zu einem Klassiker der SF und in die Anthologie* ***„Science Fiction Hall of Fame“*** *aufgenommen, die die besten Erzählungen vor 1965 präsentiert. Ihr Thema ist das Zusammentreffen der Menschen mit außerirdischen Lebewesen und den sich daraus ergebenden Problemen, die Leinster mit Witz löst. Die Grundtendenz des sich gegenseitigen Belauerns und Mißtrauens der beiden Spezies war für den russischen SF-Autor Iwan Jefremov ein Stein des Anstoßes: Er schrieb mit* ***„Das Herz der Schlange“*** *ein Anti-****„First Contact“****.*

Tommy Dort kam mit seinem letzten Paar Stereofotos in den Kapitänsraum und sagte:
„Ich bin durch, Sir. Das sind die letzten beiden Bilder, die ich aufnehmen kann."
Er reichte dem Kapitän die Fotografien und betrachtete mit beruflichem Interesse die Bildschirme, die den gesamten Raum außerhalb des Schiffes zeigten. Gedämpftes, tiefrotes Licht kennzeichnete die Kontrollen und diejenigen Instrumente, die der diensttuende Navigator für die Steuerung des Raumschiffs *Llanvabon* brauchte. Davor stand ein dick gepolsterter Sessel. In merkwürdigen Winkeln angeordnete kleine Spiegel erinnerten ein wenig an die Rückspiegel der Motorfahrzeuge aus dem zwanzigsten Jahrhundert. Sie ermöglichten es, alle Bildschirme im Blick zu behalten, ohne den Kopf zu wenden. Und da waren die großen Bildschirme, die ein sehr viel eindrucksvolleres Bild des Weltraums vermittelten.
Die *Llanvabon* war weit von zu Hause weg. Die Schirme, die jeden sichtbaren Stern erfaßten und auf jede beliebige Vergrößerung einzustellen waren, porträtierten Sterne in allen Abstufungen der Leuchtkraft, die sich nur vorstellen ließ, und in den überraschend unterschiedlichen Farben, die sie außerhalb einer Atmosphäre haben. Aber jeder einzelne war fremd. Nur zwei Konstellationen, die man von der Erde aus sehen konnte, waren wiederzuerkennen, und sie waren zusammengeschrumpft und verzerrt. Die Milchstraße schien irgendwie von der Stelle gerückt zu sein. Aber alle diese Merkwürdigkeiten waren nichts, verglichen mit dem Bild auf den Bugschirmen.
Voraus lag ein weites, weites Nebelfeld. Es leuchtete. Es schien unbeweglich zu sein. Lange Zeit verging, bis man anhand der Bildschirme bemerkte, daß man ihm näher kam, obwohl der Tachometer bewies, daß das Schiff mit unglaublicher Geschwindigkeit vorwärtsschoß. Der Nebel war der Krabbennebel, sechs Lichtjahre lang, dreieinhalb Lichtjahre breit, mit nach außen reichenden Gliedern, die ihm in den Teleskopen der Erde Ähnlichkeit mit dem Geschöpf verliehen, nach dem es benannt worden war. Er war eine Wolke aus ganz fein verteiltem Gas, die den ein-

einhalbfachen Raum der Entfernung zwischen Sol und ihrer nächsten Nachbarsonne einnahm. Tief in ihrem Inneren brannten zwei Sterne; ein Doppelstern, der eine in dem vertrauten Gelb der irdischen Sonne, der andere in einem unheimlichen Weiß.
Tommy Dort fragte nachdenklich:
„Wir halten auf eine Tiefe zu, nicht wahr, Sir?"
Der Kapitän studierte die beiden letzten von Tommy belichteten Platten und legte sie zur Seite. Er widmete sich wieder der Betrachtung der Bildschirme, und er machte sich Sorgen. Die *Llanvabon* bremste mit voller Kraft. Sie war nicht weiter als ein halbes Lichtjahr von dem Nebel entfernt. Tommys Aufgabe war es gewesen, den Kurs des Schiffes zu bestimmen, aber die Arbeit war jetzt getan. Solange sich das Erkundungsschiff in dem Nebel aufhielt, konnte Tommy Dort faulenzen. Doch er hatte sich schon jetzt sein Geld mehr als verdient.
Er hatte soeben eine einmalige Fotoserie beendet — eine vollständige Dokumentation über die Bewegungen eines Nebels während einer Zeitdauer von viertausend Jahren, aufgenommen von ein und demselben Menschen und mit demselben Apparat. Dazu kamen Kontrollaufnahmen, durch die jeder systematische Fehler sofort aufgedeckt worden wäre. Schon das allein wäre die Reise von der Erde wert gewesen. Aber zusätzlich hatte Tommy auch noch viertausend Jahre der Geschichte des Doppelsterns fotografiert und viertausend Jahre der Geschichte eines Sterns, der zu einem weißen Zwerg degenerierte.
Nicht etwa, daß Tommy Dort viertausend Jahre alt gewesen wäre. Er war in den Zwanzigern. Aber der Krabbennebel ist viertausend Lichtjahre von der Erde entfernt, und die beiden letzten Fotos waren mit einem Licht aufgenommen worden, das die Erde nicht vor dem 6. Jahrtausend nach Christi Geburt erreichen würde. Auf dem Weg nach hier — bei einer Geschwindigkeit, die ein unglaublich Vielfaches der des Lichts betrug — hatte Tommy Dort jeden Aspekt des Nebels mit immer jüngerem Licht im Bild festgehalten, angefangen von den Strahlen, die den Krabbennebel vor viertausend Jahren verlassen hatten bis zu jenen, die kaum sechs Monate unterwegs waren.

Die *Llanvabon* pflügte durch den Raum. Langsam, langsam, langsam kroch der leuchtende Nebel über die Bildschirme. Er verdeckte die Sicht auf das halbe Universum. Vor dem Schiff lag leuchtender Dunst, und hinter ihm lag mit Sternen besetzte Leere. Der Nebel löschte drei Viertel aller Sterne aus. Nur die hellsten schimmerten nahe seinem Rand durch ihn hindurch, aber es waren wenige. Dann war achtern nur noch ein unregelmäßig geformter Fleck Dunkelheit, vor dem nicht glitzernde Sterne schienen. Die *Llanvabon* tauchte in den Nebel ein, und es hatte den Anschein, als bohre sie einen Tunnel der Dunkelheit mit leuchtenden Wänden.

Und das war auch genau das, was das Raumschiff tat. Die aus der größten Ferne aufgenommenen Fotografien hatten gezeigt, daß der Nebel strukturiert war. Er war nicht amorph. Er hatte Form. Je näher ihm die *Llanvabon* kam, desto deutlicher wurden die Strukturen, und Tommy Dort hatte sich aus beruflichen Gründen für eine kurvenförmige Annäherung ausgesprochen. So war das Raumschiff auf einer weiten logarithmischen Bahn auf den Nebel zugeflogen, und Tommy war imstande gewesen, eine Reihe von Bildern aus leicht voneinander abweichenden Winkeln zu machen und Stereo-Paare herzustellen, die den Nebel dreidimensional zeigten. Sie enthüllten Wellen und Hohlräume und im ganzen eine sehr komplizierte Gliederung.

An manchen Stellen hatte der Nebel Windungen wie die eines menschlichen Gehirns. Nun stürzte sich das Raumschiff in einen dieser Hohlräume. Sie hatten sie „Tiefen“ genannt, analog zu den Tiefen im Meeresboden. Und sie versprachen, ihnen von Nutzen zu sein.

Der Kapitän entspannte sich. Heutzutage ist eine der Aufgaben eines Kapitäns, nach Dingen zu suchen, über die er sich Sorgen machen kann, und sich dann auch Sorgen darüber zu machen. Der Kapitän der *Llanvabon* war gewissenhaft. Erst als feststand, daß ein bestimmtes Instrument nichts mehr registrierte, lehnte er sich in seinem Sessel zurück.

„Es war nicht ganz ausgeschlossen“, gestand er erleichtert, „daß es sich bei diesen Tiefen um nichtleuchtendes Gas handelte.

Aber sie sind leer. Deshalb können wir weiter den Überlichtantrieb benutzen, solange wir uns in ihnen befinden."
Vom Rand des Nebels bis in die Nachbarschaft des Doppelsterns, der sein Herz bildete, war es eine Strecke von eineinhalb Lichtjahren. Das war das Problem. Ein Nebel besteht aus Gas. Es ist so dünn, daß ein Kometenschweif im Vergleich dazu aus fester Materie ist. Ein Schiff, das mit Überlichtgeschwindigkeit fliegt, darf jedoch nicht einmal auf hartes Vakuum stoßen. Es braucht absolute Leere, wie sie zwischen den Sternen besteht. Aber die *Llanvabon* konnte in diesem riesigen Nebel nicht viel tun, wenn sie sich auf die Geschwindigkeiten beschränken mußte, die ein hartes Vakuum noch zuließ.
Das Leuchten schien sich hinter dem Raumschiff, das immer stärker abbremste, zu schließen. Der Überlichtantrieb schaltete sich aus, und wie immer überlief jedes menschliche Wesen das damit verbundene Vibrieren jeder Körperfaser.
Unmittelbar darauf gellten die Alarmklingeln durch das ganze Schiff. Tommy wurde beinahe taub von der im Kapitänsraum, bevor der Navigator sie mit einer schnellen Handbewegung abstellte. Aber die anderen Klingeln im Schiff waren immer noch zu hören. Dann verstummten sie nach und nach, als sich ein automatisches Schott nach dem anderen schloß.
Tommy Dort sah den Kapitän an. Der Kapitän ballte die Hände zu Fäusten. Er war aufgestanden und starrte dem Navigator über die Schulter. Ein Anzeigegerät benahm sich, als habe es Krämpfe. Andere mühten sich ab, das, was sie aufnahmen, in Werte umzusetzen. Ein Fleck inmitten des diffusen Leuchtens auf dem Bugschirm wurde heller, als sich die automatische Kamera darauf einstellte. Das war die Richtung des Objekts, das den Kollisionsalarm ausgelöst hatte. Doch der Massetaster hatte nur von einem festen Objekt zu berichten, und das war mehr als 80000 Meilen entfernt und nicht besonders groß. Allerdings gab es da noch ein Objekt, und dessen Entfernung variierte zwischen Unendlich und Null, und seine Größe schwoll auf ebenso unglaubliche Weise an und ab.
„Vergrößerung!" befahl der Kapitän.

Der Bildschirm wurde dann auf eine wesentlich stärkere Vergrößerung geschaltet.
Aber nichts war darauf zu sehen. Absolut nichts. Und doch bestand das Echolot darauf, irgend etwas sehr Großes und Unsichtbares raste immer wieder auf die *Llanvabon* zu, und zwar mit einer Geschwindigkeit, bei der ein Zusammenstoß unvermeidlich schien. Doch dann zog es sich feige ebenso wieder zurück, wie es gekommen war.
Die maximale Vergrößerung war erreicht. Immer noch erschien kein Bild. Der Kapitän war offensichtlich verwirrt. Tommy Dort meinte: „Wissen Sie, Sir, ich habe etwas Ähnliches einmal auf einem Linienschiff der Erde-Mars-Route gesehen, als wir von einem anderen Schiff lokalisiert wurden. Sein Suchstrahl hatte die gleiche Frequenz wie der unsere, und jedesmal, wenn die beiden sich trafen, registrierten die Instrumente einen gewaltigen festen Körper."
„Und genau das geschieht gerade jetzt", antwortete der Kapitän heftig. „Auf uns ruht eine Art Suchstrahl. Wir empfangen diesen Strahl und außerdem unser eigenes Echo. Aber das andere Schiff ist unsichtbar! Wer sitzt hier draußen in einem mit Suchstrahlen ausgerüsteten unsichtbaren Schiff? Ganz bestimmt keine Menschen!"
Er drückte den Knopf seines Armband-Kommunikators und befahl: „Kampfstationen besetzen! Höchste Alarmstufe in allen Abteilungen!"
Seine Hände öffneten und schlossen sich. Wieder starrte er auf den Bildschirm, der nichts als eine formlose Helligkeit zeigte.
„Keine Menschen?" Tommy Dort richtete sich mit einem Ruck auf. „Sie meinen..."
„Wie viele Sonnensysteme gibt es in unserer Galaxis?" fragte der Kapitän erregt. „Wie viele Planeten können Leben tragen? Und wie viele Arten von Leben kann es geben? Wenn dies Schiff nicht von der Erde ist — und das kann es gar nicht sein —, dann hat es eine Crew, die nicht menschlich ist. Und Wesen, die nicht menschlich sind, aber einen Zivilisationsstand erreicht haben, der ihnen Raumreisen erlaubt, können alles bedeuten!"

Es war deutlich zu sehen, daß die Hände des Kapitäns zitterten. Vor einem Mitglied seiner eigenen Crew hätte er nicht so offen gesprochen, aber Tommy Dort war vom Beobachtungsstab. Und selbst ein Kapitän, zu dessen Pflichten es gehört, sich Sorgen zu machen, hat es manchmal verzweifelt nötig, seine Sorgen abzuladen. Zuweilen hilft es auch, wenn man laut denken kann.
„Seit Jahren ist über so etwas geredet und spekuliert worden", sagte er leise. „Mathematisch gesprochen, gibt es mit an Sicherheit grenzender Wahrscheinlichkeit irgendwo in unserer Galaxis eine andere Rasse, deren Zivilisation der unsrigen gleicht oder sie übertrifft. Niemand hat jemals abschätzen können, wo oder wann wir diesen Wesen begegnen würden. Aber es sieht so aus, als wäre der Fall jetzt eingetreten."
Tommys Augen leuchteten hell.
„Glauben Sie, daß die Fremden freundlich sein werden, Sir?"
Der Kapitän warf einen Blick auf den Entfernungsmesser. Das Phantom-Objekt machte immer noch seine nicht existierenden Anläufe auf die *Llanvabon* und verschwand danach wieder. Die zweite Anzeige, die ein Objekt in 80000 Meilen Entfernung gemeldet hatte, bewegte sich ganz leicht.
„Es kommt auf uns zu", stellte der Kapitän fest. „Was würden wir tun, wenn ein fremdes Raumschiff in unseren Jagdgründen auftauchte? Würden wir es freundlich empfangen? Vielleicht! Wir werden versuchen, Kontakt mit dem Fremden aufzunehmen. Wir müssen es tun. Aber ich vermute, das ist das Ende unserer Expedition. Gott sei gedankt für die Strahler."
Die Strahler waren dazu gedacht, widersetzliche Meteoriten zu zerstören, die sich einem Raumschiff in den Weg stellen, und mit denen die Deflektoren nicht fertig werden können. Es sind keine Waffen, aber man kann sie recht gut als solche verwenden. Sie haben eine Reichweite von fünftausend Meilen, und sie werden von der gesamten Energieleistung des Schiffes versorgt. Ein Schiff wie die *Llanvabon,* ausgerüstet mit einer automatischen Zielvorrichtung und einer Schwenkmöglichkeit um fünf Grad, kann vielleicht sogar ein Loch durch einen kleinen Asteroiden blasen. Natürlich geht das nicht bei Überlichtgeschwindigkeit.

Tommy Dort hatte sich dem Bugschirm genähert. Jetzt drehte er den Kopf.
„Strahler, Sir? Wofür?"
Der Kapitän schnitt dem leeren Bildschirm ein Gesicht.
„Weil wir nicht wissen, was das für Wesen sind, und weil wir kein Risiko eingehen können!" Bitter setzte er hinzu: „Ich weiß! Wir werden Kontakt aufnehmen und versuchen, alles über sie herauszufinden, was uns möglich ist — besonders, woher sie kommen. Ich vermute, wir werden versuchen, Freundschaft zu schließen — aber groß ist unsere Chance nicht. Wir können ihnen nicht über den Weg trauen. Wir wagen es nicht! Sie haben Suchstrahlen. Vielleicht haben sie bessere Spürgeräte als wir. Vielleicht können sie unseren ganzen Weg bis zur Erde zurückverfolgen, ohne daß wir es erfahren! Wir dürfen es nicht riskieren, daß eine nichtmenschliche Rasse erfährt, wo die Erde ist, solange wir ihr nicht voll vertrauen können. Und wie sollen wir ihr je vertrauen? Vielleicht wollen sie nur mit uns Handel treiben, klar. Aber es kann auch eine ganze Flotte mit Überlichtantrieb auf die Erde zustürzen und uns auslöschen, ehe wir noch merken, wie uns geschieht. Wir würden niemals wissen, was wir zu erwarten haben oder wann es geschehen wird!"
Tommy blickte ganz bestürzt drein.
„In der Theorie ist das alles immer wieder durchgekaut worden", fuhr der Kapitän fort. „Niemand hat jemals eine vernünftige Antwort gefunden, nicht einmal auf dem Papier. Und es ist auch niemand auf den Gedanken gekommen, es könnte etwas so Verrücktes passieren, daß sich im tiefen Raum zwei Schiffe begegnen und keins vom anderen die Heimatwelt kennt. Aber wir müssen unbedingt eine Antwort finden! Was sollen wir bezüglich der Fremden tun? Vielleicht sind sie Wunder an Schönheit, nett und freundlich und höflich — und unter der polierten Oberfläche von der erbarmungslosen Grausamkeit eines Krokodils. Oder vielleicht sind sie grob und unwirsch wie ein Bauer — und ebenso anständig. Vielleicht sind sie etwas, das zwischen diesen beiden Extremen liegt. Aber kann ich die Zukunft der menschlichen Rasse aufs Spiel setzen, indem ich, ohne irgend etwas Genaues zu

wissen, annehme, man könne ihnen trauen? Gott weiß, es wäre der Mühe wert, mit einer fremden Zivilisation Freundschaft zu schließen! Es wäre ein Stimulanz für unsere eigene und es wäre möglich, daß wir unendlich viel dabei gewinnen. Aber die Gefahr ist einfach zu groß. Eins darf ich die Fremden auf keinen Fall wissen lassen: Wie sie die Erde finden können! Entweder erhalte ich Gewißheit darüber, daß sie mir nicht folgen werden, oder ich gehe nicht wieder nach Hause. Und wahrscheinlich werden die anderen ebenso denken."

Nach einigen Augenblicken drückte er wieder den Knopf des Armband-Kommunikators.

„Navigationsoffiziere, Achtung! Jede vorhandene Sternenkarte an Bord ist sofort für eine augenblickliche Vernichtung vorzubereiten. Das schließt Fotografien und Zeichnungen ein, von denen sich unser Kurs oder unser Ausgangspunkt ableiten läßt. Ich möchte, daß alle astronomischen Unterlagen eingesammelt werden, so daß sie auf Befehl hin im Bruchteil einer Sekunde zerstört werden können. Beeilen Sie sich und erstatten Sie Meldung, wenn Sie fertig sind."

Er ließ den Knopf los. Er sah plötzlich alt aus. Der erste Kontakt der Menschheit mit einer fremden Rasse war eine Situation, die man auf vielerlei Arten vorausgesehen hatte, aber niemals als ein so hoffnungslos unlösbares Problem wie dies. Ein einzelnes irdisches und ein einzelnes fremdes Schiff trafen sich in einem Nebel, der für beide weit entfernt von ihrem Heimatplaneten sein mußte. Sie mochten den Frieden wollen, aber das Verhalten, das am besten vor einem verräterischen Angriff schützte, war nun einmal das Vortäuschen von Freundlichkeit. Ein Mangel an Mißtrauen konnte den Untergang der menschlichen Rasse zur Folge haben — und ein friedlicher Austausch aller Errungenschaften der beiden Zivilisationen wäre der größte Segen. Jeder Fehler war nicht wiedergutzumachen, und ein winziges Nachlassen in der Wachsamkeit mußte tödlich sein.

Im Kapitänsraum war es sehr, sehr still. Der Bugschirm zeigte einen ganz kleinen Ausschnitt des Nebels. Einen wirklich ganz kleinen Ausschnitt. Es war nichts als ein diffuser, konturloser,

leuchtender Dunst. Aber plötzlich zeigte Tommy Dort mit dem Finger.
„Da, Sir!"
Im Nebel war ein kleines Objekt zu sehen. Es war weit weg.
Es war schwarz, nicht auf spiegelnde Glätte poliert wie die Hülle der *Llanvabon.* Es war birnenförmig. Zwischen den beiden Schiffen lagen die dünnen, schimmernden Schwaden, und so konnte man keine Einzelheiten erkennen. Aber ganz bestimmt war es kein natürliches Objekt. Tommy sah auf den Entfernungsmesser und sagte leise:
„Es kommt mit sehr hoher Beschleunigung auf uns zu, Sir. Bestimmt denken die Fremden jetzt dasselbe wie wir, Sir, nämlich daß keiner von uns beiden es zulassen darf, daß der andere ihm nach Hause folgt. Glauben Sie, sie werden versuchen, Kontakt mit uns aufzunehmen, oder werden sie das Feuer eröffnen, sobald sie in Schußweite sind?"
Die *Llanvabon* befand sich nicht mehr in einem leeren Spalt innerhalb der dünnen Substanz des dichten Nebels. Sie schwamm in dem Leuchten. Es gab keine Sterne, ausgenommen die beiden hellen Flecken im Herzen des Nebels. Es war nichts da als ein alles einhüllendes Licht, und man kam sich dabei vor, als befinde man sich tief unter Wasser in den tropischen Meeren der Erde.
Das fremde Schiff ließ sich nicht anmerken, was es vorhatte. Als es der *Llanvabon* näher kam, bremste es ab. Die *Llanvabon* ihrerseits war ihm entgegengekommen und hatte dann völlig angehalten. Mit diesem Manöver hatte sie zu verstehen gegeben, daß sie von der Annäherung eines anderen Schiffes wußte. Der Stopp war sowohl eine freundliche Geste als auch eine Vorsichtsmaßnahme gegen einen Angriff. Im relativen Stillstand konnte sie sich um die eigene Achse drehen und so dem Feuer das kleinstmögliche Ziel bieten, und Geschosse brauchten eine längere Zeit, sie zu erreichen, als wenn beide Schiffe mit ihrer kombinierten Geschwindigkeit aneinander vorbeigerast wären.
Doch der Augenblick der tatsächlichen Begegnung war mit Spannung geladen. Ohne das geringste Schwanken zielte der

nadelspitze Bug der *Llanvabon* auf die Hülle des anderen Schiffes.
Der Kapitän hielt die Hand über einer Taste, die durch ein Relais mit den Strahlern verbunden war. Ein Druck würde sie mit Maximalleistung feuern lassen. Tommy Dort betrachtete mit zusammengezogenen Brauen den Bildschirm. Die Fremden mußten eine hoch entwickelte Zivilisation haben, wenn sie über Raumschiffe verfügten, und eine Zivilisation entwickelt sich nicht ohne die Gabe zur Vorausplanung. Genau die gleichen Gedanken über diesen ersten Kontakt zwischen zwei zivilisierten Rassen, die die Menschen an Bord der *Llanvabon* erfüllten, mußten auch die Fremden haben.
Die Möglichkeit, daß beide Rassen durch einen friedlichen Kontakt und den Austausch des technischen Wissens in ihrer Entwicklung einen riesigen Sprung nach vorn tun würden, mußte den Fremden als ebenso segensreich erscheinen wie den Menschen.
Aber immer, wenn unterschiedliche menschliche Kulturen in Kontakt gekommen waren, hatte sich die eine der anderen unterwerfen müssen, oder es war zum Krieg gekommen. Eine ganze Rasse konnte sich jedoch auf keinen Fall einer auf einem anderen Planeten entstandenen Rasse friedlich unterordnen. Zumindest die Menschen würden sich gegen eine Unterordnung wehren, und es war nicht wahrscheinlich, daß eine andere hoch entwickelte Rasse damit einverstanden wäre. Die Vorteile, die Handelsgeschäfte mit sich bringen mußten, konnten nie ein Ausgleich für eine Einstufung als minderwertig sein. Manche Rassen — vielleicht auch die Menschen — mochten den Handel der Eroberung vorziehen. Vielleicht — vielleicht! — dachten diese Fremden ebenso. Aber auch unter den Menschen würde es Hitzköpfe geben, die nach Krieg brüllten. Wenn das fremde Schiff, das sich jetzt der *Llanvabon* näherte, seiner Heimatbasis die Neuigkeit über die Existenz der Menschheit und von Schiffen wie der *Llanvabon* brachte, stand jene Rasse vor der Wahl zwischen Handel und Krieg. Aber für den Handel braucht man zwei, und für den Krieg nur einen. Sie konnten sich nicht sicher sein, ob die

Menschen friedlich gesonnen waren, und umgekehrt konnten die Menschen sich über die Einstellung der Fremden nicht sicher sein. Für jede der beiden Zivilisationen lag die Sicherheit nur darin, daß hier und jetzt eins der Schiffe oder beide vernichtet wurden.

Doch selbst ein Sieg reichte noch nicht aus. Die Menschen mußten in Erfahrung bringen, wo diese fremde Rasse zu finden war — wenn nicht, um mit ihr zu kämpfen, dann doch, um ihr aus dem Weg zu gehen. Sie mußten Bescheid wissen über ihre Waffen, über ihre Hilfsmittel, ob jene Rasse eine Bedrohung darstellte und wie sie notfalls ausgelöscht werden konnte. Und all das mußten sich die Fremden ebenso bezüglich der Menschheit sagen.

Folglich drückte der Kapitän der *Llanvabon* die Taste nicht, die das andere Schiff vielleicht zu Nichts zerblasen hätte. Er wagte es nicht. Aber er wagte es auch nicht, nicht zu feuern. Der Schweiß stand ihm auf der Stirn.

Ein Lautsprecher murmelte. Irgendwer aus dem Ortungsraum.

„Das andere Schiff hat gestoppt, Sir. Es steht relativ zu uns still. Die Strahler sind darauf ausgerichtet, Sir."

Es drängte ihn, zu feuern. Aber der Kapitän schüttelte den Kopf. Das fremde Schiff war nur noch zwanzig Meilen entfernt. Es war stumpfschwarz. Jedes Stückchen seiner Außenhülle zeigte eine nicht reflektierende dunkle Farbe. An Einzelheiten war nichts weiter zu erkennen als die geringfügigen Abweichungen seiner Umrisse vor dem leuchtenden Nebel.

„Es steht völlig still, Sir", meldete eine andere Stimme. „Sie richten eine modulierte Kurzwelle auf uns, Sir. Eine modulierte Frequenz. Offenbar ein Signal. Die Energie ist nicht stark genug, um irgendeinen Schaden anzurichten."

Der Kapitän sagte durch fest zusammengebissene Zähne:

„Sie unternehmen irgend etwas. Es ist eine Bewegung auf der Außenhülle zu erkennen. Passen Sie auf, was herauskommt. Richten Sie die zweite Batterie der Strahler darauf."

Etwas Kleines und Rundes glitt über das Oval des schwarzen Schiffes hinaus. Der birnenförmige Rumpf bewegte sich.

„Es zieht sich zurück, Sir", verkündete der Lautsprecher. „Das Objekt, das die Fremden ausgeschleust haben, bleibt an dem Platz stationär, den das Raumschiff verlassen hat."
Eine andere Stimme fiel ein:
„Noch mehr modulierte Frequenzen, Sir. Unverständlich."
Tommy Dorts Augen leuchteten auf. Der Kapitän hielt den Blick auf den Bildschirm gerichtet. Schweißtropfen glänzten auf seinem Gesicht.
„Das ist doch nett von ihnen, Sir", überlegte Tommy. „Sie hätten uns ja auch eine Bombe oder ein Projektil schicken können. Aber statt dessen sind sie herangekommen, haben ein Rettungsboot ausgeschleust und sich wieder zurückgezogen. Sie haben sich ausgerechnet, daß nun auch wir ein Boot oder einen Mann schicken können, ohne unser Schiff zu riskieren. Sie müssen so ziemlich auf den gleichen Bahnen denken wie wir."
Der Kapitän antwortete, ohne die Augen vom Bildschirm zu nehmen:
„Mr. Dort, hätten Sie Interesse daran, nach draußen zu gehen und sich das Ding anzusehen? Ich kann Ihnen keinen Befehl dazu geben, aber ich brauche die gesamte Schiffsbesatzung für Notfälle. Der Beobachtungsstab hingegen —"
„Ist überflüssig. Geht in Ordnung, Sir", erklärte Tommy sofort. „Ich werde kein Rettungsboot nehmen. Ein Raumanzug mit Antrieb genügt. Das ist ein kleineres Objekt, und die Arme und Beine sehen weniger nach einer Bombe aus. Ich denke, ich sollte auch eine Sonde mitnehmen, Sir."
Das fremde Schiff zog sich weiter zurück. Vierzig, achtzig, vierhundert Meilen. Dann hielt es an und hing wartend im Raum. Tommy kletterte innerhalb der Luftschleuse in seinen mit Atomantrieb ausgerüsteten Raumanzug. Dabei hörte er die Berichte, die im ganzen Schiff über die Lautsprecher kamen. Es war ermutigend, daß das andere Schiff seinen Rückzug nach vierhundert Meilen beendet hatte. Vielleicht hatte es keine Waffen, die über eine größere Entfernung reichten, und fühlte sich daher sicher. Aber gerade als Tommy dieser Gedanke durch den Kopf schoß, entfernte sich das fremde Raumschiff mit großer Geschwindig-

keit. Der Grund dazu konnte sein, überlegte Tommy, während er aus der Luftschleuse glitt, daß die Fremden fürchteten, noch in Schußweite des irdischen Schiffes zu sein — oder daß sie den Eindruck erwecken wollten, sie glaubten es.
Er flog von der spiegelblanken, silbernen *Llanvabon* hinaus in eine hell leuchtende Leere. Das war ein Erlebnis, wie es noch kein Mensch vor ihm gehabt hatte. Hinter ihm schwang die *Llanvabon* herum und raste davon. Über Tommys Helmfunkgerät kam die Stimme des Kapitäns.
„Auch wir ziehen uns jetzt zurück, Mr. Dort. Es besteht immerhin die Möglichkeit, daß das Objekt atomaren Sprengstoff enthält, den sie von ihrem eigenen Schiff aus nicht benützen können, der aber noch bis auf unsere bisherige Entfernung zerstörerisch wirken mag. Deshalb vergrößern wir den Abstand. Halten Sie Ihre Sonde auf das Objekt gerichtet."
Das war vernünftig gehandelt, wenn auch für Tommy nicht sehr tröstlich. Ein Explosivstoff, der innerhalb von zwanzig Meilen alles vernichtet, war theoretisch möglich, aber die Menschen besaßen ihn noch nicht. Für die *Llanvabon* war es bestimmt am sichersten, sich zurückzuziehen.
Aber Tommy Dort fühlte sich sehr einsam. Er flog durch die Leere auf einen winzigen schwarzen Fleck zu, der innerhalb einer unglaublichen Helligkeit hing. Die *Llanvabon* verschwand. Ihre polierte Hülle wäre sowieso bei einer relativ kurzen Entfernung eins geworden mit dem glühenden Nebel. Auch das fremde Schiff war für das bloße Auge nicht sichtbar. Tommy schwamm im Nichts, viertausend Lichtjahre von zu Hause entfernt auf einen schwarzen Punkt zu, der in der Weite des Raums das einzige sichtbare feste Objekt war.
Es war eine leicht abgeplattete Kugel, nicht viel über sechs Fuß im Durchmesser. Sie sprang zur Seite, als Tommy mit den Füßen voran landete. In jeder Richtung standen kleine Tentakel oder Hörner von ihr ab. Sie sahen den Detonationshörnern einer Unterwassermine sehr ähnlich, doch an der Spitze eines jeden Horns glitzerte es wie von Kristall.
„Ich bin hier", sagte Tommy in sein Helmfunkgerät.

Er hielt sich an einem Horn fest und zog sich an das Objekt heran. Es bestand ganz aus stumpfschwarzem Metall. Natürlich konnte er durch die Handschuhe seines Raumanzugs die Beschaffenheit der Oberfläche nicht spüren, aber er hangelte sich immer wieder ringsherum, um den Zweck des Dings zu entdekken.

„Ich bin an einem toten Punkt angelangt, Sir“, sagte er. „Es gibt nichts zu berichten, was Sie auf dem Bildschirm nicht schon selbst gesehen haben.“

Dann spürte er durch seinen Anzug Vibrationen. In einer Atmosphäre hätte er sie als metallisches Klirren gehört. Ein Abschnitt der runden Hülle öffnete sich. Zwei Abschnitte. Tommy arbeitete sich an die Stelle heran. Würde er gleich als erster Mensch nichtmenschliche zivilisierte Wesen sehen?

Aber was er sah, war nichts weiter als eine flache Platte, auf der in scheinbarer Ziellosigkeit ein schwachrotes Glühen hierhin und dahin kroch. In seinem Helmfunkgerät klang ein erstaunter Ausruf auf. Die Stimme des Kapitäns:

„Sehr gut, Mr. Dort. Befestigen Sie Ihre Sonde so, daß sie auf diese Platte sieht. Die Fremden haben nachweislich heimlich einen Roboter mit einer Infrarotkamera zur Kommunikation ausgeschleust. Dadurch brauchten sie kein Personal zu riskieren. Was auch immer wir tun würden, es träfe nur Maschinen. Vielleicht rechnen sie aber damit, daß wir das Ding an Bord holen — und es mag eine Bombe enthalten, die gezündet werden kann, wenn sie bereit sind, nach Hause aufzubrechen. Ich werde jetzt ein automatisches Aufnahmegerät hinausschicken. Sie kehren ins Schiff zurück.“

„Jawohl, Sir“, antwortete Tommy. „Aber wo ist das Schiff eigentlich, Sir?“

Es gab keine Sterne. Der Nebel löschte sie mit seinem eigenen Licht aus. Von dem Roboter aus war nichts sichtbar als der Doppelstern im Zentrum. Tommy hatte die Orientierung verloren. Er hatte nur noch einen Bezugspunkt.

„Fliegen Sie so, daß der Doppelstern genau hinter Ihnen ist“, befahl der Kapitän. „Wir nehmen Sie auf.“

Etwas später segelte Tommy an einem anderen einsamen Ding vorbei, das mit einem Aufnahmegerät in Richtung der fremden Kugel unterwegs war. Die Menschen und die Fremden, die beide wußten, daß sie kein Risiko eingehen durften, würden die Kommunikation über diesen kleinen runden Roboter aufnehmen. Ihre jeweiligen visuellen Systeme ermöglichten es ihnen, alle Informationen auszutauschen, die sie zu geben wagten, während sie, jeder für sich, die beste Lösung suchten, wie sie ihre eigene Zivilisation vor Gefahren durch diesen ersten Kontakt schützen konnten. Und die sicherste Methode war zweifelsohne die, das andere Schiff in einer schnellen und tödlichen Attacke zu zerstören — in Selbstverteidigung.

Danach war die *Llanvabon* ein Schiff, in dem gleichzeitig zwei verschiedene Unternehmungen durchgeführt wurden. Sie war von der Erde hergekommen, um die kleinere Sonne des Doppelsterns im Zentrum des Nebels aus größter Nähe zu beobachten. Der Nebel selbst war das Ergebnis der titanischsten Explosion, von der die Menschheit Kunde hat. Sie fand etwa im Jahre 2946 vor Christi Geburt statt, noch ehe man auf der Erde an die erste der sieben Städte Illums auch nur gedacht hatte. Das Licht dieser Explosion erreichte die Erde im Jahr 1054 nach Christi Geburt, und es wurde in kirchlichen Annalen und etwas zuverlässiger von chinesischen Hofastronomen gebührend darüber berichtet. Es war so hell, daß es dreiundzwanzig Tage hintereinander bei Tage gesehen werden konnte. Der Fleck, der viertausend Lichtjahre entfernt war, leuchtete heller als die Venus.
Aus diesen Tatsachen konnten die Astronomen neunhundert Jahre später die Heftigkeit der Detonation berechnen. Die aus dem Zentrum der Explosion hinausgeschleuderte Materie mußte mit zwei Millionen dreihunderttausend Meilen pro Stunde davongerast sein, das waren mehr als 38000 Meilen pro Minute und mehr als 600 Meilen pro Sekunde. Als sich die Teleskope des 20. Jahrhunderts auf den Schauplatz der gewaltigen Explosion richteten, war nichts übriggeblieben als ein Doppelstern — und der Nebel. Der hellere Stern der Zwillingssonne konnte einzigartig

genannt werden, denn er hatte eine so hohe Oberflächentemperatur, daß sie überhaupt keine Spektrallinien zeigte. Dieser Stern hatte ein kontinuierliches Spektrum. Die Oberflächentemperatur Sols beträgt rund 7000 Grad absolut. Die des heißen weißen Sterns beträgt 500000 Grad. Er hat fast die Masse der irdischen Sonne, aber nur ungefähr ein Fünftel ihres Durchmessers, und so ist seine Dichte hundertdreiundsiebzigmal größer als die von Wasser, sechzehnmal größer als die von Blei und achtmal größer als die von Iridium, der schwersten auf der Erde bekannten Substanz.

Aber diese Dichte ist nicht die eines weißen Zwergs, wie sie zum Beispiel der Begleiter des Sirius aufweist. Der weiße Stern im Krabbennebel ist ein nicht fertiger Zwerg; er ist immer noch im Zusammenbruch begriffen. Eine Untersuchung — einschließlich der Verfolgung des über viertausend Lichtjahre hinausreichenden Strahls — war der Mühe wert. Die *Llanvabon* war beauftragt worden, diese Untersuchung durchzuführen. Aber das Zusammentreffen mit einem fremden Raumschiff, das die gleiche Mission hatte, warf Komplikationen auf, die den ursprünglichen Zweck der Reise überschatteten.

Ein winziger, kugeliger Roboter schwamm in dem dünnen Gas des Nebels. Mit einer Wachsamkeit, die die Nerven bis zum Zerreißen spannte, versah die Schiffsbesatzung ihren Dienst. Der Beobachtungsstab teilte sich in zwei Gruppen. Die eine machte sich mit halbem Herzen an die Arbeit, deretwegen die *Llanvabon* hergekommen war. Die andere widmete sich dem Problem, das das fremde Raumschiff aufwarf.

Es war nicht anders möglich, als daß es aus einer Kultur stammte, die sich bis zu interstellaren Raumreisen emporgeschwungen hatte. Die nun fünftausend Jahre zurückliegende Explosion mußte jede Spur von Leben in dem Gebiet vernichtet haben, das jetzt der Nebel einnahm. Folglich kamen die Wesen in dem schwarzen Raumschiff aus einem anderen Sonnensystem. Ebenso wie die Menschen hatten sie die Reise aus rein wissenschaftlichen Gründen unternommen. Denn in dem Nebel gab es nichts, was materiellen Gewinn versprach.

Sie mußten also dem Niveau der menschlichen Zivilisation zumindest nahekommen. Das bedeutete, daß sie Artikel hatten oder entwickeln konnten, um die die Menschen gern in Freundschaft handeln würden. Aber natürlich sagten sich die Fremden, daß die Existenz und die Zivilisation der menschlichen Rasse eine potentielle Bedrohung ihrer eigenen Rasse darstellte. Die beiden Rassen konnten Freunde, aber ebenso leicht tödliche Feinde werden. Jede von ihnen war, auch wenn sie gar keine bösen Absichten hegte, eine unabsehbare Gefahr für die andere. Und angesichts einer solchen Gefahr gibt es nur einen sicheren Weg: Man muß ihre Quelle zerstören.
Innerhalb des Krabbennebels hatte sich ein Problem ergeben, das nach sofortiger Lösung verlangte. Die künftigen Beziehungen zwischen den beiden Rassen wurden hier und jetzt endgültig festgelegt. Wenn eine Möglichkeit gefunden wurde, freundschaftliche Beziehungen aufzubauen, würde eine Rasse, die andernfalls zum Untergang verurteilt war, überleben, und beide hätten ungeheure Vorteile davon. Aber dieser Prozeß mußte eingeleitet und das gegenseitige Vertrauen mußte aufgebaut werden, ohne daß die geringste Gelegenheit zum Verrat geboten wurde. Das Vertrauen sollte auf einem Boden äußersten Mißtrauens wachsen. Keins der Schiffe wagte es, zu seiner eigenen Basis zurückzukehren, solange es befürchten mußte, das andere könne ihm Schaden zufügen. Keins der Schiffe wagte es, dem anderen Vertrauen entgegenzubringen. Für beide war der einzig sichere Weg, das andere Schiff zu zerstören, um der eigenen Zerstörung zuvorzukommen.
Aber wenn man sich für die Vernichtung des anderen entschied, brauchte man weitere Informationen. Wenn die Fremden den interstellaren Raumflug beherrschten, dann kannten sie auch die Atomkraft und den Überlichtantrieb. Natürlich hatten sie außer dem Echolot und der Anlagen zur optischen Aufnahme und Wiedergabe und der Kurzwellenkommunikation noch viele andere technische Erfindungen. Aber über welche Waffen verfügten sie? Wie groß war das Gebiet, über das sich ihre Kultur erstreckte? Welche Hilfsmittel standen ihnen zur Verfügung? Konnten Han-

del und Freundschaft entwickelt werden, oder waren sich die beiden Rassen so unähnlich, daß es zwischen ihnen nichts anderes als Krieg geben konnte? Und wenn der Frieden möglich war, welche ersten Schritte waren zu tun?
Die Männer auf der *Llanvabon* brauchten Fakten — und der Crew auf dem anderen Schiff ging es ebenso. Sie mußten jedes Bröckchen an Information auflesen, das sie ergattern konnten. Am wichtigsten war es, zu erfahren, wo die andere Zivilisation beheimatet war — falls es zum Krieg kommen sollte. Diese Kenntnis mochte in einem interstellaren Krieg der entscheidende Faktor sein. Aber auch andere Informationen waren von unschätzbarem Wert.
Das Tragische war, daß es keine Information gab, die zum Frieden führen konnte. Keins von beiden Schiffen konnte die Existenz der eigenen Rasse aufgrund einer bloßen Überzeugung, der andere hege friedliche Absichten oder man könne seinem Wort trauen, aufs Spiel setzen.
Deshalb herrschte zwischen den beiden Schiffen ein eigentümlicher Waffenstillstand. Das fremde Schiff setzte seine Beobachtungen fort. Die *Llanvabon* ebenfalls. Der kleine Roboter trieb in der leuchtenden Leere. Eine Kamera der *Llanvabon* war auf einen Bildschirm der Fremden gerichtet. Eine Kamera der Fremden war auf einen Bildschirm der *Llanvabon* gerichtet. Die Kommunikation begann.
Sie machten rasche Fortschritte. Tommy Dort gehörte zu denen, die den ersten Erfolg meldeten. Seine besondere Aufgabe auf dieser Expedition war beendet. Jetzt war er dazu eingeteilt worden, das Problem der Kommunikation mit den fremden Wesen zu lösen. Zusammen mit dem einzigen Psychologen des Schiffes kam er in den Kapitänsraum, um Bericht zu erstatten. Wie üblich war der Kapitänsraum ein Ort der Stille und der in trübrotem Licht leuchtenden Anzeigen und der großen hellen Bildschirme an allen Wänden und der Decke.
„Wir haben es zu einer recht zufriedenstellenden Kommunikation gebracht, Sir", sagte der Psychologe. Er sah müde aus. Seine Aufgabe bei dieser Reise hätte es sein sollen, menschliche Feh-

ler in den Messungen des Beobachtungsstabes auszuschalten und so die Korrektheit aller Ergebnisse bis zur letzten Dezimalstelle zu garantieren. Er war zu einem Dienst gepreßt worden, der mit seinem besonderen Fachgebiet überhaupt nichts zu tun hatte, und das nahm ihn verständlicherweise mit. „Das heißt, wir können den Fremden beinahe alles mitteilen, was wir zu sagen wünschen, und umgekehrt können wir verstehen, was sie sagen. Aber natürlich wissen wir nicht, wieviel von dem, was sie sagen, wahr ist.“

Der Kapitän richtete den Blick auf Tommy Dort.

„Wir haben ein paar Geräte miteinander verbunden, die nun eine Art mechanischen Übersetzer darstellen“, berichtete Tommy. „Wir haben Bildschirme und dann die direkten Kurzwellen. Die Fremden benutzen Frequenzmodulationen plus etwas, das wahrscheinlich eine Variation der Wellenform ist, wie die Vokale und Konsonanten in unserer Sprache. Wir haben noch nie Bedarf für so etwas gehabt, und deshalb sind unsere Aufnahmegeräte dafür auch nicht geeignet. Aber wir haben einen Kode entwickelt, der weder unsere Sprache noch die der anderen ist. Sie schießen uns Kurzwellen mit Frequenzmodulationen herüber, und wir wandeln sie in Laute um. Unsere Antwort wird von ihnen wieder in Frequenzmodulationen übertragen.“

Der Kapitän runzelte die Stirn.

„Warum wird bei der Übertragung von Kurzwellen die Wellenform geändert? Woher wissen Sie das?“

„Wir haben ihnen unser Aufnahmegerät über den Bildschirm gezeigt, und darauf zeigten sie uns ihres. Sie nehmen die Frequenzmodulation direkt auf. Ich glaube“ — Tommy drückte sich vorsichtig aus —, „daß sie überhaupt keine Laute benutzen, auch in der Sprache nicht. Sie haben einen Kommunikationsraum eingerichtet, und wir haben ihnen zugesehen, wenn sie sich in Verbindung mit uns setzten. Wir konnten an ihnen keine Bewegung wahrnehmen, die auf ein Sprechorgan schließen ließ. Sie haben auch kein Mikrofon. Sie stellen sich einfach neben ein Gerät, das vermutlich wie eine Empfangsantenne arbeitet. Ich vermute, Sir, daß sie Mikrowellen für ein Gespräch von Person zu

Person verwenden. Meiner Meinung nach erzeugen sie Kurzwellen, wie wir Geräusche erzeugen."
Der Kapitän sah ihn verwundert an.
„Das bedeutet also, daß sie Telepathen sind?"
„Hm-m-m. Ja, Sir", antwortete Tommy. „Aber dann sind wir von ihrer Sicht aus auch welche. Wahrscheinlich sind sie taub. Sie haben bestimmt keine Vorstellung davon, daß man Schallwellen zu Zwecken der Kommunikation durch die Luft schicken kann. Sie benutzen eben für gar keinen Zweck Geräusche."
Der Kapitän mußte darüber erst einmal nachdenken.
„Was gibt es sonst noch?" fragte er.
„Nun, Sir", begann Tommy zweifelnd, „ich glaube, mehr können wir im Augenblick nicht tun. Wir haben uns mit Hilfe der Bildschirme auf für beide Seiten geltende Symbole geeinigt, Sir, und wir haben mit Diagrammen und Bildern Beziehungen und Verben und so weiter ausgearbeitet. Wir haben zweitausend Begriffe, mit denen wir uns verständigen können. Wir haben einen Analysator darangesetzt, ihre Kurzwellengruppen zu sortieren, die wir in eine Dekodiermaschine einspeisen. Und dann kodiert die Maschine wieder unsere Antwort in Wellengruppen und schickt sie zurück. Wenn Sie mit dem Kapitän des anderen Schiffes sprechen möchten, Sir, können Sie es jederzeit tun."
„Hm. Welchen Eindruck haben Sie von ihrer Psyche?" wandte der Kapitän sich an den Psychologen.
„Ich weiß es nicht, Sir." Der Psychologe war in Verlegenheit. „Sie scheinen völlig aufrichtig zu sein. Aber sie haben sich nicht die geringste Anspielung auf die problematische Situation entschlüpfen lassen. Sie benehmen sich, als hätten sie nur im Sinn, Mittel und Wege zu einer freundschaftlichen Unterhaltung zu finden. Aber da ist ... nun ... so ein Unterton..."
Der Psychologe war ein guter Mann auf dem Gebiet der psychologischen Statistik, die ein gutes und nützliches Feld ist. Aber er war nicht darauf spezialisiert, völlig fremdartige Gedankengänge zu analysieren.
„Wenn ich meine Meinung dazu aussprechen darf, Sir...", begann Tommy befangen.

„Nun?"
„Sie sind Sauerstoffatmer", sagte Tommy, „und auch in anderer Beziehung sind sie uns gar nicht unähnlich. Ich habe den Eindruck, Sir, daß hier eine parallele Evolution stattgefunden hat. Vielleicht entwickelt sich Intelligenz nun einmal auf Parallelen, ebenso wie ... wie ... grundlegende Körperfunktionen. Ich meine", setzte er erläuternd hinzu, „jedes Lebewesen, wie es auch aussehen mag, muß Nahrung zu sich nehmen, sie verarbeiten und die Rückstände ausscheiden. Vielleicht muß jedes intelligente Gehirn wahrnehmen, über die Wahrnehmung nachdenken und eine individuelle Reaktion darauf finden. Ich bin überzeugt, daß ich in den Mitteilungen der Fremden Ironie entdeckt habe. Folglich müssen sie wie wir über Humor verfügen. Kurz gesagt, Sir, meiner Meinung nach müßten sie uns sympathisch sein."
Der Kapitän wuchtete sich aus seinem Sessel.
„Hm-m-m", machte er in tiefem Nachdenken. „Wir werden sehen, was sie zu sagen haben."
Er begab sich in den Kommunikationsraum. Das Aufnahmegerät für den Bildschirm innerhalb des Roboters war betriebsbereit. Der Kapitän stellte sich davor auf. Tommy Dort setzte sich an die Kodiermaschine und ließ seine Finger über die Tasten gleiten. Die Maschine produzierte ganz unwahrscheinliche Geräusche, die von einem Mikrofon aufgenommen, in eine Frequenzmodulation umgewandelt und als Signal zu dem anderen Raumschiff geschickt wurden. Beinahe sofort zeigte der Bildschirm über ein Relais — in dem Roboter — das Innere des fremden Schiffes. Ein fremdes Wesen trat vor das dortige Aufnahmegerät und schien auf dem irdischen Schiff forschend aus dem Bildschirm zu blicken. Es war außerordentlich menschenähnlich, aber ein Mensch war es nicht. Vor allem fielen an ihm seine völlige Haarlosigkeit und eine irgendwie humorvolle Offenheit auf.
Der Kapitän überlegte. Er wandte sich an Tommy. „Ich möchte ihm ein paar passende Worte über diesen ersten Kontakt zwischen zwei verschiedenen zivilisierten Rassen sagen und meiner Hoffnung Ausdruck geben, daß das Ergebnis ein freundliches Verhältnis zwischen beiden Völkern sein wird."

Tommy Dort zögerte. Dann zuckte er die Schultern und begann geschickt, auf der Tastatur der Kodiermaschine zu tippen. Wieder erklangen unwahrscheinliche Geräusche.
Der fremde Kapitän empfing die Botschaft. Er machte eine Geste, die Zustimmung bedeuten konnte. Der Dekodierer auf der *Llanvabon* summte vor sich hin und spie Wortkarten aus. Tommy meldete sachlich:
„Er sagt, Sir: ‚Das ist alles schön und gut, aber haben wir irgendeine Möglichkeit, die uns erlaubt, uns gegenseitig lebendig nach Hause gelangen zu lassen? Ich wäre glücklich, von einer solchen Möglichkeit zu hören, wenn Sie eine gefunden haben. Im Augenblick kommt es mir so vor, als müsse einer von uns beiden sterben.'"
Allgemeine Verwirrung herrschte. Es gab zu viele Fragen, die alle auf einmal beantwortet werden sollten. Und dabei konnte niemand auch nur eine einzige beantworten. Aber sie mußten alle beantwortet werden.
Angenommen, die *Llanvabon* machte sich auf den Heimweg. Erreichten die Fremden vielleicht ein um eine Einheit höheres Vielfaches der Lichtgeschwindigkeit als das irdische Schiff? Falls ja, würden sie die *Llanvabon* so nahe an die Erde herankommen lassen, daß kein Zweifel mehr an ihrem Ziel blieb — und sie dann zum Kampf zwingen. Würden die Fremden siegen? Würde die *Llanvabon* siegen? Aber selbst wenn sie siegte, mochten die Fremden ein Kommunikationssystem haben, über das sie schon vor dem Kampf über den Heimatplaneten des anderen Schiffes Bericht erstatteten. Nun konnte die *Llanvabon* jedoch auch verlieren. Wenn sie schon zerstört werden sollte, dann war es besser, sie wurde hier zerstört, ehe sie irgendeinen Hinweis darauf gegeben hatte, wo eine fremde Schlachtflotte die menschliche Rasse finden würde.
Das schwarze Schiff befand sich in genau der gleichen unangenehmen Situation. Es konnte ebenfalls den Heimweg antreten. Aber die *Llanvabon* mochte schneller sein, und das Feld eines Überlichtantriebs kann verfolgt werden, wenn man sich schnell genug an die Arbeit macht. Auch die Fremden wußten nicht, ob

die *Llanvabon* aus so weiter Entfernung eine Nachricht an ihren Heimatplaneten senden konnte. Wenn die Fremden mit ihrer Vernichtung rechnen mußten, würde es auch ihnen lieber sein, es an Ort und Stelle auszukämpfen und einen potentiellen Feind nicht erst in das Gebiet der eigener Zivilisation zu führen.

Keins der beiden Schiffe konnte also an Flucht denken. Der Kurs der *Llanvabon* hinein in den Nebel mochte dem schwarzen Schiff bekannt sein, aber er war das letzte Stück einer logarithmischen Kurve gewesen, und die Fremden kannten die ihr zugrundeliegende Funktion nicht. Sie konnten daraus nicht ableiten, wo das irdische Schiff gestartet war. Im Augenblick stand es für beide Parteien gleich. Doch die Frage war und blieb:

„Und was jetzt?"

Darauf gab es keine spezifische Antwort. Die Fremden lieferten auf jede Information der *Llanvabon* ebenfalls eine Information, und es war ihnen nicht immer klar, welche Informationen sie gegeben hatten. Die Menschen bezahlten jede Information des schwarzen Schiffes mit einer Information — und Tommy Dort schwitzte Blut vor Angst, ja nicht unabsichtlich einen Hinweis darauf zu geben, wo sich die Erde befand.

Die Fremden sahen bei infrarotem Licht, und die Bildschirme und Aufnahmegeräte mußten in der Schaltstelle des Roboters jeweils um eine optische Oktave höher oder niedriger adaptiert werden, damit die Gegenseite überhaupt etwas erkennen konnte. Die Fremden waren nicht darauf gekommen, daß sich aus ihrer Infrarotsicht schließen ließ, ihre Sonne sei ein roter Zwerg, der Licht größter Energie gerade unterhalb des Spektrums ausstrahlte, das menschliche Augen wahrnahmen. Aber wenn man diese Tatsache auf der *Llanvabon* erkannt hatte, war anzunehmen, daß die Fremden aus der Art, wie die Menschen sahen, ebenfalls Schlüsse auf den Spektraltyp ihrer Sonne zogen.

Es gab da ein Gerät für den Kurzwellenempfang, das die Fremden ebenso selbstverständlich benutzten wie die Menschen ein Tonaufnahmegerät. Die Menschen hätten ein solches Gerät sehr gern gehabt. Und die Fremden waren von dem Wunder der Schallwellen fasziniert. Natürlich waren sie imstande, Geräusche wahrzunehmen, ebenso wie die Handfläche eines Menschen durch die Wärme, die es produziert, infrarotes Licht wahrnimmt. Aber sie konnten ebensowenig zwischen Höhe oder Tonqualität unterscheiden, wie ein Mensch zwischen zwei Frequenzen einer Wärmestrahlung unterscheiden kann, selbst wenn sie eine halbe Oktave auseinanderliegen. Für die Fremden war die menschliche Wissenschaft vom Schall eine bemerkenswerte Entdeckung. Sie würden Anwendungsgebiete für Geräusche finden, auf die die Menschen niemals gekommen waren.

Aber das war eine andere Frage. Kein Schiff konnte den Heimweg antreten, bevor es das andere zerstört hatte. Andererseits: Solange die Informationen noch von einer Partei zur anderen flossen, konnte es sich keins der beiden Schiffe leisten, das andere zu zerstören. Da war die Sache mit der Farbe der Außenhülle. Die *Llanvabon* glänzte wie ein Spiegel. Das fremde Schiff wirkte bei sichtbarem Licht stumpfschwarz. Es absorbierte Hitze vollständig und hätte sie wieder abstrahlen müssen. Aber das tat es nicht. Der schwarze Anstrich bedeutete nicht etwa das Nichtvorhandensein von Farbe. Er war ein perfekter Reflektor für bestimmte infrarote Wellenlängen, und er hatte genau die Farbe dieser Wellenlängen. Er absorbierte die höheren Wärmefrequenzen und wandelte sie in niedrigere Frequenzen um, die die Hülle nicht abstrahlte — und dadurch wurde im Inneren des Schiffes sogar im leeren Raum die gewünschte Temperatur aufrechterhalten.

Tommy Dort gab sich mit seiner neuen Aufgabe viel Mühe. Er fand die Gedankengänge der Fremden durchaus nicht so fremdartig, daß er ihnen nicht folgen konnte. Die Unterhaltung über technische Themen erreichte die interstellare Navigation. Um den Vorgang zu illustrieren, war eine Sternenkarte erforderlich. Es wäre unlogisch gewesen, zu diesem Zweck eine Karte aus dem Kartenraum zu holen — denn aus ihr hätte sich schließen lassen, von welchem Punkt aus sie projiziert worden war. Tommy ließ für diesen Zweck eine neue Karte anfertigen, deren Sterne allein der Phantasie entsprangen, aber überzeugend wirkten. Er gab Anweisungen für die Benutzung der Karte über die Kodier-

und Dekodiermaschine. Als Antwort darauf zeigten die Fremden wiederum eine andere Sternenkarte. Sie wurde sofort fotografiert, und die Navigatoren machten sich darüber her und versuchten zu ergründen, von welcher Stelle in der Galaxis die Sterne und die Milchstraße in diesem Winkel zu sehen waren. Sie gerieten in völlige Verwirrung.

Tommy war es, der schließlich erkannte, daß auch die Fremden für ihre Demonstrationen eine eigene Sternenkarte angefertigt hatten und daß sie eine spiegelverkehrte Darstellung der gefälschten Karte war, die Tommy ihnen vorher gezeigt hatte.

Darüber mußte Tommy grinsen. Allmählich gewannen die Fremden seine Sympathie. Sie waren keine Menschen, aber sie hatten einen sehr menschlichen Sinn für das Lächerliche. Etwas später versuchte Tommy es mit einem harmlosen Witz. Er mußte in Kode-Nummern übersetzt und diese in kryptische Gruppen von Kurzwellen umgewandelt werden, und der Himmel mochte wissen, was für ein Sinn sich daraus ergab, wenn sie das andere Schiff erreichten. Es war kaum anzunehmen, daß jemand über einen Witz, der diese Umformungen erfahren hatte, immer noch lachen konnte. Aber die Fremden schienen die Pointe zu verstehen.

Für einen der Fremden war die Kommunikation eine ebenso normale Tätigkeit geworden wie das Arbeiten an der Kodiermaschine für Tommy. Beide entwickelten eine ziemlich verrückte Freundschaft, indem sie sich über Kodierer, Dekodierer und Kurzwellensender unterhielten. Wenn die offiziellen Botschaften gar zu viele technische Probleme enthielten, streute der Fremde manchmal einwandfrei nichttechnische Ausdrücke ein, die an Slang erinnerten. Oft klärten sie das Durcheinander. Tommy hatte aus keinem bestimmten Grund seinem Kollegen auf dem anderen Schiff den Namen „Buck“ gegeben, und beim Dekodieren wurde regelmäßig die „Buck“-Karte gezogen, wenn dieser bestimmte Fremde eine Botschaft mit seinem eigenen Symbol signierte.

In der dritten Woche der Kommunikation erschien plötzlich im Kartengeber folgende Botschaft für Tommy:

Du bist ein guter Junge. Es ist zu traurig, daß wir einander töten müssen. — BUCK.

Tommy hatte sich genau die gleichen Sorgen gemacht. Er tippte die klägliche Antwort:

Uns gelingt es nicht, einen Ausweg zu finden. Wißt ihr einen?

Eine Pause entstand, und wieder füllte sich der Kartengeber:

Wenn wir einander glauben könnten, ja. Unser Kapitän würde sich darüber sicherlich sehr freuen. Aber wir können euch nicht glauben, und ihr könnt uns nicht glauben. Wir werden euch nach Hause verfolgen, wenn wir eine Chance dazu bekommen, und ihr werdet uns nach Hause verfolgen. Aber das Ganze tut uns leid. — BUCK.

Tommy Dort brachte die Botschaften dem Kapitän.

„Sehen Sie, Sir!“ drängte er. „Diese Leute sind fast menschlich, und ich finde, daß sie prima Kerle sind.“

Der Kapitän beschäftigte sich eifrig mit seiner wichtigen Aufgabe, Dinge zu finden, über die er sich Sorgen machen konnte, und sich dann auch Sorgen darüber zu machen. Er antwortete müde:

„Sie sind Sauerstoffatmer. Ihre Luft enthält achtundzwanzig Prozent Sauerstoff anstatt zwanzig, aber sie kämen auf der Erde sehr gut zurecht. Sie wäre eine wünschenswerte Eroberung. Und wir wissen immer noch nicht, welche Waffen sie besitzen beziehungsweise entwickeln können. Möchten Sie ihnen mitteilen, wie sie die Erde finden können?“

„N-nein“, gestand Tommy unglücklich.

„Wahrscheinlich empfinden sie dasselbe“, fuhr der Kapitän fort. „Und selbst wenn es uns gelänge, einen freundschaftlichen Kontakt herzustellen, wie lange würde er wohl freundschaftlich bleiben? Sollten ihre Waffen den unseren unterlegen sein, werden sie sich sagen, daß sie sie ihrer Sicherheit wegen verbessern müssen. Und sobald wir davon erführen, würden wir sie zermalmen, solange wir es noch können — unserer Sicherheit wegen! Sollte es zufällig anders herum sein, müßten sie uns vernichten, bevor wir ihren Vorsprung aufgeholt hätten.“

Tommy schwieg, aber er trat unruhig und nervös von einem Fuß auf den anderen.

„Wenn wir dies schwarze Schiff zerstören und nach Hause zurückkehren“, führte der Kapitän aus, „dann wird die Regierung der Erde verärgert sein, daß wir keine Angaben darüber mitbringen, woher es gekommen ist. Aber was sollen wir tun? Wir können noch von Glück sagen, wenn wir lebendig nach Hause kommen und die Menschheit zu warnen vermögen. Es ist ausgeschlossen, daß wir aus diesen Geschöpfen mehr an Information herausholen als wir ihnen geben, und wir teilen ihnen ganz bestimmt nicht unsere Adresse mit! Wir sind uns rein zufällig begegnet. Wenn wir das Schiff vernichten, wird es vielleicht für weitere tausend Jahre keinen Kontakt mehr geben. Und das ist ein Jammer, weil der Handel so viele Vorteile mit sich bringen würde. Aber um Frieden zu schließen, braucht man zwei, und wir können es nicht riskieren, ihnen zu vertrauen. Die einzige Lösung ist, sie zu töten, wenn wir können, und wenn wir es nicht können, dafür zu sorgen, daß sie nichts finden, was sie zur Erde führen wird. Mir gefällt das gar nicht“, schloß der Kapitän erschöpft, „aber einen anderen Weg gibt es einfach nicht.“

Auf der *Llanvabon* arbeiteten fieberhaft zwei Gruppen von Technikern. Die eine bereitete das Schiff auf den Sieg, die andere auf die Niederlage vor. Für den Sieg gab es allerdings nur wenig vorzubereiten. Die Strahler waren die einzigen Waffen, auf die man in etwa bauen konnte. Ihre Halterungen wurden vorsichtig geändert, so daß sie nicht mehr mit einer Schwenkmöglichkeit von nur fünf Grad starr geradeaus zielten. Elektronische Kontrollen, die über Funk gesteuert wurden, hielten sie mit absoluter Präzision auf ein gegebenes Ziel gerichtet, ganz gleich, welche Manöver dieses ausführte. Außerdem fand ein bisher unerkanntes Genie im Maschinenraum eine Möglichkeit zum Speichern der Energie, durch die die normale Leistung der Schiffsmaschinen kumuliert und in Stößen abgegeben werden konnte, die weit über den normalen Werten lagen. Theoretisch wurde die Feuerkraft der Strahler dadurch vervielfacht und ihre zerstörerische Wirkung beträchtlich erhöht. Aber es gab nicht viel, was sonst noch getan werden konnte.

Die Gruppe, die das Schiff auf die Niederlage vorbereitete, hatte wesentlich mehr Spielraum. Sternenkarten, Navigationsinstrumente mit verräterischen Anzeigen, die Foto-Dokumentation, die Tommy Dort auf der sechsmonatigen Reise von der Erde gemacht hatte, und alle anderen Unterlagen, aus denen sich die Lage der Erde ableiten ließ, wurden in versiegelten Schränken untergebracht. Wenn jemand, der den komplizierten Prozeß des Öffnens nicht genau kannte, sich an ihnen zu schaffen machte, verbrannte der Inhalt aller Schränke augenblicklich zu Asche, und die Asche wurde so durcheinandergerührt, daß keinerlei Hoffnung auf eine Wiederherstellung mehr bestand. Natürlich blieb eine Möglichkeit, die Schränke sicher zu öffnen, für den Fall, daß die *Llanvabon* siegreich sein sollte.
Atombomben wurden über die ganze Hülle des Schiffes verteilt. Fand die menschliche Besatzung den Tod, ohne daß das Schiff vollständig zerstört wurde, detonierten die Atombomben, sobald die *Llanvabon* längsseits des fremden Fahrzeugs gebracht wurde. Man hatte keine fertigen Atombomben an Bord, aber kleine Reserveeinheiten für den Antrieb. Es war nicht schwierig, sie so umzuändern, daß sie bei der Aktivierung keine gleichmäßige Energie abgaben, sondern detonierten. Und vier Männer der Crew blieben ständig in Raumanzügen mit geschlossenen Helmen, um sofort kampfbereit zu sein, wenn das Schiff durch einen unvorhergesehenen Angriff in vielen Abteilungen durchlöchert werden sollte.
Einen solchen Angriff hätte man jedoch nicht verräterisch nennen können. Der fremde Kapitän hatte offen gesprochen. Er verhielt sich wie jemand, der sich realistisch sagt, daß Lügen keinen Sinn haben. Der Kapitän der *Llanvabon* wiederum wußte die Ehrlichkeit zu schätzen. Jeder von beiden betonte — vielleicht wahrheitsgemäß —, er wünsche, es möge sich Freundschaft zwischen den beiden Rassen entwickeln. Aber beide Seiten waren sich klar darüber, daß der jeweils andere alle Anstrengungen unternahm, um die eine Information herauszufinden, die er selbst verzweifelt geheimhalten wollte — die Lage seines Heimatplaneten. Und keiner wagte es, von der Voraussetzung auszugehen,

der andere sei nicht imstande, seine Spur zu verfolgen. Denn jeder hielt es für seine Pflicht, den Heimatplaneten der fremden Rasse zu lokalisieren, und keiner wollte die Existenz seiner eigenen Rasse aufs Spiel setzen, indem er dem anderen Vertrauen schenkte.

Sie konnten den Einsatz, um den es beim Kampf gehen würde, erhöhen, indem sie vorerst fortfuhren, Informationen auszutauschen. Aber für den Einsatz, den jeder von beiden wagte, gab es eine Grenze. Keiner würde Informationen über Waffen, Bevölkerungszahl oder Hilfsmittel preisgeben. Nicht einmal die Entfernung ihrer Heimatbasis vom Krabbennebel verrieten sie. Sicher, sie tauschten Informationen aus, und jeder bemühte sich, seine eigene Zivilisation als so mächtig hinzustellen, daß sie gar nicht zu erobern war. Doch dadurch wurde auch die Bedrohung größer, und ein Kampf erschien immer unvermeidlicher.

Es war jedoch merkwürdig, wie gut sich fremde Gehirne verstehen konnten. Tommy Dort, der über seiner Kodiermaschine schwitzte, stellte fest, daß aus den steifen Anordnungen von Wortkarten, die er anfangs empfangen hatte, persönliche Anreden wurden. Er hatte die Fremden nie anders als auf dem Bildschirm gesehen, und das bei Licht, das sich um mindestens eine Oktave von dem unterschied, bei dem sie selbst sahen. Ihnen wiederum mußte er sehr eigenartig vorkommen in dieser Beleuchtung, die für die Augen der Fremden schon weit im ultravioletten Bereich lag. Aber ihre Gehirne arbeiteten auf verblüffend gleiche Weise. Tommy Dort empfand Sympathie und schon beinahe Freundschaft für die durch Kiemen atmenden, kahlköpfigen, mit trockenem Humor begabten Geschöpfe in dem schwarzen Raumschiff.

Diese geistige Verwandtschaft brachte ihn dazu, eine Art Tabelle mit den Aspekten des sie quälenden Problems zu entwerfen. Er glaubte nicht, daß die Fremden den Wunsch hatten, die Menschen zu vernichten. Tatsächlich hatten die Botschaften der Fremden auf der *Llanvabon* eine Haltung erzeugt, die der Toleranz zwischen feindlichen Soldaten während eines Waffenstillstands auf der Erde glich. Die Menschen fühlten keine Feindseligkeit, und wahrscheinlich ging es den Fremden ebenso. Aber aus streng logischen Gründen mußten sie töten oder getötet werden.

Tommys Tabelle ging dem Problem systematisch zu Leibe. Er machte in der Reihenfolge ihrer Wichtigkeit eine Liste der Ziele, die die Menschen anstreben mußten. Das erste war, die Nachricht von der Existenz der Fremden nach Hause zu befördern. Das zweite war, die Lage der fremden Kultur in der Galaxis festzustellen. Das dritte war die Weitermeldung von möglichst vielen Informationen über diese Kultur. — Für das dritte Ziel wurde bereits eine Menge unternommen, aber es war wahrscheinlich unmöglich, das zweite zu erreichen. Das erste — und damit alles andere — hing von dem Ausgang des Kampfes ab, der unvermeidlich schien.

Die Ziele der Fremden waren genau die gleichen, so daß die Menschen ihre Erreichung verhindern mußten: Erstens, die Nachricht von der Existenz der Menschen durfte nicht zur Heimatwelt der Fremden befördert werden, zweitens, die Fremden durften nicht entdecken, wo sich die Erde befand, und drittens, die Fremden durften keine Informationen bekommen, die ihnen halfen oder sie ermutigten, die menschliche Rasse anzugreifen. Und wieder arbeitete man an der Erreichung des dritten Ziels, und das zweite würde man wahrscheinlich zu verhindern wissen. Aber was das erste Ziel betraf, hing alles vom Ausgang des Kampfes ab.

Es gab keinen Weg, der harten Notwendigkeit auszuweichen. Das schwarze Schiff mußte zerstört werden. Die Fremden würden keine andere Lösung ihrer Probleme sehen als die Zerstörung der *Llanvabon.* Aber Tommy Dort, dem jämmerlich zumute war, betrachtete seine Tabelle und sagte sich, daß nicht einmal ein vollständiger Sieg eine perfekte Lösung darstellte. Ideal wäre es, wenn die *Llanvabon* das fremde Schiff zur eingehenden Untersuchung zur Erde mitnehmen könnte. Nur dadurch wurde das dritte Ziel vollständig erreicht. Tommy fand die Vorstellung eines so vollständigen Sieges erschreckend, vorausgesetzt, daß er überhaupt möglich war. Ebenso zuwider war es ihm, nichtmenschliche Wesen zu töten, die den menschlichen Gedankengang nachvollziehen konnten, es sei notwendig, eine Flotte von Kampfschiffen auszurüsten und eine fremde Kultur zu zerstören, weil ihre Existenz eine Gefahr bedeutete. Diese rein zufällig erfolgte Begegnung hatte eine Situation geschaffen, die nur die völlige Vernichtung zur Folge haben konnte.

Tommy Dort war wütend auf sein eigenes Gehirn, weil es ihm keine praktikable Lösung lieferte. Es mußte eine Lösung geben! Es stand zu viel auf dem Spiel! Es war einfach absurd, daß zwei Raumschiffe — von denen keins für einen Kampf gedacht war — miteinander kämpfen sollten, damit der Überlebende eine Nachricht nach Hause bringen konnte, die die gesamte Rasse in hektische Vorbereitungen zu einem Krieg gegen die ahnungslose andere stürzen würde.

Wenn folglich beide Rassen gewarnt werden konnten und jede erfuhr, daß die andere keinen Krieg wünschte, und wenn sie miteinander kommunizieren konnten, ohne die Lage der Heimatwelten preiszugeben, bis ein gewisses Fundament für gegenseitiges Vertrauen geschaffen war —

Es war unmöglich. Es war reine Phantasterei. Es war ein Tagtraum. Es war Unsinn. Aber es war ein so verlockender Unsinn, daß Tommy Dort ihn für seinen kiemenatmenden Freund Buck kodierte und über einige hunderttausend Meilen durch den leuchtenden Nebel schickte.

„Sicher", antwortete Buck durch die Wortkarten, die in die Ausgabe des Dekodierers fielen. „Das ist ein schöner Traum. Aber ich mag dich, und trotzdem kann ich dir nicht glauben. Wenn ich dir diese Überlegungen mitgeteilt hätte, würdest du jetzt erklären, daß du mich zwar magst, mir aber nicht glaubst. Ich sage dir die Wahrheit, auch wenn du mir nicht glaubst, und vielleicht sagst du mir die Wahrheit, obwohl ich dir nicht glaube. Aber es gibt keine Möglichkeit, das festzustellen. Es tut mir leid."

Tommy Dort starrte düster auf die Botschaft. Ihn drückte ein schreckliches Gefühl von Verantwortung. So ging es jedem einzelnen auf der *Llanvabon.* Wenn sie bei dieser Begegnung versagten, war die Gefahr für die gesamte Menschheit, in naher Zu-

kunft völlig ausgelöscht zu werden, riesengroß. Wenn sie Erfolg hatten, traf die Vernichtung höchstwahrscheinlich die fremde Rasse. Millionen oder Milliarden von Leben hingen von den Handlungen einiger weniger Männer ab.
Dann erkannte Tommy Dort die Lösung.
Wenn sie funktionierte, war sie verblüffend einfach. Schlimmstenfalls errang die Menschheit beziehungsweise die *Llanvabon* einen Teilsieg. Tommy saß ganz still, wagte sich nicht zu bewegen, damit die Gedankenkette, die der ersten unausgereiften Idee folgte, nicht abriß. Er überlegte sich die Sache immer wieder und wieder, fand aufgeregt Einwände und widerlegte sie und überwand Unmöglichkeiten. Es war die Antwort! Dessen war er sich sicher.
Er war beinahe taumelig vor Erleichterung, als er den Kapitänsraum betrat und um die Erlaubnis zu sprechen bat.
Unter anderem gehört es zu den Aufgaben eines Kapitäns, Dinge zu finden, über die er sich Sorgen machen kann. Aber der Kapitän der *Llanvabon* brauchte sie nicht erst zu suchen. In den drei Wochen und vier Tagen seit dem ersten Kontakt mit dem schwarzen Schiff war das Gesicht des Kapitäns alt und zerfurcht geworden. Es war nicht allein die *Llanvabon,* um die er sich Sorgen machen mußte, sondern die ganze menschliche Rasse.
„Sir", sagte Tommy Dort, und sein Mund war wegen der ungeheuren Wichtigkeit seines Anliegens ganz trocken, „darf ich eine Methode für den Angriff auf das fremde Schiff vorschlagen? Ich werde ihn selbst durchführen, Sir, und wenn es nicht klappt, ist unser Schiff dadurch nicht geschwächt worden."
Der Kapitän wandte ihm das Gesicht zu, ohne ihn zu sehen.
„Die taktischen Maßnahmen sind alle ausgearbeitet, Mr. Dort", antwortete er schwer. „Sie werden der notwendigen Manöver wegen soeben auf Band aufgenommen. Es ist ein Spiel mit einem schrecklich hohen Einsatz, aber wir müssen es wagen."
„Ich glaube", begann Tommy vorsichtig, „ich weiß eine Möglichkeit, wie wir das Spiel vermeiden können. Einmal angenommen, Sir, daß wir dem anderen Schiff eine Botschaft schicken, in der wir anbieten —"

Er fuhr fort zu sprechen in dem völlig stillen Kapitänsraum, in dem die Bildschirme weiter nichts zeigten als den leuchtenden Nebel draußen und die beiden brennenden Sterne in seinem Herzen.

Der Kapitän selbst ging mit Tommy durch die Luftschleuse. Ein Grund dafür war, daß die von Tommy vorgeschlagene Unternehmung seine Autorität erforderte. Ein zweiter Grund war, daß der Kapitän sich mehr Sorgen als irgendwer sonst auf der *Llanvabon* gemacht hatte, und das hatte er satt. Wenn er mit Tommy ging, handelte er selbst, und wenn er versagte, würde er als erster getötet werden — und das Band für die Manöver des irdischen Schiffes war bereits in die Kontrollen gefüttert und mit dem Mutter-Zeitschalter korreliert worden. Wenn Tommy und der Kapitän getötet wurden, brauchte nur ein einziger Knopf gedrückt werden, und die *Llanvabon* stürzte sich in einen Kampf, der mit der völligen Vernichtung des einen oder des anderen Schiffes — oder beider — enden mußte. Deshalb konnte man nicht sagen, der Kapitän verlasse sein Schiff.

Die äußere Schleusentür öffnete sich weit. Dahinter lag die leuchtende Leere, die der Nebel war. In zwanzig Meilen Entfernung hing der kleine Roboter im Raum. Er kreiste in einem umglaublichen Orbit um die zentralen Zwillingssonnen und kam ihnen näher und näher. Natürlich würde er keine von beiden Sonnen je erreichen. Der weiße Stern allein war so viel heißer als die Sonne der Erde, daß seine Hitzestrahlung noch auf einem Objekt, das fünfmal weiter von ihm entfernt war als Neptun von Sol, irdische Temperaturen erzeugen würde.

Selbst wenn der kleine Roboter sich ihm nur bis auf die Entfernung des Pluto näherte, würde er von den Strahlen des weißen Zwerges noch zu kirschroter Glut erhitzt werden. Und ganz unmöglich war es, daß er sich bis auf neunzig und einige Millionen Meilen heranwagte, was die Entfernung der Erde von ihrer Sonne ist. In dieser Nähe würde sein Metall schmelzen und verdampfen. Aber ein halbes Lichtjahr draußen war das runde Ding in Sicherheit.

Die beiden in Raumanzügen gekleideten Gestalten flogen weg von der *Llanvabon.* Die Atomantriebe, die sie zu selbständigen kleinen Raumschiffen machten, waren ein wenig verändert worden, aber die Änderung beeinträchtigte ihre Funktion nicht. Beide Männer hielten auf den Kommunikationsroboter zu. Draußen im Raum erklärte der Kapitän:
„Mr. Dort, mein ganzes Leben lang habe ich mich nach einem Abenteuer gesehnt. Dies ist das erstemal, daß ich es vor mir selbst rechtfertigen konnte."
Seine Stimme kam durch die Empfänger in Tommys Helm. Tommy befeuchtete seine Lippen und antwortete:
„Mir kommt das gar nicht wie ein Abenteuer vor, Sir. Ich wünsche mir sehnlichst, daß wir unsern Plan durchführen können. Ein Abenteuer habe ich mir immer so vorgestellt, daß einem der Ausgang gleichgültig ist."
„O nein", widersprach der Kapitän. „Ein Abenteuer ist es, wenn man sein Leben auf das Glücksrad des Zufalls setzt und darauf wartet, daß der Zeiger stehenbleibt."
Sie erreichten das runde Objekt. Sie hielten sich an den kurzen Hörnern fest, die Kameras an ihren Spitzen trugen.
„Intelligent sind sie ja, diese Fremden", bemerkte der Kapitän. „Sie müssen den verzweifelten Wunsch haben, von unserem Schiff mehr zu sehen als den Kommunikationsraum, wenn sie sich mit diesem gegenseitigen Besuch vor dem Kampf einverstanden erklärt haben."
„Jawohl, Sir", pflichtete Tommy ihm bei. Insgeheim hegte er den Verdacht, daß Buck, sein kiemenatmender Freund, ihn gern einmal in Fleisch und Blut sehen wollte, bevor einer von ihnen oder beide starben. Und er hatte den Eindruck, daß zwischen den beiden Schiffen eine Höflichkeit ähnlich der von Rittern alter Zeit erwachsen war, die sich gegenseitig vor einem Turnier von ganzem Herzen bewunderten, bevor sie mit ihren jeweiligen Waffen aufeinander einhackten.
Sie warteten.
Dann schwebten aus dem Nebel zwei andere Gestalten heran. Die fremden Raumanzüge hatten ebenfalls einen Atomantrieb.

Die Fremden selbst waren kleiner als Menschen, und ihre Helmöffnungen waren mit einem Filtermaterial bedeckt, das sichtbare und ultraviolette Strahlen, die für sie tödlich gewesen wären, ausschloß. Man konnte von den Köpfen in den Helmen nicht mehr sehen als die Umrisse.
In Tommys Helmfunkgerät erklang eine Stimme aus der *Llanvabon:* „Sie sagen, daß ihr Schiff Sie erwartet, Sir. Die Tür der Luftschleuse wird offenstehen."
Der Kapitän fragte argwöhnisch:
„Mr. Dort, haben Sie ihre Raumanzüge vorher schon einmal gesehen? Ja? Sind Sie sicher, daß die beiden nichts Zusätzliches bei sich hatten zum Beispiel Bomben?"
„Ja, Sir, da bin ich sicher", antwortete Tommy. „Wir haben uns unsere Ausrüstungen gezeigt. Das waren nur ihre normalen Raumanzüge, Sir."
Der Kapitän machte eine Handbewegung in Richtung der beiden Fremden. Er und Tommy flogen weiter auf das schwarze Schiff zu. Mit dem bloßen Auge konnten sie es nicht sehr deutlich erkennen, aber sie erhielten aus dem Kommunikationsraum Anweisungen, wie sie den Kurs zu wechseln hatten.
Das schwarze Schiff ragte vor ihnen auf. Es war groß, so lang wie die *Llanvabon* und viel dicker. Die Luftschleuse stand tatsächlich offen. Die beiden Männer schwebten in ihren Raumanzügen hinein und verankerten sich mit den Magnetsohlen ihrer Schuhe auf dem Fußboden. Die Außentür schloß sich langsam. Luft rauschte in die Schleuse, und gleichzeitig empfanden sie das scharfe, schnelle Ziehen künstlicher Schwerkraft. Dann öffnete sich die Innentür.
Alles lag in Dunkelheit. Tommy und der Kapitän schalteten gleichzeitig ihre Helmlampen an. Da die Fremden bei Infrarot sehen, wäre weißes Licht für sie unerträglich gewesen. Die Helmlampen waren deshalb von tiefroter Farbe, wie sie für die Beleuchtung von Instrumentenpaneelen benutzt wird, damit die Augen der Navigatoren, die auf ihren Bildschirmen den winzigsten Fleck weißen Lichtes entdecken müssen, nicht abgelenkt werden. Vor der Schleuse standen Fremde, um sie in Empfang zu

nehmen. Sie zwinkerten in der für sie ungewohnten Helligkeit. Aus Tommys Helmfunkgerät klang es:
„Sie sagen, Sir, ihr Kapitän erwarte Sie."
Tommy und der Kapitän standen in einem langen Korridor mit einem weichen Fußbodenbelag. Das rote Licht zeigte ihnen Einzelheiten, von denen jede exotisch war.
„Ich glaube, ich nehme meinen Helm ab, Sir", sagte Tommy.
Er tat es. Die Luft war gut. Eine Analyse hätte gezeigt, daß sie dreißig Prozent Sauerstoff anstelle der zwanzig Prozent normaler irdischer Luft enthielt, aber der Druck war niedriger. Menschen konnten sich hier wohl fühlen. Auch die künstliche Schwerkraft war geringer als sie in der *Llanvabon* aufrechterhalten wurde. Der Heimatplanet der Fremden mußte kleiner als die Erde sein und — nach den Infrarotwerten zu schließen — eine enge Bahn um eine sterbende, trübrote Sonne ziehen. Gerüche lagen in der Luft. Sie waren völlig fremdartig, aber nicht unangenehm.
Ein Bogendurchgang. Eine Rampe mit dem gleichen weichen Fußbodenbelag. Lichter, die ihre Umgebung in ein dunkles rotes Glühen tauchten. Die Fremden hatten einige ihrer Beleuchtungskörper als Akt der Höflichkeit auf eine größere Helligkeit umgestellt. Das Licht mochte ihren Augen weh tun, doch die Rücksichtnahme auf die Besucher, die daraus sprach, verstärkte in Tommy den Wunsch, sein Plan möge zum Erfolg führen.
Der fremde Kapitän begrüßte sie mit einer Geste, die in Tommys Augen ein humorvoll bittendes Abwehren war. Das Funkgerät verkündete:
„Er sagt, Sir, daß er Sie mit Vergnügen empfängt, aber es sei ihm bei allem Nachdenken nur eine Möglichkeit eingefallen, wie das Problem, das durch das Zusammentreffen der beiden Schiffe entstanden ist, gelöst werden kann."
„Er meint einen Kampf", antwortete der Kapitän. „Sagen Sie ihm, daß ich hier bin, um ihm einen anderen Vorschlag zu machen."
Der Kapitän der *Llanvabon* und der Kapitän des fremden Schiffes standen sich von Angesicht zu Angesicht gegenüber, aber ihre Unterhaltung verlief auf unheimlich komplizierte Weise. Die Fremden kannten keine Lautsprache. Sie verständigten sich unterein-

ander durch Mikrowellen, was der Telepathie nahekam. Im gebräuchlichen Sinn des Wortes hören konnten sie jedoch nicht, so daß die Sprache, die Tommy und der Kapitän benutzten, vom Standpunkt der Fremden aus ebenfalls der Telepathie nahekam. Der Kapitän sprach, und sein Helmfunkgerät schickte seine Worte zurück zur *Llanvabon,* wo sie in den Kodierer eingespeist wurden. Dann wurde die Übersetzung in Kurzwellen zu dem schwarzen Schiff zurückgesandt. Die Antwort des fremden Kapitäns ging erst zur *Llanvabon* und durch den Dekodierer, und dann wurde die Übersetzung von den Wortkarten abgelesen und schließlich über Funk weitergegeben. Das war umständlich, aber es funktionierte.

Der kleine, untersetzte fremde Kapitän stand ruhig da. Die Helmfunkgeräte verkündeten seine lautlose Antwort.

„Er möchte Ihren Vorschlag sehr gern hören, Sir."

Der Kapitän nahm den Helm ab. In kriegerischer Pose steckte er die Hände in den Gürtel.

„Nun passen Sie mal auf!" redete er das kahlköpfige, seltsame Wesen in dem unirdischen roten Licht entschlossen an. „Es sieht so aus, als müßten wir kämpfen und als müßte die eine Mannschaft dabei ihr Leben verlieren. Wenn es sein muß, sind wir dazu bereit. Aber wenn Sie siegen, haben wir dafür gesorgt, daß Sie nie herausfinden werden, wo die Erde liegt, und dabei stehen die Chancen gut, daß wir sowieso gewinnen. Doch wenn wir gewinnen, sitzen wir in der gleichen Klemme. Und wenn wir gewinnen und nach Hause zurückkehren, wird unsere Regierung eine Flotte ausrüsten und mit der Suche nach Ihrem Planeten beginnen. Und wenn wir ihn finden, werden wir ihn zu Staub zerblasen! Umgekehrt wird das uns passieren, wenn Sie Sieger bleiben. Und das ist doch die reine Dummheit! Wir halten uns seit einem Monat hier auf, wir haben in reichem Umfang Informationen ausgetauscht, und wir hassen einander nicht. Es gibt keinen Grund, warum wir miteinander kämpfen sollten, außer dem, daß wir es für den Rest unserer beiderseitigen Rassen tun."

Der Kapitän hielt inne, um Atem zu holen. Tommy Dort legte unauffällig ebenfalls die Hand an den Gürtel seines Raumanzugs. Er

wartete, und er hoffte von ganzem Herzen, der Trick werde Erfolg haben.
„Er sagt, Sir“, meldete das Helmfunkgerät, „daß alles, was Sie sagen, wahr ist. Aber er müsse seine Rasse schützen, genauso, wie Sie Ihre Rasse schützen wollen.“
„Natürlich“, erklärte der Kapitän zornig, „aber vernünftig wäre es, uns zu überlegen, auf welche Weise wir unsere jeweilige Rasse schützen wollen! Die Zukunft einer ganzen Rasse auf den Ausgang eines Kampfes zwischen zwei Schiffen zu setzen, ist nicht vernünftig. Unsere Rassen müssen benachrichtigt werden, daß die andere Rasse existiert. Das ist richtig. Aber jede sollte auch einen Beweis dafür bekommen, daß die andere nicht den Krieg, sondern den Frieden will. Und wir sollten nicht imstande sein, uns zu finden, und trotzdem sollten wir miteinander in Verbindung treten können, um das Fundament zu einem gegenseitigen Vertrauen zu legen. Wenn unsere Regierungen töricht handeln wollen, mögen sie es tun! Aber wir sollten ihnen die Chance geben, Freundschaft zu schließen, statt aus Angst voreinander einen Raumkrieg anzufangen!“
Kurz darauf kam die Antwort:
„Er sagt, die Schwierigkeit liege darin, jetzt Vertrauen zueinander zu gewinnen. Er könne die Existenz seiner Rasse nicht aufs Spiel setzen, indem er einen Vorteil vergibt, und Sie könnten es auch nicht.“
„Aber meine Rasse“, dröhnte der Kapitän und funkelte den fremden Kapitän an, „meine Rasse hat jetzt einen Vorteil. Wir sind in Raumanzügen mit Atomantrieb zu Ihrem Schiff herübergeflogen. Vor unserem Aufbruch haben wir den Antrieb verändert. Wir können jeder mitten hier in diesem Schiff zehn Pfund präparierten Treibstoff explodieren lassen — oder die Auslösung kann durch Fernsteuerung von unserem Schiff aus erfolgen! Es wäre schon sehr merkwürdig, wenn Ihr Treibstoffvorrat nicht zusammen mit uns aufflammen würde. Mit anderen Worten: Wenn Sie meinen Vorschlag, eine vernünftige Lösung für diese schwierige Situation zu suchen, nicht akzeptieren, töten Dort und ich uns in einer atomaren Explosion, und Ihr Schiff wird schwer beschädigt,

wenn nicht völlig zerstört — und zwei Sekunden später wird die *Llanvabon* mit allem angreifen, was ihr zur Verfügung steht!"
Es war eine seltsame Szene, die sich da in dem Kapitänsraum des fremden Schiffes mit der trübroten Beleuchtung und den kahlköpfigen, kiemenatmenden Wesen, die den Kapitän ansahen und auf die unhörbare Übersetzung seiner flammenden Rede warteten, abspielte. Plötzlich war die Luft mit Spannung geladen. Jeder einzelne Anwesende empfand den Druck. Der fremde Kapitän machte eine Handbewegung. Die Helmfunkgeräte rauschten.
„Er fragt, wie Ihr Vorschlag lautet, Sir."
„Wir tauschen die Schiffe aus!" brüllte der Kapitän. „Wir tauschen die Schiffe aus und fahren nach Hause! Wir können unsere Instrumente so präparieren, daß er unsere Spur mit ihnen nicht verfolgen kann, und er kann dasselbe mit seinen Instrumenten tun. Wir werden beide die Sternenkarten und Aufzeichnungen entfernen. Wir werden beide die Waffen abmontieren. Mit der Luft kommen wir zurecht, und wir werden Ihr Schiff nehmen und Sie unseres, und so kann keiner dem andern Schaden zufügen oder ihn verfolgen, und jeder wird mehr an Informationen nach Hause mitbringen, als er durch weitere Gespräche erhalten kann. Wir können diese Stelle im Krabbennebel als Treffpunkt zu der Zeit bestimmen, wenn der Doppelstern einen weiteren Umlauf vollendet hat. Und wenn unsere Leute einen neuen Kontakt mit den anderen wollen, können wir uns wiedertreffen, und wenn sie Angst haben, können wir wegbleiben! Das ist mein Vorschlag! Und er wird ihn annehmen, oder Dort und ich explodieren in seinem Schiff, und was dann noch davon übrig bleibt, wird von der *Llanvabon* zerstört!"
Er warf drohende Blicke um sich, während er darauf wartete, daß die untersetzten Gestalten rings um ihn die Übersetzung empfingen. Er wußte, daß sie eingetroffen war, als die Spannung auf einmal nachließ. Die Fremden erwachten aus ihrer Starre. Sie machten Gesten. Einer zuckte krampfhaft. Er fiel auf den weichen Fußbodenbelag und trat mit den Füßen. Andere lehnten sich gegen die Wände und schüttelten sich.

Bis jetzt war die Stimme, die Tommy Dort über sein Helmfunkgerät empfing, kühl und sachlich gewesen, doch jetzt verriet sie deutlich, wie verblüfft der Sprecher war.
„Er sagt, Sir, das sei ein guter Witz. Denn auch die beiden Mitglieder seiner Crew, die er zu unserem Schiff geschickt hat und die Ihnen unterwegs begegnet sind, haben ihre Raumanzüge mit atomaren Explosionsstoffen vollgestopft, Sir, und er hatte die Absicht, den gleichen Vorschlag und die gleiche Drohung vorzubringen! Natürlich nimmt er Ihren Vorschlag an, Sir. Die *Llanvabon* ist für ihn mehr wert als sein eigenes Schiff, und das seine ist für Sie mehr wert als die *Llanvabon.* Es sieht so aus, Sir, als sei der Handel perfekt."
Da wurde es Tommy Dort klar, was die Zuckungen der Fremden zu bedeuten hatten. Das war ihre Art von Gelächter.

Es war nicht ganz so einfach, wie der Kapitän es dargestellt hatte. Die tatsächliche Ausarbeitung seines Vorschlags brachte Komplikationen mit sich. Drei Tage lang arbeiteten auf beiden Schiffen gemischte Crews. Die Fremden lernten, wie die Maschinen der *Llanvabon* funktionierten, und die Menschen machten sich mit den Kontrollen des schwarzen Schiffes vertraut. Es war ein guter Witz — aber nicht alles daran war witzig. Auf dem schwarzen Schiff standen Männer und auf der *Llanvabon* Fremde bereit, in Sekundenschnelle, sollte der entsprechende Befehl erteilt werden, eine atomare Explosion in Gang zu setzen. Das war der Grund, daß der Notfall nicht eintrat. Aber wieviel besser war es trotz allem, daß jetzt zwei Expeditionen zu zwei Zivilisationen zurückkehrten — und nicht eine allein.
Natürlich tauchten Streitfragen auf. Ziemlich heftig wurde über die Entfernung der Dokumentation diskutiert, und meistens wurde die Meinungsverschiedenheit dadurch beigelegt, daß die Unterlagen zerstört wurden. Und was sollte mit den Büchern der *Llanvabon* und dem Gegenstück der Fremden zu einer Schiffsbibliothek geschehen? Ihr Inhalt war mit dem zu vergleichen, was man auf der Erde unter Romanen verstand. Bücher waren wichtig für den Aufbau einer späteren Freundschaft, weil sie der je-

weiligen anderen Rasse die fremde Kultur von dem Gesichtspunkt normaler Bürger und ohne Propaganda zeigten.
Diese drei Tage zerrten an den Nerven. Fremde Wesen luden die Nahrungsmittel aus, die für die Männer in dem schwarzen Schiff bestimmt waren, und überprüften sie. Menschen transportierten die Nahrungsmittel, die die Fremden auf ihrem Rückflug brauchen würden, von einem Schiff zum anderen. Es gab endlose Verhandlungen über Einzelheiten, von dem Austausch der Beleuchtungsanlagen, die auf das Sehvermögen der bisherigen Crews abgestimmt waren, bis zu einer letzten Kontrolle aller Apparate. Eine aus beiden Rassen zusammengesetzte Gruppe überzeugte sich, daß alle Spürgeräte unbrauchbar gemacht, aber nicht entfernt worden waren. So konnten sie nach Erreichung der Heimatbasis studiert, aber nicht zur Verfolgung des anderen Schiffes benutzt werden. Natürlich achteten die Fremden streng darauf, daß sie keine einsatzbereiten Waffen auf dem schwarzen Schiff zurückließen, und ebenso machten es die Menschen auf der *Llanvabon.* Bei alldem stellte sich heraus, daß beide Crews sehr scharfsinnig im Erfinden von Vorsichtsmaßnahmen waren, die eine Verletzung der Vereinbarungen unmöglich machten.
Bevor die beiden Schiffe sich trennten, fand im Kommunikationsraum der *Llanvabon* eine letzte Konferenz statt.
„Teilen Sie dem Kleinen mit“, brummte der frühere Kapitän der *Llanvabon,* „daß er ein gutes Schiff bekommen hat und daß er es ja richtig behandeln soll.“
Karten mit der Antwort fielen in die Ausgabe der Kodiermaschine.
„Ich glaube“, lautete die Übersetzung dessen, was der fremde Kapitän erwidert hatte, „daß Ihr Schiff ebensogut ist. Ich hoffe, wir treffen uns hier wieder, wenn der Doppelstern eine weitere Umkreisung beendet hat.“
Der letzte Mensch verließ die *Llanvabon.* Sie war in dem leuchtenden Nebel verschwunden, noch ehe ihre alte Crew zu dem schwarzen Schiff zurückgekehrt war. Die Bildschirme dieses Fahrzeugs waren für menschliche Augen geändert worden, und menschliche Besatzungsmitglieder verfolgten an ihnen sehn-

süchtig die letzten Spuren ihres früheren Schiffes. Währenddessen zog ihr neues Schiff in einem verrückten Ausweichkurs davon und in ein ferngelegenes Gebiet des Krabbennebels. Es erreichte einen leeren Kanal, der zu den Sternen führte. Bald darauf befand es sich im freien Raum. Es kam der Augenblick der Atemlosigkeit, als der Überlichtantrieb ansprang, und dann raste das schwarze Schiff mit einem Vielfachen der Lichtgeschwindigkeit in die Leere hinein.

Viele Tage später sah der Kapitän, wie Tommy Dort über einem der seltsamen Objekte brütete, die die Bücher der Fremden darstellten. Ihr Studium war faszinierend. Der Kapitän war sehr zufrieden mit sich. Die Techniker aus der früheren Crew der *Llanvabon* machten in beinahe jedem Augenblick eine neue wünschenswerte Entdeckung. Zweifellos ging es den Fremden beim Studium der *Llanvabon* ebenso.

Es ließ sich überhaupt nicht abschätzen, wie wertvoll sich das schwarze Schiff für die Menschheit erweisen würde. Ganz bestimmt hatte man eine Lösung gefunden, die weit besser war als selbst ein vollständiger Sieg der Erdenmenschen in einem Kampf.

„Hm-m-m, Mr. Dort", machte der Kapitän auf sich aufmerksam. „Sie haben keine Ausrüstung mehr, mit der Sie auf dem Rückweg neue fotografische Aufnahmen machen können, denn Ihre Geräte sind auf der *Llanvabon.* Aber glücklicherweise haben wir die Dokumentation, die Sie auf dem Hinweg gemacht haben, und ich werde in meinem Bericht lobend erwähnen, daß der Vorschlag mit dem Schiffsaustausch von Ihnen kam und wie tatkräftig Sie bei seiner Ausführung mitgewirkt haben. Ich habe eine sehr hohe Meinung von Ihnen, Sir."

„Ich danke Ihnen, Sir", antwortete Tommy Dort.

Er wartete. Der Kapitän räusperte sich.

„Sie ... äh ... waren der erste, dem die Ähnlichkeit der Denkprozesse bei uns und den Fremden aufgefallen ist", fuhr er fort. „Wie beurteilen Sie die Aussichten einer friedlichen Vereinbarung, wenn wir uns, wie abgesprochen, wieder mit ihnen im Nebel treffen?"

„Oh, wir werden prächtig miteinander auskommen, Sir", meinte Tommy. „Einen guten Anfang haben wir ja schon gemacht. Und schließlich sehen sie bei Infrarot, da sind die Planeten, die sie gern hätten, für uns gar nicht geeignet. Es gibt keinen Grund, warum wir uns nicht verstehen sollten. Psychologisch gesehen sind wir so gut wie gleich."

„Hm-m-m. Wie meinen Sie das?" wollte der Kapitän wissen.

„Nun, sie sind genau wie wir, Sir", sagte Tommy. „Natürlich atmen sie durch Kiemen und sehen bei Hitzewellen, und ihr Blut hat eine Kupferbasis statt einer Eisenbasis, und solche Kleinigkeiten gibt es noch mehr. Aber sonst sind sie eben genau wie wir! Ihre Crew bestand nur aus Männern, Sir, aber sie haben zwei Geschlechter, genau wie wir, und sie haben Familien, und ... äh ... ihr Sinn für Humor — das ist tatsächlich —"

Tommy zögerte.

„Fahren Sie fort, Sir", drängte der Kapitän.

„Also — da war dieser eine, den ich Buck nenne, Sir, weil er keinen Namen hat, der sich mit Schallwellen ausdrücken läßt", erklärte Tommy. „Wir kamen sehr gut miteinander aus. Und bevor sich die beiden Schiffe trennten, waren wir zwei Stunden zusammen und hatten nichts Besonderes zu tun. In dieser Zeit gewann ich die Überzeugung, daß die Menschen und die Fremden bestimmt gute Freunde werden, wenn sie nur eine halbe Chance bekommen. Wissen Sie, Sir, in diesen zwei Stunden haben wir uns schmutzige Witze erzählt."

A. Bertram Chandler

Shrick, der Riesentöter

(Giant Killer)

Der 1912 in England geborene Australier Arthur Bertram Chandler war einen Großteil seines Lebens auf See, zunächst als sechzehnjähriger Schiffsjunge, später als Offizier und Kapitän bei der britischen, australischen und neuseeländischen Handelsmarine. Dieser maritime Hintergrund kommt auch in seinen SF-Werken, allen voran dem großangelegten **„Rim-Worlds“***-Zyklus, zum Ausdruck. Der* **„Rim-Worlds“***-Zyklus ist eine der größten Serien innerhalb der SF (bislang etwa 25 Romane, 3 Storybände, 30 nicht nachgedruckte Magazinstories). Er schildert die Weltraumabenteuer von John Grimes, eines interstellaren Hornblower, der sich an Bord von Sternenschiffen bis in den Rang eines Kommandanten hochdient und die Routen an den Randwelten der Galaxis abfliegt.*

Diese autobiographisch gefärbte, weitgespannte Space Opera hat Chandlers restliches SF-Werk leider völlig in den Schatten gestellt, so daß man heute seinen Namen nur noch mit der **„Rim-Worlds“***-Saga verbindet. Dabei hat dieser Autor auch andere bemerkenswerte SF-Geschichten zu Papier gebracht und in seinem Heimatland Australien allein viermal den Ditmar-Award für die beste SF des Jahres erhalten. Chandler kam durch die Lektüre von* **„Astounding“** *zur SF. John W. Campbell jr. veröffentlichte dort 1944 seine erste Story,* **„This Means War“,** *und im Oktober 1945 wurde dort seine zweifellos beste Erzählung,* **„Giant Killer“,** *abgedruckt. Sie markiert einen frühen Hochpunkt* *in der Karriere des Autors, der auch unter dem Pseudonym George Whitley vor allem in britischen Magazinen publizierte.* ***„Giant Killer“*** *ist eine reine Abenteuerstory aus einem interessanten Blickwinkel. Sie spielt in einer kleinen, abgeschlossenen Welt, und ihr Verfasser zog seine Anregungen dazu ebenfalls aus der Seefahrt, obwohl das zunächst gar nicht einleuchten mag…*

Shrick hätte sterben sollen, bevor sich seine Babyaugen auf seine Welt geöffnet hatten. Shrick wäre gestorben, aber Weena, seine Mutter, war entschlossen, daß er allein von allen ihren Kindern leben sollte. Drei Mal hatte sie bisher seit ihrer Paarung mit Skreer geboren, und in jedem Fall hatte der alte, graue Sterret, Richter der Neugeborenen, ihre Jungen als Andersartige verdammt.

Weena hatte nichts gegen das Gesetz, wenn es nicht sie oder die Ihren betraf. Sie genoß ebenso wie jedes andere Mitglied des Stammes die Festmahle mit frischem, köstlichem Fleisch sehr, die dem rituellen Schlachten der Andersartigen folgten. Doch wenn jene Geopferten die Frucht ihres eigenen Schoßes waren, war es nicht dasselbe.

Es war still in der Höhle, in der Weena das Kommen ihres Herrn erwartete. Still, das heißt bis auf das Geräusch ihres Atmens und einem gelegentlichen klagenden, quäkenden Schrei von dem neugeborenen Kind. Und selbst diese Geräusche wurden von den weichen, schwammigen Wänden und der Dekke gedämpft.

Sie spürte das Kommen Skreers lange vor seiner tatsächlichen Ankunft. Sie ahnte seine erste Frage, und als er die Höhle betrat, sagte sie ruhig: „Eins. Ein männliches."

„Ein männliches?" Skreer strahlte Billigung aus. Dann fühlte sie seine Stimmung sich in eine des fragenden Zweifels wandeln. „Ist er... er —?"

„Ja."

Skreer nahm das winzige, warme Wesen in seine Arme. Es gab kein Licht, doch er war, wie alle seiner Rasse, an das Dunkel gewöhnt. Seine Finger sagten ihm alles, was er wissen mußte. Das Kind war haarlos. Die Beine waren zu gerade. Und — dies war das Allerschlimmste — sein Kopf war eine große, vorstehende Wölbung.

„Skreer!" Weenas Stimme war besorgt. „Du —?"

„Es gibt keinen Zweifel. Sterret wird es als Andersartigen verdammen."

„Aber —"

„Es gibt keine Hoffnung." Weena spürte, daß ihr Partner zitterte, hörte dabei das leise, seidige Rascheln seines Pelzes. „Sein Kopf! Er ist wie die Riesen!"
Die Mutter seufzte. Es war schwer, aber sie kannte das Gesetz. Und doch —. Dies war ihre vierte Kindgeburt, und sie sollte vielleicht niemals erfahren, wie es war, zu wachen und mit gemischtem Stolz und Schrecken zu warten, während ihre Söhne mit den anderen jungen Männern aufbrachen, um das Territorium der Riesen zu überfallen, und Beute von der großen Nahrungshöhle, dem Ort-der-grünen-wachsenden-Dinge oder sogar wertvolle Brocken glänzenden Metalls vom Ort des Lebens-das-kein-Leben-ist mitzubringen.
Sie klammerte sich an eine schwache Hoffnung.
„Sein Kopf ist wie der eines Riesen? Glaubst du, es kann sein, daß die Riesen Andersartige sind? Ich habe es sagen gehört."
„Was, wenn sie es sind?"
„Nur dies. Vielleicht wird er zu einem Riesen heranwachsen. Vielleicht wird er die anderen Riesen bekämpfen, für uns, für sein Volk. Vielleicht —"
„Vielleicht wird Sterret ihn leben lassen, meinst du." Skreer machte das kurze, unangenehme Geräusch, das bei seinen Leuten als Lachen durchging. „Nein, Weena. Er muß sterben. Und es ist lange her, seit wir ein Festmahl —"
„Aber —"
„Genug. Oder willst *du* ebenfalls Fleisch für den Stamm liefern? Ich könnte mir eine Partnerin wünschen, die mir kräftige Söhne gebährt, nicht Monstren!"

Der Platz der Zusammenkunft war fast verlassen, als ihn Skreer und Weena betraten, sie mit Shrick fest in die Arme gepreßt. Zwei weitere Paare waren da, jedes mit Neugeborenen. Eine der Mütter hielt zwei Babys, und beide schienen normal zu sein. Die andere hatte drei, so daß ihr Partner eines davon hielt.
Weena erkannte sie als Teeza und warf ihr ein kleines Halblächeln der Sympathie zu, als sie sah, daß das von Teezas Partner getragene Kind von Sterret bestimmt verdammt werden würde,

wenn er zu erscheinen beliebte. Denn es war möglicherweise noch abstoßender als ihr eigenes Andersartiges, da es zwei Hände hatte, die am Ende eines jeden Armes wuchsen.
Skreer näherte sich einem der anderen Männer, er mit keinem Kind belastet.
„Wie lange wartet ihr schon?“ fragte er.
„Viele Herzschläge. Wir —“
Der Wächter, der am Durchlaß stationiert war, durch welchen Licht vom Innerhalb hereindrang, zischte eine Warnung: „Still! Ein Riese kommt!“
Die Mütter preßten ihre Kinder noch fester an sich, wobei sich ihr Fell vor abergläubischer Furcht aufstellte. Sie wußten, daß keine Gefahr drohte, solange sie still blieben, daß nicht einmal dann, wenn sie sich durch ein leises Geräusch verraten sollten, ein unmittelbares Risiko bestand. Es war nicht Größe allein, die die Riesen gefürchtet machte, es waren die übernatürlichen Kräfte, von denen man wußte, daß sie diese besaßen. Die Nahrung-die-tötet hatte manch unachtsames Mitglied des Stammes ermordet, ebenso ihre teuflisch raffinierten Vorrichtungen, die jeden vom Volk zerquetschten und zerfleischten, der unklug genug war, um gierig nach den köstlichen Brocken zu greifen, die auf einer Art kleinen Plattform ausgelegt worden waren. Obwohl es jene gab, die behaupteten, daß es im letzteren Fall das Risiko wert war, denn die gelben Körner aus den vielen Säcken in der Nahrungshöhle waren so eintönig, wie sie nahrhaft waren.
„Der Riese ist vorbeigegangen!“
Bevor jene auf dem Platz der Zusammenkunft ihr Gespräch fortsetzen konnten, trat Sterret aus dem Eingang seiner Höhle heraus. In seiner rechten Hand hielt er seinen Amtsstab, einen geraden Stab aus dem festen, jedoch weichen Material, welches das Territorium des Volkes von dem der Riesen trennte. Er war mit einer scharfen Metallspitze besetzt.
Er war alt, war Sterret.
Jene, die selbst Großeltern waren, hatten ihre Großeltern von ihm sprechen hören. Seit Generationen hatte er die Angriffe von Jünglingen überlebt, die auf seine Privilegien als Häuptling nei-

disch waren, sowie die selteneren Überfälle von Eltern, die mit seinen Urteilen als Richter der Neugeborenen unzufrieden waren. In diesem letzteren Fall hatte er jedoch nichts zu fürchten, denn bei solchen vereinzelten Anlässen hatte sich der Stamm wie ein Mann erhoben und die Übeltäter in Stücke gerissen.
Hinter Sterret kamen seine persönlichen Wächter, und dann strömte die Hauptmasse des Stammes aus den vielen Höhleneingängen heraus. Es war nicht nötig gewesen, sie zu rufen; sie *wußten.*

Bedächtig und ohne Eile nahm der Häuptling seine Position in der Mitte des Platzes der Zusammenkunft ein. Ohne Befehl machte die Menge Platz für die Eltern und ihre Neugeborenen. Weena zuckte zusammen, als sie die schadenfrohen Blicke auf Shricks abstoßende Kahlheit, seinen mißgestalteten Schädel geheftet sah. Sie wußte, wie der Urteilsspruch lauten würde.
Sie hoffte, daß die Neugeborenen der anderen vor ihrem gerichtet wurden, obgleich das den Tod ihres Kindes nur um die Zeitspanne von ein paar sehr wenigen Herzschlägen verzögern würde. Sie hoffte —
„Weena! Bring das Kind zu mir, damit ich sehen und das Urteil erlassen kann!“
Der Häuptling streckte seine mageren Arme aus, nahm das Kind aus den zögernden Händen der Mutter. Seine kleinen, tiefliegenden Augen leuchteten bei dem Gedanken an den Schluck kräftigen, roten Blutes, den er bald genießen sollte. Und doch zögerte er, den Genuß eines einzigen Herzschlages von der Qual der Mutter zu verschenken. Möglicherweise konnte man die zu einem Angriff provozieren —
„Du beleidigst uns“, sagte er langsam, „indem du *dies* hervorbringst!“ Er hielt Shrick, der schwach schrie, auf Armeslänge vor sich. „Seht, o Leute, dieses *Ding* an, das die elende Weena zu meiner Beurteilung gebracht hat!“
„Er hat den Kopf eines Riesen“, Weenas furchtsame Stimme war kaum hörbar. „Vielleicht —“
„ — war sein Vater ein Riese!“

Ein kicherndes Lachen erklang auf dem Platz der Zusammenkunft.
„Nein. Aber ich habe es sagen gehört, daß die Riesen, oder ihre Väter und Mütter, vielleicht Andersartige waren. Und —"
„Wer hat das gesagt?"
„Strela."
„Ja, Strela der Weise. Der in seiner Weisheit ausgiebig von der Nahrung-die-tötet aß!"
Wieder rieselte das gehässige Lachen durch die versammelte Menge.
Sterret hob die Hand, die den Speer hielt, wobei er seinen Griff um den Stab verstärkte. Sein Gesicht krampfte sich zusammen, als er in Vorfreude den hellen Blutschwall kostete, der bald aus der Kehle des Andersartigen quellen würde. Weena schrie. Mit einer Hand riß sie ihr Kind aus dem gehässigen Griff des Häuptlings, mit der anderen packte sie seinen Speer.
Sterret war alt, und generationenlange Autorität hatte ihn achtlos gemacht. Doch so alt er auch war, er wich dem heftigen Stoß aus, der von der Mutter auf ihn gezielt war. Er hatte es nicht nötig, Befehle zu brüllen; von allen Seiten eilte das Volk auf die Rebellin zu.
Bereits von ihrer Tat entsetzt, wußte Weena, daß sie keine Gnade erwarten konnte. Und doch war das Leben süß, selbst so, wie es der Stamm lebte. Als sie auf dem grauen, schwammigen Boden des Platzes der Zusammenkunft einen Halt gewann, sprang sie. Der Schwung ihres Sprunges trug sie bis zur Tür, durch welche das Licht vom Innerhalb strömte. Die dortige Wache war unbewaffnet, denn von welchem Nutzen wäre ein kümmerlicher Speer gegen die Riesen? Er wich vor Weenas blanker Klinge und ihren gefletschten Zähnen zurück. Und dann war Weena im Innerhalb.
Sie konnte, wußte sie, den Druchgang endlos lange gegen jede Verfolgung halten. Aber dies war Riesenland. In einer Qual der Unentschlossenheit klammerte sie sich mit einer Hand an den Rand des Durchgangs, während die andere noch immer den Speer hielt. Ein Gesicht erschien in der Öffnung und verschwand dann, blutüberströmt. Erst später wurde ihr klar, daß es Skreers

Gesicht gewesen war. Sie wurde sich eindringlich des hellen Lichts bewußt, das ringsum und über ihr pulsierte, der weiten Räume zu allen Seiten eines Körpers, der an die Enge der Höhlen und Tunnels gewöhnt war. Sie fühlte sich nackt und trotz ihres Speeres völlig wehrlos.
Dann kam das, was sie fürchtete, auf sie zu.

Hinter sich spürte sie das Nahen zweier Riesen. Dann konnte sie ihr Atmen hören und das leise, unendlich bedrohliche Poltern ihrer Stimmen, als sie einer mit dem anderen sprachen. Sie hatten sie nicht gesehen — dessen war sie sicher, aber es war nur eine Sache von Herzschlägen, bis sie dies taten. Der offene Durchlaß mit der Gewißheit des Todes, die dahinter lag, schien dem Schrecken des Unbekannten unendlich vorzuziehen zu sein. Hätte nur ihr Leben auf dem Spiel gestanden, wäre sie zurückgekehrt, um sich dem gerechten Zorn ihres Häuptlings, ihres Partners und ihres Stammes zu stellen.
Sie kämpfte ihre blinde Panik nieder, zwang sich zu einer Gedankenklarheit, die ihrer Natur normalerweise fremd war. Wenn sie dem Instinkt nachgab, wenn sie wie von Sinnen vor den nahenden Riesen floh, würde sie gesehen werden. Ihre einzige Hoffnung bestand darin, völlig regungslos zu bleiben. Skreer und andere von den Männern, die auf Streifzügen im Innerhalb gewesen waren, hatten ihr gesagt, daß die Riesen, durch ihre Größe und Stärke sorglos, das Volk meistens nicht bemerkte, wenn man keine verräterische Bewegung machte.
Die Riesen waren sehr nahe.
Langsam, vorsichtig, drehte sie den Kopf.
Sie konnte sie jetzt sehen, zwei gewaltige Gestalten, die mit unbekümmerter Arroganz durch die Luft schwebten. Sie hatten sie nicht gesehen, und sie wußte, daß sie sie nicht sehen würden, wenn sie keine plötzliche Bewegung machte, um ihre Aufmerksamkeit auf sich zu lenken. Doch war es schwer, dem Impuls nicht nachzugeben, in den Durchgang zum Platz der Zusammenkunft zurückzustürzen, um dort dem sicheren Tod durch die Hände der empörten Stammesgefährten zu begegnen. Es war

noch schwerer, den Drang zu bekämpfen, den Halt am Rand des Durchlasses aufzugeben und in schreiender Panik zu fliehen — irgendwohin.

Aber sie hielt durch.

Die Riesen gingen vorbei.

Das dumpfe Rumpeln ihrer Stimmen erstarb in der Ferne, ihr bitterer, unangenehmer Geruch, von dem sie gehört, den sie jedoch nie zuvor gerochen hatte, ließ nach. Weena wagte wieder, den Kopf zu heben.

In dem verwirrten, entsetzten Tumult ihrer Gedanken stach eine Vorstellung mit furchtbarer Klarheit hervor. Ihre einzige Hoffnung zu überleben, so erbärmlich gering sie auch war, lag darin, den Riesen zu folgen. Es gab keine Zeit zu verlieren, schon konnte sie den zunehmenden Stimmenlärm hören, als jene in den Höhlen spürten, daß die Riesen passiert hatten. Sie gab ihren Halt an der Durchlaßkante auf und schwebte langsam nach oben.

Als Weenas Kopf in plötzlichen Kontakt mit etwas Hartem kam, schrie sie. Lange Sekunden hindurch wartete sie, die Augen vor Entsetzen fest geschlossen, auf den Untergang, der gewiß auf sie herunterkommen würde. Aber nichts geschah. Der Druck auf die Oberseite ihres Schädels nahm weder zu noch ab.

Furchtsam öffnete sie die Augen.

Soweit sie sehen konnte, erstreckte sich in beide Richtungen eine lange, gerade Stange oder ein Stab. Dieses Ding war von der Dicke ihres Körpers, und es war aus einem der Mutter nicht völlig fremden Material gemacht oder damit bedeckt. Es war wie die von den Frauen mit Fasern vom Ort-der-grünen-wachsenden-Dinge geflochtenen Stricke — aber unvergleichlich feiner. Material wie dieses wurde manchmal von den Männern von ihren Expeditionen mitgebracht. Einstmals hatte man geglaubt, es wäre das Fell der Riesen, doch jetzt wurde angenommen, daß es für ihre eigenen Zwecke von ihnen gemacht wurde.

Auf drei Seiten der Stange war die dem Höhlenvolk so entsetzliche völlige Leere. Auf der vierten Seite lag eine flache, glänzende Oberfläche. Weena stellte fest, daß sie sich ohne Unbehagen in den Raum dazwischen schieben konnte. Sie entdeckte auch, daß sie mit beruhigender Festigkeit im Rücken und am Bauch einigermaßen schnell an der Stange entlang vorankommen konnte. Nur wenn sie zu einer der beiden Seiten schaute, fühlte sie eine Rückkehr ihres Schwindelgefühls. Sie lernte bald, nicht hinzusehen.

Es ist schwer, die zu ihrer Wanderschaft benötigte Zeit in einer Welt zu schätzen, in der Zeit bedeutungslos war. Zweimal mußte sie anhalten und Shrick füttern — besorgt, damit sein hungriges Gejammer nicht ihre Anwesenheit verriet, entweder den Riesen oder Leuten aus dem Volk, die — obwohl dies höchst unwahrscheinlich war — ihr gefolgt sein konnten. Einmal fühlte sie die Stange vibrieren und erstarrte an ihrer matten Oberfläche in völligem und äußerstem Entsetzen. Ein Riese kam vorbei, wobei er sich mit seinen zwei Händen rasch voranzog. Wäre eine von diesen Händen auf Weena gefallen, so wäre dies das Ende gewesen. Viele Herzschläge nach seinem Vorbeikommen hielt sie sich noch immer schlaff und hilflos fest und wagte kaum zu atmen.

Es kam ihr so vor, als sei sie durch Örtlichkeiten gekommen, von denen sie die Männer hatte reden hören. Dies war vielleicht so gewesen — aber sie hatte keine Möglichkeit, das festzustellen. Denn die Welt des Volkes mit ihren Höhlen und Tunneln war vertrautes Gebiet, während die der Riesen nur in bezug auf die Durchlässe bekannt war, durch die ein wagemutiger Forscher eindringen konnte.

Weena war elend und schwach vor Hunger und Durst, als die lange Stange sie schließlich zu einer Stelle führte, wo sie den quälenden Duft von Nahrung riechen konnte. Sie hielt an, schaute in alle Richtungen. Aber hier war, wie überall in diesem fremden Land, das Licht zu blendend für ihre untrainierten Augen. Sie konnte schwach riesige Formen jenseits ihres begrenzten Verständnisses sehen. Sie konnte keine Riesen sehen und auch nichts, was sich bewegte.

Vorsichtig, wobei sie an der rauhen Oberfläche der Stange einen festen Halt behielt, schob sie sich vor, zu der Seite, die von der polierten, flachen Oberfläche, an der sie entlanggewandert war, weiter entfernt war. Hin und her schwang ihr Kopf, die empfindlichen Nüstern gebläht. Das helle Licht verwirrte sie, deshalb schloß sie die Augen. Wieder suchte ihre Nase die Quelle des köstlichen Geruchs, und sie pendelte immer langsamer, als die Position mit einigermaßen Exaktheit bestimmt war.

Es widerstrebte ihr, die Sicherheit ihrer Stange aufzugeben, aber der Hunger gewann über alle anderen Überlegungen die Oberhand. Sie orientierte sich und sprang. Mit einem Bums schlug sie auf einer anderen glatten Oberfläche auf. Ihre freie Hand fand einen Vorsprung, an dem sie sich festhielt. Diesen ließ sie fast los, als er sich drehte. Dann erschien mit beunruhigender Plötzlichkeit ein Spalt vor ihren Augen, der sich rasch weitete. Hinter dieser Öffnung war schwarze, willkommene Dunkelheit. Weena glitt hinein, dankbar für die Entlastung von dem grellen Licht des Innerhalb. Erst später merkte sie, daß dies eine Tür war, so wie sie von ihren Leuten in die Barriere gemacht wurde, aber eine Tür von wahrhaft gigantischen Proportionen. Doch alles, was zuerst eine Rolle spielte, war der kühle, erfrischende Schatten.

Dann machte sie die Inventur ihrer Umgebung.

Durch die kaum offene Tür kam genug Licht herein, damit sie sehen konnte, daß sie in einer Höhle war. Es war die falsche Form für eine Höhle, das stimmte, denn sie hatte flache, vollkommen gleichmäßige Wände und Boden und Decke. Am hinteren Ende waren riesige, matt glänzende Kugeln, jede in ihrem eigenen kleinen Abteil. Von ihnen ging ein Geruch aus, der die hungernde Mutter fast rasend machte.

Doch sie hielt sich zurück. Sie kannte diesen Geruch. Es war der jener Nahrungsstücke, die in die Höhlen gebracht wurden, durch Heimlichkeit und List von den Tötungsplattformen der Riesen gewonnen. War dies eine Tötungsplattform? Sie zermarterte sich das Gehirn, um sich an die von den Männern gegebene schlechte Beschreibung dieser Vorrichtungen zu erinnern, entschied, daß dies doch eine Nahrungshöhle sein mußte. Sie lockerte ihren Griff um Shrick und Sterrets Speer und ging auf die nächstgelegene Kugel zu.

Zuerst versuchte sie, sie aus ihrem Abteil zu zerren, doch sie schien festgehalten zu werden. Aber das spielte keine Rolle. Sie brachte ihr Gesicht an die Oberfläche der Kugel und grub die Zähne in ihre dünne Schale. Es war Fleisch unter der Schale, und Blut — ein dünner, süßer, leicht saurer Saft. Skreer hatte ihr gelegentlich einen Anteil von diesem Essen versprochen, falls er beim nächsten Mal etwas von einer Tötungsplattform erbeuten sollte, aber dieses Versprechen war nie gehalten worden. Und jetzt hatte Weena eine ganze Höhle von dieser gleichen Nahrung ganz für sich allein.

Bis zum Platzen vollgestopft wandte sie sich ab, um den jetzt laut klagenden Shrick hochzunehmen. Er hatte mit dem Speer gespielt und sich an der scharfen Spitze geschnitten. Aber es war der Speer, den Weena hochriß und ihn rasch schwang, um sich und ihr Kind zu verteidigen. Denn eine Stimme sagte verständlich, jedoch mit einem seltsam undeutlichen Tonfall: „Wer bist du? Was machst du in unserem Gebiet?"

Es war einer vom Volk, ein Mann. Er war unbewaffnet, sonst wäre es sicher gewesen, daß er nie Fragen gestellt hätte. Dennoch wußte Weena, daß das geringste Nachlassen der Wachsamkeit ihrerseits einen wilden Angriff mit Zähnen und Nägeln bringen würde.

Sie festigte ihren Griff um den Speer und schwang ihn so, daß seine Spitze auf den Fremden gerichtet war.

„Ich bin Weena", sagte sie, „vom Stamm des Sterret."

„Vom Stamm des Sterret? Aber der Stamm des Sessa hält die Wege zwischen unseren Ländern."

„Ich bin durch das Innerhalb gekommen. Aber wer bist du?"

„Tekka. Ich bin einer von Skarros Leuten. Du bist eine Spionin."

„Deshalb habe ich mein Kind mitgebracht."

Tekka sah Shrick an.

„Ich verstehe", sagte er schließlich. „Ein Andersartiger. Aber wie bist du durch Sessas Gebiet gekommen?"

„Bin ich doch gar nicht. Ich bin durch das Innerhalb gekommen."

Es war offensichtlich, daß sich Tekka weigerte, ihre Geschichte zu glauben.

„Du mußt mit mir kommen“, sagte er, „zu Skarro. Er wird urteilen.“
„Und wenn ich mitkomme?“
„Für den Andersartigen Tod. Für dich — weiß ich nicht. Aber wir haben schon zu viele Frauen in unserem Stamm.“
„Dies bedeutet, daß ich nicht mitkommen werde.“ Weena schwang ihren Speer.
Einem Mann ihres eigenen Stammes hätte sie nicht so getrotzt — aber dieser Tekka war nicht von ihrem Volk. Und sie war stets in dem Glauben aufgezogen worden, daß jede Frau vom Stamm des Sterret einem Mann — selbst einem Häuptling — einer fremden Sippe überlegen war.
„Die Riesen werden dich hier finden.“ Tekkas Stimme zeigte kunstvolle Gleichgültigkeit. Dann — „Das ist ein feiner Speer.“
„Ja. Er gehörte Sterret. Damit habe ich meinen Partner verwundet. Vielleicht ist er tot.“
Der Mann sah sie mit einem neuen Respekt an. Wenn ihre Geschichte stimmte —, dann war dies eine mit Vorsicht zu behandelnde Frau. Außerdem —
„Würdest du ihn mir geben?“
„Ja.“ Weena lachte böse. Was sie meinte, war nicht mißzuverstehen.
„Nicht so. Hör zu. Vor nicht langer Zeit haben in unserem Stamm viele Mütter, zwei ganze Hände Mütter mit Andersartigen, dem Richter der Neugeborenen getrotzt. Sie sind durch die Tunnels geflohen und leben außerhalb des Platzes-der-kleinen-Lichter. Skarro hat bisher noch keinen Kriegstrupp gegen sie geführt. Warum, weiß ich nicht, aber es ist immer ein unheimlicher Riese an jenem Ort. Es könnte sein, daß Skarro befürchtet, ein Kampf jenseits der Barriere werde den Riesen unsere Anwesenheit verraten —“
„Und du wirst mich dorthin führen?“
„Ja. Als Gegenleistung für den Speer.“
Weena war für den Zeitraum mehrerer Herzschläge still. Solange Tekka ihr vorausging, wäre sie sicher. Es kam ihr nie in den Sinn, daß sie den anderen seinen Teil des Handels erfüllen lassen und

ihm dann seine Bezahlung verweigern könnte. Ihre Leute waren eine sehr primitive Rasse.

„Ich werde mit dir kommen", sagte sie.

„Es ist gut."

Tekkas Blicke verweilten lange und liebevoll auf dem feinen Speer. Skarro würde nicht viel länger Häuptling sein.

„Zuerst", sagte er, „müssen wir das, was du von der Gut-zu-essen-Kugel übriggelassen hast, in unseren Tunnel ziehen. Dann muß ich die Tür schließen, damit kein Riese kommt —"

Gemeinsam hackten und rissen sie die Kugel in Stücke. Es gab eine Tür an der Rückseite eines der kleinen Abteile, das jetzt leer war. Hierdurch schoben und zerrten sie ihre wohlriechende Last. Zuerst glitt Weena in den Tunnel, trug Shrick und den Speer, dann kam Tekka. Er drückte die runde Tür zu, und sie paßte ohne ein Zeichen, daß die Barriere verletzt worden war. Er stieß zwei roh gefertigte Schließriegel herunter.

„Folge mir", befahl er der Mutter.

Die lange Wanderschaft durch die Höhlen und Tunnels war nach dem Innerhalb der Himmel. Hier gab es kein Licht — oder schlimmstenfalls nur einen schwachen Schimmer aus kleinen Löchern und Rissen in der Barriere. Es schien, als führe sie Tekka durch die am wenigsten benutzten Wege und Tunnels von Skarros Gebiet, denn sie trafen keinen seiner Leute. Dennoch sagten Weenas Wahrnehmungen ihr, daß sie in dicht bevölkertem Territorium war. Von rings um sie her schlugen die warmen, beruhigenden Wellen des routinemäßigen, alltäglichen Lebens des Volkes herbei. Sie wußte, daß in gemütlichen Höhlen Männer, Frauen und Kinder in behaglicher Vertrautheit wohnten. Kurz bedauerte sie, daß sie dies alles für das häßliche, haarlose Bündel in ihren Armen weggeworfen hatte. Aber sie konnte nie mehr zu ihrem Stamm zurückkehren, und sollte sie ihr Los mit dieser fremden Gemeinschaft zu teilen wünschen, wären die Wahlmöglichkeiten Tod oder Sklaverei.

„Vorsichtig!" zischte Tekka. „Wir nähern uns *ihrem* Gebiet."

„Du wirst —?"

„Nicht ich. Sie würden mich töten. Halte dich nur geradeaus an diesen Tunnel, und du wirst sie finden. Jetzt gib mir den Speer."

„Aber —"

„*Du* bist sicher. Da ist dein Paß." Er tätschelte leicht den unbequemen, zappelnden Shrick. „Gib mir den Speer, und ich werde gehen."

Zögernd übergab Weena die Waffe. Ohne ein Wort nahm Tekka sie. Dann war er fort. Kurz sah ihn die Mutter im schwachen Licht, das in diesem Teil des Tunnels von der Barriere gefiltert war — eine halbdunkle, graue Gestalt, die sich rasch im halbdunklen Zwielicht verlor. Sie fühlte sich sehr verloren und einsam und verängstigt. Aber der Würfel war gefallen. Langsam, vorsichtig, begann sie, den Tunnel entlangzukriechen.

Als sie sie fanden, schrie sie. Viele Herzschläge lang hatte sie ihre haßerfüllte Gegenwart gespürt, hatte sie gefühlt, daß sich Kreaturen, die noch fremdartiger waren als die Riesen, zusammenrotteten und ihr entgegenkrochen. Einmal oder zweimal rief sie und schrie, sie käme in Frieden, sie wäre die Mutter eines Andersartigen. Aber nicht einmal das Echo antwortete ihr, denn die weichen, schwammigen Tunnelwände dämpften den schrillen Ton ihrer Stimme. Und die Stille, die eigentlich keine Stille war, war, wenn dies überhaupt möglich gewesen wäre, drohender als zuvor.

Ohne Vorwarnung schlug dieser heimliche Terror zu. Weena kämpfte mit dem Mut der Verzweiflung, doch sie wurde durch das bloße Gewicht der vielen Gegner überwältigt. Shrick, der schwach protestierte, wurde aus ihrem verzweifelten Griff gerissen. Hände — und bestimmt gab es viel zu viele Hände für die Zahl ihrer Angreifer — preßten ihre Arme an ihre Seiten, hielten ihre Knöchel in einem schraubstockartigen Griff. Nicht mehr fähig, sich zu wehren, sah sie ihre Fänger an. Dann schrie sie wieder. Barmherzig ersparte ihr das schwache Licht den vollen Schrecken ihrer Erscheinung, aber was sie sah, wäre genug gewesen, um ihre Träume bis zu ihrem Todestag heimzusuchen, wenn sie entkommen wäre.

Sanft, fast streichelnd, fuhren die verhaßten Hände mit abscheulicher Intimität über ihren Körper.
Dann — „Sie ist eine Andersartige."
Sie erlaubte sich zu hoffen.
„Und das Kind?"
„Zwei-Schwänze hat neugeboren. Sie kann es stillen."
Und als die scharfe Klinge ihre Kehle fand, hatte Weena Zeit, äußerst bitter zu bereuen, ihre gemütliche, vertraute Welt jemals verlassen zu haben. Es war nicht so sehr der Verlust ihres eigenen Lebens — das hatte sie geopfert, als sie Sterret trotzte —, es war das Wissen, daß Shrick, statt einem sauberen Tod durch die Hände seines eigenen Volkes zu begegnen, sein Leben unter diesen unreinen Ungeheuern leben würde.
Dann gab es einen scharfen Schmerz und ein Gefühl völliger Hilflosigkeit, als die Flut ihres Lebens rasch verebbte — und die Dunkelheit, die Weena so sehr geliebt hatte, schloß sich für immer und ewig um sie.

Kein-Fell — der bei seiner Geburt Shrick genannt worden war — zappelte ungeduldig auf seinem Posten auf halbem Weg von dem herum, was seinem Volk als Skarros Tunnel bekannt war. Es war Zeit, daß Lange-Nase kam, um ihn abzulösen.
Viele Herzschläge waren vergangen, seit er die merkwürdigen Geräusche auf der anderen Seite der Barriere gehört hatte, die verkündeten, daß der Riese im Ort-der-kleinen-Lichter durch einen anderen seiner Rasse ersetzt worden war. Es war ein Rätsel, was die Riesen dort machten — aber das Neue Volk war dazu gelangt, eine seltsame Regelmäßigkeit in den Handlungen der ungeheuren Wesen zu erkennen und ihre Zeit entsprechend zu regeln.
Kein-Fell festigte seinen Griff um seinen Speer — aus Barriere-Material war er gemacht, grob angespitzt an einem Ende —, als er das Nahen von jemandem spürte, der aus der Richtung von Tekkas Gebiet durch den Tunnel kam. Es konnte eine Andersartige sein, die ein Kind trug, das eines des Neuen Volkes werden würde, es konnte ein Angriff sein. Aber irgendwie bestätigten die

verwirrten Eindrücke, die sein Verstand empfing, keine von diesen Annahmen.
Kein-Fell wich an die Wand des Tunnels zurück, sein Körper sank tief in das schwammige Material ein. Jetzt konnte er den Eindringling undeutlich sehen — eine einzelne Gestalt, die verstohlen durch die Schatten huschte. Sein Geruchssinn sagte ihm, daß es eine Frau war. Doch war er sicher, daß sie kein Kind bei sich trug. Er straffte sich, um anzugreifen, sobald die Fremde an seinem Versteck vorbeikommen sollte.
Überraschend hielt sie an.
„Ich komme in Frieden", sagte sie. „Ich bin eine von euch. Ich bin", hier machte sie eine kleine Pause, „eine vom Neuen Volk."
Shrick gab keine Antwort, machte keine verräterische Bewegung. Es war kaum möglich, wußte er, daß diese Frau von außergewöhnlich scharfer Sicht besessen sein konnte. Es war eher wahrscheinlich, daß sie ihn gewittert hatte. Aber — wie kam es dann, daß sie den Namen gekannt hatte, mit dem sich das Neue Volk selbst benannte? Für die Außerhalbwelt waren sie die Andersartigen — und hätte sich die Fremde so genannt, hätte sie sich sofort zu einer Fremden erklärt, deren Leben verwirkt war.
„Du weißt nicht", kam die Stimme wieder, „wie es kommt, daß ich mich mit dem richtigen Namen benannt habe. In meinem eigenen Stamm werde ich als Andersartige bezeichnet —"
„Wie kommt es dann", die Stimme von Kein-Fell war triumphierend, „daß du leben durftest?"
„Komm zu mir! Nein, laß deinen Speer dort. Jetzt komm!"
Kein-Fell steckte seine Waffe in die weiche Höhlenwand. Langsam, fast furchtsam, ging er voran, dorthin, wo die Frau wartete. Er konnte sie jetzt besser sehen — und sie schien sich nicht von jenen flüchtigen Müttern der Andersartigen zu unterscheiden — bei deren Schlachtung er so oft geholfen hatte. Der Körper war gut proportioniert und mit feinem, seidigem Fell bedeckt. Der Kopf war gut geformt. Körperlich war sie so normal, daß sie dem Neuen Volk widerwärtig erschien.
Und doch — Kein-Fell merkte, daß er sie mit den Frauen seines eigenen Stammes verglich, zum Nachteil der letzteren. Mehr

Emotion als Vernunft sagte ihm, daß der durch den Anblick eines normalen Körpers entfachte Haß das Ergebnis eines tief verwurzelten Unterlegenheitsgefühles war, und zwar vor allem anderen. Und er wollte diese Fremde haben.
„Nein“, sagte sie langsam. „Es ist nicht mein Körper, der anders ist. Es ist in meinem Kopf. Ich habe es bis vor einer kleinen Weile selbst nicht gewußt — etwa zwei Hände voll Fütterungen. Aber jetzt kann ich sagen, was in deinem Kopf vorgeht, oder im Kopf eines jeden aus dem Volk —“
„Aber“, fragte der Mann, „wie haben sie —“
„Ich war reif zur Paarung. Ich wurde mit Trillo gepaart, dem Sohn Tekkas, des Häuptlings. Und in unserer Höhle habe ich Trillo Dinge gesagt, von denen nur er wußte. Ich dachte, ich sollte ihm gefallen, ich dachte, er würde gern eine Partnerin mit magischen Kräften haben, wovon er guten Gebrauch machen könnte. Mit meiner Hilfe hätte er sich zum Häuptling machen können. Aber er war zornig — und sehr erschrocken. Er ist zu Tekka gelaufen, der mich als Andersartige verurteilt hat. Ich hätte getötet werden sollen, aber ich konnte entkommen. Sie wagen nicht, mir zu weit in dieses Gebiet zu folgen —“
Dann — „Du willst mich haben.“
Es war eher eine Feststellung als eine Frage.
„Ja. Aber —“
„Kein-Schwanz? Sie kann sterben. Wenn ich mit ihr kämpfe und siege, werde ich deine Partnerin.“
Kurz, halb bedauernd, dachte Kein-Fell an seine Frau. Sie war geduldig gewesen, sie war loyal gewesen. Aber er sah, daß es mit dieser Fremden als Partnerin keine Grenzen für seinen Aufstieg gab. Es war nicht so, daß er klüger war als Trillo, es war so, daß er als einer aus dem Neuen Volk Anormalität als die Norm betrachtete.
„Du wirst mich also nehmen.“ Wieder gab es keine Spur eines Fragens. Dann — „Mein Name ist Wesel.“

Die Ankunft von Kein-Fell mit Wesel im Schlepptau auf dem Platz der Zusammenkunft hätte nicht besser abgepaßt werden können. Es war eine Verhandlung im Gange, da ein junger Mann namens Große-Ohren auf frischer Tat ertappt worden war, wie er ein begehrtes Stück Metall aus der Höhle eines gewissen Vier-Arme stahl. Lange-Nase, der Kein-Fell hätte ablösen sollen, fand das Schauspiel einer Verhandlung mit der Aussicht auf ein anschließendes Festmahl weit spannender als die Ablösung des einsamen Wachpostens.

Er war es, der die Neuankömmlinge als erster bemerkte.

„Oh, Großer-Fangzahn", rief er, „Kein-Fell hat seinen Posten verlassen!"

Der Häuptling war geneigt, nachsichtig zu sein.

„Er hat eine Gefangene", sagte er. „Eine Andersartige. Wir werden gut schmausen."

„Er hat Angst vor dir", zischte Wesel. *„Trotze ihm!"*

„Sie ist keine Gefangene." Kein-Fells Stimme war arrogant. „Sie ist meine neue Partnerin. Und du, Lange-Nase, geh sofort zum Tunnel."

„Geh, Lange-Nase. Mein Gebiet darf nicht unbewacht bleiben. Kein-Fell, übergib die fremde Frau den Wachen, damit sie geschlachtet werden kann."

Kein-Fell fühlte seine Entschlossenheit unter dem strengen Blick des Häuptlings schwanken. Als zwei von Großer-Fangzahns brutalen Kerlen näherkamen, lockerte er seinen Griff um Wesels Arm. Sie wandte sich ihm zu, Flehen und Verzweiflung in ihren Augen.

„Nein, nein. Er hat Angst vor dir, sage ich. Gib ihm nicht nach. Zusammen können wir —"

Ironischerweise war es die Einmischung von Kein-Schwanz, die den Ausschlag gab. Sie stellte sich vor ihren Partner, Verachtung breit auf ihr unschönes Gesicht geschrieben, während die vom gesamten Neuen Volk, sogar vom Häuptling selbst, gefürchtete boshafte Stimme schnell in Fahrt kam.

„So", sagte sie. „Du ziehst dieses unscheinbare, gewöhnliche Weib mir vor. Laß sie los, damit sie wenigstens unsere Bäuche füllen kann. Was dich betrifft, mein Bürschchen, wirst du für diese Beleidigung zahlen!"

Kein-Fell schaute auf die groteske, verzerrte Gestalt von Kein-Schwanz und dann auf die schlanke, geschmeidige Wesel. Fast ohne Willen sprach er.
„Wesel ist meine Partnerin", sagte er. „Sie ist eine vom Neuen Volk!"
Großer-Fangzahn fehlte es an Vokabular, um angemessene Verachtung auf den unverschämten Rebellen auszuschütten. Er rang nach Worten, konnte jedoch keine finden, um die Situation zu erfassen. Seine kleinen Augen glänzten rot, und seine furchtbaren Fangzähne waren in einem bösartigen Fletschen entblößt.
„*Jetzt*!" gab die Fremde das Stichwort. „Sein Kopf ist verwirrt. Er wird unbesonnen sein. Sein Verlangen, zu reißen und zu mißhandeln wird sein Urteilsvermögen umwölken. Greif an!"
Kein-Fell ging kaltblütig in den Kampf, da er wußte, daß er gewinnen mußte, wenn er einen klaren Kopf behielt. Er hob seinen Speer, um den ersten Ansturm des erbosten Häuptlings aufzuhalten. Gerade noch rechtzeitig sah Großer-Fangzahn die grobe Spitze und schwenkte herum, wobei er seinen Schwanz als Ruder benutzte. Er war nicht schnell genug, obwohl ihn sein Handeln knapp vom sofortigen Tod rettete. Der Speer erwischte ihn an der Schulter und brach ab; das kurze Ende blieb in der Wunde stecken. Wahnsinnig vor Wut und Schmerz war der Häuptling jetzt ein äußerst gefährlicher Feind — und doch zur gleichen Zeit ein leichtes Opfer für einen Gegner, der einen klaren Kopf behielt.
Kein-Fell war anfangs ein solcher. Doch seine Selbstkontrolle verging schnell. So sehr er es auch versuchte, er konnte die steigenden Fluten der hysterischen Angst, der puren, animalischen Blutgier nicht niederkämpfen. Während die Feinde umeinander kreisten, stießen und parierten, er mit seiner fast nutzlosen Waffe, Großer-Fangzahn mit einem guten Speer mit Metallspitze, brauchte er all seine Willenskraft, sich davon abzuhalten, sein Heil in der Flucht zu suchen, oder sich vorzuwerfen, um mit seinem kräftigeren Gegner zu ringen. Seine Vernunft sagte ihm, daß beide Handlungsverläufe katastrophal wären — der erste würde damit enden, daß er vom Stamm gehetzt und geschlachtet wur-

de, der zweite würde ihn in Reichweite der riesigen, mörderischen Zähne bringen, die Großer-Fangzahn seinen Namen gegeben hatten.
Deshalb stieß und parierte er, stieß und parierte, bis die scharfe Schneide der Klinge des Häuptlings seinen Arm erwischte. Der stechende Schmerz machte ihn vollends zum Tier, und mit einem schrillen Wutschrei warf er sich auf den anderen.
Aber wenn die Natur Großer-Fangzahn mit einer ansehnlichen Bewaffnung ausgestattet hatte, so war sie bei dem Rebellen mit der Abwehrausrüstung nicht knauserig gewesen. Wirklich, er hatte nichts Hervorragendes in der Art von Zähnen oder Krallen, hatte nicht die zusätzlichen Gliedmaßen, die so vieler seiner Brüder im Neuen Volk besaßen. Sein Gehirn war vielleicht ein bißchen gewandter — aber in diesem Stadium des Kampfes zählte das nichts. Was sein Leben rettete, war seine haarlose Haut.
Immer wieder versuchte der Häuptling, ihn auf Schlagdistanz heranzuzerren, und immer wieder riß er sich los. Seine schlüpfrige Haut war kreuz und quer von einem Dutzend Kratzern durchzogen, viele davon tief, aber keiner unmittelbar ernst. Und die ganze Zeit kratzte und schlug er mit beiden Händen und Füßen, biß und stach.

Es schien, daß Großer-Fangzahn ermüdete, aber er ermüdete ebenfalls. Und der andere hatte gelernt, daß es nutzlos war zu versuchen, eine Handvoll Fell zu packen, daß er versuchen mußte, seinen Feind in eine unsprengbare Umklammerung zu nehmen. Einmal gelang es ihm. Kein-Fell wurde immer näher an die geifernden Fänge herangezogen, spürte den übelriechenden Atem des anderen im Gesicht, wußte, daß es nur noch eine Sache von Herzschlägen war, bis seine Kehle herausgefetzt wurde. Er schrie, warf die Beine hoch und sprang bösartig gegen den Bauch von Großer-Fangzahn.
Er fühlte seine Füße in das weiche Fleisch einsinken, aber der Häuptling knurrte und lockerte seinen Druck nicht. Schlimmer — das Fehlschlagen seines verzweifelten Gegenangriffs hatte Kein-Fell dem Tod noch näher gebracht.

Mit einem Arm, seinem rechten, stieß er verzweifelt gegen die Brust des anderen. Er versuchte, seine Knie zu einem lähmenden Schlag hochzubringen, doch sie wurden von den massiv muskelbepackten Beinen von Großer-Fangzahn in einem schraubstockartigen Griff gehalten. Mit seinem freien linken Arm drosch er wütend und verzweifelt zu, aber er hätte genausogut gegen die Barriere hämmern können.
Jetzt, da der Ausgang des Kampfes entschieden war, rief das Volk dem Sieger Ermunterung zu. Kein-Fell hörte unter den Jubelrufen die Stimme seiner Partnerin Kein-Schwanz. Der kleine, kalte Winkel seines Gehirns, in dem die Vernunft noch thronte, sagte ihm, daß er es ihr nicht verübeln konnte. Wenn sie zu *seiner* Unterstützung laut geworden wäre, könnte sie nur den Tod durch die Hände des triumphierenden Häuptlings erwarten. Aber er vergaß, daß er sie beschimpft und erniedrigt hatte, erinnerte sich nur daran, daß sie seine Partnerin war. Und die Bitterkeit hiervon ließ ihn weiterkämpfen, wo andere ihren Halt an einem bereits verwirkten Leben aufgegeben hätten.
Seine Handkante kam genau dort wuchtig herunter, wo Großer-Fangzahns dicker Hals in seine Schulter überging. Er war sich kaum bewußt, daß der andere zusammenzuckte, dann folgte dem Schlag ein leises Winseln von Schmerz. Dann hörte er Wesel, hoch und schrill.
„Noch mal! Noch mal! Das ist seine schwache Stelle!"
Blindlings schlug er zu, versuchte, dieselbe Stelle noch einmal zu treffen. Und Großer-Fangzahn hatte Angst, daran gab es keinen Zweifel. Sein Kopf drehte sich, da er versuchte, seine Verwundbarkeit zu verdecken. Erneut winselte er, und Kein-Fell wußte, daß der Sieg sein war. Seine dünnen, starken Finger mit ihren scharfen Nägeln gruben und kerbten. Hier gab es kein Fell, und das Fleisch war weich. Er fühlte das warme Blut unter seiner Hand quellen, als der Häuptling entsetzlich kreischte. Dann wurde der eiserne Griff abrupt gelockert. Bevor Großer-Fangzahn Hände oder Füße benutzen konnte, um seinen Feind von sich zu schleudern, hatte sich Kein-Fell gedreht und, während jede Hand Haut und Fell festhielten, seine Zähne in den Hals des anderen

gegraben. Sie fanden die Kehle. Beinahe sofort hörten die letzten, verzweifelten Anstrengungen des Häuptlings auf.
Kein-Fell trank lange und sättigend.
Dann, noch während Blut an seiner Schnauze klebte, überblickte er aufmerksam das Volk.
„Ich bin Häuptling", sagte er.
„Du bist der Häuptling!" erwiderte der antwortende Chor.
„Und Wesel ist meine Partnerin."
Dieses Mal gab es Zögern auf seiten des Volkes. Der neue Häuptling hörte Gemurmel wie: *„Das Festmahl ... Großer-Fangzahn ist alt und zäh ... Sollen wir betrogen werden —?"*
„Wesel ist meine Partnerin", wiederholte er. Dann — „Dort steht euer Festmahl —"
Auf der Höhe seiner Macht sollte er sich an die betroffenen Augen von Kein-Schwanz erinnern, an das schreckliche Gefühl, daß er sich durch seine Worte außerhalb jeder Sitte, jedes Gesetzes gestellt hatte.
„*Über* das Gesetz", flüsterte Wesel.
Er verhärtete sein Herz.
„Dort ist euer Festmahl", sagte er wieder.
Es war Große-Ohren, der, indem er einer der Wachen einen Speer entriß, die sich windende Kein-Schwanz mit einem schnellen Stoß erledigte.
„Ich bin deine Partnerin", sagte Wesel.
Kein-Fell nahm sie in die Arme. Sie rieben die Nasen aneinander. Es war nicht das Blut des alten Häuptlings, das sie — wenn auch nur leicht — erschaudern ließ. Es war das Gefühl des ekelhaften, haarlosen Körpers an ihrem eigenen.
Schon tranchierten und zerteilten die Leute die beiden Leichen und zankten sich um eine gerechte Teilung der saftigen Beutestücke.

Es gab eine unter dem Neuen Volk, die, wäre ihr Unterschied von der rassischen Hauptmasse nur psychologischer Art gewesen, schon längst geschlachtet worden wäre. Ungeachtet ihrer drei Augen hätte die unvorsichtige Ausübung ihrer Begabung sicheren Untergang gebracht. Aber wie ihre Schwestern in höher zivilisierten Gesellschaften war sie so vorsichtig, denen, die zu ihr kamen, nur das zu sagen, was sie zu hören begehrten. Selbst hierbei übte sie Zurückhaltung. Die Erfahrung hatte sie gelehrt, daß das Vorauswissen von kommenden Ereignissen auf seiten der Beteiligten oft in völlig unvorhersehbaren Ergebnissen resultierte. Dies ärgerte sie. Besser Pech im Hauptstrom der Zeit als Wohlergehen in einem ihrer Nebenflüsse.

Zu dieser Drei-Augen kamen Kein-Fell und Wesel.

Bevor der Häuptling seine Fragen stellen konnte, hob die Seherin eine ausgemergelte Hand.

„Du bist Shrick", sagte sie. „So hat dich deine Mutter genannt. Shrick der Riesentöter."

„Aber —"

„Warte. Du bist gekommen, um mich über deinen Krieg gegen Tekkas Leute zu befragen. Mach weiter mit deinen Plänen. Du wirst siegen. Du wirst sodann gegen den Stamm von Sterret des Alten kämpfen. Abermals wirst du siegen. Du wirst Herr des Außerhalb sein. Und dann —"

„Und dann?"

„Werden die Riesen vom Volk wissen. Viele, aber nicht alle des Volkes werden sterben. Du wirst gegen die Riesen kämpfen. Und den letzten der Riesen wirst du töten, doch er taucht sodann die Welt in — Oh! Wenn ich es dich sehen lassen könnte! Aber wir haben keine Worte dafür."

„Was —?"

„Nein, du kannst es nicht wissen. Du wirst es nie wissen, bis dir das Ende bevorsteht. Aber dies kann ich dir sagen. Das Volk ist verdammt. Nichts, was du tun kannst, oder was sie tun können, wird sie retten. Doch du wirst jene töten, die uns töten werden, und das ist gut."

Wieder bettelte Kein-Fell um Erleuchtung. Ganz plötzlich wurden seine Bitten Drohungen. Er steigerte sich schnell in einen seiner gefürchteten Anfälle blinder Wut hinein. Aber Drei-Augen beachtete seine Anwesenheit nicht. Ihre zwei äußeren Augen waren fest geschlossen, und dieses seltsame, gefürchtete mittlere

starrte auf *etwas*, etwas außerhalb der Grenzen der Höhle, etwas außerhalb des Gerüstes der Dinge, wie sie sind.
Tief in der Kehle knurrte der Häuptling.
Er hob den spitzen Speer, der das sichtbare Zeichen seines Amtes war, und grub ihn tief in den Körper der alten Frau. Das mittlere Auge schloß sich und die beiden äußeren flackerten zum letzten Male.
„Mir wird das Ende erspart —", sagte sie.
Außerhalb der kleinen Höhle wartete der getreue Große-Ohren.
„Drei-Augen ist tot", sagte sein Herr. „Nimm, was du willst, und gib den Rest dem Volk —"
Eine kleine Weile herrschte Schweigen.
Dann — „Ich bin froh, daß du sie getötet hast", sagte Wesel. „Sie hat mir Angst gemacht. Ich bin in ihren Kopf hineingekommen... und ich war verloren!" Ihre Stimme hatte eine hysterische Schärfe. „Ich war verloren! Es war wahnsinnig, wahnsinnig. *Was War*, war ein *Ort*, ein *Ort*, und *Jetzt*, und *Was Sein Wird*. Und ich habe das Ende gesehen."
„Was hast du gesehen?"
„Ein großes Licht, viel heller als die Lichter der Riesen im Innerhalb. Und Hitze, stärker als die Hitze der Böden der Höhlen und Tunnels des Weit-Außerhalb. Und die Leute keuchten und starben, und das große Licht brach in unsere Welt ein und fraß sie auf —"
„Aber die Riesen?"
„Habe ich nicht gesehen. Ich war verloren. Alles, was ich sah, war das Ende."
Kein-Fell war still. Sein rastloser, flinker Verstand hastete den Aussichten nach, die durch die tote Prophetin eröffnet worden waren. Riesentöter *Riesentöter*. Selbst in seinen hochtrabendsten Träumen hatte er sich niemals so gesehen. Und wie war jener Name? Shrick? Er wiederholte ihn für sich — Shrick der Riesentöter. Er hatte eine feine Schwingung an sich. Was den Rest, das Ende, betraf, wenn er die Riesen töten konnte, dann konnte er bestimmt auch den Untergang abwenden, den sie dem Volk zumessen würden. Shrick der Riesentöter —

„Das ist ein Name, der mir besser gefällt als Kein-Fell", sagte Wesel.
„Shrick, Herr des Außerhalb. Shrick, Herr der Welt, Shrick, der Riesentöter —"
„Ja", sagte er langsam. „Aber das Ende —"
„Durch diesen Durchlaß wirst du gehen, wenn du ihn erreichst."

Der Feldzug gegen Tekkas Volk war eröffnet.
Durch die Höhlen und Tunnels strömten die Alptraumhorden Shricks. Das schwache Licht zeigte ihre mißgestalteten Körper nur halb, Gliedmaßen, wo keine Gliedmaßen sein durften, Köpfe wie etwas aus einem halbvergessenen bösen Traum.
Alle waren bewaffnet. Jeder Mann und jede Frau trug einen Speer, und das war an sich schon eine verblüffende Neuerung in den Kriegen des Volkes. Denn scharfes Metall, womit die Waffenspitzen besetzt waren, war schwer erhältlich. Stimmt, ein Stab aus Barrierematerial konnte geschärft werden, doch in einer offenen Schlacht war er eher eine Behinderung denn ein Vorteil. Beim ersten Stoß würde die Spitze abbrechen und den Kämpfer mit einer seinem natürlichen Arsenal von Zähnen und Krallen weit unterlegeneren Waffe zurücklassen.
Feuer war neu für das Volk — und es war Shrick, der ihnen Feuer gebracht hatte. Während langer Zeiträume hatte er die Riesen am Ort-der-kleinen-Lichter bespitzelt, hatte gesehen, wie sie aus Taschen ihres Fells kleine, glitzernde Geräte holten, aus denen, wenn ein Vorsprung gedrückt wurde, ein winziges, offenes Licht kam. Und er hatte gesehen, wie sie dieses Licht an das Ende seltsamer, weißer Stäbe brachten, an denen sie zu saugen schienen. Und das Ende des Stabes glühte dann, und es entstand eine Wolke, wie die Wolken, die in einigen der Höhlen des Weit-Außerhalb, wo es sehr kalt war, aus den Mäulern der Leute kamen. Aber diese Wolke war duftend und schien eigenartig beruhigend zu sein.
Und einer der Riesen hatte sein kleines, heißes Licht verloren. Er hatte es an einen der weißen Stäbe gebracht, hatte es in seine Tasche zurückstecken wollen, und seine Hand hatte die Öffnung

verfehlt. Der Riese merkte es nicht. Er tat etwas, was all seine Aufmerksamkeit beanspruchte — und so sehr Shrick auch seine Augen und seine Vorstellungskraft anstrengen mochte, er konnte nicht verstehen, was das war. Es gab kleine, glitzernde Maschinen, durch die er aufmerksam auf die funkelnden Kleinen Lichter hinter ihrer durchsichtigen Barriere blickte. Oder waren sie auf der Innenseite der Barriere? Niemand hatte es je entscheiden können. Es gab etwas Lebendiges, das nicht lebendig war, etwas, das tickte. Da waren Bögen aus feiner, weißer Haut, auf denen der Riese mit einem spitzen Stab schwarze Zeichen malte.

Aber Shrick verlor bald das Interesse an diesen seltsamen Gepflogenheiten, die zu begreifen er nie hoffen konnte. All seine Aufmerksamkeit war auf die glitzernde Beute konzentriert, die auf den Schwingen eines herumziehenden Luftwirbels ganz langsam auf ihn zutrieb.

Als es so aussah, daß sie bestimmt direkt in den Durchlaß fallen würde, in dem Shrick kauerte, schwenkte sie herum. Und so sehr er das Pseudoleben auch fürchtete, das summte und tickte — Shrick kam heraus. Der mit seiner Hexerei beschäftigte Riese bemerkte ihn nicht. Ein schneller Sprung trug ihn zu der schwebenden Trophäe. Und dann hatte er sie, fest an seine Brust gepreßt. Sie war größer, als er gedacht hatte, da sie nur in Relation zu ihrem vorherigen Besitzer so winzig erschienen war. Aber sie war nicht zu groß, um durch den Durchlaß in der Barriere zu passen. Triumphierend trug Shrick sie in seine Höhle.

Zahlreich waren die Experimente, die er eifrig, jedoch ungeschickt, durchführte. Eine Weile kurierten er wie auch Wesel schmerzhafte Verbrennungen aus. Zahlreich waren die Experimente, die er in Zukunft durchzuführen beabsichtigte. Aber er war über eine Verwendung für das heiße Licht gestolpert, die von allergrößter Bedeutung in seinen Kriegszügen sein sollte.

Er äffte die Riesen nach und hatte sich einen langen Splitter aus Barrierematerial in den Mund gesteckt. Das Ende hatte er an das kleine Licht gehalten. Es gab, wie er beinahe erwartet hatte, eine Wolke. Doch sie war weder wohlriechend noch besänftigend.

Geblendet und hustend riß Wesel den glühenden Stab an sich und schlug dessen seltsames Leben mit den Händen aus.
Dann — „Es ist hart“, sagte sie. „Es ist fast so hart wie Metall —“
Und so wurde Shrick der erste Rüstungs-Massenproduzent seiner Welt. Die ersten paar geschärften Stöcke behandelte er selbst. Den Rest überließ er Wesel und dem getreuen Große-Ohren. Er wagte nicht, seine wundervolle neue Fähigkeit jemandem anzuvertrauen, der nicht zu seinen Vertrauten gehörte.
Shricks andere Neuerung war eine direkte Verletzung aller Kriegsregeln. Er hatte die Frauen in die Kampfreihe gedrängt. Jene, die alt und gebrechlich waren, führten, zusammen mit den alten und gebrechlichen Männern, die Nachhut mit Bündeln der massenhaft produzierten Speere heran. Das Neue Volk hatte sich seit einer kleinen Weile gefragt, weshalb es ihr Häuptling abgelehnt hatte, sie jene aus ihrer Menge schlachten zu lassen, die ihre Nützlichkeit überlebt hatten. Jetzt wußten sie es.
Die Höhlen des Neuen Volkes waren — abgesehen von jenen paar Frauen mit Neugeborenen — verlassen.
Und durch die Tunnels strömten Shricks Horden.

Es war wenig Finesse im Feldzug gegen Tekkas Volk. Die Vorposten wurden kurzerhand geschlachtet, aber nicht, bevor sie Zeit gehabt hatten, den Stamm vor dem Angriff zu warnen.
Tekka warf eine Abteilung ausgewählter Speerkämpfer in seine vorderste Reihe, zuversichtlich, daß er, mit besserem Zugang zu jenen Bereichen des Innerhalb, wo Metall erhältlich war, in der Lage sein würde, die bunt gemischte Horde des Feindes mit überlegenen Waffen und zahlenmäßiger Stärke zu Fall zu bringen.
Als Tekka im schwachen Licht nur einige wenige verräterische Schimmer von Metall unter Shricks konzentrierten Speeren sah, lachte er.
„Dieser Kein-Fell ist verrückt“, sagte er. „Und ich werde ihn hiermit töten.“ Er schwang seine eigene Waffe. „Seine Mutter hat sie mir vor vielen, vielen Fütterungen gegeben.“

„Ist Wesel —?"
„Vielleicht, mein Sohn. Du wirst ihr Herz essen, das verspreche ich dir."
Und dann schlug Shrick zu.
Sein kreischender Mob stürmte den breiten Tunnel entlang. Selbstsicher warteten die tekkanischen Speerkämpfer, da sie wußten, daß die Waffen des Feindes nur für einen Stoß gut waren, und dieser eine Stoß würde sicherlich nicht tödlich sein.
Tekka blickte finster drein, als er die Zahl der Angreifer schätzte. Es konnte nicht so viele Männer beim Neuen Volk geben. Es konnte nicht — Und dann traf die Welle auf.
Innerhalb eines Augenzwinkerns war der Tunnel mit kämpfenden Leibern dicht verstopft. Hier gab es keine würdevolle, ordentliche Folge von Einzelkämpfen, wie sie in der Vergangenheit stets die Kriege des Volkes ausgezeichnet hatten. Und mit wachsendem Entsetzen stellte Tekka fest, daß die feindlichen Speere der Strapaze der Schlacht mindestens ebensogut standhielten wie seine eigenen wenigen Waffen mit Metallspitze.
Langsam, jedoch mit ständig zunehmendem Schwung, drängten die Angreifer weiter, gewannen aus den vielen Körpern Antrieb, die jetzt hinter ihnen lagen. In der Ausdünstung von Schweiß und frisch vergossenem Blut nach Luft ringend, wurden Tekka und die letzten seiner Wachen zurück und immer weiter zurückgedrängt.
Wenn einer des Neuen Volkes entwaffnet wurde, fiel er hinter seine Frontlinie zurück. Wie durch Zauberei erschien dann ein neuer Kämpfer, um ihn zu ersetzen.
Dann — „Er setzt Frauen ein!" schrie Trillo. „Er ist —"
Aber Tekka antwortete nicht. Er kämpfte mit einem vierarmigen Monster um sein Leben. Jede Hand hielt einen Speer — und jeder Speer war hell von Blut. Während langer Herzschläge parierte er die Stöße des anderen, dann brach seine Kraft. Schreiend wandte er dem Feind den Rücken zu. Das war das letzte, was er tat.
Und so wurde der Rest der Kampfkraft des Stammes von Tekka schließlich gegen eine Wand ihres Platzes der Zusammenkunft

gepfercht. Eine feste Halbkugel des Neuen Volkes umgab sie. Knurren wurde mit Knurren beantwortet. Trillo und sein knappes halbes Dutzend Wachen wußten, daß es ein Kapitulieren nicht gab. Sie konnten ihr Leben nur so teuer wie möglich verkaufen.

Und so warteten sie auf das Unvermeidliche, während sie die letzten Reserven ihrer Kraft in dieser Flaute der Schlacht zusammenrafften und die letzten süßen Schlucke Luft keuchten, die sie später nie wieder kosten würden. Von hinter der Mauer ihrer Angreifer konnten sie das Schreien und Kreischen hören, in dem die Frauen und Kinder, die sich in ihren Höhlen verborgen hatten, herausgejagt und abgeschlachtet wurden. Sie sollten nicht wissen, daß der großmütige Shrick die meisten der Frauen verschonte. Sie würden, so hoffte er, mehr Neues Volk für ihn hervorbringen.

Und dann kam Shrick, drängte sich kraftvoll zur Vorderseite seiner Streitkräfte durch. Sein glatter, nackter Körper war bis auf die alten Narben seines Kampfes mit Großer-Fangzahn unversehrt. Und bei ihm war Wesel, nicht ein Haar ihres geschmeidigen Fells fehl am Platze. Und Große-Ohren — aber er war offensichtlich im Kampf gewesen. Mit ihnen kamen weitere Kämpfer, frisch und eifrig.

„Erledigt sie!" befahl Shrick.

„Wartet!" Wesels Stimme war gebieterisch. „Ich will Trillo."

Ihn hob sie für die ausgewählten Kämpfer hervor, die ihre Speere anlegten — eigenartig schlanke und leichte Waffen, zu zerbrechlich für den Nahkampf. Eine schwache Hoffnung rührte sich in den Brüsten der letzten Verteidiger.

„Jetzt!"

Trillo und seine Wachen stützten sich ab, um dem letzten Ansturm zu begegnen. Er kam nie. Statt dessen kamen, mit untrüglicher Absicht geworfen, jene scharfen, dünnen Speere und hefteten sie entsetzlich an die graue, schwammige Wand des Platzes der Zusammenkunft.

In diesem letzten Gemetzel verschont, starrte Trillo mit geweiteten, vor Furcht irrlichternden Augen um sich. Er fing an zu

schreien, warf sich auf die lachende Wesel. Aber sie glitt durch die dichtgedrängten Massen des Neuen Volkes zurück. Blind gegen alle anderen bis auf jene verhaßte Gestalt versuchte Trillo zu folgen. Und das Neue Volk drängelte sich um ihn, fesselte seine Arme und Beine mit starken Stricken, entriß ihm seinen Speer, bevor seine Klinge Blut trank.
Dann sah der Gefangene wieder diejenige, die seine Partnerin gewesen war.
Schamlos streichelte sie Shrick.
„Mein Haarloser", sagte sie. „Einst wurde ich mit *diesem* gepaart. Du sollst sein Fell haben, um deinen glatten Körper damit zu bedecken." Und dann — „Große-Ohren! Du weißt, was zu tun ist!"
Grinsend fand Große-Ohren die scharfe Klinge eines Speeres, die sich von ihrem Stiel gelöst hatte. Grinsend machte er sich ans Werk. Trillo begann zu winseln, dann zu schreien. Shrick fühlte sich ein wenig übel.
„Hör auf!" sagte er. „Er ist nicht tot. Du mußt —"
„Was spielt das für eine Rolle?" Wesels Augen waren gierig, und ihre kleine, rosa Zunge glitt heraus, um ihre dünnen Lippen zu lecken. Große-Ohren hatte in seinem Tun innegehalten, fuhr jedoch auf ihr Zeichen fort.
„Was spielt das für eine Rolle?" sagte sie noch einmal.

Wie es dem Stamm des Tekka ergangen war, so erging es dem Stamm des Sterret und einer Handvoll oder mehr kleinerer Gemeinschaften, die diesen beiden eine lockere Gefolgschaft schuldeten.
Doch es geschah im Krieg gegen Sterret, daß Shrick beinahe dem Verderben begegnete. Zu dem verschlagenen Alten waren Überlebende aus dem Massaker gegen Tekkas Armee gekommen. Die meisten hiervon waren von den Grenzwachen kurzerhand niedergemacht worden, aber einem oder zweien war es gelungen, diejenigen, die sie gefangennahmen, davon zu überzeugen, daß sie Neuigkeiten von großer Wichtigkeit brachten.
Sterret hörte sie an.

Er befahl, sie wie seine eigenen Leute zu ernähren und zu behandeln, denn er wußte, daß er jede Unze Kampfkraft brauchen würde, die er aufbringen konnte.
Lange und tiefschürfend dachte er über ihre Worte nach, und dann schickte er einen Streifzug seiner jungen Männer nach dem anderen zum Ort-des-Lebens-das-kein-Leben-ist. Sorglos war er vor Entdeckung durch die Riesen. Sie konnten etwas gegen ihn unternehmen oder nicht — aber er war schon lange davon überzeugt, daß sie trotz all ihrer Größe vergleichsweise dumm und harmlos waren. Sicher waren sie in diesem kritischen Augenblick keine derartige Bedrohung wie Shrick, bereits selbsternannter Herr des Außerhalb.
Und so wuchs sein Vorrat an scharfen Metallbruchstücken, während seine Waffenschmiede ohne Unterlaß daran arbeiteten, diese an Stiele aus Barrierematerial zu binden. Und auch er konnte Neuerungen einführen. Einige der Fragmente waren als Speerspitzen nutzlos, da sie stumpf, rauh oder unregelmäßig geformt waren. Doch wie eine Speerspitze an eine Keule gebunden, konnten sie einen zermalmenden Schlag abgeben. Dessen war sich Sterret nach einigen Versuchen an alten und unerwünschten Mitgliedern des Stammes sicher.
Möglicherweise am allerintensivsten beschäftigte sich sein Verstand, reich an Erfahrung, jedoch nicht ohne eine gewisse jugendliche Begeisterung, mit Problemen der Strategie. Im Haupttunnel von dem, was Tekkas Gebiet gewesen war, hackten und rissen seine Frauen an der schwammigen Wand, und das so gewonnene Material wurde dick und fest in einen anderen kleinen Tunnel gepackt, der nur selten benutzt wurde.
Schließlich brachten seine Späher die Nachricht, daß Shricks Streitkräfte unterwegs waren. Unbesorgt durch das zermalmende Gewicht seiner Militärmacht verschmähte Shrick alles, außer einem direkten Frontalangriff. Vielleicht hätte er durch die Tatsache gewarnt sein sollen, daß alle Öffnungen, die Licht aus dem Innerhalb hereinließen, geschlossen worden waren, so daß der Haupttunnel, durch den er allmählich und mühsam vordrang, in völliger Dunkelheit lag.

Dies hinderte ihn jedoch nur wenig. Der Hauptteil ausgewählter Speerkämpfer, die sich ihm kampfbereit entgegenstellten, kämpfte auf herkömmliche Weise, und diese wurden, unter Zurücklassung ihrer Toten und Verwundeten, langsam aber sicher zurückgedrängt. Jede Seite verließ sich auf Geruch und Gehör und eine bestimmte Wahrnehmungsgabe, die die meisten, wenn nicht alle des Volkes besaßen. So nahe beieinander war diese sehr zuverlässig.
Shrick selbst war nicht in der Vorhut — diese Ehre war Große-Ohren, seinem Kampfgeneral, vorbehalten. Hätte die Entscheidung bei ihm allein gelegen, so wäre er in der vordersten Front der Schlacht gewesen — aber Wesel behauptete, daß der Anführer von weit größerer Bedeutung war als ein einfacher Speerträger und vor sinnlosem Risiko abgeschirmt werden sollte. Nicht völlig abgeneigt, willigte Shrick ein.
Von seiner Wache umgeben, mit Wesel an seiner Seite, folgte der Anführer dem Lärm des Kämpfens. Er war ziemlich überrascht über die zu ihm nach hinten gebrachten Meldungen bezüglich der offensichtlichen Zahl des Feindes, nahm jedoch an, daß dies nur eine Verzögerungsaktion war und daß Sterret auf dem Platz der Zusammenkunft seine letzte Stellung beziehen würde. In seiner Arroganz kam ihm nie in den Sinn, daß andere Neuerungen einführen könnten.
Ganz plötzlich ergriff Wesel seinen Arm.
„Shrick! Gefahr — von der Seite!“
„Von der Seite? Aber —“

Da gab es einen schrillen Schrei, und ein riesiger Abschnitt der Tunnelwand fiel nach innen. Das schwammige Zeug war in dünnen Scheiben und wehte zwischen die Wachen und behinderte jede ihrer Bewegungen. Dann kamen, von Sterret persönlich angeführt, die Verteidiger heraus. Wie Bergsteiger waren sie mit Stricken zusammengebunden, denn in dieser Schlacht in der Finsternis lag ihre beste Hoffnung darin, in einer kompakten Masse zu bleiben. Getrennt würden sie leichte Beute der überlegeneren Zahl der Horden Shricks werden.

Mit Speer und Streitkolben schlugen sie kräftig um sich. Der erste Herzschlag des Gefechts hätte das Ende Shricks gesehen, und es war allein die nicht haltbar gemachte Haut Trillos, steif und stinkend, die sein Leben rettete. Trotzdem durchdrang Sterrets Klinge den einfachen Panzer, und Shrick, schlimm verwundet, wankte vom Schlachtgetümmel davon,

Vorn hatte Große-Ohren die Dinge nicht mehr ganz so, wie er sie haben wollte. Verstärkungen waren den Tunnel entlanggeströmt, und er wagte nicht, zum Beistand seines Häuptlings zurückzukehren. Und Sterrets Streitkolben zeigten ihre Wirkung. Stechen und Schlitzen konnten die Leute verstehen, doch ein zermalmender Schlag war für sie etwas unendlich Entsetzliches.

Es war Wesel, die den Sieg dieses Tages rettete. Sie hatte das kleine, heiße Licht mitgebracht. Es war ihre Absicht gewesen, seine Wirkung auf die paar Gefangenen auszuprobieren, die auf diesem Feldzug gemacht werden mochten — sie war zu gerissen, um an irgend jemandem aus dem Neuen Volk zu experimentieren, nicht einmal an jenen, die sich das Mißfallen ihrer selbst oder ihres Partners zugezogen hatten.

Sie wußte kaum, was sie tat — und drückte den Knopf.

Mit blendender Plötzlichkeit kam die Szenerie des Gemetzels in volle Sicht. Von allen Seiten gellten Schreie der Furcht.

„Zurück!" schrie Wesel. „Zurück! Macht Platz!"

In zwei Richtungen zog sich das Neue Volk zurück.

Blinzelnd, aber hartnäckig versuchte Sterrets Phalanx zu folgen, versuchte, das, was ein mehr oder weniger ordentlicher Rückzug war, in eine wilde Flucht zu verwandeln. Aber die Leinen, die ihnen anfangs so gut gedient hatten, erwiesen sich jetzt als ihr Verderben. Einige versuchten, die zu verfolgen, die zum Platz der Zusammenkunft stürmten, andere, jene vom Neuen Volk, die sich in ihr eigenes Territorium zurückzogen. Bösartig fauchend, während aus einem Dutzend kleinerer Wunden Blut strömte, schlug und piesackte Sterret seine Streitkräfte schließlich zu einem Anschein von Ordnung. Er versuchte, einen Sturmangriff dorthin zu führen, wohin sich Wesel, noch mit dem kleinen, heißen Licht in der Hand, mit ihren persönlichen Amazonenwachen zurückzog.

Doch abermals machten seine schlauen — viel zu schlauen — Stricke seine Absicht zunichte. Nicht wenige Leichen waren da, um schnelle Bewegung zu behindern, und fast keiner seiner Kämpfer hatte die Intelligenz, sie loszuschneiden.
Und die Speerwerfer Shricks kamen zur Kampfspitze, und einer nach dem anderen wurden Sterrets Leute von den schlanken, tödlichen Schäften an die Tunnelwand geheftet. Nicht alle wurden sofort getötet, ein paar Unglückliche wanden sich und jammerten und zerrten mit nutzlosen Händen an den Speeren.
Unter diesen war Sterret.
Shrick kam nach vorn, den Speer in der Hand, um den *coup de grace* zu erteilen. Der alte Häuptling starrte wild, dann — „Weenas Haarloser!" schrie er.
Ironischerweise war es sein eigener Speer — die Waffe, die abwechselnd Weena und Tekka gehört hatte —, der seine Kehle aufschlitzte.

Jetzt, da Shrick Herr des Außerhalb war, hatte er Zeit, in der er nachdenken und träumen konnte. Immer öfter wanderten seine Gedanken zu Drei-Augen und ihrer Prophezeiung zurück. Es kam ihm nie in den Sinn, zu bezweifeln, daß er der Riesentöter sein sollte — obwohl er die Vision des Endes als die Hirngespinste einer halbirren alten Frau aus seinem Geist verbannte.
Und deshalb schickte er seine Spione in das Innerhalb, um die Riesen bei ihrem geheimnisvollen Kommen und Gehen zu beobachten, und versuchte mühsam, ein Muster für ihr unverständliches Benehmen zu finden. Oft begleitete er die Spione — und mit gieriger Habsucht sah er den gewaltigen Reichtum schöner, glänzender Dinge, deren Erben die Riesen waren. Mehr als alles andere begehrte er ein weiteres kleines, heißes Licht, denn sein eigenes hatte zu funktionieren aufgehört, und all das unbeholfene, unwissende Herumbasteln durch ihn selbst und Wesel konnte nicht mehr als einen schwachen, fast hitzelosen Funken aus seinen verwirrenden Kniffligkeiten hervorbringen.
Es schien auch, daß sich die Riesen mittlerweile des wimmelnden, fruchtbaren Lebens bewußt waren, das sie umgab. Sicher

war, daß ihre Fallen an Zahl und Findigkeit zunahmen. Und das Essen-das-tötet erschien in neuer und erschreckender Gestalt. Nicht nur diejenigen, die davon gegessen hatten, starben, sondern auch ihre Partner und — wirklich alle, die mit ihnen in Kontakt kamen.

Es schmeckte nach Zauberei, doch Shrick hatte gelernt, Ursache und Wirkung miteinander zu verbinden. Er ließ die Befallenen die bereits Toten in einen kleinen Tunnel tragen. Einer oder zwei von ihnen rebellierten, aber die Speerwerfer umgaben sie, ihre schlanken, tödlichen Waffen im Anschlag. Und jene, die versuchten, den Kordon von Wachen zu durchbrechen, wurden wiederholt durchbohrt, bevor sie jemandem von den unbetroffenen Leuten ihre besudelten Hände auflegten.

Große-Ohren war unter den Leidenden. Er machte keinen Versuch, mit seinem Schicksal zu hadern. Bevor er den gähnenden Tunnel betrat, der sein Grab werden sollte, drehte er sich um und sah seinen Häuptling an. Shrick veranlaßte, daß er an seine Seite gerufen wurde — obgleich er wußte, daß das Leben seines Freundes nicht gerettet werden konnte, und daß er, wenn er sich von ihm berühren ließ, sein eigenes mit Sicherheit verlieren würde.

Aber Wesel war neben ihm.

Sie winkte den Speerwerfern, und ganze zwei Hände von Pfeilen durchbohrten den kränkelnden Große-Ohren.

„So war es gnädiger", log sie.

Aber irgendwie erinnerte ihn der letzte Blick, den ihm sein treuester Helfer zugeworfen hatte, an Kein-Schwanz. Mit schwerem Herzen befahl er seinen Leuten, den Tunnel zu verschließen. Große Streifen des schwammigen Zeugs wurden gebracht und in den Eingang gestopft. Die Schreie der Eingeschlossenen wurden schwächer und immer schwächer. Dann herrschte Stille. Shrick befahl, an allen Stellen, an denen es denkbar war, daß die todgeweihten Gefangenen ausbrechen könnten, Wachen aufzustellen seien. Er kehrte in seine Höhle zurück. Wesel ließ ihn in seiner Einsamkeit gehen, wo sich eine ohne ihre Gabe eingemischt hätte. Bald würde er sie wieder haben wollen.

Es war lange Wesels Glaube gewesen, daß sie, falls sie die Gelegenheit dazu bekäme, in die Gedanken der Riesen genausogut hineinkommen könnte, genauso, wie sie es bei denen des Volkes konnte. Und wenn sie es konnte — wer wußte, welche Belohnungen die ihren sein konnten? Shrick, der noch immer unzugänglich war und um seinen Freund trauerte, vermißte sie mehr, als sie sich einzugestehen wagte. Der letzte Gefangene vom letzten Feldzug war schlicht vor vielen Fütterungen getötet worden. Obwohl sie keine Möglichkeit hatte, die Zeit zu messen, hing diese doch bedrückend in ihrem Nacken.

Und so durchstreifte sie, begleitet von zweien ihrer persönlichen Dienerinnen, jene Korridore und Tunnels, die direkt innerhalb der Barriere verliefen. In Erstaunen, das durch stete Wiederholungen nicht verblassen konnte, blickte sie durch ein Spähloch nach dem anderen auf das prunkvolle und mannigfaltige Leben des Innerhalb.

Schließlich fand sie das, wonach sie suchte — einen Riesen, allein und schlafend. Beim Volk gesammelte Erfahrung hatte sie gelehrt, daß sie aus einem schlafenden Verstand die geheimsten Gedanken lesen konnte.

Einen Herzschlag lang zögerte sie. Dann — „Vier-Arme, Kleiner-Kopf, wartet hier auf mich. Wartet und paßt auf.“

Kleiner-Kopf knurrte eine Bestätigung, doch Vier-Arme zögerte. „Lady Wesel“, sagte sie, „was ist, wenn der Riese erwacht? Was —?“

„Was ist, wenn ihr ohne mich zum Herrn des Außerhalb zurückkehren müßtet? Dann würde er euch zweifellos häuten lassen. Die Haut, die er momentan trägt, ist alt, und das Fell geht aus. Aber tut, was ich sage.“

Es gab hier einen Durchlaß in der Barriere, eine nur selten benutzte Tür. Diese wurde geöffnet, und Wesel glitt hindurch. Mit der Leichtigkeit, die alle Leute mit ihren häufigen Wagnissen ins Innerhalb erwarben, schwebte sie zu dem schlafenden Riesen hinauf. Fesseln hielten ihn in einer Art Rahmen, und Wesel fragte sich, ob er wegen eines Verstoßes zum Gefangenen seiner eigenen Artgenossen gemacht worden war. Sie sollte es bald erfahren.

Und dann zog ein funkelnder Gegenstand ihren Blick auf sich. Es war eines der kleinen, heißen Lichter, dessen polierter Metallbehälter Wesels habgierigen Augen als die schönste Sache auf der Welt erschien. Schnell traf sie ihre Entscheidung. Sie konnte die glänzende Beute jetzt nehmen, sie ihren beiden Dienerinnen übergeben und dann zurückkehren, um ihre ursprünglichen Absichten auszuführen.

In ihrem Eifer sah sie nicht, daß es in einer Verflechtung von schlanken Metallstangen aufgehängt war — oder sie achtete nicht darauf. Und als ihre Hände den Köder packten, begann etwas nicht weit entfernt ein schrilles, unmelodiöses Schlagen. Der Riese bewegte sich und wachte auf. Was Wesel für Fesseln gehalten hatte, fiel von seinem Körper ab. In blinder Panik drehte sie sich um, wollte in ihre Welt zurückfliehen. Doch irgendwie waren noch mehr von den Metallstangen eingerastet, und sie war eine Gefangene.

Sie fing an zu schreien.

Überraschenderweise kamen ihr Vier-Arme und Kleiner-Kopf zu Hilfe. Es wäre schön, könnte man berichten, sie wären vor lauter Hingabe an ihre Herrin angetrieben worden — aber Vier-Arme wußte, daß ihr Leben verwirkt war. Und sie hatte jene, die entweder Shrick oder Wesel mißfallen hatten, lebendig geschunden werden sehen. Kleiner-Kopf folgte blindlings der Führung der anderen. Ihr war nichts vorzuwerfen —

Mit ihren Speeren schlugen sie zu und bestürmten den Riesen. Er lachte — wenigstens interpretierte Wesel den tiefen, polternden Ton so, der aus seiner Kehle kam. Vier-Arme ergriff er zuerst. Mit einer Hand packte er ihren Körper, mit der anderen ihren Kopf. Er drehte. Und das war das Ende von Vier-Arme.

Jeder andere außer Kleiner-Kopf hätte sich umgedreht und wäre geflohen. Aber ihr schwacher Verstand weigerte sich, zu registrieren, was sie gesehen hatte. Vielleicht hätte sie der Schrekken von alledem eine volle Fütterung nach dem Ereignis mit seiner Wucht betäubt, vielleicht nicht. Wie dem auch sei, sie setzte ihren Angriff fort. Blind, instinktiv, ging sie auf die Kehle des Riesen los. Wesel spürte, daß er sehr verängstigt war. Aber nach einem kurzen Kampf erwischte eine seiner Hände die wahnsinnige, quietschende Kleiner-Kopf. Heftig schleuderte er sie von sich. Sie hörte den dumpfen Schlag, als der Körper ihrer Dienerinnen auf etwas Festes und Unnachgiebiges traf. Und die Eindrücke, die ihr Verstand von dem der anderen erhalten hatte, hörten ganz unvermittelt auf.

Selbst in ihrer panischen Furcht bemerkte sie, daß der Riese aus diesem ungleichen Kampf nicht völlig unversehrt hervorgegangen war. Eine seiner Hände war angekratzt worden und blutete heftig. Und es waren tiefe Kratzer auf dem schrecklichen, abstoßend nackten Gesicht. Die Riesen waren also verwundbar. Es hätte also doch ein Körnchen Wahrheit in dem wahnsinnigen Geplapper von Drei-Augen sein können.

Und dann vergaß Wesel ihren vergeblichen Kampf gegen die Stäbe ihres Käfigs. Mit grausigem Entsetzen beobachtete sie, was der Riese machte. Er hatte den schlaffen Körper von Vier-Arme genommen, hatte ihn auf einer glatten Oberfläche befestigt. Von irgendwoher hatte er eine Ansammlung glitzernder Instrumente geholt. Eines hiervon nahm er und zog es von der Kehle bis zum Schritt herunter. Auf beiden Seiten der scharfen Klinge fiel die Haut zurück und entblößte das Fleisch.

Und das Schlimmste daran war, daß es nicht in Haß oder Zorn getan wurde, auch wurde die unglückliche Vier-Arme nicht zerteilt, damit sie verzehrt werden konnte. Es war eine unpersönliche Eigenschaft an der ganzen Sache, die Wesel übel werden ließ — denn sie hatte inzwischen einen gewissen begrenzten Zugang zum Verstand des anderen gewonnen.

Der Riese hielt plötzlich in seiner Arbeit inne. Ein anderer seiner Rasse war gekommen, und viele Herzschläge lang sprachen die beiden miteinander. Sie untersuchten Vier-Armes verstümmelten Leichnam, den zermalmten Körper von Kleiner-Kopf. Gemeinsam blickten sie interessiert in den Käfig, wo Wesel ohnmächtig die Zähne fletschte.

Aber trotz ihrer hysterischen Angst war ein Teil ihres Verstandes tödlich kalt, empfing und speicherte Eindrücke, die den ungehemmten, animalischen Teil von ihr in noch größere Panik trieb. Solange die Riesen redeten, waren die Eindrücke klar — und solange ihre großen, plumpen Köpfe über ihrem Käfig hingen, knappe Handbreiten entfernt, waren sie fast überwältigend in ihrer Stärke. Sie erfuhr, wer sie und das Volk waren, was ihre Welt war. Sie hatte nicht die Fähigkeit, es in Worte zu fassen — aber sie *wußte*. Und sie sah das Verderben, das die Riesen für das Volk vorbereiteten.
Mit einigen Abschiedsworten an seinen Kameraden ging der zweite Riese. Der erste setzte seine Arbeit, Vier-Arme zu zerstückeln, fort. Schließlich war er damit fertig. Was von dem Körper übrig war, wurde in durchsichtige Behälter getan.
Der Riese nahm Kleiner-Kopf hoch. Viele Herzschläge lang untersuchte er sie, wobei er sie in seinen großen Händen immer rundherum drehte. Wesel nahm an, daß er den Körper auf die ebene Oberfläche binden würde, mit ihm machen würde, was er mit dem von Vier-Arme gemacht hatte. Doch schließlich legte er den Körper auf die Seite. Über seine Hände zog er etwas, das wie eine dicke, zusätzliche Haut aussah. Plötzlich fielen die Metallstangen an einem Ende des Käfigs zurück, und eine dieser gewaltigen Hände schwebte herein und tastete nach Wesel.

Nach dem Tod von Große-Ohren schlief Shrick ein wenig. Dies war die einzige Art und Weise, auf welche er das Gefühl des Verlustes los werden konnte, das Empfinden, daß er seinen treuesten Anhänger verraten hatte. Seine Träume waren unruhig, geplagt von Gespenstern aus seiner Vergangenheit. Große-Ohren war darin, und Großer-Fangzahn, und eine fremde Frau, mit der er ein Gefühl des Einsseins empfand, von der er wußte, daß sie Weena, seine Mutter, war.
Und dann waren alle diese Trugbilder verschwunden und ließen nur die Vision Wesels zurück. Es war nicht die Wesel, die er bisher gekannt hatte, kühl, selbstsicher, ehrgeizig. Dies war eine entsetzte Wesel — Wesel, wie sie allmählich in einen schwarzen

Abgrund aus Schmerz und Pein sank, noch schlimmer als der, den sie so oft anderen zugemessen hatte. Und sie wollte, daß er kam.

Shrick erwachte, von seinen Träumen geängstigt. Aber er wußte, daß Geister niemals jemandem wehgetan hatten, ihm, dem Herrn des Außerhalb, nicht wehtun konnten. Er schüttelte sich, wimmerte schwach, und dann versuchte er, sich für weiteren Schlaf zu beruhigen.

Doch Wesels Vision beharrte. Schließlich gab Shrick seine Versuche auf, Vergessen zu suchen, und kam, während er sich die Augen rieb, aus seiner Höhle.

Im schwachen Zwielicht des Platzes der Zusammenkunft schwebten kleine Haufen von Leuten herum, die sich mit leisen Stimmen unterhielten. Shrick rief nach den Wachen. Es herrschte eine düstere Stille. Er rief wieder. Schließlich antwortete einer.

„Wo ist Wesel?"

„Ich weiß nicht... Herr." Das letzte Wort kam widerwillig heraus. Dann gab einer der anderen freiwillig die Auskunft, daß man sie in Begleitung von Vier-Arme und Kleiner-Kopf in den Tunnels hatte vorangehen sehen, die zu jenem Teil des Außerhalb in der Richtung des Ortes-der-grünen-wachsenden-Dinge führten.

Shrick zögerte.

Er wagte sich selten ohne seine Leibwächter ins Außenland, und wenn, so war Große-Ohren einer von ihnen gewesen. Und Große-Ohren war tot.

Er blickte sich um, entschied, daß er keinem von jenen trauen konnte, die gegenwärtig auf dem Platz der Zusammenkunft waren. Das Volk war über seine notwendige Handlungsweise im Fall jener, die von dem Essen-das-tötet gegessen hatten, schockiert und entsetzt gewesen und betrachtete ihn, wußte er, als ein noch schlimmeres Ungeheuer als die Riesen. Ihre Gedächtnisse waren kurz — doch bis sie vergessen hatten, würde er auf der Hut sein müssen.

„Wesel ist meine Partnerin. Ich werde allein gehen", sagte er.

Bei seinen Worten spürte er einen Stimmungswandel, war versucht, eine Eskorte zu verlangen. Aber der Instinkt, der ihn —

ebensosehr wie geistige Überlegenheit — an der Macht hielt, warnte ihn davor, seinen Vorteil wegzuwerfen.
„Ich gehe allein", sagte er.
Ein gewisser Kurzer-Schwanz, kühner als seine Kameraden, sprach frei heraus.
„Und wenn Ihr nicht zurückkehrt, Herr des Außerhalb? Wer soll —"
„Ich werde zurückkehren", sagte Shrick fest, wobei seine Stimme eine Zuversicht ausdrückte, die er nicht empfand.
In den bewohnteren Sektoren war der kennzeichnende Geruch Wesels von dem vieler anderer überlagert. In den nur selten benutzten Tunnels war er stark und zwingend — doch jetzt hatte er es nicht mehr nötig, seinen Geruchssinn zu benutzen. Denn die verängstigte leise Stimme in seinem Gehirn — von außerhalb seines Gehirns — sagte: *Beeil dich, BEEIL DICH* —, und eine Macht außerhalb seines Horizonts leitete ihn unfehlbar dorthin, wo ihn seine Partnerin so verzweifelt brauchte.

Aus dem Durchlaß in der Barriere — er war offengelassen worden —, durch den Wesel das Innerhalb betreten hatte, strömte ein Lichtstrahl. Und jetzt machte sich Shricks natürliche Vorsicht wieder geltend. Die Stimme in seinem Gehirn war nicht weniger drängend, doch der Instinkt der Selbsterhaltung war stark. Fast furchtsam blickte er durch die Tür.
Er witterte Tod. Zuerst fürchtete er, daß er zu spät kam, identifizierte dann die persönlichen Gerüche von Vier-Arme und Kleiner-Kopf. Der von Wesel war ebenfalls da — vermischt mit dem bitteren Geruch von Terror und Todesqual. Aber sie lebte noch.
Er vergaß die Vorsicht, stieß sich mit aller Kraft seiner Beinmuskeln von der Tür ab. Und er fand Wesel, auf dem Rücken auf einer glatten Oberfläche ausgestreckt, die von Blut glitschig war. Das meiste davon war von Vier-Arme, aber etwas davon war ihres.
„Shrick!" kreischte sie. „Der Riese!"
Er schaute von seiner Partnerin weg und sah das Gesicht bleich und riesig über sich schweben. Er schrie, doch es lag mehr Wut

als Schrecken in diesem Laut. Er sah, nicht weit von dort, wo er sich an Wesel festhielt, eine riesige Klinge aus glänzendem Metall. Er konnte sehen, daß ihre Schneide scharf war. Der Griff war für eine viel größere Hand als seine geformt worden, dennoch war er gerade noch in der Lage, ihn zu umfassen. Sie schien befestigt zu sein. Er stemmte die Füße gegen Wesels Körper, fand genügend Halt und zerrte verzweifelt.

Gerade als die Hand des Riesen, die Finger ausgestreckt, um ihn zu ergreifen, herunterkam, bekam er die Klinge frei. Da sich Shricks Beine plötzlich und unfreiwillig streckten, wurde er von Wesel weggestoßen. Der Riese griff nach der fliegenden Gestalt und heulte vor Pein, als Shrick die Klinge herumriß und einen Finger abhackte.

Er hörte Wesels Stimme: „Du bist der Riesentöter!"

Jetzt war er auf gleicher Höhe mit dem Kopf des Riesen. Er wich seitwärts aus und erwischte mit den Füßen eine Falte der künstlichen Haut, die den gewaltigen Körper bedeckte. Und dort hing er, schwang seine Waffe mit beiden Händen, schnitt und hieb. Große Hände fuchtelten wild umher, und er wurde gequetscht und gestoßen.

Aber nicht einmal gelang es ihnen, einen Halt zu finden. Dann gab es ein großes und abscheuliches Spritzen von Blut und ein wildes Umherdreschen mächtiger Gliedmaßen. Dies hörte auf, doch war es erst die Stimme von Wesel, die ihn aus der Raserei seiner Mordlust rief.

So fand er sie wieder, noch immer zum Opfer für die finsteren Götter der Riesen ausgestreckt, noch immer an diese Oberfläche gefesselt, die naß war von ihrem Blut und dem ihrer Dienerin. Aber sie lächelte zu ihm herauf, und in ihren Augen war Respekt, der an Ehrfurcht grenzte.

„Bist du verletzt?" fragte er, eine scharfe Schneide der Besorgnis in der Stimme.

„Nur ein wenig. Aber Vier-Arme ist in Stücke geschnitten worden ... Und mit mir wäre das gleiche getan worden, wärst du nicht gekommen. Und", ihre Stimme war eine Lobeshymne, „du hast den Riesen getötet!"

„Es war geweissagt. Außerdem“, ausnahmsweise war er ehrlich, „hätte es ohne die Waffe des Riesen nicht getan werden können.“
Mit deren Schneide zertrennte er Wesels Fesseln. Langsam schwebte sie von der Opferstätte fort. Dann: „Ich kann meine Beine nicht bewegen!“ Ihre Stimme war schreckerfüllt. „Ich kann mich nicht bewegen!“
Shrick erriet, was nicht stimmte. Er verstand ein bißchen von Anatomie — sein Wissen war das des Kriegers, der möglicherweise gezwungen war, seinen Feind vor dem Niedermetzeln zu lähmen —, und er konnte verstehen, daß die scharfe Klinge des Riesen diesen Schaden angerichtet hatte. Zorn gegen diese grausamen, scheußlichen Wesen brodelte in ihm empor. Und da war mehr als Zorn. Da war das bei seinen Leuten seltene Gefühl überwältigenden Mitleids für seine verkrüppelte Partnerin.
„Die Klinge... sie ist sehr scharf... Ich werde nichts spüren.“
Aber Shrick konnte sich nicht dazu durchringen, es zu tun.
Jetzt trieben sie hinauf, gegen die riesige Masse des toten Riesen. Mit einer Hand packte er Wesels Schulter — die andere umklammerte noch immer seine schöne neue Waffe — und stieß sich von dem gigantischen Leichnam ab. Dann schob er Wesel durch die Tür in der Barriere und spürte ihre Erleichterung, als sie sich wieder in vertrautem Gebiet befand. Er folgte ihr, dann schloß und verriegelte er sorgfältig die Tür.

Ein paar Herzschläge lang befaßte sich Wesel damit, ihr verschmutztes Fell zu glätten. Er konnte nichts dafür, er mußte bemerken, daß sie nicht wagte, ihre Hände zum unteren Teil ihres Körpers abirren zu lassen, wo die Wunden, klein, aber tödlich, waren, die sie der Kraft ihrer Glieder beraubt hatten. Schwach fühlte er, daß für jemand solcherart Verletzten etwas getan werden konnte, wußte jedoch, daß dies über seine Kräfte ging. Und die Wut — jetzt nicht hilflos — gegen die Riesen kehrte zurück und drohte, ihn mit ihrer Heftigkeit zu ersticken.
„Shrick!“ Wesels Stimme war ernst. „Wir müssen sofort zum Volk zurückkehren. Wir müssen das Volk warnen. Die Riesen machen eine Hexerei, um das Ende zu bringen.“

„Das große, heiße Licht?"
„Nein. Aber warte! Zuerst muß ich dir von dem erzählen, was ich erfahren habe. Sonst wirst du es nicht glauben. Ich habe herausgefunden, was wir sind, was die Welt ist. Und sie ist merkwürdig und wunderbar, für uns völlig unglaublich. Was ist Außerhalb?" Sie wartete nicht auf seine Antwort, las sie in seinem Verstand, bevor seine Lippen die Worte formen konnten. „Die Welt ist nur eine Blase von Leere in der Mitte eines riesigen Stücks Metall, größer, als sich der Verstand vorstellen kann. Aber es ist nicht so! Außerhalb des Metalls, das außerhalb von Außerhalb liegt, gibt es nichts. *Nichts!* Es gibt keine Luft."
„Aber es muß wenigstens Luft da sein."
„Nein, sage ich dir. Da ist *nichts.*"
„Und die Welt — wie kann ich Worte dafür finden? Ihr Name für Welt ist — *Schiff*, und er scheint etwas Großes zu bedeuten, das von einem Ort zu einem anderen Ort fährt. Und wir alle — Riesen und Volk — sind im Innern des Schiffes. Die Riesen haben das Schiff gemacht."
„Dann ist es nicht lebendig?"
„Das kann ich nicht sagen. *Sie* scheinen zu denken, daß es weiblich ist. Es muß eine Art von Leben, das kein Leben ist, haben. Und es fährt von einer Welt zu einer anderen Welt."
„Und diese anderen Welten?"
„Ich habe kurze Blicke auf sie geworfen. Sie sind furchtbar, furchtbar. *Wir* finden die offenen Räume des Innerhalb beängstigend — aber diese anderen Welten sind *ganz* offener Raum, bis auf eine Seite."
„Aber was sind wir?" Sich selbst zum Trotz glaubte Shrick Wesels phantastische Geschichte wenigstens halb. Vielleicht besaß sie in geringem Ausmaß die Kraft, ihre Gedanken in den Verstand eines anderen zu projizieren, mit dem sie eng vertraut war. „Was sind wir?"
Sie war für den Zeitraum vieler Herzschläge still. Dann: „*Ihr* Name für uns ist — *Mutanten.* Das Bild war — überhaupt nicht klar. Es bedeutet, daß wir — das Volk — uns verändert haben. Und doch

war ihr Bild vom Volk vor dem Wandel wie die Andersartigen, bevor wir sie alle getötet haben.
Vor langer, langer Zeit — viele Hände Fütterungen — kamen endlich die ersten Leute, die Eltern der Eltern unserer Eltern, in die Welt. Sie kamen von jener größeren Welt — der Welt der furchtbaren, offenen Räume. Sie kamen mit der Nahrung in der großen Höhle-der-Nahrung — und die wird zu einer anderen Welt transportiert.
Nun, in dem schrecklichen leeren Raum außerhalb von Außerhalb gibt es — Licht, das kein Licht ist. Und dieses Licht — verändert Personen. Nein, nicht die erwachsenen Personen oder das Kind, sondern das Kind vor der Geburt. Wie die toten und mausetoten Häuptlinge des Volkes fürchten die Riesen den Wandel bei sich selbst. Deshalb haben sie das Licht, das kein Licht ist, vom Innerhalb ferngehalten.
Und zwar so. Zwischen der Barriere und dem Weit-Außerhalb füllten sie den Platz mit dem Material, in das wir unsere Höhlen und Tunnels gegraben haben. Die ersten Leute verließen die große Nahrungshöhle, sie wühlten sich durch die Barriere und in das Material von Außerhalb. Es war ihre Natur. Und manche von ihnen paarten sich in den Höhlen von Weit-Außerhalb. Ihre Kinder waren — *anders*."
„Das ist wahr", sagte Shrick langsam. „Es ist immer gedacht worden, die im Weit-Außerhalb geborenen Kinder würden nie wie ihre Eltern, und daß jene dicht an der Barriere Geborenen —"
„Ja."
Nun, die Riesen wußten schon immer, daß das Volk hier war, aber sie fürchteten es nicht. Sie kannten unsere zahlenmäßige Stärke nicht, und sie hielten uns für viel niedrigere Wesen als sich selbst. Sie waren zufrieden, uns mit ihren Fallen und dem Essen-das-tötet geringzuhalten. Irgendwie merkten sie, daß wir uns verändert hatten. Wie die toten Häuptlinge fürchteten sie uns dann — und wie die toten Häuptlinge werden sie versuchen, uns alle zu töten, bevor wir sie überwinden."
„Und das Ende?"

„Ja, das Ende." Sie war wieder still, während sie mit ihren großen Augen an Shrick vorbei auf etwas unfaßbar Schreckliches blickte. „Ja", sagte sie noch einmal, „das Ende. SIE werden es bereiten, und SIE werden ihm entgehen. SIE werden künstliche Häute anlegen, die IHRE ganzen Körper bedecken, sogar IHRE Köpfe, und SIE werden riesige Türen in der... Schale des Schiffes öffnen, und alle Luft wird hinausströmen in den fürchterlichen leeren Raum außerhalb von Außerhalb. Und das ganze Volk wird sterben."

„Ich muß gehen", sagte Shrick. „Ich muß die Riesen töten, bevor dies geschieht."

„Nein! Es gab eine Handvoll Riesen — jetzt, wo du Dickbauch getötet hast, sind noch vier davon übrig. Und sie wissen jetzt, daß sie getötet werden können. Sie werden auf dich lauern. Weißt du noch, wie wir die Leute mit der Krankheit begraben haben? Das ist es, was wir mit dem ganzen Volk tun müssen. Und dann, wenn die Riesen die Welt wieder mit Luft aus ihrem Vorrat füllen, können wir herauskommen."

Shrick war eine Weile still. Er mußte zugeben, daß sie recht hatte. Ein argloser Riese war durch seine Klinge gefallen — doch mit vieren von ihnen, erregt, zornig und aufmerksam, konnte er nicht fertig werden. Auf jeden Fall gab es keine Möglichkeit, zu erfahren, wann die Riesen die Luft aus der Welt lassen würden. Das Volk mußte gewarnt werden — und zwar schnell.

Gemeinsam standen Shrick und Wesel auf dem Platz der Zusammenkunft dem Volk gegenüber. Jeder von ihnen hatte seine Geschichte erzählt, nur um festzustellen, daß man ihnen mit völliger Ungläubigkeit begegnete. Stimmt, es gab welche, die geneigt waren, ihnen zu glauben, als sie die feine, glänzende Klinge sahen, die Shrick vom Innerhalb mitgebracht hatte. Sie wurden von der Mehrheit niedergebrüllt. Es geschah, als er sie dazu zu bringen versuchte, sich gegen das Ende einzumauern, daß er auf ernsthafte Opposition traf. Die Tatsache, daß er so jene behandelt hatte, die unter der Krankheit litten, spielte im Gedächtnis der Menge noch immer eine große Rolle.

Es war ganz unzweifelkhaft Kurzer-Schwanz, der die Krise herbeiführte.

„Er will die Welt für sich allein haben!" rief er. „Er hat Großer-Fangzahn und Kein-Schwanz getötet, er hat alle Andersartigen getötet, und Große-Ohren hat er gemordet, weil er hatte Häuptling werden wollen. Er und seine häßliche, unfruchtbare Partnerin wollen die Welt für sich allein!"

Shrick versuchte, zu diskutieren, doch Große-Ohrens Gefolgschaft schrie ihn nieder. Er quietschte vor Wut und bestürmte den Rebellen, hob seine Klinge mit beiden Händen. Kurzer-Schwanz huschte außer Reichweite zurück. Shrick fand sich allein auf einem plötzlich leergefegten Platz. Von irgendwo weit entfernt hörte er Wesel seinen Namen schreien. Benommen schüttelte er den Kopf, und dann löste sich der rote Nebel vor seinen Augen auf.

Ringsum waren die Speerwerfer, ihre schlanken Waffen wurfbereit. Er hatte sie selbst ausgebildet, hatte ihre spezialisierte Kriegskunst geschaffen. Und jetzt —

„Shrick!" sagte Wesel. „Kämpfe nicht! Sie werden dich töten, und ich werde allein sein. Ich werde die Welt für mich allein haben. Laß sie mit uns machen, was sie wollen, und *wir* werden das Ende überstehen."

Bei ihren Worten rieselte ein kicherndes Lachen durch die Menge.

„*Sie* werden das Ende überstehen! Sie werden sterben, wie Große-Ohren und seine Freunde gestorben sind!"

„Ich will deine Klinge", sagte Kurzer-Schwanz.

„Gib sie ihm", schrie Wesel. „Du wirst sie nach dem Ende zurückbekommen!"

Shrick zögerte. Der andere gab ein Zeichen. Einer der Wurfspeere grub sich in den fleischigen Teil seines Armes. Wäre Wesels Stimme nicht gewesen, bittend, beharrlich, hätte er seine Peiniger angegriffen und wäre seinem Ende in weniger als einem einzigen Herzschlag begegnet. Widerwillig gab er seinen Halt an der Waffe auf. Langsam — wie abgeneigt, ihren wahren Besitzer zu verlassen — schwebte sie von ihm weg. Und dann waren die

Leute rings um ihn her und erstickten ihn fast mit dem Druck ihrer Körper.

Die Höhle, in die Shrick und Wesel gedrängt wurden, war ihre eigene Wohnstatt. Sie waren in erbärmlichem Zustand, als sich der Mob zum Eingang zurückzog — Wesels Wunden hatten sich wieder geöffnet, und Shricks Arm blutete ungehindert. Jemand hatte den Speer herausgerissen —, aber die Spitze war abgebrochen.
Draußen schlug Kurzer-Schwanz mit der scharfen Klinge um sich, die er seinem Häuptling abgenommen hatte. Unter seinen Hieben lösten sich große Massen des schwammigen Materials des Außerhalb, und viele bereitwillige Hände stopften sie fest in den Höhleneingang.
„Wir werden euch nach dem Ende herauslassen!" rief jemand. Ein Hohngeschrei wurde laut. Dann: „Ich wüßte gern, wer den anderen zuerst fressen wird..."
„Mach dir nichts daraus", sagte Wesel leise. „Wir werden zuletzt lachen."
„Vielleicht. Aber... das Volk. *Mein* Volk. Und du bist unfruchtbar. Die Riesen haben gesiegt —"
Wesel war still. Dann hörte er ihre Stimme wieder. Sie schluchzte in der Dunkelheit vor sich hin. Shrick konnte ihre Gedanken erraten. All ihre großartigen Träume von der Weltherrschaft hatten zu dem hier geführt — einem winzigen Raum, in dem es kaum Platz für einen von ihnen gab, um einen Finger zu rühren.
Und jetzt konnten sie die Stimmen des Volkes außerhalb ihres Gefängnisses hören. Shrick fragte sich, ob die Riesen schon zugeschlagen hatten, beruhigte sich dann mit der Erinnerung daran, wie die Stimmen derer, die unter der Krankheit gelitten hatten, schwächer und schwächer geworden und dann am Ende völlig verstummt waren. Und er fragte sich, wie er und Wesel erfahren würden, wann das Ende gekommen war, und wie sie erfahren würden, wann es sicher war, sich hinauszugraben. Es würde eine lange und mühselige Aufgabe sein, da sie nur ihre Zähne und Krallen zum Arbeiten hatten.
Aber er hatte ein Werkzeug.

Die Finger der Hand seines unverletzten Arms tasteten an die noch in seinem anderen Arm vergrabene Speerspitze. Er wußte, die bei weitem beste Art, sie herauszuziehen, wäre ein schneller Ruck — aber er konnte sich nicht überwinden, es zu tun. Langsam, schmerzhaft arbeitete er das scharfe Metallbruchstück frei.
„Laß es mich für dich tun."
„Nein." Seine Stimme war rauh. „Außerdem besteht keine Eile." Langsam, geduldig, zerrte er an der Wunde. Er stöhnte ein wenig, obwohl er sich dessen nicht bewußt war. Und dann schrie Wesel plötzlich. Dieser Laut kam so unerwartet, war so furchtbar in diesem beengten Raum, daß Shrick heftig zusammenzuckte. Seine Hand riß sich vom Oberarm los und nahm die Speerspitze mit. Sein erster Gedanke war, daß Wesel, da sie Telepathin war, diesen Weg gewählt hatte, ihm zu helfen. Doch er empfand keine Dankbarkeit, nur einen dumpfen Unmut.
„Weshalb hast du das gemacht?" fragte er ärgerlich.
Sie beantwortete seine Frage nicht. Sie beachtete seine Anwesenheit nicht.
„Die Leute...", flüsterte sie, „die Leute... ich kann ihre Gedanken spüren... Ich kann fühlen, was sie fühlen. Und sie keuchen nach Luft... Sie keuchen und sterben... Und die Höhle von Langes-Fell, dem Speermacher... Aber sie sterben, und das Blut kommt ihnen aus Mündern und Nasen und Ohren... Ich kann es nicht ertragen... Ich kann nicht —"
Und dann geschah etwas Entsetzliches. Die Seitenwände der Höhle drängten sich zu ihnen herein. In der ganzen Welt, im ganzen Schiff dehnten sich die Luftzellen in der schwammartigen Isolation, als der Luftdruck auf Null fiel. Dies allein war es, was Shrick und Wesel rettete, obwohl sie dies nie erfuhren. Der grobe Korken, der ihre Höhle verschloß, und der sonst herausgeflogen wäre, schwoll an, den sich dehnenden Wänden des Eingangs entgegen, was eine beinahe perfekte luftdichte Verbindungsstelle ergab.
Doch die Gefangenen waren nicht in der Lage, dies schätzen zu können, selbst wenn sie im Besitz des notwendigen Wissens gewesen wären. Panik ergriff sie beide. Klaustrophobie war bei den

Leuten unbekannt — aber Wände, die sich um sie zusammenzogen, waren außerhalb ihrer Erfahrung.

Vielleicht war Wesel die Vernünftigere von ihnen. Sie war es, die ihren Partner zurückzuhalten versuchte, als er wild, wie wahnsinnig, an den aufgeblähten, sich wölbenden Wänden herumkrallte und biß. Er wußte offensichtlich nicht mehr, was außerhalb der Höhle geschah, und hätte er es noch gewußt, so hätte dies keinen Unterschied gemacht. Sein einziges Verlangen war, hinauszukommen.

Anfangs kam er wenig voran, dann entsann er sich der kleinen Klinge, die er noch mit seiner Hand umfaßt hielt. Die Zellenwände waren dünn gedehnt, fast zum Bersten, und unter seinem Ansturm brachten sie nicht mehr Widerstand auf als Seifenblasen. Eine Stelle wurde freigelegt, und Shrick war in der Lage, mit noch größerer Wirkung zu arbeiten.

„Halt! Halt, sage ich dir! Es gibt nur den Erstickungstod außerhalb der Höhle. Und du wirst uns beide umbringen!"

Aber Shrick achtete nicht darauf, fuhr fort zu stechen und zu hacken. Er kam nur langsam voran, war kaum fähig, den ursprünglichen Eindruck, den er gemacht hatte, zu vergrößern. Wie die geschwollenen Oberflächen unter seiner Klinge platzten und welkten, so wölbten und blähten sie sich an anderen Stellen auf.

„Halt!" schrie Wesel erneut.

Mit ihren Händen zog sie sich auf ihren Partner zu, und schleifte die nutzlosen Beine hinter sich her. Und sie rang mit ihm, wobei ihr die Verzweiflung Kraft verlieh. So kämpften sie viele Herzschläge lang — stumm, wild, ungeachtet all dessen, was jeder dem anderen verdankte. Und doch vergaß es Wesel vielleicht nicht ganz. Bei all ihrem blinden, rasenden Willen zu überleben, waren ihre telepathischen Kräfte zu keiner Zeit völlig unwirksam. Trotz ihrer selbst hatte sie, wie immer, Teil am Verstand des anderen. Und dieser psychologische Faktor gab ihr einen Vorteil, der die Lähmung der unteren Hälfte ihres Körpers wettmachte — und sie gleichzeitig daran hinderte, diesen Vorteil bis zu seinem logischen Schluß zu nutzen.

Doch das rettete sie nicht, als sich ihre Finger versehentlich in die Wunde in Shricks Arm gruben. Sein ohrenbetäubender Schrei war aus Schmerz und Wut zusammengesetzt, und er griff auf Kraftreserven zurück, von denen die andere nie vermutet hätte, daß er sie besaß. Und die Hand, welche die Klinge umfaßt hielt, kam mit unwiderstehlicher Kraft herum.
Für Wesel gab es einen Herzschlag an Schmerz, an Sorge um sich selbst und Shrick, an blinder Wut gegen die Riesen, welche diese Sache indirekt herbeigeführt hatten.
Und dann wurde das Schlagen ihres Herzens für immer zum Stillstand gebracht.

Bei Wesels Tod verließ Shrick die Raserei.
Dort, in der Dunkelheit, ließ er seine empfindlichen Finger über die leblose Gestalt wandern, hoffnungslos hoffte er auf ein schwaches Zeichen von Leben. Er rief ihren Namen, er schüttelte sie grob. Aber schließlich kroch das Wissen, daß sie tot war, in sein Gehirn — und dort blieb es. In seinem kurzen Leben hatte er dieses Gefühl des Verlustes so viele Male erlebt, doch nie mit einer solchen Bitterkeit.
Und am allerschlimmsten war das Wissen, daß *er* sie getötet hatte.
Er versuchte, die Last der Verantwortung von sich zu schieben. Er sagte sich, daß sie an den durch die Hände der Riesen erlittenen Wunden auf jeden Fall gestorben wäre. Er versuchte, sich davon zu überzeugen, daß, Wunden oder keine Wunden, genaugenommen die Riesen für ihren Tod verantwortlich waren. Und er wußte ganz genau, daß er Wesels Mörder war, genau wie er wußte: alles, was ihm in diesem Leben noch blieb, war, den zahlreichen Mördern seines Volkes die endgültige Abrechnung zu präsentieren.
Dies machte ihn vorsichtig.
Viele Herzschläge lang lag er dort in der dichten Dunkelheit, da er nicht wagte, seine Attacke auf die Wände seines Gefängnisses von neuem zu beginnen. Er sagte sich, daß er es irgendwie erfahren werde, wenn die Riesen wieder die Luft in die Welt lie-

ßen. Wie er es erfahren würde, konnte er nicht sagen, doch die Überzeugung blieb.

Und als schließlich mit dem zurückkehrenden Druck die Isolation wieder ihre normale Beschaffenheit annahm, wertete Shrick dies als Zeichen, daß er ungefährdet hinausgehen konnte. Er fing an, in das schwammige Material zu hacken, hörte dann auf. Er ging zu Wesels Körper zurück. Nur einmal flüsterte er ihren Namen und fuhr mit seinen Händen in einem letzten Streicheln über die steife, stille Gestalt.

Er kehrte nicht zurück.

Und als endlich das schwache Licht des Platzes der Zusammenkunft durchbrach, war sie tief unter den Trümmern begraben, die er hinter sich geworfen hatte, während er arbeitete.

Die Luft schmeckte gut nach der viele Male geatmeten Atmosphäre der Höhle. Ein paar Herzschläge lang war Shrick von dem abrupten Zunehmen des Drucks benommen, denn von der Luft in seinem Gefängnis war viel entwichen, bevor sich die Verstopfung ausgedehnt und den Eingang abgedichtet hatte. Wahrscheinlich wäre er schon längst erstickt gewesen, wäre nicht die aus den zerplatzten Zellen des Isoliermaterials freigesetzte Luft gewesen.

Aber dies sollte er nicht wissen — und wenn er es gewußt hätte, hätte es ihn nicht übermäßig beunruhigt. Er lebte, und Wesel und alle Leute waren tot. Als sich der Nebel vor seinen Augen hob, konnte er sie sehen, ihre Körper verdreht in den gekrümmten Haltungen ihrer letzten Todesqual, stummer Beweis der furchtbaren Kräfte der Riesen.

Und jetzt, wo er sie sah, spürte er nicht den überwältigenden Kummer, den er hätte spüren müssen. Er empfand statt dessen eine Art Wut. Durch ihre Weigerung, seine Warnung zu beachten, hatten sie ihn seines Königreiches beraubt. Keiner konnte ihm jetzt mehr seine Herrschaft über das Außerhalb streitig machen — doch ohne Untertanen, willig oder nicht, war das riesige Territorium unter seinem Einfluß wertlos.

Wäre Wesel jetzt noch am Leben, wäre es sicherlich ganz anders gewesen.

Was hatte sie gesagt —? *Und die Höhle von Langes-Fell, dem Speermacher...*

Er konnte ihre Stimme hören, wie sie es sagte... *Und die Höhle von Langes-Fell, dem Speermacher...*

Vielleicht — Aber es gab nur eine Möglichkeit, sich zu vergewissern.

Er fand die Höhle, sah, daß ihr Eingang zugemauert worden war. Er spürte ein wildes Aufwallen der Hoffnung. Rasend riß er mit Zähnen und Krallen an der Isolation. Die scharfe Klinge, die er im Innerhalb erbeutet hatte, glänzte matt kein Dutzend Handbreiten von dort, wo er arbeitete, doch seine blinde, unüberlegte Eile war dermaßen, daß er das Werkzeug übersah, das seine Arbeit so grenzenlos kürzer gemacht hätte. Endlich war der Eingang freigelegt. Ein schwacher Schrei begrüßte das Einströmen von Luft und Licht. Eine Weile konnte Shrick nicht sehen, wer sich darin aufhielt, und dann hätte er in seiner Enttäuschung schreien können.

Denn hier waren keine harten, kampferprobten Männer, keine kräftigen, fruchtbaren Frauen, sondern rund zwei Hände sich schwach windender Säuglinge. Ihre Mütter mußten kaum noch rechtzeitig gemerkt haben, daß er und Wesel recht gehabt hatten, daß es nur einen Weg gab, den Erstickungstod abzuwehren. Sich selbst hatten sie nicht retten können.

Aber sie werden aufwachsen, sagte sich Shrick. *Es wird nicht lange dauern, bis sie in der Lage sind, für den Herrn des Außerhalb einen Speer zu tragen, bis die Frauen seine Kinder gebären können.*

Er überwand seinen Widerwillen und zog sie heraus. Es gab eine Handvoll weiblicher Kinder, alle lebendig, und eine Handvoll männlicher. Drei von diesen waren tot. Aber hier, wußte er, lag der Kern der Armee, mit der er seine Herrschaft über die Welt des Innerhalb wie des Außerhalb neu begründen würde.

Doch zuerst mußten sie gefüttert werden.

Jetzt sah er seine scharfe Klinge, und er ergriff sie und machte sich daran, die drei leblosen männlichen Kinder zu zerteilen. Der Geruch ihres Blutes ließ ihn merken, daß er hungrig war. Aber

erst, als die jetzt beruhigten Kinder alle zufrieden kauten, schnitt er eine Portion für sich selbst ab.
Als er sie hinuntergeschlungen hatte, fühlte er sich viel besser.

Es dauerte einige Zeit, bis Shrick seine Besuche im Innerhalb wieder aufnahm. Er hatte den erbärmlichen Rest seines Volkes zur Reife großzuziehen und außerdem bestand keine Notwendigkeit, Überfälle auf die Nahrungsvorräte der Riesen zu machen. Sie selbst hatten ihn mit Nahrung weit über sein Bedürfnis hinaus versorgt. Er wußte auch, daß es unklug wäre, seine Feinde wissen zu lassen, daß es Überlebende der Katastrophe gegeben hatte, die sie in Gang gesetzt hatten. Die Tatsache, daß er den Erstickungstod überlebt hatte, bedeutete nicht, daß es die einzige Waffe war, die den Riesen zu ihrer Verfügung stand.
Doch wie seine Zeit verging, verspürte er ein heftiges Verlangen, das fremdartige Leben hinter der Barriere zu beobachten. Jetzt, da er einen Riesen getötet hatte, fühlte er eine seltsame Art der Verwandtschaft mit den ungeheuerlichen Wesen. Er dachte an den Dünnen, Laute-Stimme, Kahler-Kopf und den Kleinen Riesen fast wie an alte Freunde. Manchmal erwischte er sich sogar dabei, wie er bedauerte, daß er sie alle töten mußte. Aber er wußte, daß hierin die einzige Hoffnung für das Überleben seiner selbst und seines Volkes lag.
Und dann war er endlich zufrieden, daß er die Kinder verlassen konnte, damit sie sich allein durchschlugen. Selbst wenn er nicht vom Innerhalb zurückkehren würde, würden sie es schaffen. Keine-Zehen, das älteste der weiblichen Kinder, hatte sich bereits als fähiges Kindermädchen erwiesen.
Und so durchstreifte er wieder den Irrgarten von Tunnels und Höhlen direkt außerhalb der Barriere. Durch seine Türen und Spählöcher bespitzelte er das helle, faszinierende Leben der Inneren Welt. Von der Höhle-der-Donner — obgleich keiner der Leute je erfahren hatte, wie sie zu ihrem Namen gekommen war — bis zum Ort-der-kleinen-Lichter wanderte er. Viele Fütterungen vergingen, aber er war nicht gezwungen, zu seinem Nahrungsvorrat zurückzukehren. Denn die Leichen des Volkes waren

überall. Stimmt, sie fingen ein wenig an zu stinken, aber wie alle seiner Rasse war Shrick nie ein wählerischer Esser gewesen.

Und er sah zu, wie die Riesen die seltsame, geordnete Routine ihres Lebens handhabten. Oft war er versucht, sich zu zeigen, seinen Hohn hinauszurufen. Aber diese Tat mußte im Reich der Wunscherfüllungsträume bleiben — er wußte nur zu gut, daß sie sicheres und schnelles Unheil bringen würde.

Und dann kam endlich die Gelegenheit, auf die er gewartet hatte. Er war am Ort-der-kleinen-Lichter gewesen, um zu beobachten, wie sich der Kleine Riese an seine geheimnisvolle, fesselnde Beschäftigung machte. Er wünschte sich, ihren Sinn zu kennen, den Kleinen Riesen in seiner Sprache fragen zu können, was es war, was er machte. Denn seit dem Tod Wesels hatte es niemanden gegeben, mit dem eine Verstandesgemeinschaft möglich war. Er seufzte so laut, daß es der Riese gehört haben mußte.

Er fuhr unbehaglich zusammen und schaute von seiner Arbeit auf. Hastig zog sich Shrick in seinen Tunnel zurück. Viele Herzschläge lang blieb er dort, und blinzelte nur gelegentlich heraus. Doch der andere war noch immer wachsam, mußte auf irgendeine mysteriöse Weise gewußt haben, daß er nicht allein war. Und so hatte sich Shrick schließlich lieber zurückgezogen, statt zu riskieren, noch einmal den mächtigen Zorn der Riesen auf sich zu ziehen.

Sein zielloser Rückzug brachte ihn an eine nur selten benutzte Tür. Auf deren anderer Seite war eine riesige Höhle, in welcher es nichts von wirklichem Interesse oder Wert gab. Darin würde regelmäßig mindestens einer von den Riesen schlafen, und die anderen pflegten mit einem ihrer unverständlichen Zeitvertreibe beschäftigt zu sein.

Dieses Mal gab es kein tiefes Grollen der Unterhaltung, nicht die geringste Bewegung. Shricks scharfe Ohren konnten ganz deutlich das Atmen von drei verschiedenen Schläfern wahrnehmen. Der Dünne war da, seine Atmung hatte, wie er selbst, eine dürftige Beschaffenheit. Laute-Stimme war selbst im Schlaf laut. Und Kahler-Kopf, der Häuptling der Riesen, atmete mit einer ruhigen Autorität.

Und der Kleine Riese, der von allen seinen Leuten allein aufmerksam und wach war, hielt sich am Ort-der-kleinen-Lichter auf.
Shrick wußte — jetzt oder nie. Ein Versuch, mit den Riesen einzeln fertigzuwerden, mußte bestimmt das von Drei-Augen vorhergesagte große, heiße Licht bringen. Jetzt konnte er sich mit ein bißchen Glück mit den drei Schlafenden befassen, und sich dann für den Kleinen Riesen auf die Lauer legen. Arglos, unvorbereitet konnte man mit ihm so leicht fertig werden, wie mit Dikker-Bauch.
Und doch — wollte er es nicht tun.
Es war keine Angst; es war jenes undefinierbare Gefühl der Verwandtschaft, das Wissen, daß trotz großer körperlicher Verschiedenheiten die Riesen und die Leute wie eins waren. Denn die Geschichte des Menschen ist, auch wenn Shrick dies nicht wissen konnte, nur die Geschichte des feuermachenden, werkzeugverwendenden Tiers.
Dann zwang er sich, sich an Wesel und Große-Ohren und die Massenabschlachtung von nahezu seiner ganzen Rasse zu erinnern. Er erinnerte sich an die Worte von Drei-Augen — *Aber dies kann ich dir sagen, das Volk ist verdammt. Nichts, was du tun kannst, oder was sie tun können, wird sie retten. Doch du wirst jene töten, die uns töten werden, und das ist gut.*
Aber du wirst jene töten, die uns töten werden —
Aber wenn ich alle Riesen töte, bevor sie uns töten, dachte er, dann wird die Welt, die ganze Welt, dem Volk gehören...
Und noch immer hielt er sich zurück.

Erst als der Dünne, der mit einem schlechten Traum im Kampf gelegen sein mußte, murmelte und sich im Schlaf bewegte, glitt Shrick aus seiner Tür hervor. Die scharfe Klinge, mit der er Dikker-Bauch getötet hatte, war von seinen beiden Händen gepackt. Er warf sich auf den unruhigen Schläfer. Seine Waffe schnitt nur einmal herunter — wie oft hatte er dies in seiner Vorstellung geprobt! —, und für den Dünnen war der Traum vorbei.
Der Geruch frischen Blutes erregte ihn, wie immer. Es bedurfte all seiner Willenskraft, sich davon abzuhalten, auf den toten Ri-

sen einzustechen, ihn aufzuschlitzen. Aber er versprach sich, daß dies später kommen würde. Und er sprang vom Körper des Dünnen dorthin, wo Laute-Stimme geräuschvoll schnarchte.

Das abrupte Aufhören dieses allzu vertrauten Geräusches mußte Kahler-Kopf aufgeweckt haben. Shrick sah, wie er sich bewegte und rührte, sah seine Hände vorwärtszucken, um die Fesseln zu lösen, die ihn an seinem Schlafplatz festhielten. Und als der Riesentöter mit nach einem Halt scharrenden Füßen auf seiner Brust landete, war er damit fertig. Und er schrie mit lauter Stimme, so daß Shrick wußte, daß es jetzt nur mehr eine Sache von Herzschlägen war, bis der Kleine Riese ihm zu Hilfe kam.

Dicker-Bauch war überrumpelt worden, der Dünne und Laute-Stimme waren im Schlaf getötet worden. Doch der hier war kein leichter Sieg für den Riesentöter.

Eine Zeitlang sah es so aus, als würde der Häuptling der Riesen gewinnen. Nach einer kleinen Weile hörte er mit seinem Rufen auf und kämpfte mit verbissener, stummer Verzweiflung. Einmal erwischte eine seiner großen Hände Shrick in einem knochenzermalmenden Griff, und es schien, als wäre der Kampf vorbei. Shrick konnte das Blut in seinem Kopf pochen fühlen, seine Augäpfel traten beinahe aus ihren Höhlen. Es bedurfte jeder Unze Entschlossenheit, die er besaß, um seine Klinge nicht fallen zu lassen und mit wirkungslosen Händen wie rasend an den Handgelenken des anderen zu kratzen.

Etwas gab nach — es waren seine Rippen —, und in dem flüchtigen Augenblick des nachlassenden Drucks war er in der Lage, sich zu winden, sich umzudrehen und nach dem gewaltigen, haarigen Handgelenk zu schlagen. Das warme Blut spritzte, und der Riese schrie laut. Immer wieder handhabte er seine Waffe, bis deutlich wurde, daß der Riese diese Hand nicht wieder würde benutzen können.

Er war jetzt einhändig gegen einen bisher — soweit es seine Gliedmaßen betraf — unverkrüppelten Gegner. Wahrlich, jede Bewegung des oberen Teils von Shricks Körper ließ Schmerzspeere durch seinen Brustkorb stechen. Doch er konnte sich bewegen und zuschlagen — und töten.

Denn Kahler-Kopf wurde geschwächt, als Blut aus seinen Wunden strömte. Er war nicht mehr in der Lage, die Angriffe auf Gesicht und Hals abzuwehren. Doch kämpfte er, wie seine Rasse immer gekämpft hatte — bis zum letzten Atemzug. Sein Feind hätte kein Pardon gegeben — soviel war offensichtlich —, aber er hätte am Ort-der-kleinen-Lichter beim Kleinen Riesen Zuflucht suchen können.
Kurz vor seinem Ende fing er wieder an zu brüllen.
Und als er starb, kam der Kleine Riese in die Höhle.

Es war pures, blindes Glück, das den Riesentöter vor schnellem Tod durch die Hände des Eindringlings rettete. Hätte der Kleine Riese von den erbärmlichen, kleinen Streitkräften gewußt, die gegen ihn aufgeboten waren, so wäre es für Shrick unangenehm geworden. Aber der mit ihren Schützlingen zurückgelassenen Keine-Zehen war es auf dem Platz der Zusammenkunft langweilig geworden. Sie hatte Shrick von den Wundern des Innerhalb reden hören; und jetzt, dachte sie, sei ihre Chance gekommen, diese selbst zu sehen.
Gefolgt von ihren Zöglingen, wanderte sie ziellos in den Tunnels direkt außerhalb der Barriere entlang. Sie kannte die Lage der Durchlässe zum Innerhalb nicht, und die Sicht durch vereinzelte Spählöcher war sehr begrenzt.
Dann stieß sie auf die Tür, die Shrick offengelassen hatte, als er seinen Angriff auf die schlafenden Riesen gestartet hatte. Helles Licht strömte durch die Öffnung — helleres Licht als jedes andere, das Keine-Zehen in ihrem bisherigen kurzen Leben gesehen hatte. Wie ein Leuchtturm lockte es sie an.
Sie zögerte nicht, als sie an die Öffnung kam. Anders als ihre Eltern war sie nicht damit aufgezogen worden, die Riesen mit abergläubischer Ehrfurcht zu betrachten. Shrick war der einzige Erwachsene, den sie jemals in ihrem Leben kennengelernt hatte — und er hatte, obwohl er von den Riesen gesprochen hatte, damit geprahlt, einen im Zweikampf getötet zu haben. Er hatte auch gesagt, daß er irgendwann alle Riesen töten würde.

Trotz Keine-Zehens Mangel an Alter und Erfahrung war sie kein Dummkopf. Wie eine Frau hatte sie Shrick bereits abgeschätzt. Viel von seinem Gerede tat sie als eitle Prahlerei ab, doch sie hatte nie einen Grund erkannt, seine Geschichten vom Tod von Großer-Fangzahn, Sterret, Tekka, Dicker-Bauch — und all den Unzähligen aus dem Volk, die mit ihnen untergegangen waren — nicht zu glauben.

So kam es, daß sie — tollkühn in ihrer Unwissenheit — durch die Tür segelte. Hinter ihr kamen die anderen Kinder, und sie quietschten in ihrer Aufregung. Selbst wenn sie der Kleine Riese nicht gleich gesehen hätte, hätte er den schrillen Tumult ihres Einbruchs nicht überhören können.

Es gab nur eine Interpretation, die er auf das Zeugnis seiner Augen geben konnte. Der Plan, das Volk zu ersticken, war fehlgeschlagen. Sie waren aus ihren Höhlen und Tunnels zum Massaker an seinen Mitriesen hervorgebrochen — und jetzt kamen neue Verstärkungen, um sich um ihn zu kümmern.

Er drehte sich um und floh.

Shrick sammelte seine Kraft und machte einen fliegenden Sprung vom ungeheueren Leichnam Kahler-Kopfs. Aber mitten im Flug schob sich eine harte, polierte Oberfläche zwischen ihn und den fliehenden Riesen. Benommen hing er viele Herzschläge lang daran, bis er merkte, daß es eine riesige Tür war, die sich vor seinem Gesicht geschlossen hatte.

Er wußte, der Kleine Riese suchte nicht nur sein Heil in der Flucht — denn wo auf der Welt konnte er hoffen, dem Zorn des Volkes zu entgehen? Er holte vielleicht eine Art Waffe. Oder — und bei diesem Gedanken erstarrte Shricks Blut — er war unterwegs, um den von Drei-Augen vorhergesagten endgültigen Untergang zu entfesseln. Jetzt, wo seine Pläne angefangen hatten fehlzuschlagen, erinnerte er sich an die Prophezeiung in ihrer Gesamtheit, war nicht mehr in der Lage, jene Teile zu ignorieren, die er in seiner Arroganz als unangenehm empfunden hatte.

Und dann war Keine-Zehen an seiner Seite, ihr Flug unbeholfen und ungeübt in diesen — für sie — fremden, riesengroßen Räumen.

„Bist du verletzt?“ keuchte sie. „Sie sind so groß — und du hast gegen sie gekämpft.“
Während sie sprach, wurde die Welt von einem tiefen, summenden Geräusch erfüllt. Shrick ignorierte das aufgeregte Mädchen. Dieses Geräusch konnte nur eines bedeuten. Der Kleine Riese war wieder am Ort-der-kleinen-Lichter, setzte ungeheuere, unverständliche Kräfte in Bewegung, die die völlige und unwiderrufliche Vernichtung des Volkes herbeiführen würden.
Er stieß sich mit den Füßen an der gewaltigen Tür ab, eilte rasch zur offenen Tür in der Barriere hinunter. Er streckte die Hand aus, um die Wucht seiner Landung zu mildern, schrie laut, als ein Aufprall eine übelkeiterregende Schmerzwelle durch seine Brust schickte. Er fing an zu husten — und als er das helle Blut sah, das aus seinem Mund quoll, war er sehr verängstigt.
Keine-Zehen war wieder bei ihm. „Du bist verletzt, du blutest. Kann ich —?“
„Nein!“ Er wandte ihr eine zähnefletschende Maske zu. „Nein! Laß mich in Ruhe!“
„Aber wohin gehst du?“
Shrick machte eine Pause. Dann: „Ich werde die Welt retten“, sagte er langsam. Er genoß die Wirkung seiner Worte. Sie ließ ihn sich besser fühlen, sie ließen ihn sich selbst gegenüber eine große Rolle spielen, größer vielleicht als die Riesen. „Ich werde euch alle retten.“
„Aber wie —?“
Dies war zuviel für den Riesentöter. Er schrie wieder, aber dieses Mal vor Wut. Mit dem Handrücken schlug er dem jungen Mädchen ins Gesicht.
„Bleib hier!“ befahl er.
Und dann war er im Tunnel verschwunden.
Die Kreiselmaschinen sangen noch immer ihr ruhiges Lied der Kraft, als Shrick den Kontrollraum erreichte. Angeschnallt in seinem Sessel, war der Navigator mit seiner Kursmaschine beschäftigt. Draußen vor den Luken kreisten die Sterne in ordentlicher Reihenfolge vorbei.
Und Shrick war erschrocken.

Bis jetzt hatte er Wesels entstellte Version von der Natur der Welt nie ganz geglaubt. Aber jetzt konnte er endlich sehen, daß sich das Schiff bewegte. Das fantastische Wunder von alledem hielt ihn im Bann, bis eine dünne Kante unerträglichen Strahlens über den Rand einer der Luken hervor in Sicht kroch. Der Navigator berührte etwas, und plötzlich milderten Schirme aus dunkelblauem Glas das blendende Licht. Aber es war noch immer hell, zu hell, und die Kante wurde ein sich rasch verbreiterndes Oval und dann schließlich eine Scheibe.

Das Summen des Kreisels hörte auf.

Bevor die Stille Zeit hatte bedrückend zu werden, bestürmte ein neues Geräusch Shricks Ohren. Es war das Brüllen des Hauptantriebs.

Eine furchterregende Kraft packte ihn und schleuderte ihn auf das Deck hinunter. Er fühlte seine Knochen unter der Beschleunigung knacken. Da er ein echtes Kind des freien Falls war, besaß dies alles den Schrecken des Übernatürlichen für ihn. Für eine Weile lag er da, krümmte sich schwach, winselte leise. Der Navigator schaute kritisch auf ihn herunter und lachte. Dieser Klang war es vor allem anderen, was Shrick zu seiner letzten, höchsten Anstrengung anstachelte. Er wollte sich nicht bewegen. Er wollte nur dort auf dem Deck ruhig liegen und langsam sein Leben aushusten. Aber der Spott des Kleinen Riesen erschloß ihm unvermutete Kraftreserven, geistige und körperliche gleichermaßen.

Der Navigator wandte sich wieder seinen Berechnungen zu, wobei er seine Instrumente zum letzten Mal mit einer Art von verzweifeltem Stolz betätigte. Er wußte, daß das Schiff niemals an seinem Ziel ankommen würde, auch seine Fracht an Saatgetreide nicht. Aber es würde nicht — und dies wog alle anderen Überlegungen auf — ewig zwischen den Sternen treiben und in seinem Rumpf die Saat der Vernichtung des Menschen und aller seiner Werke tragen.

Er wußte, daß er — hätte er nicht diesen Ausweg gewählt — irgendwann hätte schlafen müssen, und dann wäre der Tod durch die Hände der Mutanten unvermeidlich sein Schicksal gewesen.

Und wenn die Mutanten die alleinige Kontrolle hatten, konnte alles passieren.
Die Lösung, für die er sich endgültig entschieden hatte, war sicherlich die beste.
Unbemerkt schob sich Shrick Zoll für Zoll auf dem Deck voran. Jetzt konnte er seine freie Hand ausstrecken und den Fuß des Riesen berühren. In der anderen hielt er noch immer seine Klinge, an der er sich als der einzigen sicheren und gewissen Sache in dieser plötzlich verrückten Welt festgehalten hatte.
Dann hatte er einen Halt an der künstlichen Haut, die das Bein des Riesen bedeckte. Er begann zu klettern, obwohl jede Bewegung die reine Qual war. Er sah nicht, wie der andere seine Hand zum Mund hob und die kleine Pille, die er darin hielt, schluckte. So kam es, daß, als er die weiche, glatte Kehle des Riesen schließlich und endlich erreichte, der Riese tot war.
Es war ein sehr schnell wirkendes Gift.
Eine Weile hielt er sich dort fest. Er hätte eine gehobene Stimmung über den Tod des letzten seiner Feinde empfinden müssen, aber — statt dessen — fühlte er sich betrogen. Es gab so viel, was er wissen wollte, so viel, was ihm nur die Riesen hätten sagen können. Außerdem hätte es seine Klinge sein sollen, die den letzten Sieg errang. Er wußte, daß ihn der Kleine Riese irgendwo noch immer auslachte.
Durch die blau abgeschirmten Luken strahlte die Sonne. Selbst auf diese Entfernung, selbst mit den dazwischen liegenden Filtern waren ihre Macht und Hitze allzu deutlich. Und hinten brüllten noch immer die Antriebsmaschinen, und sie würden weiterbrüllen, bis die letzte Unze Treibstoff in den hungrigen Hauptantrieb eingespeist worden war.
Shrick klammerte sich am Hals des Toten fest, schaute lange und verlangend auf die glitzernden Instrumente, die glänzenden Schalter und Hebel, deren Zweck er nie verstehen würde, deren Massenträgheit jeden Versuch seiner schnell versiegenden Kraft, sie zu bewegen, zunichte gemacht hätte. Er schaute auf das flammende Verderben hinaus und wußte, dies war es, was vorhergesagt worden war.

Hätte der Vergleich in seiner Sprache existiert, so hätte er sich gesagt, daß er und die paar Überlebenden des Volkes wie Ratten in einer Falle gefangen waren.
Aber nicht einmal die Riesen hätten diese Formulierung in ihrem übertragenen Sinn gebraucht.
Denn das war alles, was das Volk war — Ratten in einer Falle.

1946

Eric Frank Russell

Metamorphose

(Metamorphosite)

1946 ...

Im Nürnberger Kriegsverbrecherprozeß werden Göring, Ribbentrop, Streicher, Rosenberg, Kaltenbrunner und andere Nazigrößen zum Tode verurteilt. Göring entzieht sich dem Henker durch Selbstmord. Deutschland wird „entnazifiziert". Die Parteienlandschaft formiert sich neu: Kurt Schumacher wird Vorsitzender der SPD, Konrad Adenauer führt die CDU. In der sowjetisch besetzten Zone vereinigen sich SPD und KPD zur Sozialistischen Einheitspartei Deutschlands, SED. Auf Long Island und in Lake Success findet die erste Vollversammlung der UN statt, Paul Henri Spaak, der belgische Ministerpräsident, wird erster Präsident der Vereinten Nationen. In Italien dankt König Viktor Emmanuel III. ab, Italien wird Republik. Chagall malt „Kuh mit Sonnenschirm". Zwei klassische Nachkriegsfilme sind fertig: „Die Mörder sind unter uns" von Wolfgang Staudte und „Die Schöne und die Bestie" von Cocteau und Clément. Der Kommunist Georgii Dimitrow bildet die erste Regierung der Volksrepublik Bulgarien, in Argentinien gelangt Juan Perón an die Macht. Der Höhenrekord für Flugzeuge liegt bei 17000 Metern. Mit 12 Schiffen und 4000 Mann startet unter R. E. Byrd eine großangelegte Südpolar-Expedition, dabei wird ein bisher unbekanntes, etwa 5000 Meter hohes Gebirge entdeckt. Für Untersuchungen über Röntgenstrahl-Mutationen geht der Medizin-Nobelpreis an J. H. Muller. Posthum erscheint St. Exupérys' Erzählung „Der kleine Prinz". Weitere Einzelveröffentlichungen: Sartres Schauspiel „Die ehrbare Dirne", Zuckmayers Drama „Des Teufels General", Malraux' „Conditio humana", Eugen Kogons aufschlußreiche Analyse „Der SS-Staat. Das System der deutschen Konzentrationslager" und „Auf dem Wege zur Freiheit. Gedichte aus Tegel" des von der Gestapo ermordeten Dietrich Bonhoeffer. Der Nobelpreis für Literatur wird Hermann Hesse verliehen, ein anderer deutscher Literaturnobelpreisträger, Gerhart Hauptmann, stirbt kurz vor seiner Ausweisung aus Schlesien. Die Republik Ungarn wird proklamiert. Der SF-Schriftsteller Herbert George Wells stirbt, auch der Schauspieler Heinrich George und der

„Berliner Luft"-Komponist Paul Lincke überleben das Jahr nicht. In den USA sind etwa 15 Millionen abhängig Beschäftigte gewerkschaftlich organisiert.

Eric Frank Russell

Metamorphose

(Metamorphosite)

*Der Engländer Eric Frank Russell, geboren 1905, kam durch seine Mitgliedschaft in der British Interplanetary Society mit der SF in Berührung und begann kurz darauf selbst SF-Geschichten zu verfassen. Seine Karriere, die 1937 mit der Story **„The Saga of Pelican West“** in **„Astounding“** begann und bis in die späten fünfziger Jahre anhielt, ist recht eng mit den Campbell-Magazinen verbunden. Für seinen Roman **„Sinister Barrier“ („Die Todesschranke“)**, der unter dem Einfluß der abenteuerlichen Theorien Charles Hoy Forts entstand, gründete John W. Campbell Jr. 1939 das Fantasymagazin **„Unknown“**, da der Roman mit seinen wenig rational klingenden Prämissen inhaltlich nicht zu **„Astounding“** paßte. Ansonsten war Russell aber ein Stammautor von **„Astounding“**, der diesem Magazin auch die Treue hielt, als sich Anfang der fünfziger Jahre bessere Märkte zu entwikkeln begannen. Aufgefallen war der Autor, der sich auch Pseudonyme wie Duncan H. Munro, Webster Craig und Maurice A. Hugi zulegte, durch den trockenen Humor in seinen **„Jay Score“**-Stories, die ab 1941 in **„Astounding“** erschienen. In der zweiten Halbdekade der vierziger Jahre begann dann seine große Zeit mit Erzählungen wie **„Metamorphosite“** (1946), **„Hobbyist“** (1947) und **„Late Night Final“** (1948), die etwa ein Jahrzehnt anhielt und dem Leser noch so unvergeßliche Geschichten wie **„... And Then There Were None“** (1951), **„Diabologic“***

*(1955) und **„Allamagoosa“**, die 1956 den Hugo Gernsback-Award gewann, bescherte.*
*Nach 1960 erschienen von Eric Frank Russell kaum noch neue Stories, bis zu seinem Tod im Jahr 1975 wurden fast nur noch Sammelbände seiner älteren Geschichten oder Neuauflagen von Romanen wie **„Sentinels from Space“** (1953, **„Agenten der Venus“**) oder **„Call him Dead“** (1955, **„So gut wie tot“**) veröffentlicht. Für die vierziger und fünfziger Jahre aber gilt Russell als Meister der SF. Seine Stories, oft mit überraschenden Pointen versehen, zeigen seine Vorliebe für bizarre Evolutionen; sie zählen zu den humorvollsten in der SF, sind voll von unschuldigem „sense of wonder“, verspotten Beamtenwillkür und militärischen Starrsinn und relativieren alle Werte im Universum. Die von uns ausgewählte Novelle „Metamorphosite“ („Metamorphose“) steht stellvertretend für Russells beste Werke. Sie vereinigt in idealem Maße alle oben erwähnten Eigenschaften und spukt auch heute noch als frühes SF-Erlebnis durch die Erinnerungen der Herausgeber dieses Buches.*

Auf halbem Weg, in der Mitte der Gangway, ließen sie ihn kurz ausruhen, damit seine Augen die imposante Szene aufnehmen konnten. Er stand mitten auf dem hohen, metallenen Steg — seine linke Hand griff unmerklich nach dem Geländer — und sah in die vierhundert Fuß abfallende Tiefe. Dann betrachtete er die immensen Raumschiffe, die in benachbarten Rampen lagen; sein Blick suchte ihre Gangways, die sie mit den gewaltigen Fahrstuhlschächten verbanden, welche als große Gruppe von Gebäuden zurückbleiben würde, wenn die Raumhafenkontrolle die Schiffe den Wolken entgegensteigen ließ. Die Höhe, in der sie sich befand, sowie die enorme Größe der ihn umgebenden Raumschiffe machten aus ihm eine puppenähnliche Gestalt; ein Mann, ein Zwerg neben den mächtigsten Gebilden der Menschheit.

Da sie ihn unmittelbar beobachteten, konnten seine Führer sehen, daß er nicht besonders beeindruckt war. Seine Augen schienen die riesigen Fassaden abzustreifen, während er die wahre Bedeutung hinter all dem suchte. Sein Gesicht war ausdruckslos, als er sich umsah, aber all seine Blicke waren sanft, intelligent und überzeugend. Er verstand die Dinge mit der Schnelligkeit, die einen geschulten Geist ausmacht. Etwas jedoch war unbestreitbar, bei allen Geheimnissen, die ihn umgaben: Er war kein Narr.

Leutnant Roka schickte die beiden zusätzlichen Wachen weg, lehnte sich an die Reling, neben den stillen Zuschauer, und erklärte: „Dies ist der Madistine-Raumhafen. Es gibt noch zwanzig ähnliche Einrichtungen auf diesem Planeten. Es gibt zwei- bis zwanzigmal so viele auf jeder der viertausend Welten, manche von ihnen sind sogar noch wesentlich größer. Das Imperium ist das gewaltigste, das man kennt und jemals kennen wird. Nun sehen Sie, wogegen Sie sind."

„Zahlen und Größen", zitierte der andere. Er lächelte kaum merklich und zuckte die Achseln. „Was soll das alles?"

„Sie werden lernen, was", versprach Roka. Auch er lächelte, seine Zähne waren weiß und ebenmäßig. „Eine Organisation kann so gewaltige Dimensionen annehmen, daß sie viel, viel größer

wird als die Männer, die sie führen. Von diesem Augenblick an sind ihre kontinuierliche Entwicklung und ihr Wachstum nicht mehr zu bremsen. Es ist eine unwiderstehliche Macht, es existiert kein unbewegliches Objekt, das groß genug wäre, sie aufzuhalten. Es ist ein allesverschlingender Moloch. Es ist Vorherbestimmung, wie immer Sie es nennen wollen."
„Größe", murmelte der andere. „Wie sehr Sie die Größe lieben."
Er beugte sich über die Reling und starrte in die Tiefe. „Mit aller Wahrscheinlichkeit ist dort unten ein Feind, den Sie noch nicht erobert haben."
„Welcher Art?" entgegnete Roka.
„Eine Krebszelle." Die Augen des anderen schwangen herum und starrten amüsiert in die des Leutnants. „He?" Er zuckte erneut die Achseln. „Ach, kurze, sterbliche Menschheit!"
„Geht weiter", fuhr Roka den Führer der Wachen an.

Die Prozession bewegte sich weiter, zwei Wachen, dann der Gefangene, dann Roka, gefolgt von zwei weiteren Wachen. Als sie den Turm am Ende des Stegs erreicht hatten, bestieg das Sextett einen Fahrstuhl zum Erdgeschoß, wo sie von einem Düsenauto, mit dem Silbernen Kometen des Imperiums auf beiden Seiten, erwartet wurden. Zwei Männer, gekleidet in lindgrüne Uniformen, belegten die Vordersitze, ein dritter wartete an der geöffneten Tür, hochaufgerichtet.
„Leutnant Roka mit dem Subjekt und dazugehörigen Dokumenten", sagte Roka. Er stellte den Gefangenen mit einer knappen Geste vor, wonach er dem dritten Mann einen ledernen Aktenkoffer aushändigte. Danach griff er in eine Tasche seiner Uniform, brachte eine gedruckte Karte zum Vorschein und fügte hinzu: „Unterschreiben Sie hier, bitte."
Der Beamte unterschrieb, gab die Karte zurück, warf den Aktenkoffer auf den Rücksitz des Wagens.
„In Ordnung", sagte er zu dem Gefangenen. „Steigen Sie ein."
Noch immer ausdruckslos stieg der andere in das Auto ein und entspannte sich auf dem Rücksitz. Roka sah durch die Tür und bot ihm seine Hand.

„Nun, es tut mit leid, Sie zum letzten Mal zu sehen. Wir begannen gerade, uns kennenzulernen, nicht wahr? Kommen Sie mir nicht auf komische Ideen, verstanden? Sie sind unter Zwang hier, aber Sie sind auch eine Art Botschafter — damit Sie einen richtigen Blickwinkel für die Lage bekommen. Viel Glück."

„Danke." Der Gefangene schüttelte die dargebotene Hand und rutschte zur Seite, als der grünuniformierte Beamte einstieg und sich neben ihn setzte. Die Tür schlug zu, die Düsen heulten auf, das Auto schoß gemächlich voran. Der Gefangene lächelte, als er Rokas letztes Winken sah.

„Netter Bursche, dieser Roka", sagte der Beamte.

„Sehr."

„Subjekt", knurrte der Beamte. „Immer nennen sie die Subjekte. Egal ob von menschlicher Form oder nicht, jede scheinbar höher entwickelte oder intelligent erscheinende Lebensform von einem neu entdeckten Planeten ist im Bürokratenjargon ein Subjekt. Das sind Sie somit auch, ob es Ihnen gefällt oder nicht. Aber Sie müssen sich darüber keine Gedanken machen. Nahezu jedes erwähnenswerte Subjekt hat sich einen hohen offiziellen Posten ergattern können, wenn sein Planet dem Imperium eingegliedert wurde."

„Ich bin in keiner Weise beunruhigt", sagte das Subjekt.

„Nein?"

„Nein."

Der Beamte wurde selbstbewußt. Er hob den zu befördernden Koffer vom Boden auf, jonglierte leichtsinnig damit herum, prüfte sein Gewicht und legte ihn schließlich in seinen Schoß. Die beiden vorne verharrten in grimmigem Schweigen und starrten mit verkniffenen Gesichtern unaufhörlich durch die Windschutzscheibe nach draußen, während das Auto eine breite Allee entlangglitt.

Mit ziemlicher Geschwindigkeit schossen sie über eine auf einem Hügel gelegene Kreuzung, überholten eine Reihe stromlinienförmiger Fahrzeuge mit wilder Bemalung und bogen am Ende der Allee links ab. Vor einem großen metallenen Tor, das in eine steinerne Wand eingelassen war, kamen

sie zum Stehen. Der Ort hätte dem Neuankömmling wie ein Gefängnis vorkommen müssen, hätte er gewußt, wie Gefängnisse aussehen.
Die schweren Türflügel schwangen auf und gaben den Blick auf einen breitangelegten Weg frei, der zwischen gepflegtem Rasen zum Haupteingang eines langgestreckten, flachen Gebäudes führte, in dessen Zentrum ein Turm mit einer Uhr aufragte. Der Eingang, wiederum aus Metall, das stark genug schien, um einer Haubitze zu trotzen, befand sich genau unterhalb des Turmes. Der schwarze Wagen hielt seitlich davor mit einem leichten Zischen der komprimierten Luft der Bremsen.
„Da sind wir."
Der Beamte auf dem Rücksitz des Autos öffnete augenblicklich die Tür und stieg nach draußen, wobei er den Koffer hinter sich herzog. Sein Gefangener folgte ihm, schloß die Tür, worauf das Fahrzeug nahezu geräuschlos davonglitt.
„Wie Sie sehen", sagte der Mann in der grünen Uniform. Er deutete in Richtung des Rasens und der fernen Mauern. „Dort ist die Mauer und das Tor und ein Raum dazwischen, in dem Sie ganz bestimmt von der Wache gesehen werden. Außerdem gibt es noch Tausende anderer Schutzmaßnahmen, von denen Sie offensichtlich nichts wissen. Ich sage Ihnen das, weil dies hier vorläufig Ihr Zuhause ist, bis die Umstände sich geändert haben. Lassen Sie sich nicht von der Ungeduld Ihre klaren Gedanken nehmen, wie das schon mit anderen geschehen ist. Es hat keinen Zweck, wegzulaufen, wenn man kein Ziel hat, zu dem man fliehen kann."
„Danke", entgegnete der andere. „Ich werde nicht weglaufen, bevor ich Gründe dazu habe, und ich glaube, dann weiß ich, wohin ich zu gehen habe."
Der Beamte maß ihn mit einem durchdringenden Blick. Eine durchschnittliche Erscheinung, dachte er, ein wenig unter dem Größendurchschnitt des Imperiums, schlank, dunkel, in den Dreißigern und recht gut aussehend. Aber er besitzt die Anmaßung der Jugend. Bei näherer Betrachtung erweist er sich vielleicht als wichtigtuerisch und irreführend.

Er seufzte angesichts seiner bösen Ahnungen. Zu dumm, daß sie nicht jemanden gefangen hatten, der ein gutes Stück älter war. „Harumpf!“ sagte er ohne ersichtlichen Grund.
Er schritt auf das Tor zu, der andere folgte ihm. Das Tor öffnete sich aus eigenem Antrieb, das Paar betrat eine große Halle, wo sie von einem anderen Beamten in Lindgrün in Empfang genommen wurden.
„Ein Subjekt von einer neuen Welt“, sagte die Eskorte. „Zur weiteren Beobachtung.“
Der zweite Beamte starrte neugierig auf den Neuankömmling, schniefte geringschätzig und sagte: „Okay — Sie wissen, was Sie mit ihm zu machen haben.“
Ihr Ziel entpuppte sich als ein großer Untersuchungsraum am Ende des marmornen Korridors. Dort händigte der Beamte den Koffer einem weißgekleideten Mann aus und verschwand ohne weitere Erklärung. Es waren sieben Männer und eine Frau in dem Raum, alle in Weiß gekleidet.
Sie maßen das Subjekt mit berechnenden Blicken, schließlich fragte die Frau: „Sie haben unsere Sprache gelernt?“
„Ja.“
„Sehr gut. Dann entkleiden Sie sich bitte. Legen Sie alle Ihre Kleider ab.“
„Nur ungern!“ sagte das Opfer mit leiser Stimme.
Die Frau wechselte ihren Ausdruck nicht. Sie beugte sich über ein offizielles Formular, das auf ihrem Pult lag, und schrieb mit zierlicher Handschrift in ein freies Feld: *Sexuelles Verhalten normal.* Dann ging sie hinaus.
Nachdem die Tür sich hinter ihr geschlossen hatte, zog er sich aus. Die sieben begannen mit ihrer Arbeit, und füllten das Formular weiter aus, während sie fortfuhren. Sie erfüllten ihre Aufgabe schweigend, methodisch, mit allen Anzeichen althergebrachter Routine. Größe: Vier Punkte und zwei Strich Einheiten. Gewicht: Siebenundsiebzig Migrads, Haar: Typ S, vorneliegende Einbuchtungen. Keine Weisheitszähne. Alle Finger zweigelenkig. Jede Beobachtung wurde zur Kenntnis genommen, als wäre sie vollkommen normal, und unverzüglich in das Formular eingetra-

gen. Augenscheinlich war es ihre Art, sich mit allen persönlichen Eigenschaften näher zu befassen, die von der, nach welchen Gesichtspunkten auch immer, erstellten Imperiumsnorm abwichen. Sie röntgten seinen Schädel, seine Kehle, Brust und Unterleib, von vorn, hinten und beiden Seiten gleichzeitig, und notierten pflichtbewußt, daß sich etwas, das kein Blinddarm war, an der Stelle befand, wo sein Blinddarm hätte sein sollen. Dann folgten die Einzelheiten, ohne Ausnahme, Membranüberzogener Kehlkopf. Optischer Astigmatismus: rechtes Auge vier Punkte, linkes Auge sieben Punkte. Lappenförmige Verbindung in der Kehle anstelle der Mandeln. Gekerbte Ohrläppchen. Gehirnwindungen tief und komplex.
„Zufrieden?" fragte er, als sie endlich von ihm abließen. „Sie können sich wieder anziehen."
Der Vorgesetzte der sieben studierte das Blatt gedankenverloren. Er betrachtete das Subjekt, das sich anzog, nahm die vorsichtige, bedächtige Art, mit der die Kleidungsstücke eines nach dem anderen wieder übergestreift wurden zur Kenntnis. Er rief drei seiner Assistenten und unterhielt sich leise mit ihnen.
Endlich schrieb er in den unteren Teil des Formblattes: *Keine nennenswert fortschrittliche Gattung, aber definitiv eine Variation. Vielleicht gefährlich. Sollte beobachtet werden.* Er schloß den Aktenkoffer auf und legte das Formular zu den anderen Papieren, die er enthielt, verschloß den Koffer wieder und gab ihn einem Assistenten. „Nehmen Sie ihn mit zur nächsten Station."

Die zweite Station war ein anderer Raum, ebensogroß wie der vorherige, doch erweckte er durch seine Kahlheit einen wesentlich größeren Eindruck. Sein Bodenbelag wurde durch einen Teppich verborgen, der so dicht war, daß man darauf watete, außerdem enthielt er einen Schreibtisch aus gegossenem Plastik und zwei pneumatische Stühle. Die Wände bestanden aus Translucit, die Simse strahlten einen frostigen Glanz aus.
Im Stuhl hinter dem Schreibtisch saß ein dunkelhäutiges, finster blickendes Individuum mit mageren Zügen und einer krummen Nase. Seine Kleidung war elegant. Seine Augen blickten nachdenklich, während der Gefangene durch die volle Länge des

Raumes geführt und in den freien Sessel gesetzt wurde. Er nahm den ledernen Koffer entgegen und verbrachte eine lange Zeit damit, seinen Inhalt einer ausgiebigen Prüfung zu unterziehen.
Endlich sagte er: „Man hat also acht Monate gebraucht, um Sie hierherzubringen, selbst mit Supraraumgeschwindigkeit. Tss, tss, wie wir uns ausdehnen. Das Leben wird nicht mehr lange ausreichend sein, wenn das so weitergeht. Sie haben Sie eine höllische Entfernung hierhergebracht, he? Und unterwegs brachten sie Ihnen unsere Sprache bei. Hatten Sie große Schwierigkeiten, sie zu lernen?"
„Keine", sagte der Gefangene.
„Sie haben eine natürliche Begabung für Sprachen, nehme ich an?"
„Das kann ich nicht sagen."
Der dunkle Mann beugte sich nach vorn, ein plötzlicher Glanz erhellte seine Augen. Ein feiner Geruch nach marokkanischem Leder ging von ihm aus. Sein Gesichtsausdruck war sanft.
„Ihre Antwort beinhaltet, daß auf Ihrem Heimatplaneten nur eine Sprache gesprochen wird."
„Tut sie das?" Der Gefangene betrachtete sein Gegenüber ausdruckslos.
Der andere lehnte sich wieder zurück, dachte einen Augenblick nach und fuhr dann fort: „Es ist unschwer festzustellen, daß Sie nicht zur Zusammenarbeit bereit sind. Ich weiß nicht, weshalb. Sie sind mit jeder erdenklichen Hochachtung und Ehrerbietung behandelt worden, zumindest hätte das geschehen müssen. Haben Sie eine diesbezügliche Beschwerde vorzubringen?"
„Nein", sagte der Gefangene schlicht.
„Warum nicht?" Der dunkle Mann traf keinerlei Anstalten seine Überraschung zu verbergen. „Dies ist der Punkt, an dem ich mir immer eine lange, eindrucksvolle Beschwerde über Entführung anhören muß. Sie beschweren sich nicht?"
„Welche Vorteile würde es mir bringen?"
„Keinerlei Vorteile", entgegnete der andere.
„Sehen Sie." Der Gefangene machte es sich bequemer in seinem Stuhl. Sein Grinsen war grimmig.

Geraume Zeit betrachtete der dunkle Mann das Juwel in seinem Ring, drehte es einmal auf die eine, dann auf die andere Seite, damit sich das Licht in seinen Facetten brach. Schließlich schrieb er auf sein Formular ein einziges Wort: *Fatalistisch,* danach murmelte er: „Nun, wir werden sehen, wie weit wir trotzdem kommen.“ Er nahm ein Blatt Papier in die Hand. „Ihr Name ist Harold-Myra?“

„Das ist richtig.“

„Der meine ist Helman, da wir gerade dabei sind. Vergessen Sie ihn nicht, Sie können ihn einmal brauchen. Nun, dieses Harold-Myra, ist das Ihr Familienname?“

„Es ist die Verbindung des Namens meines Vaters und meiner Mutter.“

„Hm-m-m! Ich nehme an, das ist ein üblicher Brauch auf Ihrer Heimatwelt?“

„Ja.“

„Was wäre, wenn Sie ein Mädchen namens Betty heiraten?“

„Mein Name wäre immer noch Harold-Myra. Ihr Name bliebe auch weiterhin die Verbindung der Namen ihrer Eltern. Aber unsere Kinder würden Harold-Betty heißen.“

„Ich verstehe. Gemäß diesem Bericht wurden Sie von einem Satelliten abgeholt, nachdem zwei unserer Schiffe auf seinem Planeten gelandet sind und nicht mehr starten konnten.“

„Ich wurde in der Tat von einem Satelliten abgeholt. Ich weiß nichts von ihren Schiffen.“

„Wissen Sie, warum sie nicht mehr starten konnten?“

„Wie sollte ich? Ich war nicht dabei.“

Helman runzelte die Stirn, kaute auf seiner Unterlippe und fuhr dann fort: „Ich bin derjenige, der hier die Fragen stellt.“

„Dann fahren Sie fort“, sagte Harold-Myra.

„Ihre unausgesprochenen Gedanken lauten wohl: Und möge es Ihnen viel Freude bereiten“, warf Helman schroff ein. Er runzelte erneut die Stirn und fügte das Wort *starrsinnig* hinzu, zu der Gestalt gegenüber gewandt. „Es scheint mir“, fuhr er fort, „wir benehmen uns beide kindisch. Von unbegründeter Feindschaft profitiert keiner. Warum können wir nicht einen für beide akzeptablen Standpunkt einnehmen? Vertragen wir uns, hä?" Er lächelte, wobei er glänzende Zähne entblößte. „Ich lege meine Karten auf den Tisch und Sie die Ihren."

„Zeigen Sie die Ihren."

Helmans Lächeln verschwand ebenso schnell, wie es erschienen war. Einen Moment sah er betroffen drein. *Mißtrauisch* wurde auf das Formular geschrieben. Er sprach weiter, die Worte sorgfältig wählend.

„Ich nehme es als gegeben an, daß Sie eine Menge über das Imperium gelernt haben während Ihrer Reise. Sie wissen, daß es eine mächtige Organisation der verschiedensten Formen intelligenten Lebens ist, viele von ihnen, wie das eben so ist, ähneln mir oder Ihnen, und alle sind dem mächtigen Sonnensystem untertan, in welchem Sie sich momentan befinden. Sie haben erfahren, oder hätten erfahren sollen, daß das Imperium hier seinen Ausgangspunkt hatte und im Verlauf vieler, vieler Jahrhunderte sich über viertausend Welten ausgebreitet hat und sich noch immer ausbreitet."

„Das alles ist mir natürlich sehr gut bekannt", antwortete der andere.

„Gut. Dann werden Sie verstehen, daß Sie nur ein vorübergehendes Opfer unseres Wachstums sind, aber in mannigfaltiger Weise ein glücklicher Mann."

„Ich bin nicht in der Lage, das Glück zu erkennen."

„Sie werden, Sie werden", beruhigte Helman ihn. „Alles zu seiner Zeit." Mechanisch war sein Lächeln zurückgekehrt, und er triefte vor Jovialität. „Nun kann ich Ihnen anvertrauen, daß eine Organisation, die so alt und so ausgedehnt ist wie die unsere, nicht ohne ein unermeßliches Quantum an Wissen ist. Unsere Wissenschaft hat uns unglaubliche Macht verliehen, einschließlich der Macht, ganze Welten zu vernichten und spurlos zu beseitigen; doch deswegen vergessen wir die nötige Vorsicht nicht. Nach unzähligen Erfahrungen auf den verschiedensten Planeten haben wir gelernt, daß wir noch nicht mächtig genug sind, um nicht mehr unterliegen zu können. In der Tat, wir können irren, in für uns alle verhängnisvoller Art und Weise. Daher schreiten wir vorsichtig voran."

„Das klingt, als ob Sie vor etwas Angst haben", sagte Harold Harold-Myra.

Helman zögerte, sagte dann: „Tatsächlich, das haben wir! Ich erzähle Ihnen davon. Vor vielen Jahrzehnten landeten wir erstmals auf einem neuen Planeten. Das Schiff war nicht mehr in der Lage zu starten. Da unsere Explorerschiffe immer in Dreiergruppen reisen, landete ein zweites Schiff, um den anderen zu helfen. Auch sie kehrten nicht zurück. Das dritte Schiff aber, das im Orbit wartete, erhielt eine Nachricht, eine Warnung über eine hochintelligente Lebensform, die auf dem Planeten beheimatet sei, eine parasitäre Lebensform."

„Und sie übernahmen die Körper, die Sie so sorgsam geschützt hatten", vermutete Harold.

„Sie wissen etwas über diese Lebensform?" fragte Helman. Seine Finger rubbelten an einem unsichtbaren Fleck auf der Tischoberfläche.

„Ich höre zum erstenmal davon", antwortete der andere. „Das mit der Übernahme war logisch."

„Wahrscheinlich schon", stimmte Helman mit einigem Zögern zu. Seine durchdringenden Augen sahen seinen Gesprächspartner an, als er fortfuhr: „Sie erhielten keine Gelegenheit, alle zu übernehmen. Ein paar Leute erkannten die Gefahr, in der sie schwebten, gerade noch rechtzeitig. Sie verbarrikadierten sich in einem Schiff, um sich so dem Zugriff der Parasiten und ihrer infizierten Kameraden zu entziehen. Aber es waren nicht genügend Leute, um einen Start riskieren zu können, so strahlten sie eine Warnung ab. Das dritte Schiff erkannte die Bedrohung zuerst. Wenn sie nicht rasch handelten, bedeutete das, den Schlüssel zum Kosmos an unbekannte Mächte auszuliefern. Sie zerstörten beide Schiffe mit einer Atombombe. Später entsandten wir ein Schlachtschiff, um die uns nötig erscheinenden Schritte zu unternehmen; sie warfen einen Planetenzerstörer ab. Die Welt explodierte zu einer glühenden Gaswolke. Es war ein außerordentlich knappes Entrinnen. Das Imperium, trotz all seiner Reichtümer, Macht und Erfindungsgabe könnte nicht überleben, wenn nicht jeder Bewohner die wahre Natur seines Nachbarn erkennen würde."

„Eine heikle Situation", stimmte Harold Harold-Myra zu. „Nun verstehe ich auch, warum ich hier bin — ich bin ein Muster."

„Präzise." Helman gab sich erneut jovial. „Alles, was wir wollen, ist: erfahren, ob Ihre Welt sicher ist."

„Sicher wofür?"

„Für unmittelbaren Kontakt."

Kontakt wofür?" beharrte Harold.

„Mein Lieber! Ich dachte, eine Person von Ihrer Intelligenz wäre in der Lage, die zahlreichen und mannigfaltigen Vorteile zu erkennen, die eine Zusammenkunft mit einer anderen Kultur mit sich bringt."

„Ich sehe die Vorteile sehr wohl. Aber ich sehe auch die Konsequenzen."

„Wovor fürchten Sie sich?" Helmans Freundlichkeit verschwand.

„Vor einer Einverleibung in Ihr Imperium."

„Tss", machte Helman ungeduldig. „Ihre Welt muß uns aus freiem Willen beitreten. An zweiter Stelle, was ist so schlecht daran, dem Imperium anzugehören? An dritter Stelle, woher wollen Sie wissen, ob Ihre Befürchtungen sich mit denen Ihrer Artgenossen decken? Vielleicht sind sie anderer Ansicht. Vielleicht würden sie eine Eingliederung begrüßen."

„Hätte ich zwei Schiffe dort liegen, ich würde genauso reden."

„Ah, dann geben Sie also zu, daß man sie gewaltsam dort festhält?"

„Ich gebe gar nichts zu. Aber nach all dem, was ich bisher beobachten konnte, sitzen die Besatzungen wahrscheinlich in ihren Schiffen und beglückwünschen sich, dem Imperium entkommen zu sein — während meine Brüder alle Hände voll zu tun haben, sie wieder loszuwerden."

Helmans dunkles Gesicht wurde zunehmend noch eine Spur dunkler. Seine schlanke Hand verkrampfte und entspannte sich wieder, während sein disziplinierter Verstand offensichtlich die Antwort niederkämpfte, die seine Emotionen ihm in den Mund legen wollten.

Dann sagte er: „Angehörige des Imperiums laufen nicht weg. Diejenigen, die weglaufen, kommen nicht sehr weit."

„Eine Verneinung und die Bestätigung", kommentierte Harold amüsiert. „In einem Atemzug, Sie können nicht beides sagen. Entweder sie laufen weg oder nicht."

„Sie wissen sehr gut, was ich meine." Helman sprach leise und bedächtig, er wollte sich von seinem Gegenüber nicht aus der Fassung bringen lassen. „Der Wunsch zu fliehen ist nur so schwach, wie die Sinnlosigkeit eines solchen Unternehmens vollkommen ist."

„Die, die es versuchen, erwartet der Tod?"

„Natürlich nicht!" entgegnete Helman scharf.

„Sie verurteilen ihr baufälliges Imperium mit jeder Bemerkung, die Sie machen", informierte Harold ihn. „Ich bin der Meinung, es besser zu kennen als Sie selbst."

„Und wie kommen Sie zu der Ansicht, über unser Imperium Bescheid zu wissen?" fragte Helman. Seine Brauen verzogen sich in sarkastischem Spott. „Aufgrund welcher Basis halten Sie sich für kompetent genug, es zu verurteilen?"

„Auf der Basis der Geschichte", sagte Harold. „Ihre Leute sind uns in groben Zügen ähnlich genug, um wie wir zu sein — wenn Sie diese Bemerkung nicht verstehen, dann kann ich auch nichts dafür. Auf meiner Welt, wir sind alt, unglaublich alt, und wir haben eine ganze Menge aus unserer langen und düsteren Vergangenheit gelernt. Wir hatten Dutzende von Imperien, wenn auch keines, dessen Größe mit dem Ihren vergleichbar gewesen wäre. Sie alle gingen den gleichen Weg — in die Vergessenheit. Sie alle verschwanden aus den gleichen fundamentalen und unabänderlichen Gründen. Imperien entstehen und vergehen, kleine Leute aber bleiben."

„Danke", sagte Helman rasch. Er schrieb auf das Formular: *anarchistisch,* dann, nach kurzem Nachdenken, fügte er noch hinzu: *Etwas von einem Verrückten.*

Harold Harold-Myra lachte unmerklich und ein wenig traurig. Die Schrift war außerhalb seines Sichtbereiches, doch er wußte, was geschrieben worden war, so sicher, als hätte er es selbst geschrieben. Für die Bewohner seines uralten Planeten war es unnötig, die Dinge anzusehen, um sie zu wissen.
Nachdem er das Formular gewendet hatte, fuhr Helman fort: „Es ist doch so, jedesmal, wenn wir auf einem neuen Planeten landen, gehen wir das ungeheuerliche Risiko ein, unsere Geheimnisse der Raumfahrt an Wesen mit unbekannten Fähigkeiten und zweifelhaften Beweggründen zu offenbaren. Es ist eine Chance, die man ergreifen muß. Verstehen Sie das?" Er registrierte das kurze Nicken des anderen und fuhr fort: „Wie sich die Dinge bis heute entwickelt haben, hält Ihre Welt zwei unserer besten Raumschiffe fest. Ihr Volk, nach allem, was wir festgestellt haben, könnte sehr wohl in der Lage sein, ihre Bauweise zu verstehen, sie in großen Mengen nachzubauen, wenn nicht gar zu verbessern. Ihr Volk könnte in den Weltraum starten und Ideen verbreiten, die nicht mit den unseren übereinstimmen. Deshalb, in der Theorie, lautet die Entscheidung Krieg und Frieden. Die Entscheidung wird für Ihr Volk natürlich einfach sein: Zusammenarbeit oder Vernichtung. Ich sage Ihnen das nicht gern so brutal, aber Ihre feindselige Haltung zwingt mich dazu."
„Verschlossen ist wahrscheinlich ein besseres Wort als feindselig", schlug Harold-Myra vor.
„Wer nicht für uns ist, ist gegen uns", leierte Helman herunter. „Wir sind nicht diktatorisch, nur realistisch. Die Schritte, die wir gegen Ihre Welt unternehmen, hängen von den Informationen ab, die wir aus Ihnen herausholen. Sie sind, dessen müssen Sie sich bewußt sein, der Repräsentant Ihres Volkes. Wir sind gewillt, zu akzeptieren, daß Ihre Leute, innerhalb gewisser Grenzen, Ihnen gleichen, und aufgrund unserer Analyse von Ihnen werden wir..."
„Wir werden akzeptiert oder ausradiert", warf Harold ein.
„Wenn Sie so wollen." Helman verbarg seine Verärgerung. Er stellte nun die Kaltblütigkeit eines seiner Überlegenheit bewußten Mannes zur Schau. „Es liegt an Ihnen, über das Schicksal Ihres Planeten zu entscheiden. Es ist eine gewaltige Verantwor-

tung, die hier auf die Schultern eines einzelnen gelegt wird, aber so ist es nun einmal, und Sie müssen damit fertigwerden. Daher frage ich Sie zum letztenmal, sind Sie bereit, sich meinem Kreuzverhör zu unterziehen, oder nicht!"
„Die Antwort ist", sagte Harold vorsichtig, „nein."
„Nun gut." Helman akzeptierte es mit stoischer Ruhe. Er drückte einen Knopf auf seinem Schreibtisch. „Sie zwingen mich dazu, von freundlicher Zusammenarbeit zu gewaltsamer Untersuchung überzugehen. Das tut mir leid, aber es ist Ihre Entscheidung."
Zwei Aufseher kamen herein, und er sagte zu ihnen: „Bringt ihn zu Station drei."

Das eskortierende Paar ließ ihn in diesem dritten, kleineren Raum, und er hatte eine Menge Zeit, sich umzusehen, bevor die drei Männer es vorzogen, ihn zu beobachten. Sie waren alle weißgekleidet, dieses Trio, aber beunruhigender und weniger automatisch als das weiß ummantelte Personal der medizinischen Sektion. Zwei von ihnen waren jung, muskulös, groß und von verschlossenem Gesichtsausdruck. Der dritte war klein, dicklich, im mittleren Alter und hatte einen kurzgeschnittenen Bart.
Lebhaft versammelten sie sich vor einer großen Ansammlung von Apparaturen, die eine ganze Wand des Raums bedeckten. Der Aufbau bestand aus einer Menge Plastikplatten, Skalen, Meßinstrumenten, Knöpfen, Schiebreglern, Sockeln mit gerippten Steckdosen und Mehrfachanschlußstücken. Aus dem Inneren dieser Apparatur, oder gleich dahinter, war ein konstantes Summen zu hören. Davor, in der Mitte, befand sich ein Stuhl.
Zufrieden, daß alle Vorbereitungen abgeschlossen waren, sagte der bärtige Mann zu Harold: „Okay. Setzen Sie sich." Er gab seinen beiden Assistenten Winke, und sie kamen näher, um seinen Worten Nachdruck zu verleihen, falls das nötig sein sollte.
Harold lachte, winkte lässig mit der Hand und setzte sich in den Stuhl. Schweigend befestigten die drei glänzende Metallbänder um seine Knöchel, Gelenke, Hüften, den Brustkorb, den Nacken und den Kopf. Flexible Metallröhren gingen von den Bändern aus zu Mitte der Apparatur; dem, das seinen Kopf umfaßte, ent-

sprang ein zusätzliches, das sich mit einem dünnen, weitverzweigten Kabel verband.
Sie justierten die Kontrollen, um eine sichere Anzeige der Skalen zu gewährleisten, wonach der Bärtige sich eine Brille auf die Nase setzte, ein Blatt Papier aufhob und kurzsichtig daraufstarrte. Er sprach zu dem Subjekt im Stuhl.
„Ich werde Ihnen nun eine Reihe von Fragen stellen. Sie sind so gestellt, daß Sie sie einfach durch Verneinung oder Bejahung beantworten können. Sie können sich entschließen, mir mit Worten zu antworten, oder nicht, das spielt überhaupt keine Rolle für mich."
Er sah Harold an, seine Augen, durch die Brille zu unnatürlicher Größe angeschwollen, waren kalt und gefühllos. Sein Finger drückte einen Knopf, am anderen Ende des Raumes begann eine Kamera zu surren, die die Anzeigen in verschiedenen Skalen festhielt.
Indem er den Raum um sich herum vergaß und seine Aufmerksamkeit völlig auf den Mann in dem Stuhl richtete, sagte der Bärtige: „Sie wurden auf einem Satelliten gefunden — ja oder nein?"
Harold grinste, als er sich erinnerte, und antwortete nicht.
„Also sind Ihre Leute in der Lage, durch den Raum zu reisen?"
Keine Antwort.
„Tatsächlich können sie weiter reisen als zu benachbarten Satelliten. Sie können benachbarte Planeten erreichen — ja oder nein?"
Keine Antwort.
„Wahrscheinlich haben Sie bereits andere Planeten erkundet?"
Keine Antwort.
„Die Wahrheit ist, daß sie sogar noch wesentlich mehr können — sie haben bereits andere Sonnensysteme erreicht?"
Er lächelte erneut, rätselhaft.
„Ihre Welt ist ein eigenständiger Planet?"
Stille.
„Gehört sie einem Weltenverbund an?"
Stille.
„Sie ist die Vorpostenwelt eines anderen Imperiums?"
Stille.

„Aber dieses Imperium ist kleiner als das unsere?“
Keine Antwort.
„Größer als unseres?“
„Himmel, man ließ mich in dem Glauben, Ihres wäre das größte, das jemals existierte“, sagte Harold sardonisch.
„Seien Sie still.“ Einer der Jüngeren versetzte ihm einen Schlag auf die Schulter.
„Oder was?“
„Wir schneiden Ihnen die Ohren ab.“
Der bärtige Mann, der dieser kurzen Unterbrechung mit ausdruckslosem Gesicht zugehört hatte, fuhr unbekümmert fort.
„Ihre Rasse ist die höchstentwickelte Lebensform auf Ihrem Planeten? Es gibt kein anderes intelligentes Leben? Sie wissen von keinen anderen Lebewesen, die in der Lage wären, Abgesandte des Imperiums zu empfangen?“
Der Frager war in keiner Weise gestört durch den vollständigen Mangel an Antworten seines Opfers, sein Ausdruck machte das nur zu deutlich. Gelegentlich warf er einen Blick in die Papiere in seiner Hand, doch zumeist musterte er seinen Zuhörer mit einem kalten Eulenblick, ständig weiter fragend. Die Fragen erreichten die Hundertgrenze, dann zweihundert, schließlich verlor Harold den Überblick. Einige waren Ergänzungen oder Alternativen für andere, wieder andere überkreuzten sich mit bereits gestellten oder solchen, die noch gestellt wurden, einige waren offensichtlich Fangfragen. Alle wurden mit starrsinnigem Schweigen beantwortet.
Endlich kamen sie zum Abschluß, der Bärtige legte die Papiere mit einem gemurmelten Kommentar zur Seite. „Es wird die ganze Nacht dauern, bis wir das ausgewertet haben!“ Er maß Harold mit prüfendem Blick. „Sie hätten genausogut mit Ihrer Stimme antworten können, das hätte uns eine Menge Arbeit erspart und Ihnen ein ordentliches Maß an Zuvorkommen eingebracht.“
„Hätte es das?“ Harold schien nicht überzeugt.
„Bringt ihn weg“, bellte der bärtige Mann.
Einer der jüngeren Männer schaute fragend auf den Älteren, der die unausgesprochene Frage verstand und antwortete: „Nein, nicht dorthin. Noch nicht. Es ist vielleicht nicht nötig. Wir wollen

zuerst sehen, was wir herausbekommen haben." Er zog seine Brille ab und strich über seinen Bart. „Bringen Sie ihn in seine Unterkunft. Geben Sie ihm etwas zu essen." Er gackerte unangenehm. „Laßt den Verurteilten seine Henkersmahlzeit essen."

Das Apartment stellte sich als massiv heraus, gut eingerichtet und komfortabel. Drei Räume: Badezimmer, Schlafzimmer und Wohnzimmer, letzteres mit einem gutausgestatteten Bücherregal, einem großen Heizkörper, versenkten Heiztafeln zur Erzeugung zusätzlicher Wärme und einem Fernsehgerät mit übergroßem Bildschirm.

Harold ließ sich einfach in einen weichen, nachgebenden Sessel fallen und schaute einem kurzhaarigen Mann zu, der eine umfangreiche Mahlzeit hereinfuhr. Obwohl er sehr hungrig war, warf er keinen Blick auf das Essen. Seine Augen verharrten bei dem untersetzten Mann, der ungeachtet der dauernden Beobachtung methodisch die Speisen ausbreitete, Fleisch, Brot, Früchte, Kuchen und Kaffee.

„Was sind das für echsenähnliche Wesen, die schwarze Uniformen mit silbernen Litzen tragen?" erkundigte Harold sich, nachdem der andere seine Arbeit erledigt hatte.

„Dranes." Kurzhaar wandte sich um und starrte stumpfsinnig zu dem Gefangenen. Sein Gesicht war bullig, muskulös, die Augen schmal, seine Stirn niedrig. „Wie nennen Sie Dranes."

„Ja, aber was sind sie?"

„Oh, auch nur eine andere Lebensform, nehme ich an. Von einem anderen Planeten — wahrscheinlich von einem, der Drane genannt wird. Keine Ahnung. Ich habe es mal gewußt, es aber wieder vergessen."

„Du magst sie nicht, was?"

„Wer tut das schon?" Seine Stirn runzelte sich unter dem Ansturm ungewohnter Gedanken, seine schmalen Augen verengten sich noch mehr. „Ich habe gerne Gedanken für mich, klar? Ich brauche keine Echsen, die in meinem Kopf lesen und Dinge sagen, die ich besser für mich behalte, klar? Ein Mann möchte Intimsphäre — manchmal ganz besonders."

„So, sie sind also Telepathen?“ Nun war es an Harold, die Stirn zu runzeln. „Hmmm!“ Er grübelte angestrengt. Der andere begann, seinen leeren Essenskarren in Richtung der Tür zu schieben, worauf Harold hastig weitersprach: „Sind welche von ihnen hier?“
„Nein, es ist schon spät am Abend. Und es sind nicht viele hier auf dem Planeten, Gott sei Dank sind wenige hier. Sie verrichten eine Art öffentliche Aufgabe hier, keine Ahnung, welche. Ein paar von ihnen haben wichtige Aufgaben, hier im Haus, aber jetzt sind sie daheim. 'ne Art Erlösung, sage ich!“ Er verzog sein Gesicht zu einer Grimasse des Zorns, um seine Gefühle für die geheimnisvollen Dranes zum Ausdruck zu bringen. „Man kann denken, was man will, wenn sie weg sind.“ Er stieß seinen Karren hinaus und folgte ihm dann und schloß die Tür. Das Schloß klickte unmerklich.

Harold nahm sich Zeit für das Essen, während er auf das Erscheinen einer verärgerten Menge wartete. Bartgesicht und seine beiden Assistenten hatten zwar versichert, vor dem Morgen würde nichts mehr mit ihm geschehen, aber die letzte Episode würde die Dinge um einiges beschleunigen. Er beendete seine Mahlzeit, vage überrascht, daß es ihm gelungen wär, ohne Unterbrechung fertig zu essen. Sie waren nicht so schnell bei der Auswertung, wie er das vermutet hatte. Er verbrachte die Zeit sinnvoll mit der Ausarbeitung eines Schlachtplanes.
Das Apartment verschlimmerte sein Problem. Er hatte die Wände eingehend untersucht und festgestellt, daß sie aus massivem Metall bestanden. Die Fenster waren aus Panzerglas, versehen mit robusten, eng angebrachten Gittern. Es war mehr als nur ein Apartment, es war ein Kerker.
Da war eine kleine Linse, eingelassen in die Wand, hoch oben in einer Ecke. Jedem anderen, mit schwächer ausgeprägter Beobachtungsgabe, wäre ihre Existenz entgangen. Er fand eine zweite, im Zifferblatt der Uhr verborgen. Sie war als Juwel getarnt. Wo es Kameras gab, da mußten Mikrophone sein, Mikroanfertigungen, schwer zu finden, wenn man seine Suche nicht allzu offen-

sichtlich gestalten wollte. O ja, sie wußten alles über seine kleine Unterhaltung mit Kurzhaar — sie würden auf der Hut sein.
Sie waren. Das Schloß wurde klickend geöffnet, gerade als er seine Mahlzeit beendet hatte. Helman kam herein, gefolgt von einem großen Mann in Uniform. Letzterer schloß die Tür, lehnte sich dagegen und spitzte die Lippen zu einem unhörbaren Pfeifen, während er den Raum offensichtlich gelangweilt musterte.
Helman ging zu einem Stuhl und setzte sich, mit übereinandergeschlagenen Beinen, wobei der den Gefangenen aufmerksam betrachtete. Eine Vene pulsierte an seiner Schläfe, ein Effekt, der bedrohlich wirkte.
Er sagte: „Ich hatte gerade ein Televoxgespräch mit Roka. Er schwor, die Dranes mit keinem Wort in Ihrer Gegenwart erwähnt zu haben. Er ist der Meinung, die Dranes wären von nichts und niemandem auf dem Schiff erwähnt worden, während Sie an Bord waren. Auch von den Wachen, die Sie hierherbrachten, wurden sie mit keinem einzigen Wort erwähnt. Sie haben auch keinen in diesem Gebäude gesehen. Wie also können Sie von ihrer Existenz wissen?"
„Mysteriös, nicht wahr?" entgegnete Harold freundlich.
„Es gibt nur eine Möglichkeit, wie Sie etwas über die Dranes hätten herausfinden können", fuhr Helman fort. „Als die Untersuchungen in Station drei vorüber waren, hatte einer der Assistenten vorgeschlagen, Sie zu Station vier zu bringen, doch die Idee wurde wegen der fortgeschrittenen Stunde verworfen. Station vier wird von den Dranes geleitet."
„Wirklich?" fragte Harold. Er heuchelte perfekte Überraschung.
„Die Dranes wurden niemals erwähnt", entgegnete Helman unbeirrt, seine kalten Augen auf seinen Gesprächspartner fixiert, aber es wurde an sie gedacht. Sie haben diese Gedanken gelesen. Sie sind ein Telepath!"
„Und nun sind Sie überrascht durch diese offensichtliche Tatsache?"
„Es war nicht offensichtlich, da wir es nicht erwarteten", konterte Helman. „Auf viertausend Welten gibt es nur elf wirklich telepathische Lebensformen, und nicht eine davon ist humanoid ge-

formt. Sie sind bis heute der einzige Humanoide, den wir entdeckten, der über diese Kräfte verfügt."
„Nichtsdestotrotz", beharrte Harold, „es hätte offensichtlich sein müssen. Meine Ablehnung der Zusammenarbeit oder meine Starrsinnigkeit, wie Sie beliebt haben, es zu nennen, hatte sicherlich gute Gründe. Ich habe alle Gedanken hinter ihren Fragen erkannt. Sie gefielen mir nicht. Und sie gefallen mir noch immer nicht."
„Dann werden Ihnen meine jetzigen Gedanken genausowenig gefallen", brauste Helman auf.
„Nein", stimmte Harold zu. „Sie haben die Dranes benachrichtigen lassen und sie rasch hierherbeordert, und Sie denken, daß sie verdammt schnell hier sein werden. Sie nehmen an, sie werden mich aussaugen. Sie haben ein großes Vertrauen in ihre Kräfte, obwohl Sie nicht das volle Ausmaß der meinen ermessen können." Er stand auf, lächelte, als Helman sich mit einem Blick plötzlicher Besorgnis aufrichtete. Er starrte in Helmans schwarze Augen, seine eigenen flackerten gefährlich. „Ich glaube", sagte er, „dies ist eine gute Gelegenheit für uns, unsere Kräfte zu messen, glauben Sie nicht auch?"
„Ja", murmelte Helman. Schwerfällig kam er auf die Füße und blieb mit einer Art Voreingenommenheit stehen. „Ja, sicher."

Der Wärter am Tor straffte sich, seine gewaltigen Hände in die Seiten gestemmt. Er blickte fragend zu dem unentschlossenen Helman. Als Helman nicht reagierte, wandte er seinen Blick dem Gefangenen zu, wo er ihn verharren ließ, die Alarmiertheit wich langsam aus seinen Zügen.
Dann, obwohl er die ganze Zeit über nichts gesagt hatte, begann er zu sprechen, seine Stimme war heiser: „Okay, gehen wir. Beeilen wir uns." Er öffnete die Tür.
Die drei gingen hinaus, voraus der Wärter, Helman bildete den Schluß. Sie bewegten sich rasch durch die Korridore, wobei sie gelegentlich auf andere uniformierte Wesen trafen, ohne Erklärung oder Unterbrechung, bis sie die Haupthalle erreichten. Der Mann, dessen kleines Büro die Schalttafeln enthielt, von denen

aus man die Tore öffnen konnte, hatte es nicht nötig, entgegenkommend zu sein.
„Sie können ihn nicht hinausnehmen, bevor Sie nicht für ihn unterschrieben haben, unter Angabe, wohin er gebracht wird und auf wessen Veranlassung“, gab er ungerührt bekannt.
„Auf meine Veranlassung“, sagte Helman. Er gab den Worten einen geschraubten Klang, als wäre er die Puppe eines Bauchredners, doch der Beamte schien es nicht zu bemerken.
„Oh, alles in Ordnung.“ Er schob einen dicken Wälzer zum Ende seines Tisches. „Unterschreiben Sie hier, Name in Spalte eins, Ziel in Spalte zwei und Zeit der Rückkehr in Spalte drei.“ Er warf einen Blick auf den großen Wärter, der sie verständnislos musterte, stieß einen resignierten Seufzer aus und sagte: „Ich vermute, Sie benötigen ein Auto?“
„Ja“, sagte Helman mechanisch.
Der Beamte drückte einen Knopf, ein tiefer Gongschlag erklang irgendwo außerhalb des Gebäudes. Dann berührte er die Schalttafel, die Torflügel schwangen auf. Das Trio begab sich hinaus, mit erzwungener Gleichgültigkeit, wartete einen Augenblick, während die Tür sich wieder hinter ihnen schloß. Es war bereits dunkel, aber nicht vollständig, denn das Sternenmeer glitzerte am Himmelszelt, und von der Stadt drangen Lichter herauf.
Da tauchte auch schon das Düsenauto an einer Ecke des Gebäudes auf und hielt vor ihnen an. Die drei stiegen ein. Harold saß in der Mitte zwischen Helman und dem großen Wächter, beide verhielten sich merkwürdig still, nachdenklich. Der Fahrer sah sich um, zeigte ihnen ein Gesicht mit emporgezogenen Augenbrauen. „Hinunter in die Stadt“, stieß Helman hervor.
Der Fahrer nickte und sah wieder nach vorn. Das Auto rollte auf das Tor in der fernen Mauer zu, doch dieses blieb geschlossen. Zwei Männer in Grün tauchten aus dem Schatten auf und beleuchteten das Innere des Wagens mit Taschenlampen.
Einer sagte: „Inquisitor Helman, ein Subjekt — ich glaube es ist okay.“ Er ließ den Lichtstrahl in Richtung des Tores wandern, woraufhin dieses sich öffnete, langsam und gemächlich. Mit einem Aufheulen seiner Düsen schoß das Auto hindurch.

Sie brachten Harold Harold-Myra in die südliche Sektion der Stadt, wo die Gebäude kleiner und die Menschenmengen größer wurden. Helman und der Wärter stiegen aus und unterhielten sich mit ihm, während der Fahrer außer Hörweite wartete.
„Ihr werdet beide heimgehen“, befahl Harold, „euch an nichts erinnern und euch normal verhalten. Euer Vergessen wird bis Sonnenaufgang anhalten. Bis die Sonne aufgeht, werdet ihr euch an keines der Geschehnisse, seit ihr mein Zimmer betreten habt, erinnern. Versteht ihr das?“
„Wir verstehen.“
Gehorsam gingen sie zurück zum Auto. Sie waren ein Paar Maschinen. Er stand auf dem Gehweg und sah zu, wie das Fahrzeug sich in den fließenden Verkehr einfädelte und verschwand. Der Himmel war nun ziemlich dunkel, aber die Straßen erfüllt von Farbe und Licht, dessen Flackern und Leuchten merkwürdige Schatten über den Ort warf.
Einige Minuten stand er still und betrachtete die Schatten, während er sich entspannte. Er war allein — allein gegen eine Welt. Nicht, daß ihn das sonderlich beunruhigt hätte. Seine Situation war der seines Volkes nicht unähnlich, das eine eigenständige Welt am Rande eines großen Imperiums bewohnte. Er besaß allerdings einen Vorteil, der ihm, so weit von seiner Heimat entfernt, gute Dienste leistete: Er kannte seine Macht. Seine Gegner wußten davon nichts. Andererseits litt er auch unter einer vergleichbaren Wissenslücke, denn obwohl er eine Menge über die Menschen des Imperiums gelernt hatte, kannte auch er nicht das ganze Ausmaß ihrer Macht. Und diese Macht war gewiß respektabel. Eine Allianz verschiedener Lebensformen mit verschiedenen Fähigkeiten konnte sehr wohl eine allmächtige Verbindung sein. Der Kampf war eine Auseinandersetzung zwischen Homo superior und Homo sapiens, plus der Dranes, plus anderer Dinge mit unbekannten Möglichkeiten — es mochte noch viele Seltsamkeiten geben, die in freundschaftlicher Verbindung mit dem Imperium standen.
Nun, da er entwurzelt und vogelfrei war, konnte er die Argumente der Wärter schätzen lernen, nämlich, daß es keinen Sinn hatte,

frei zu sein, wenn man keinen Platz wußte, um diese Freiheit zu genießen. Der Wärter hatte eine Schlußfolgerung gezogen, dabei aber eines übersehen. Er hatte gefolgert, daß es Plätze gab, wo die Freiheit bewahrt wurde, und dabei vergessen, daß Flüchtlinge ein besonderes Gespür im Entdecken heimlicher Zufluchtsstätten haben. Wenn seine eigene Art nur halb so weise und nur viertels so verschlagen war, wie er das annahm, dachte Harold, dann dürfte es keinerlei Schwierigkeiten bereiten, eine solche Zufluchtsstätte zu finden.

Er hob die Schultern, wandte sich zum Gehen und sah sich einem großen, schlanken Burschen in schwarzer Uniform mit silbernen Knöpfen und silbernen Litzen gegenüber. Die Züge des Neuankömmlings waren hager und brutal, ihre Farbe wechselte von Gold zu Blutrot, als der Schein eines in der Nähe aufflackernden elektrischen Lichts sie erhellte.

Harold konnte ein Murmeln im Verstand des anderen hören: *Seltsam fremdländische Kleidung trägt dieser Kerl. Möglicherweise ein erst vor kurzem Eingewanderter — vielleicht ein Subjekt auf der Flucht,* während er seinen Mund öffnete und sagte: „Zeigen Sie mir Ihre Identitätskarte!"

„Warum?" fragte Harold, um Zeit zu gewinnen. Zum Teufel mit den Kleidern — er hatte keine Zeit gehabt sich andere zu suchen.

„Das ist die Regel", entgegnete der andere irritiert. „Sie sollten wissen, daß jeder Bürger seine Identitätskarte vorzeigen muß, wenn er von der Polizei aufgefordert wird." Seine Augen zogen sich zu schmalen Schlitzen zusammen, sein Verstand sprach stumm, aber wahrnehmbar. *Aha, er zögert. Wahrscheinlich hat er gar keine Karte. Das sieht schlecht aus.* Er ging einen Schritt vorwärts.

Harolds Augen flammten in einem seltsamen Feuer. „Sie wollen nicht wirklich meine Karte sehen?" sagte er sanft. „Oder doch?"

Der Polizist kämpfte einen Augenblick mit sich, ehe er antwortete. „Nein... nein... natürlich nicht."

„Es war nur ein Fehler von Ihnen?"

„Nur ein Fehler von mir", stimmte der andere langsam zu. Sein Verstand war nun vollständig in Unordnung geraten. Ein plötzlicher Aufschrei *Er ist gefährlich!* geisterte durch seinen verwirrten Geist, klang aber rasch ab und wurde von anderen starken Gedanken überlagert, die sagten: *Dummer Fehler. Natürlich hat er eine Karte. Ich vermute zuviel.*

Mit schockierender Plötzlichkeit brach ein anderer Gedanke durch, der sich deutlich und gut wahrnehmbar vom telepathischen Gemurmel der sie umgebenden Menschenmassen abhob. *Bei der blauen Sonne, Gaeta, hast du das auch gespürt? Ein Fragment hypnotischer Projektion. Etwas mit einer Karte. Wende den Wagen!*

Kalter Schweiß lief Harolds Rücken hinunter, er verschloß seinen Verstand wie einen Panzer und ließ seinen Blick langsam über die Straße schweifen. Es waren zu viele Autos, und das Lichterspiel zu verwirrend, um ein in der Ferne wendendes Auto zu erkennen. Aber er würde wissen, was für ein Auto ihm entgegenkam. Sein Fahrer war vielleicht menschlich, seine Passagiere aber echsenähnlich.

Fahrzeuge wirbelten an ihm vorbei, vier, fünf, dann sechs gleichzeitig. Die Gedankenstimme, die verstummt war, nahm an Intensität zu und wurde wieder schwächer.

Sie sagte: *Vielleicht täusche ich mich, möglich. Aber ich bin sicher, die Amplitude war ausreichend für Hypnose. Nein, jetzt ist sie verschwunden — ich kann sie nicht mehr wahrnehmen. All diese Leute erzeugen ein zu großes Hintergrundgeräusch auf der gedanklichen Wellenlänge.*

Ein anderer Gedanke, ein neuer, antwortete unverzüglich: *Ach komm, laß doch, du bist nicht im Dienst. Wenn wir nicht* — Er sank unter die Wahrnehmungsgrenze.

Dann meldete sich der Verstand des Polizisten wieder, er sagte: *Warum stehe ich hier bloß herum wie ein Narr? Warum habe ich diesen Burschen angehalten? Das muß doch einen Grund gehabt haben! Ich habe ihn bestimmt nicht zum Vergnügen angehalten — es sei denn, ich bin etwas wirr im Kopf?*

Harold unterbrach rasch und mit harten Worten: „Sie haben mich nicht angehalten. Ich hielt Sie an. Geheimdienst — erinnern Sie sich?“

„Eh?" Der Bulle öffnete seinen Mund, schloß ihn wieder, er schien verwirrt.

„Warten Sie einen Moment", fügte Harold mit einem starken, autoritären Tonfall hinzu. Er ließ seine Wahrnehmung ängstlich umherschweifen. Ein Strom undeutlicher Gedanken durchströmte seinen Kopf, aber keiner von der Klarheit und Schärfe des unsichtbaren Gaeta und seines alarmierten Gefährten. Waren sie etwa auch in der Lage, ihre Gedanken abzuschirmen? Es gab keinen Weg, das herauszufinden!

Er gab es auf, wandte seine Aufmerksamkeit wieder dem Bullen zu und sagte: „Geheimdienst. Ich habe Ihnen meine offizielle Vollmacht gezeigt. Gütiger Himmel, Mann, haben Sie das etwa schon wieder vergessen?"

„Nein." Der Schwarzgekleidete war von dieser unerwarteten Aggresivität verunsichert. Die Konfrontation mit einem nichtexistierenden Geheimdienst vertiefte seine Verwirrung noch. „Nein", protestierte er, „ich habe es nicht vergessen." Dann, in dem schwächlichen Bemühen, wieder die Oberhand zu gewinnen: „Aber Sie begannen etwas zu erklären, und ich wartete darauf, den Rest zu hören."

Harold lächelte und nahm ihn beim Arm. „Sehen sie, ich bin befugt, Ihre Unterstützung zu verlangen, wann immer ich sie benötige. Sie wissen das, nicht wahr?"

„Ja, sicher, aber ..."

„Was ich von Ihnen verlange, ist sehr einfach. Es ist nötig, daß ich die Kleidung mit einem verdächtigen Individuum tausche, und dieser für heute nacht aus dem Verkehr gezogen wird. Ich werde ihn Ihnen zeigen, wenn er vorbeikommt. Sie werden ihm sagen, daß Sie ihn in Gewahrsam nehmen, um ihn zu verhören. Dann bringen Sie uns irgendwohin, wo wir die Kleider wechseln können, vorzugsweise Ihre eigene Wohnung, wenn Sie eine haben sollten. Dort werde ich Ihnen weitere Instruktionen geben."

„In Ordnung", stimmte der Bulle zu. Er blinzelte bei dem Versuch, seinen Verstand zu ordnen. Gedanken tauchten unerwartet in seinem Schädel auf. *Besser für dich, nicht nach den Gründen zu fragen. Sollen die höheren Tiere die Verantwortung übernehmen. Dieser Bursche hat alle Autorität dieser Welt — und er weiß, was er tut.* Irgendwas stimmte nicht mit diesen Gedanken. Sie schienen von außen nach innen zu dringen, nicht von drinnen nach draußen, wie Gedanken das tun sollten. Aber sie waren mächtig genug und einfühlsam genug, er war nicht in der Lage, entgegengesetzte Ideen zu entwickeln. „In Ordnung", wiederholte er.

Harold suchte sich unter den vorübereilenden Fußgängern einen Mann von seiner Größe und Figur heraus. Unter allen Vorübergehenden schien dieser Mann wie geschaffen für sein Vorhaben. Er machte den Polizisten auf ihn aufmerksam.

„Das ist der Mann."

Der Beamte stolzierte majestätisch vorwärts, hielt das Opfer an und sagte: „Polizei. Ich nehme Sie fest, um Sie zu verhören."

„Mich?" Der Mann konnte es nicht fassen. „Ich habe nichts getan."

„Warum machen Sie sich dann Sorgen deswegen?"

„Ich mache mir keine Sorgen", widersprach der andere hastig. Er runzelte verwundert die Stirn. „Ich glaube, ich muß mich Ihnen fügen. Aber es ist Zeitverschwendung und unsinnig."

„So, Sie halten die Geschäfte des Imperiums für unsinnig?" stand Harold dem Polizisten bei.

Das Opfer maß ihn mit einem strengen Blick heftigster Abneigung und brauste dann auf: „Nur weiter so. Versucht eine Beschuldigung gegen mich vorzubringen. Sie werden sich zum Narren machen."

„Wir werden sehen!"

Sie gingen eine Seitenstraße hinunter, an deren anderem Ende sie eine breite Allee erreichten. Keine Autos waren zu sehen, die Straße schien Fußgängern vorbehalten. Sie war in sechs Streifen unterteilt, drei für jede Richtung, für langsame Fortbewegung außen, für rascheres Gehen in der Mitte. Kleine Menschenansammlungen, einige unterhielten sich ungestört, andere starrten gelangweilt herüber, glitten die Straße entlang und verschwanden

in der Ferne. Ein konstantes, brummendes Geräusch war unter der Oberfläche der Straße zu hören.
Die drei sprangen auf eines der äußeren, langsamen Bänder weiter zum schnelleren Mittelstreifen und schließlich auf den schnellsten Weg. Die Straße verlief geradlinig, bis etwa zehn Blocks, bevor sie sie verließen. Harold konnte sie nur noch zehn Blocks weiterrollen sehen.

Das Apartment entpuppte sich als Dreizimmerwohnung eines Junggesellen, im zweiten Stock eines aus grauem Stein erbauten Gebäudes. Dort begann der Gefangene erneut zu protestieren, er sah zu Harold und fand seine Ansichten bereits im Augenblick ihres Entstehens verändert. Er wurde kooperativer, allerdings mehr betäubt denn aus freiem Willen. Den Inhalt seiner Taschen auf dem Tisch ausbreitend, wechselte er die Kleidung.
Nunmehr in unauffälliger, nicht mehr ausländisch wirkender Kleidung, sagte Harold zu dem Polizisten: „Nehmen Sie Ihre Jacke ab, machen Sie es sich gemütlich. Es besteht kein Grund, besonders dienstlich zu sein, um diesen Auftrag zu erfüllen. Vielleicht werden wir uns länger hier aufhalten. Holen Sie uns etwas zu trinken, während ich diesem Burschen hier sage, was los ist."
Er wartete, bis der Polizist in einem angrenzenden Zimmer verschwunden war, dann flammten seine Augen dem leise murrenden Opfer entgegen. „Schlafe!" befahl er. „Schlafe!"
Der Mann sträubte sich in vergeblichem Widerstand, schloß seine Augen und ließ den Kopf nach vorn hängen. Sein Körper fiel schlaff in einen Sessel. Mit raschen Fingern durchsuchte Harold die persönlichen Gegenstände des Fremden auf dem Tisch. Harold fand die Identitätskarte des Mannes. Obwohl er ein solches Dokument noch nie gesehen hatte, verschwendete er keine Zeit darauf, es zu untersuchen, er steckte sie aber auch nicht ein. Mit unglaublicher Schnelligkeit nahm er die Brieftasche des Polizisten aus seiner abgelegten Jacke, fand dessen Identitätskarte, ersetzte sie durch die andere und tat die Brieftasche an ihren Platz zurück. Die Karte des Polizisten steckte er in seine eigene Tasche. Auf seinem weit entfernten Heimatplaneten war es eine

alte Tatsache, daß doppelte Vertauschungen verwirrender sind als eine einzige.
Gerade noch rechtzeitig. Der Bulle kehrte mit einer Flasche zurück, in der eine ölige rosa Flüssigkeit schwappte, setzte sich, sah dümmlich zu dem Schlafenden, sagte „Huh?“ und ließ seinen stumpfsinnigen Blick zu Harold schweifen. Dann blinzelte er einige Male, jedesmal langsamer als zuvor, als bemühe er sich, die Augen offenzuhalten, entgegen einem übermachtigen Willen, sie zu schließen. Es mißlang. Er tat es seinem Gefangenen gleich, ließ den Kopf hängen und begann zu schnarchen.
„Schlafe“, murmelte Harold, „schlafe bis morgen früh. Dann kannst du wieder aufwachen. Aber nicht eher!“
Er beugte sich nach vorn und zog ein kleines, auf Hochglanz poliertes Gerät aus seiner ledernen Umhüllung unter der Achselhöhle des Polizisten. Eine Art Waffe. Er richtete sie gegen das Fenster und drückte den an ihrem Kolben befestigten Abzug. Es gab ein scharfes, lautes Krachen, aber keinen Rückstoß. Eine Scheibe des Glases verschwand aus der Mitte des Fensters. Kalte Luft drang durch die Öffnung herein, die den Geruch verbrannten Harzes mit sich brachte. Mit einem grimmigen Blick schob er die Waffe in ihr Halfter zurück und klopfte seine Finger angeekelt ab.
„So“, murmelte er. „Gerechtigkeit mag sich durch den Tod Geltung verschaffen. Wahrlich, ich bin zurückversetzt in die dunklen Zeitalter!“
Ohne weiter auf die Schläfer zu achten, begann er den Raum zu durchsuchen. Je mehr er über die kleinen, gewöhnlichen Durchschnittsbürger des Imperiums Bescheid wußte, desto besser für ihn. Wissen — das richtige Wissen — konnte eine mächtige Waffe sein. Sein Volk kannte den Wert des Ungreifbaren.
Als er mit seiner Untersuchung fertig war — er wollte gerade gehen —, tönte eine leise Glocke aus dem Innern der Wand. Er erkannte, daß das Geräusch hinter einer Platte an der Wand erklang und fragte sich nach dem Grund, ehe er weitere Schritte unternahm. Eine potentielle Gefahr lauerte hier, aber wer nicht wagt, der nicht gewinnt.

Er schob die Platte zur Seite und fand einen kleinen Lautsprecher, ein Mikrofon, eine Linse und einen kleinen, runden Bildschirm.
Der Bildschirm zeigte eine farbige Szene, ein strenges Gesicht mit markantem Unterkiefer blickte ihn aus dem Rahmen heraus an. Der Anrufer bedachte das Zimmer mit einem kurzen verstehenden Blick und wandte daraufhin seine Aufmerksamkeit Harold zu.
„So, der vermißte Streifenpolizist *ist* unpäßlich", knurrte er. „Er schläft vor einer Flasche. Ihn erwarten drei Anklagen: Unerlaubtes Fernbleiben vom Dienst, unvollständiger Anzug und Trunkenheit. Damit geben wir uns vorerst zufrieden." Er preßte die Lippen zusammen. „Wie ist Ihr Name und die Nummer Ihrer Identitätskarte, Bürger?"
„Versuchen Sie doch, es rauszufinden", schlug Harold vor. Er schob die Platte vor, um zu verhindern, daß die Kamera seine Züge festhielt, wenn sie das nicht schon getan hatte.
Dies war ein unglücklicher Zwischenfall: Er verkürzte seinen selbstverschafften Zeitvorsprung von einigen Stunden auf wenige Minuten. Sie würden schon unterwegs sein, er mußte sich beeilen.
In Sekundenbruchteilen verließ er das Apartment und das Gebäude. Ein vorüberfahrendes Auto hielt, um ihn mit stadteinwärts zu nehmen. Sein Fahrer war sich über die Hilflosigkeit seiner Hilfsbereitschaft nicht im klaren.
Hier schien die Stadt noch heller als anderswo, denn die Dunkelheit des Himmels unterstrich den Schein der Lichter. Einige wenige Sterne schienen noch immer, und eine Kette bunter Kugeln hob sich deutlich gegen den Hintergrund ab, wo einige unidentifizierbare Raumschiffe ins All starteten.
Die Gehwege benutzend, ließ er sich mit der Masse treiben. Die Masse bedeutete Sicherheit. Es ist schwer, eine Einzelperson in der Menge auszumachen, besonders wenn diese Person gekleidet ist wie die Menge und sich verhält wie die Menge. Einige Zeit ging er so unter den Menschen, doch sein Umhergehen war nicht ziellos. Er lauschte den Gedanken, er suchte zwei Arten

von Gedanken, solche, die ihm weiterhalfen, und wirklich wichtige. Erstere fand er, letztere nicht.
Ein dicker Mann wanderte hinter ihm und stellte sich das Vergnügen von Nahrung in größeren Mengen vor. Er wandte sich um und folgte dem dicken Mann, blieb ihm drei Straßen und eine weitere bewegliche Allee durch auf den Fersen. Gefolgt von Harold, betrat der dicke Mann ein riesiges Restaurant. Sie setzten sich zusammen an einen freien Tisch.
Viele aktive Gedanken gab es hier. Das war wirklich ein Nachteil, es gab zu viele Gedanken. Sie erzeugten ein konstantes Brüllen auf der telepathischen Wellenlänge, es war sehr schwierig, den einen von dem anderen zu trennen, noch schwieriger allerdings war es, zu bestimmen, wer was gedacht hatte. Nichtsdestotrotz fuhr er damit fort, individuelle Gedanken zu suchen, er aß langsam, um so lange wie möglich hier bleiben zu können. Lange nachdem der dicke Mann gegangen war, saß er immer noch an seinem Platz und lauschte, lauschte. Es gab viele Gedanken, die er interessant fand, einige aufschlußreich, andere kamen dem, was er suchte, sehr nahe, aber keiner war wirklich von Bedeutung, kein einziger.
Schließlich gab er es auf und nahm die Rechnung von dem Kellner entgegen.
Es war leicht herauszufinden, was der Kellner von ihm wollte: dieses sonderbare Material, Geld genannt. Roka hatte ihm viel von diesem Geld erzählt, ihm sogar einige Stücke dieses wertlosen Plunders gezeigt. Er erinnerte sich an Rokas Verblüffung angesichts seiner Unwissenheit über eine gebräuchliche Methode des Handels. Mit belustigender Überlegenheit hatte der hilfsbereite Leutnant sich ausgemalt, daß Harolds Volk nun wiederentdecken mußte, was es schon lange vergessen hatte.
Es war etwas von diesem Geld — er hatte keine Ahnung, wieviel in den Taschen dieses Anzugs gewesen, aber er hatte das, wie alles andere, zurückgelassen. Es hatte keine Notwendigkeit bestanden, persönliches Eigentum eines anderen zu entwenden. Wie auch immer, er war ein Leben lang ohne es ausgekommen und wollte sich nun nicht zu seinem Sklaven machen lassen.

Er bezahlte den Kellner mit einem Nichts, legte es in dessen Hand, mit der herrschaftlichen Geste eines Mannes, der eine unermeßliche Summe ausgibt. Der Kellner nahm Nichts dankbar entgegen, ließ Nichts in seiner Tasche verschwinden und quittierte die Rechnung, verbeugte sich dankbar. Dann rieb er sich die Stirn, schaute unsicher und verwirrt drein, sagte aber nichts.

In einer Seitenstraße machte Harold den Kontakt, nach dem er gesucht hatte, wenn auch nicht in der Weise, wie er sich das vorgestellt hatte. Er suchte nach einem aufrührerischen Denker, der ihn in die Unterwelt der Aufrührer einführen konnte. Statt dessen fand er einen Freund.

Der Bursche war zwanzig Meter entfernt und ging auf ihn zu, mit einer auffallend lockeren Gangart. Er war in allen Belangen humanoid, mit einer Ausnahme — seine Haut war die eines Reptils. Sie war glatt, aber schuppig und silbergrau, mit einer Spur metallischen Blaus. Die Pupillen seiner Augen waren hellgrau, wachsam uns intelligent.

Diese Augen schauten geradewegs in die Harolds, als sie sich gegenüberstanden, eine Flut freundschaftlicher Gedanken floß unsichtbar zu ihm über, während die Echse mit tiefer Stimme sagte: „Komm mit mir." Er ging geradeaus davon, ohne Unterbechung. Er drehte sich nicht um, um sich zu vergewissern, ob Harold auch folgte.

Harold wartete nicht, um die Angelegenheit zu überdenken. Die Situation erforderte eine schnelle Entscheidung. Sich auf einem Bein umdrehend, folgte er dem Sprecher. Und während er gemächlich hinter dem anderen hertrottete, dachte er angestrengt nach; sein Denken vollzog sich hinter einer mentalen Mauer, die nichts durchdringen konnte.

Offensichtlich war der schuppige Mann ein Außenseiter, ein Wesen von einer anderen Welt. Sein sonderbarer Körper zeigte das. Es gab auch noch andere Beweise. Er hatte Harolds Gedanken nicht gelesen — dessen war Harold sich sicher —, aber auf seltsame Art und Weise hatte er eine Verwandtschaft zwischen ihnen festgestellt und sich spontan dazu bekannt. Mehr noch, während er ging, war sein Verstand weit geöffnet, doch Harold gelang es nicht, seine Gedanken zu lesen. Diese Gedanken waren zwar, aller Wahrscheinlichkeit nach, geradeausgerichtet und logisch genug, doch sie oszillierten über die gesamte Bandbreite des mentalen Spektrums und dessen extreme Randgebiete. Sie zu lesen glich dem Versuch, Frequenzmodulationen in einem Empfänger für Amplitudenmodulation zu empfangen. Die Gedankenformen mochten normal sein, die Wellenform jedoch war fremdartig.

Noch immer nicht zurückblickend, betrat das Objekt seiner Spekulationen den Eingang eines Mietshauses und fuhr mit dem Aufzug zum zehnten Stock. Dort schloß er eine Tür auf, sah sich zum erstenmal nach seinem Verfolger um, lächelte und führte ihn hinein.

Harold trat ein. Der andere schloß die Tür hinter ihm. In dem Apartment befanden sich noch zwei weitere Personen. Eine saß auf einem Tisch und ließ die Beine herunterbaumeln, die andere saß auf einem Sofa und war in ein Magazin vertieft.

„Oh, Melor, da ist ein...“, begann der auf dem Sofa. Er sah auf, bemerkte den Besucher und lächelte ihm freundlich entgegen. Dann verwandelte sein Ausdruck sich in Überraschung, und er sagte: „Beim Immerwährenden Licht, *Sie* sind das! Wo hast du ihn gefunden, Melor?“

Die Gedanken dieses Mannes flackerten genauso, und Harold war nicht in der Lage, etwas herauszufinden. Dasselbe galt für das Wesen, das auf dem Tisch saß: Seine Gedanken wogten innerhalb und außerhalb der Grenzlinie seiner Wahrnehmung.

„Ich habe ihn auf der Straße getroffen“, antwortete der, den sie Melor nannten, „und habe ihn hierher eingeladen. Er hat einen sehr anziehenden Hauch.“ Er setzte sich und lud Harold ein, das auch zu tun. Mit einem Blick auf den im Sofa fuhr er fort: „Was hast du gemeint, mit ‚Sie sind das‘? Kennst du ihn?“

„Nein.“ Der andere zeigte auf ein Teleset an seiner Seite. „Sie haben eine Suchmeldung über ihn übertragen, erst vor wenigen Minuten. Er wird gesucht — dringend.“ Er berührte einen Knopf, „Hier ist die Aufzeichnung, paßt auf!“

Der große Bildschirm erhellte sich. Ein sauergesichtiger Mann in bombastischer Uniform erschien auf dem Schirm, er sprach mit offizieller Gelassenheit.
„Alle Bürger werden aufgefordert, nach einem entflohenen Subjekt, das gerade von den Randbereichen gebracht wurde, Ausschau zu halten, oder, wenn möglich, dingfest zu machen. Name: Harold Harold-Myra. Beschreibung..." Er setzte seine Rede in aller Ausführlichkeit fort, gab alle Einzelheiten mit minuziöser Genauigkeit durch, und endete dann: „Seine Kleidung ist auffällig unkonventionell, und er hat keine Identitätskarte. Die Bürger sollten bedenken, daß er Eigenschaften haben kann, die anderen Rassen des Imperiums unbekannt sind, und die Behörden ihn lebend wollen. Hier eine Fotografie."
Der Schirm wurde weiß, belebte sich und zeigte Harolds Züge in Farbe. Er erkannte Teile seines ehemaligen Gefängnisses im Hintergrund. Die Kameras hatten ihre Aufgabe erfüllt.
„Tush!" seufzte das Geschöpf auf dem Sofa. Er schaltete ab und wandte sich Harold zu. „Nun, Sie sind in guten Händen. Das ist sicher. Wir würden niemals jemanden der Autorität übergeben, das wäre ein Tiefschlag, der ihm den Atem nimmt. Mein Name ist Tor. Der dort, der mit aller Hingabe nichts tut, ist Vern. Der, der dich hierhergebracht hat, ist Melor. Unsere anderen Namen tun nichts weiter zur Sache. Wie du sicher erkannt hast, stammen wir nicht von dieser lausigen, überorganisierten Welt. Wir stammen von Linga, einem Planeten, der eine teuflisch weite Strecke entfernt ist, zu weit entfernt für meinen Geschmack. Je öfter ich daran denke, desto weiter entfernt scheint er mir."
„Es ist bestimmt nicht weiter als zu meiner eigenen Welt", sagte Harold. Er beugte sich vor. „Seht mal, könnt ihr meine Gedanken lesen?"
„Nicht eine Silbe davon", antwortete Tor. „Du bist wie die hiesige Rasse, etwa so — du denkst pulsierend und zu weit unten für uns. Kannst du die unseren lesen?"
„Kann ich nicht. Ihr flackert innerhalb und außerhalb meiner Wahrnehmung." Er runzelte die Stirn. „Was mir zu schaffen

macht, ist, warum Melor mich in der Menge ausmachen konnte, wenn er meine Gedanken nicht lesen kann."

„Ich roch dich", warf Melor ein.

„Wie bitte?"

„Das ist nicht ganz richtig, aber so kann ich es am besten ausdrücken. Die meisten Bürger des Imperiums haben eine herausragende Eigenschaft, die sie Geschmackssinn nennen. Das haben wir nicht. Sie reden von schlechten Gerüchen und angenehmen, was für uns völlig unverständlich ist. Aber wir sind in der Lage, Anziehung und Ablehnung zu erkennen, wir können Freunde oder Feinde ‚riechen', untrüglich und sicher. Frag mich nicht, wie wir das machen, wie sollte ich es dir erklären können?"

„Ich sehe die Schwierigkeit", stimmte Harold zu.

„Auf unserer Welt", fuhr Melor fort, „sind die meisten Lebensformen mit diesem Sinn ausgestattet, der spezifisch für Linga zu sein scheint. Wir haben keine zahmen Tiere und wilden Tiere — sie sind zahm, wenn du sie magst, und wild, wenn nicht. Keines von ihnen würde, von Neugier getrieben, einem Jäger in die Arme laufen, keines panisch fliehen vor jemandem, der sich vor ihm fürchtet. Instinktiv wissen sie, wer Freund und wer Feind ist. Sie wissen das so sicher wie du Schwarz und Weiß unterscheiden kannst, oder Tag und Nacht."

Tor warf ein: „Was ein zusätzlicher Grund für unsere mangelnde Beliebtheit ist. Der Körper verbirgt die Aura nicht, verstehst du? Unter einer großen Menge fremdartiger Gerüche sind wir in der Lage, einen freundlichen Geschmack herauszufinden — so wie den deinen."

„Schmecken die Dranes freundlich?"

„Sie stinken!" Tor zog eine Grimasse, er stieß die Worte haßerfüllt hervor. Er blickte nachdenklich auf den toten Bildschirm und sprach weiter: „Nun, die Machthabenden sind hinter deinem Körper her, und, so leid es mir tut, wir können dir nicht sehr viel Unterstützung bieten, aber wir sind bereit, dir zu helfen, soweit das möglich ist. So ungefähr zwanzig Subjekte sind in den letzten zehn oder zwölf Jahren entkommen. Alle von ihnen flohen unter plötzlicher Aufbietung lange vergessener und unerwarteter Kräfte, die ihre Entführer überraschten. Aber niemand blieb in Freiheit. Sie wurden alle wieder eingefangen, die einen früher, die anderen später. Du kannst deine Stärke nicht gebrauchen, ohne ihre Art zu offenbaren, und einmal wissen die Mächtigen von deinen Fähigkeiten und können Schritte dagegen unternehmen. Früher oder später unternimmt bestimmt jeder Flüchtling einen Versuch, seine Heimatwelt zu erreichen — und die Fänger erwarten ihn."

„Da werden sie lange warten müssen", sagte Harold zu ihm, „da ich nicht vorhabe, auf meine Welt zurückzukehren. Zumindest nicht sehr bald. Was bringt es, den ganzen Weg hierherzukommen, um dann wieder den ganzen Weg zurückzugehen?"

„Wir nahmen an, du hattest keine andere Wahl, als mitzukommen", sagte Tor.

„Hatte ich auch nicht. Die Umstände zwangen mich, ihnen zu folgen. Die Umstände machen es nun nötig, zu bleiben."

Die drei waren von dieser lapidaren Haltung einigermaßen überrascht.

„Hier bin ich mehr als nur ein Ärgernis", legte Harold dar. „Dies ist das Herz des Imperiums. Wer auch immer es beherrscht, beherrscht das Imperium. Das kann ein einzelner sein oder auch eine kleine Gruppe, aber auf diesem Planeten ist der oder die Köpfe, die das Imperium führen. Ich werde etwas in diese Führung hineingreifen."

„Du hast Hoffnungen!" stieß Tor hervor. „Der große Boß ist Burkinshaw der Dritte, Herr des Terrors. Du brauchst allein zweiundvierzig unterschriebene und gegengezeichnete Anträge und eine bewaffnete Eskorte, um ihn auch nur sehen zu dürfen. Er ist unheimlich exklusiv!"

„Das ist schwierig, aber die Situation ist schwieriger." Er entspannte sich in seinem Stuhl und dachte eine Weile nach. „Es gibt einen Herrn des Terrors auf jedem Planeten, oder nicht? Das ist eine dünkelhafte Bezeichnung für die Beherrscher der imperiellen Freiheit!"

„Terror heißt Größe, überragendes Wissen, Intellekt von göttlichem Ausmaß“, erklärte Tor.
„Oh, in der Tat? Mein Fehler! Wir benutzen dasselbe Wort auf meinem Planeten, dort bedeutet es Furcht.“
Plötzlich erschien ein merkwürdiger Ausdruck auf seinem Gesicht. „Burkinshaw! Burkinshaw! Ihr Götter!“ stieß er hervor.
„Was ist los?“ erkundigte Melor sich.
„Nichts weiter. Ich bin mir nur gerade über eine Theorie klargeworden. Das sollte helfen. Ja, es muß eine Menge helfen.“ Er stand auf und durchmaß unruhig den Raum. „Gibt es eine Untergrundbewegung auf Linga?“ fragte er.
Mit einem behaglichen Grinsen antwortete Tor: „Ich dürfte der Wahrheit sehr nahe kommen, wenn ich behaupte, daß auf jedem Planeten eine solche Bewegung existiert, mit Ausnahme von diesem vielleicht. Im Wortschatz des Imperiums sind wir alle in der gleichen Situation: Noch nicht bereit zur Selbstregierung. Wir erhalten die Unabhängigkeit morgen, aber nicht heute.“ Er seufzte resigniert. „Linga bekommt sie schon seit siebenhundert Jahren ‚morgen‘.“
„Wie ich es mir vorgestellt habe“, meinte Harold. „Immer das gleiche. Die gleichen alten Versprechungen. Ausflüchte und festgefahrene Unzulänglichkeiten. Die gleiche Blindheit und das gleiche Zaudern. Wir kennen das schon lange — es ist eine sehr, sehr alte Legende für uns.“
„Was ist das?“ unterbrach der neugierige Melor.
„Geschichte“, sagte Harold zu ihm.
Melor schien verwirrt.
„Es gibt einen uralten Spruch“, erklärte Harold. „Je größer sie sind, desto härter ist ihr Fall. Je schwerfälliger und zentrierter eine Struktur ist, desto anfälliger ist sie nachweislich für Störungen.“ Er rieb sein Kinn und maß seine Zuhörer mit einem auffallend boshaften Blick. „Das bedeutet, die Frage ist, ob wir sie schwer genug treffen können, um sie zu Fall zu bringen.“
„Niemals!“ rief Tor. „Tausendmal nein. Das wurde schon zahllose Male versucht. Diejenigen, die es versuchten, sind alle begraben — wenn genug übrigblieb, das man hätte begraben können.“

„Was bedeutet, daß sie es mit falschen Mitteln und zur falschen Zeit versuchten. Es ist uns überlassen, die richtige Art und Weise und die richtige Zeit herauszufinden."
„Wie willst du den richtigen Zeitpunkt herausfinden?"
„Das kann ich nicht. Ich kann nur eine Zeit auswählen, die, unter Berücksichtigung aller bekannter Faktoren, die erfolgversprechendste zu sein scheint — und dann hoffen, daß es die richtige Zeit ist. Es wird nur mein Unglück sein, wenn ich mich irre." Er überlegte kurz und fuhr dann fort: „Die beste Zeit scheint mir heute in neun Tagen zu sein. Wenn ihr mir helfen könntet, neun Tage lang unentdeckt zu bleiben, ich verspreche euch, euch in der Zwischenzeit keinerlei Risiken auszusetzen. Könnt ihr mich neun Tage behalten?"
„Sicher können wir das." Tor betrachtete ihn nüchtern. „Aber was springt für uns dabei heraus, außer der Aussicht auf ein vorzeitiges Begräbnis?"
„Nichts, außer der Befriedigung, eure Finger mit im Spiel gehabt zu haben."
„Ist das alles?" fragte Tor.
„Das ist alles", stimmte Harold ihm zu. „Ihr Linganer müßt euren Kampf kämpfen, so wie wir den unseren. Wenn euch mein Volk jemals helfen wird, dann um der gegenseitigen Freundschaft willen, oder zu unserer eigenen Befriedigung. Diese Hilfe wird keine Gegenleistung erwarten."
„Das sagt mir sehr zu!" sagte Tor zornig. „Ich mag direktes Reden, ohne irgendwelche Hinterhalte. Wir sind der wertlosen Versprechungen müde. Nimm uns mit bis zur Basis der Treppe, aber nicht die Stufen mit hoch — wir möchten dann noch einmal alles überdenken."
„Vielen, vielen Dank", sagte Harold dankbar. „Nun, hier sind einige Ideen, die ich hatte, um..."
Er unterbrach sich, als das Fernsehgerät ein lautes Pfeifen von sich gab. Tor griff hinüber und schaltete das Gerät ein. Der Bildschirm erwachte zum Leben, er zeigte die gleiche uniformierte Gestalt wie zuvor.

Der Beamte platzte heraus: „Dringender Ruf! Die Bürger werden gewarnt, das entflohene Subjekt, Harold Harold-Myra, nach dem vor einer halben Stunde eine Suchmeldung übertragen wurde, ist nun bekannt als ein Telepath, ein Hypnotiseur, ein Seher und ein Aufzeichner. Es ist ebenfalls möglich, daß er über telekinetische Kräfte von unbekannter Größe verfügt. Wie die Fakten gezeigt haben, ist er ebenfalls ein Köder und daher doppelt gefährlich. Prägen Sie sich sein Gesicht gut ein, er muß so schnell wie möglich gefaßt werden."

Der Bildschirm wurde leer, kurz darauf waren Harolds Züge eine volle Minute lang zu sehen. Dann brach die Sendung ab.

„Was meint er damit, Seher und Aufzeichner?" fragte Harold verunsichert.

„Ein Seher ist jemand, der zwei, drei, vier oder mehr Züge macht, in der gleichen Zeit, in der seine Gegner einen schaffen. Ein Schachmeister ist ein Seher."

„Himmel, spielen Sie hier auch Schach?"

„Schach ist sehr beliebt. Was ist damit?"

„Nicht so wichtig. Wir registrieren die Tatsache an oberster Stelle. Erzähle weiter."

„Ein Aufzeichner", erklärte Tor, „ist ein Mann mit einem fotografischen Gedächtnis. Er braucht nichts aufzuschreiben. Er erinnert sich an alles, was er einmal gesehen hat."

„Hmmpf! Ich glaube nicht, daß daran irgend etwas Besonderes ist!"

„Wir Linganer können es. Tatsächlich kennen wir aber nur noch vier Rassen, die dazu in der Lage sind." Respekt machte sich in Tors Schlangengesicht breit. „Und hast du zu allem wirklich noch telekinetische Fähigkeiten?"

„Nein. Da sind sie einem Trugschluß unterlegen. Sie scheinen zu glauben, daß ich ein Poltergeist bin, oder so etwas — der Himmel mag wissen, warum." Er hielt einen Augenblick inne. „Vielleicht liegt das an den Analyseergebnissen von Station drei. Ich kann meinen Herzschlag kontrollieren, meinen Blutdruck, meine Gedanken, und ich habe ihre Untersuchungsapparate in Unordnung gebracht. Sie haben nichts als vollkommenen Nonsens auf-

gezeichnet. Offensichtlich glauben sie, ich hätte seine Innereien durch eine Art Fernsteuerung zerstört."
„Oh!" Tor war augenscheinlich enttäuscht.
Noch bevor einer von ihnen weitere Fragen stellen konnte, rief das Fernsehgerät nach Aufmerksamkeit, und Sauertopf erschien zum drittenmal auf dem Bildschirm.
„Alle nichteingeborenen Bürger werden sich heute nacht einer Ausgangssperre unterziehen müssen, die von Mitternacht bis eine Stunde nach der Dämmerung reicht", dröhnte er. „Während dieser Zeit wird die Polizei stichprobenartig verschiedene Apartments untersuchen. Jeder nichteingeborene Bürger, der nicht in seiner Wohnung angetroffen wird und dafür keine akzeptable Entschuldigung hat, sowie jeder Nichteingeborene, der die Polizei in Ausübung ihrer Pflicht behindert, wird einem Gerichtsverfahren nach pan-planetarischem Recht unterzogen." Er schwieg und sah nach außerhalb des Bildschirms. Sein Gesicht sah kriegerisch aus. „Der Flüchtling Harold Harold-Myra ist in Besitz einer Identitätskarte mit der Nummer AMB 307 – 40781, ausgestellt auf den Namen Robertus Bron. Das ist alles."
„Bron", echote Harold. „Bron... Burkinshaw... Schachmeister. Liebe Güte!"
Die drei Linganer waren besorgt. Melor erläuterte: „Du kannst ihre Bewegungen verfolgen. Erstens: Sie wissen, daß du inzwischen ein Versteck gefunden hast. Zweitens: Sie wissen, daß du dich bei Ausländern verbirgst und nicht bei Eingeborenen. Auf dieser Welt gibt es nicht mehr als sechstausend Ausländer, die etwa ein Drittel so viele Apartments bewohnen. Es ist nicht unmöglich, die alle während dieser Zeit zu untersuchen." Seine Stirn umwölkte sich angesichts dieses Gedankens. „Es hat keinen Sinn, anderswohin zu fliehen, denn die Ausgangsbeschränkung ist weltweit. Sie umfaßt alles und jeden. Ich würde sagen, das einfachste wäre, einen Eingeborenen zu hypnotisieren und die Nacht in dessen Wohnung zu verbringen. Wenn du, wie sie sagen, ein Hypno bist, dann sollte das nicht schwierig sein."
„Ausgenommen eine Sache."
„Was ist das?"

„Das erwarten sie von mir. Präziser, sie wollen mich dazu bringen, das zu tun."
„Und wenn schon?" beharrte Melor. „Was könnte dich hindern?"
„Die Routine. Eine Herrenrasse hat immer Routine. Das ist ihnen eingefleischt, es ist Teil ihrer Ausbildung. Nachdem sie vor einem entflohenen Subjekt gewarnt wurden, das wieder gefaßt werden soll, werden sie die von offizieller Seite gegebenen Warnungen beherzigen." Er lächelte ihnen beruhigend zu, aber sie wurden dadurch nicht besonders beruhigt. „Ich kann nur vermuten, was die Routine ist, ich denke aber, es werden einige Methoden darunter sein, wie man meine Gegenwart in der Wohnung eines Eingeborenen anzeigen kann, selbst wenn dieser vollkommen hilflos ist. Kameras, die mit dem Notrufsystem der Polizei gekoppelt sind und die einfach durch das Öffnen einer Tür oder so etwas aktiviert werden. Wenn ich schon ein Risiko eingehe, dann mein eigenes. Es bedeutet Ärger, wenn man sich die Risiken durch den Gegner aufzwingen läßt."
„Vielleicht hast du recht", stimmte Melor zu. „Wir wissen, daß die lokale Bevölkerung einige Sicherungssysteme hat, die vor Fremden verborgen werden."
„Wenn ein paar Bullen kommen, um dieses Apartment zu untersuchen, und ich ihre Gedanken kontrolliere und sie wegschicke, mit der Suggestion, ich sei nur ein anderer Linganer, dann wäre die Obrigkeit genarrt, nicht wahr?"
„Daran hatte ich nicht gedacht", gab Tor zu. Er war ärgerlich über seinen Mangel an Vorstellungskraft. „Es war so offensichtlich, daß ich es gar nicht gesehen habe."
„So offensichtlich", stellte Harold heraus, „daß die Autoritäten sich darüber im klaren sind, daß genau das geschehen wird, sollten sie mich hier finden."
„Aber warum dann die Ausgangssperre und die Suche?"
„Bluff!" erklärte Harold. „Sie hoffen, mich aus der Reserve zu lokken, oder, wenn das mißlingen sollte, diejenigen zu verängstigen, die mich beherbergen. Sie klopfen gegen die Wände und hoffen, die Ratte beginnt zu laufen. Ich werde nicht laufen. Mit eurer freundlichen Erlaubnis werde ich ganz ruhig hier sitzen bleiben."

„Du kannst gerne hierbleiben“, versicherte Tor. „Wir könnten ein zusätzliches Bett für dich entbehren, und wenn du —“

„Danke“, unterbrach Harold ihn, „aber das brauche ich nicht. Ich schlafe nicht.“

„Nicht?“ sie waren verblüfft.

„Nicht eine Sekunde meines Lebens habe ich geschlafen. Das ist eine Angewohnheit, die wir abgelegt haben.“ Er ging im Zimmer umher und betrachtete dessen Einrichtung. „Ungeduld ist der Fluch von Verschwörern. Nichts zermürbt mehr, als auf das Verrinnen der Zeit zu warten. Ich muß einfach neun Tage warten. Seid ihr wirklich bereit, so lange mit mir zusammenzusein, oder, wenn nicht, könnt ihr mir eine andere Zuflucht verschaffen?“

„Bleib nur“, sagte Tor. „Du entschädigst uns durch deine Gegenwart. Wir können uns beide über unsere weit entfernten Welten erzählen. Wir können uns über die Freiheit der Menschen unterhalten und über Dinge, von denen es nicht ratsam ist, sie außerhalb zu erwähnen. Es ist so schön, zu träumen. Es ist gut, mit Gedanken zu spielen, was man tun kann, wenn man nur eine Möglichkeit findet, es zu tun.“

„Du bist ein wenig pessimistisch“, schwafelte Harold.

Am vierten Tag ertrug er die Untätigkeit nicht mehr. Er verließ die Wohnung und streifte durch die Straßen der Stadt. Zwei weitere zornige Meldungen hatten seine uneingeschränkte Freiheit angeprangert, die letzte lag allerdings drei Tage zurück. Seitdem herrschte Schweigen.

Sein Vertrauen beruhte auf der Vergeßlichkeit der Leute, die sich nicht an die Sendung jenes Morgens erinnern würden, geschweige denn an die vorherigen, und seine Vermutung erwies sich als richtig. Menschen gingen an ihm vorüber, mit ausdruckslosen Gesichtern und Gedanken, die sich mit anderen Dingen beschäftigten. In den meisten Fällen ruhten ihre Augen auf ihm, ohne ihn überhaupt zu sehen. In einigen Fällen waren seine Züge in Erinnerung geblieben, jedoch nicht deren Bedeutung. Je länger er ging, desto sicherer fühlte er sich.

Im Stadtzentrum fand er einen kleinen, modern eingerichteten Laden mit technischen Geräteschaften. Das vereinfachte die Sachlage. Er hatte versucht, eine Möglichkeit zu finden, Melor für ihn einkaufen zu schicken, ohne seinen dummen Stoff, genannt Geld, zu benützen. Der Respekt des Linganers dafür entsprach seiner eigenen Verachtung, aber deshalb konnte er nicht verlangen, daß seine Unterstützer es zu seinen Gunsten ausgaben. Sein Instinkt, nicht seine vernünftige Vorstellungskraft, hatte ihm diese simple Ethik einer geldbeherrschten Welt gezeigt.

Beim Betreten des Geschäfts überflog er dessen Ausrüstung. Hier gab es einige Dinge, die er wollte, andere schienen sich seinen Vorstellungen gemäß umbauen zu lassen. Verschiedene Kulturen erdachten verschiedene Formen der Herstellung. Herkömmliche Stücke würden verändert werden müssen, um seinen fremdartigen Vorstellungen zu entsprechen, aber das einfachste Werkzeug sollte dafür genügen. Er überdachte alles Nötige und suchte sich die Stücke zusammen, wonach er alles gemeinsam dem Verkäufer aushändigte.

Letzterer, ein scharfsinniger Kerl, sah sich die Liste durch und sagte scharf: „Das Material kann zur Mikrowellenstrahlung verwendet werden."

„Das ist mir bekannt", sagte Harold kalt.

„Es darf nicht an die Öffentlichkeit verkauft werden, außer mit offizieller Genehmigung", fuhr er fort. Dann, steif: „Haben Sie eine solche Genehmigung? Kann ich Ihre Identitätskarte sehen?"

Harold zeigte ihm die Karte.

„Ah", flötete der Verkäufer, sein Verhalten änderte sich. „Die Polizei!" Sein Lachen war gekünstelt und gezwungen.

„Ich wollte Ihnen keine Falle stellen. Ich kam, um mir etwas an nötiger Ausrüstung zu holen. Packen Sie es zusammen und geben Sie es mir. Ich habe wichtige Geschäfte und bin sehr in Eile."

„Sicher, sicher." Hin und her huschend und ängstlich um Versöhnung bemüht, vervollständigte der Verkäufer die Ausrüstung und packte sie ein. Dann notierte er sorgfältig Name und Nummer von Harolds Identitätskarte. „Wir buchen das noch wie üblich beim Polizeihauptquartier ab?"

„Nein“, widersprach Harold. „Schreiben Sie es der Analytischen Abteilung des Einwandereramtes gut, Station drei.“

Mit zufriedenem Lächeln verließ er den Laden. Wenn der Bärtige die Rechnung bekam, dann konnte er sie in seinen Analysator stecken und zusehen, wie die Zeiger sich verbogen. Das erinnerte ihn, nun, da er gerade darüber nachdachte, daran, daß es kein allzu großes Verständnis für Humor auf dieser Welt gab.

Wieder wohlbehalten zurück im Apartment der Linganer, begann er, das Eingekaufte auszupacken und zu arbeiten. Seine Helfer waren ausgegangen. Er verschloß die Tür, konzentrierte sich auf seine Aufgabe und arbeitete mit einer Schnelligkeit und Zielstrebigkeit, die seine ehemaligen Fänger erstaunt haben würde. Als er etwa eine Stunde gearbeitet hatte, schrillte das Teleset lautstark, aber er ignorierte es und war noch immer in seine Arbeit vertieft, als die Linganer wenig später zurückkamen. Melor verschloß rasch und vorsichtig die Tür. „Sie machen sich wieder Gedanken wegen dir“, sagte er.

„Tun sie das?“

„Hast du nicht die Fernsehansage gehört?“

„Ich war zu beschäftigt“, erklärte Harold.

„Sie haben entdeckt, daß du die Identitätskarte eines Polizisten hast, und nicht die, die sie zuerst vermuteten. Sie haben die Korrektur und eine weitere Warnung durchgegeben. Der Sprecher war irgendwie verärgert.“

„Das wäre ich auch“, gab Harold zurück, „wenn ich an Sauertopfs Stelle wäre.“

Melors Augen, die die ganze Zeit abwesend auf der Menge Material geruht hatten, mit der Harold arbeitete, erkannten plötzlich, was sie da sahen.

„Heh, wo hast du das alles her?“ fragte er aufgeschreckt. „Warst du etwa draußen!“

„Sicher! Ich mußte diesen Plunder ja von irgendwo oder sonstwo herholen, und ich wußte keinen anderen Weg. Ich konnte es nicht herbeiwünschen. So weit haben wir uns doch noch nicht entwickelt — noch nicht!“ Er sah den unglücklichen Linganer an.

„Nimm's nicht so schwer. Kein Grund, sich Sorgen zu machen. Ich war nur kurze Zeit draußen, ich hätte in dieser Stadt geboren und aufgewachsen sein können, nach all der Aufmerksamkeit, die man mir widmete."
„Hoffentlich." Melor ließ sich in einen Sessel fallen und massierte seine schuppige Haut. Blaue Schattierungen breiteten sich unter seinen Fingern, die die Haut massierten, aus. „Aber wenn du das allzuoft tust, wirst du einmal auf einen Bullen stoßen oder einen Raumfahrer oder einen Drane. Bullen sind auch neugierig. Weltraumfahrer erkennen Außerirdische und vergessen sehr selten einmal ein Gesicht. Dranes wissen zu viel und können zu viel erraten. Es ist gefährlich." Er betrachtete erneut die Geräte. „Was machst du denn da bloß?"
„Ein simples Kontaktgerät."
Wofür ist das?"
„Um Verbindung mit jemand anderem herzustellen." Harold schraubte einen Eisenkontakt in eine Klemme, fügte behutsam einen Kondensator ein, kleiner als ein Knopf, verband ihn durch zwei schmale Lötstellen mit einem Schalter. „Wenn zwei Menschen sich über den Aufenthalt des anderen nicht im klaren sind und sie es erfahren wollen, dann können sie das innerhalb gewisser Grenzen mit einem Kontaktgerät tun."
„Ich verstehe", sagte Melor, der nicht alles verstand. „Warum machst du keinen mentalen Kontakt?"
„Weil die telepathische Reichweite dazu viel zu kurz ist. Gedanken werden mit der Entfernung sehr schnell schwächer, besonders, wenn sich Hindernisse dazwischen befinden."

Die drei beobachteten ihn noch immer neugierig, als er kurz vor Mitternacht mit seiner Arbeit fertig war. Ein kleiner Sender-Empfänger stand vor ihm, der mit drei Antennen versehen war, die erste ein kurzer, vertikaler Stab, die zweite ein kleiner, silberner Ring, um seine horizontale Achse drehbar, die dritte eine kurze, silberne Röhre, kaum merklich gekrümmt und ebenfalls horizontal drehbar.
„Nun noch einstellen", sagte er zu ihnen.

Er schloß die Apparatur an eine Energiequelle an und ließ sie warmlaufen, ehe er sich daran machte, sie mit einem isolierten Schraubenzieher einzustellen.
Das war ein schwieriges Unternehmen. Der Schwingkreis mußte peinlich genau justiert werden, um bei einer Änderung der Resonanz frei schwingen zu können, wenn die Ladekapazität nachließ. Und, sonderbar genug, die Ladekapazität war auf diesem Planeten weitaus größer. Der korrekte Spielraum mußte durch Schätzen und Versuchen gefunden werden, durch vorsichtiges Justieren und Rejustieren.
Er manipulierte die Einstellung mit Fingern, so geübt und geschickt wie die eines Chirurgen. Sein Kiefer schmerzte. Nachdem er eine Einstellung vorgenommen hatte, nahm er die Hände weg. Der Kreisel drehte sich kurz. Er versuchte es wieder und wieder. Schließlich erhob er sich, entfernte sich von dem Gerät und massierte seinen Unterkiefer, der noch immer schmerzte, und schaltete die Energiezufuhr ab.
„Das wird genügen“, meinte er endlich.
„Willst du ihn denn jetzt nicht benützen?“ erkundigte sich Melor verblüfft.
„Das kann ich nicht. Niemand hält gerade nach mir Ausschau.“
„Oh!“ Das Trio war verwirrter denn je. Sie gaben es auf und gingen zu Bett.

Der neunte Tag brach an, er unterschied sich in nichts von den vorangegangenen. Die Sonne ging auf, und die zentrale Metropole des Imperiums erwachte zum Leben.
Als Melor aufstand, sagte Harold zu ihm: „Ich glaube, heute ist dein freier Tag. Hast du etwas Besonderes vor?“
„Nichts Wichtiges. Warum?“
„Das Spiel beginnt heute, oder sollte heute beginnen, wenn meine Planungen richtig sind. Ich könnte deine Hilfe brauchen.“
„In welcher Weise?“
„Du könntest mir außerordentlich behilflich sein, wenn wir auf jemanden treffen, der seine Gedanken kontrollieren oder verber-

gen kann. Haß oder Feindseligkeit sind keine Gedanken — sie sind Emotionen, aus denen antagonistische Gedanken geboren werden. Ihr Linganer sprecht auf solche Emotionen an. Ihr könnt im Herzen noch immer lesen, lange nachdem der Verstand sich mir verschlossen hat."

„Ich verstehe, was du meinst, nicht aber den Zweck", gab Melor zurück.

„Schau her", erklärte Harold geduldig, „wenn ich sage, der Spaß beginnt, dann verstehe ich darunter kein Entfesseln von Gewalttaten. Es gibt bessere Wege. Es ist möglich, zur Erläuterung, das Schicksal zu wenden, nur indem man die richtigen Worte zur richtigen Zeit an die richtige Person richtet. Das gezückte Schwert hat nicht die Macht der geschickten Zunge. Und die Zunge hinterläßt keinerlei Spuren." Er lächelte grimmig. „Mein Volk hatte eine Menge schmutziger Methoden. Aber wir benutzen sie nicht mehr, heutzutage. Wir sind erwachsen geworden."

„So?" trompetete Melor.

„Daher bin ich gezwungen, dir zu folgen, wenn ich gegen eine Person mit verschlossenen Gedanken antrete."

„Das ist einfach. Ich kann dir sagen, wenn Haß, Furcht oder freundschaftliche Gefühle bei jemandem auftauchen."

„Genau das, was ich brauche", sagte Harold enthusiastisch. „Meine Lebensform hat ihre Schwächen, genauso wie ihre Stärken, und wir halten uns das immer wieder vor Augen. Das letztemal, als einige von uns das vergessen haben, hielten sie sich für eine Kollektivform von Gott. Verblendung führt zum Tod."

Seine Zunge spielte wie in Gedanken mit einem Zahn, während sein Blick zu dem Sender-Empfänger glitt, der in einer Ecke des Raumes stand.

Bis zum Mittag geschah nichts mehr. Die beiden steckten den ganzen Vormittag zusammen, der Flüchtling bereit und wachsam, sein Gastgeber unruhig und gedankenverloren still. Am Nachmittag schrillte das Fernsehgerät, und Melor schaltete es ein.

Helman erschien auf dem Bildschirm. Er starrte geradewegs auf das zuschauende Paar, als sehe er sie genauso deutlich wie sie ihn sehen konnten. Seine dunklen Züge waren mürrisch.

„Dies ist eine speziell an das als Harold Harold-Myra bekannte Subjekt gerichtete Fernsehsendung", eröffnete Helman, „oder an jeden Bürger, der illegalen Kontakt mit ihm unterhält. Nehmen Sie zur Kenntnis, Harold Harold-Myra, daß eine Auflistung aller über Ihre Welt bekannten Daten dem Exekutivrat vorgelegt wurde, der entschieden hat, daß es im Interesse des Imperiums unumgänglich nötig ist, Ihre Lebensform schnellstmöglich auszulöschen. Morgen nachmittag wird eine Order an alle erreichbaren Kriegsschiffe ergehen, mit dem Befehl, Ihren Heimatplaneten unverzüglich anzufliegen und zu vernichten — es sei denn, Sie hätten es sich in der Zwischenzeit anders überlegt und wären zu neuen Verhandlungen bereit, was es dem Exekutivrat ermöglichen würde, seine getroffene Entscheidung zu revidieren."

Helman hielt inne, leckte sich die Lippen. Seine Miene war die eines Mannes, der gerade eine schwere Rüge hat einstecken müssen.

Er fuhr fort: „Diese Ansage wird in einer Stunde wiederholt werden. Zuschauer, die in Kontakt mit dem Flüchtling stehen, werden aufgefordert, diesen darauf hinzuweisen, da das die letzte Warnung sein wird." Sein Ärger vertiefte sich, als er endete: „Im Fall seiner unverzüglichen Rückkehr wird der Legislativrat Gnade walten lassen denen gegenüber, die das Subjekt unterstützt haben."

Der Bildschirm wurde leer.

„Matt in einem Zug", sagte Melor düster. „Wir hatten dir gesagt, es sei reine Zeitverschwendung, hier zu sitzen und Verschwörungen zu planen. Früher oder später kriegen sie jeden."

„Es ist ein Schachspiel — und wir sind am Zug."

„Nun gut — und wie sieht dein Zug aus?"

„Das weiß ich noch nicht. Wir müssen abwarten. Wenn du lange genug am Kamin sitzen bleibst, wird der Nikolaus herunterkommen."

„Wer, im Namen der blauen Sonne, ist der Nikolaus?" fragte Melor ratlos.

„Der Mann mit einer Million Lutscher."

„Lutscher?"

„Dinge zum Lecken."
„Oh, Kosmos!" sagte Melor. „Welcher Wahnsinnige möchte denn eine Million Dinge zum Lecken haben? Hat das etwas zu tun mit deiner Bemerkung über geschickte Zungen? Wenn ja, dann sind wir geleckt."
„Vergiß es", gab Harold zurück. „Ich spreche in Rätseln, um mir die Zeit zu vertreiben.
Ein plötzlicher Schmerz pulsierte in seinem Kieferknochen. Er schrie auf, was den ohnehin schon nervösen Melor zutiefst erschreckte. Er steckte zwei Finger in den Mund und löste die Krone von einem der hinteren Backenzähne, holte sie heraus und legte sie auf den Tisch. Ein kleiner Kristallsplitter glitzerte im Inneren der Krone. Der Kristall fluoreszierte. Melor betrachtete ihn fasziniert. Harold schaltete mit einer raschen Bewegung den Sender-Empfänger ein und ließ ihn warmlaufen. Ein leises, hochfrequentes Pfeifen drang aus seinem kleinen Lautsprecher. Er drehte den Kreisel langsam, das Pfeifen verstärkte sich, wurde dann aber leiser und verschwand gänzlich. Vorsichtig tarierte er den Ring aus, um das Signal zurückzubringen, und drückte einen Knopf. Der Ton wurde lauter.
„Diese Seite", murmelte er und justierte den Kreisel in der Nähe des zuschauenden Melor.
Er drehte den Ring wieder in die Position, in der das Pfeifen verstummt war, dann schaltete er den Sender ein, schwang seine gekrümmte Röhrenantenne, bis sie parallel zur Ringantenne des Empfängers stand. Erneut justierte er den Ring, und das Signal kam wieder. Er wartete gespannt. Nach kurzer Zeit verwandelte sich das Signal in drei kurze Pfeiftöne, wurde aber dann konstant. Er drehte dreimal an der Sendeeinstellung.
Eine halbe Stunde warteten die beiden, während das Pfeifen sich nicht änderte und in regelmäßigen Intervallen die drei Töne von sich gab. Dann, plötzlich, schwoll das Geräusch an und lieferte einen Heulton.
Behutsam wiederholte Harold alle Bewegungen der Antenne, diesmal nach einer anderen Richtung. Drei Piepser ertönten als Ergebnis seiner Bemühungen, und wieder schaltete er den Emp-

fänger erwartungsvoll ein. Eine weitere lange Wartezeit. Dann, langsam und schwach, erklang eine Stimme in seinen Gedanken.
Ein Auto. Ein blaues Auto.
Er ging zum Fenster und sah hinunter auf die Straße. Von der Höhe des zehnten Stockwerkes aus hatte er einen genauen Überblick über mehrere Blocks nach beiden Richtungen. Er fand eine Menge Autos auf der Straße, ein halbes Dutzend davon blau.
Halte an, steig aus und wieder ein, dachte er. Er wiederholte den mentalen Impuls und strahlte ihn mit maximaler Verstärkung ab. Ein Auto hielt, eine menschliche Gestalt stieg aus, sah sich kurz um und stieg wieder ein. Es war ein blaues Auto.
Harold durchquerte den Raum, unterbrach den Kontakt und ging zum Fenster zurück. Er blickte hinab und dachte angestrengt: *Ich glaube, ich habe dich. Fahr langsam weiter... langsam... da sind wir... halte hier! Das Gebäude zu deiner Rechten. Zehn Stockwerke hoch.*
Er beobachtete weiterhin die Straße, als das blaue Auto am gegenüberliegenden Straßenrand einparkte. Zwei Männer stiegen aus und überquerten mit zwangloser Lässigkeit die Straße, verschwanden unter ihm. Kein anderes Fahrzeug hielt, niemand folgte den beiden ins Haus.
Eine Stimme drang unvermittelt zu ihm durch. *Werden wir verfolgt?*
Ich sehe nichts.
Gut.
Melor sagte wehleidig: „Ich weiß, daß du dich mit jemandem unterhältst. Dem Nikolaus vermutlich? Wie du die Zahnschmerzen anderer Leute erkennen kannst, ist mir ein Rätsel."
„Unser Pochen ist auch nicht übler als euer Flimmern."
„Du hüpfst herum", sagte Melor. „Und in Übereinstimmung mit dir zittern wir. Eines Tages werden wir auf eine andere Lebensform stoßen, die sich in Kreisen herumkugelt wie mentale Derwische. Oder Wesen, die in der Lage sind, logische Schlüsse zu ziehen, ohne überhaupt zu denken, eine Art Bohr-Denker, der direkt vom Anfang zum Ende springt, ohne die dazwischenliegen-

de Distanz zu berühren." Er sah sich um, fand den Kristall noch immer auf dem Tisch, er bemerkte, daß das Glühen nachgelassen hatte. „Es ist besser, wenn du deinen Schlüsselfrequenzwandler in dein Gesicht zurücktust, bevor jemand sich einen Ring daraus machen läßt."

Harold lächelte, nahm den Kristall und schraubte ihn an seinen Platz zurück. Als er die Tür öffnete und hinaussah, stieg das Paar aus dem Auto gerade aus dem Schwebefahrstuhl. Er bat sie herein, verschloß die Tür hinter ihnen und stellte sie dem Linganer vor.
„Das ist Melor, ein Freund von Linga. Melor, das sind George Richard Eve und Burt Ken-Claudette."
Melor betrachtete die Neuankömmlinge mißtrauisch, geschniegelte Raumuniformen, der silberne Komet glänzte auf ihren Epauletten. „Tja, sie riechen gut, aber sehen schlecht aus", kommentierte er. „Als nächstes wirst du einen gutriechenden Dranen herbitten!"
„Wohl kaum." Harold lachte.
Burt setze sich und sagte zu Harold: „Du kennst die Einheimischen inzwischen. Hältst du sie für klug genug, um diese Sendung ebenfalls empfangen zu haben, und wenn ja, wieviel Zeit werden sie uns geben? Wenn es zu knapp ist, können wir ins Auto gehen und etwas Zeit gewinnen."
„Sie wissen, wie ich das Material bekommen habe, woher ich es bekommen habe und seinen Verwendungszweck. Und wenn sie nicht gänzlich tolpatschig sind, dann werden sie schon aufgepaßt haben", antwortete Harold. „Ich schätze, sie brauchen etwa eine halbe Stunde."
Das genügt."
„Unterhaltet euch doch mental, wenn das einfacher für euch ist", warf Melor ein. „Mir macht es nichts aus."
„Du bist mit drin", erklärte Harold ihm, „daher unterhalten wir uns normal. Du hast ein Recht darauf, zuzuhören." Er wandte sich an Burt. „Was läuft denn so?"
„Auf vier von den fünfen ist die Hölle los. Der fünfte erwies sich als nutzlos für unsere Zwecke: Es gibt dort nichts, außer einigen

zeitlich amtierenden Bürokraten mit guter Bezahlung. Aber vier sollten genügen, denke ich."
„Nur weiter."
„Alle Auserwählten sind aufgebrochen, und die ersten von ihnen müßten etwa zu dieser Zeit ihre Ziele erreicht haben. Das nächste System ist sechs Tage entfernt, so daß sie genügend Spielraum haben müßten." Er fuhr sich durch sein dunkles Haar und blickte nachdenklich drein. „*Nemo* kann jetzt jeden Moment platzen. Das war eine schwierige Aufgabe! Wir bekamen vierzig Leute davon, aber wir mußten den ganzen Ort durchkämmen, um das letzte Paar zu finden. Wir haben sie weggebracht. Sie sind in Sicherheit."
„Gut."
„Das war eine Lehre", fuhr Burt fort. „Besser als in den Zoo gehen. Auf Nummer drei gibt es ein Untergrund-Nachrichtensystem, das man gesehen haben muß, um es glauben zu können. Mit ‚Untergrund' meinen sie zehntausend Fuß hoch. Wie glaubst du, machen sie es?"
„Ich habe keine Ahnung", sagte Harold.
„Weiße Vögel! Unter den untergeordneten Lebensformen gibt es eine mit einem Schnabel und Federn. Sie reden mit Vögeln. Sie zwitschern und schnattern mit ihnen, und jeder Vogel versteht, was gemeint ist."
„Orniths", informierte ihn Melor. „Sie stammen eigentlich von Gronat, der achthundertsten Eroberung des Imperiums. Sie sind weit verstreut, und nur wenige befinden sich hier, vielleicht ein Dutzend oder so. Wenn ihr Zeit habt, das Imperium zu durchreisen, dann werdet ihr noch seltsamere Lebensformen finden. Und die Humanoiden verachten sie nicht alle."
„Es scheint, als mögen sich die Humanoiden untereinander nicht einmal", meinte Burt. „Für die meisten von ihnen ist ein Bruder von einem Nachbarplaneten ein Fremder."
„Noch immer im Vorschulalter", sagte Harold. „Rah-rah und das alles."
Burt nickte und sprach weiter: „Wie du weißt, mußten wir zu schnell in zu kurzer Zeit reagieren, um alles wirklich gründlich

zu erledigen, aber was getan wurde, scheint zu genügen, um zu demonstrieren, was getan werden könnte — und darauf kommt es an." Ein abwesender Ausdruck kam in seine Augen. „Als wir triumphierend unsere Brüder über dem Wasser ausstießen, da glaubten wir nicht, daß sie zurückkommen würden — völlig naß."

„Dann hast du eine Bestätigung dessen gefunden?"

„Zahllose", antwortete Burt. „Und du?"

„Einige Hinweise darauf." Harold ging zum Bücherregal und nahm sich einen dicken Wälzer mit dem Titel *Die Wahl des Imperiums.* Er überflog die Seiten, bis er eine Illustration fand, die er Burt zeigte. „Schau!"

„Puuh!" sagte Burt.

„Das Kreuz des Ursprungs", hauchte George, der über Burts Schulter blickte. „Und der Unendliche Kreis."

„Dieses Regal quillt über vor Informationen", erzählte Harold, während er das Buch zurückstellte. „Ich habe mir die Bücher durchgesehen wie ein Mann in einem seltsamen Traum." Er kam zurück und setzte sich. „Noch mehr zu berichten?"

„Nicht viel. Jon ist auf Nummer drei geblieben. Er hatte eine Glückssträhne und erwischte den Herrn — eine fette Person namens Amilcare. Zu manchen Zeiten weiß Seine Eminenz nicht, welcher Schuh zu welchem Fuß gehört."

Harold öffnete den Mund zu einer Erwiderung und schloß ihn wieder, ohne etwas gesagt zu haben. Seine mentale Wahrnehmung sprach an und lauschte aufmerksam. Auch Burt und George waren aufmerksam geworden. Melor begann nervös zu werden. Zum erstenmal sah Harold ein Büschel feinster Haare an den Rändern der Ohren des Linganers, die jetzt voll aufgerichtet waren und zitterten.

„Es stinkt nach Feindseligkeit", erklärte Melor unbehaglich. In seiner leichtfüßigen, gelenklosen Gangart ging er zum Fenster.

Ein heller Aufruhr herrschte im Äther, eine verwirrende Gedankenanhäufung, aus der man nicht mehr als seltsame, zusammenhanglose Phrasen aufschnappen konnte.

Stellt sie an diesem Ende auf... rumpel, rumpel... ja, besetzt das Erdgeschoß... rumpel, peng, peng... arbeitet euch hoch... rumpel... zehn von euch... achtet besonders auf... vielleicht sind sie...

„Ich erwarte Besucher", sagte George leichthin. Er ging ans Fenster zu Melor.

Die anderen folgten, und gemeinsam sahen sie auf die Straße hinunter. Dort herrschte eine Betriebsamkeit wie in einem Ameisenhaufen. Ein Dutzend Autos war an einem Ende der Straße zusammengezogen und blockierte es vollständig. Ein weiteres Dutzend bezog gerade Position, um auch das andere Ende abzuriegeln. Weitere Fahrzeuge sperrten die Seitenstraßen ab. Etwas Unsichtbares dröhnte über ihren Köpfen, es klang wie das Brummen unzähliger Helikopter. Mehr als zweihundert Männer waren in kleineren Gruppen entlang der Gehwege postiert.

„Ihre Peilung scheint sehr grob gewesen zu sein." Burt zog der Kohorte unten eine Grimasse. „Sie haben die Straße herausgefunden aber nicht das Gebäude. Ich bin enttäuscht über diese Schlamperei."

„Es ist gut genug", antwortete Harold. Erneut durchkämmte er das telepathische Band, fand aber nur menschliche Gedanken, willkürlich und unkontrolliert. „Wir könnten hinuntergehen und ihnen ein wenig Arbeit abnehmen, aber ich bin neugierig auf diese Spatzenhirne da unten. Sicherlich haben sie etwas Leistungsfähigeres mitgebracht."

„Probier es aus", schlug Burt vor.

„Sie öffneten ihre mentale Gedankensperre und ließen ihre Gedanken frei ausströmen, um ihren genauen Standort zu verraten. Sofort wurde der Lärm von einem fremdartigen Verstand übertönt, der sich im Äther ausbreitete. Er war klar, scharf, durchdringend und von beachtlicher Stärke.

Sie sind in dem Gebäude dort! Zehn Stockwerke hoch! Drei von ihnen und ein Linganer. Sie wollen keinen Widerstand leisten!

„Ein Drane", sagte Harold.

Es war weder möglich, in dem Gewirr von Menschen und Fahrzeugen den Standort dieser Kreatur auszumachen, noch gelang

es ihm, die ungefähre Richtung herauszufinden, denn nachdem der Fremde alles, was ihm wichtig schien, gesagt hatte, hatte er seine Gedanken wieder verschlossen, und sein mächtiger Impuls war verschwunden.
„Den Impulsen nach zu urteilen, war dort unten ein Drane", offerierte Melor verspätet. „Habt ihr ihn gehört? Ich habe nicht verstanden, was er gedacht hat."
„Er hat unsere Position erfahren. Er hat dein Spektrum erkannt und gesagt, daß sich ein Linganer bei uns befindet."
„Und was sollen wir jetzt unternehmen? Stehen wir hier wie die Schafe und warten, bis sie kommen, um uns zu holen?"
„Ja, informierte Harold ihn.
Melors Gesicht zeigte deutlich das erwartete Martyrium, aber er sagte nichts weiter dazu.

Die Enthüllung des Drane löste keine nennenswerte Reaktion aus. Aus Gründen, die den Zuschauern verborgen blieben, geschah lange Zeit nichts. Die Ruhe endete mit einem Auto, das die Straße entlangröhrte, von drinnen sprach ein mit Silber übersähter Offizier durch ein Schaufenster mit den Leuten. Wie ein Mann stürmten die uniformierten Gruppen dem Eingang des Gebäudes entgegen.
Es war Melor, der das Tor öffnete und einen Polizeicaptain und sechs Männer hereinließ. Alle sieben trugen die leeren Gesichter von Männern zur Schau, die sich nicht vorstellbaren Gefahren gegenübersehen, und alle sieben waren bewaffnet. Kleine Blaster, vergleichbar mit dem, den Harold so anrüchig gefunden hatte, lagen schießbereit in ihren Händen.
Der Captain, ein großer, kräftiger Mann, aber mit bleichem Gesicht, betrat den Raum mit gezückter Waffe und spulte hastig seine vorbereitete Rede herunter.
„Hört mir gut zu, ihr vier, bevor ihr irgendwelche Tricks versucht. Wir haben die Kontrollen dieser Waffen verändert. Sie sind sicher, solange wir die Abzüge gespannt halten, gehen aber sofort los, wenn unser Händedruck nachläßt — und Hypnose ist immer von einer unwillkürlichen Muskelentspannung begleitet, die auch

ihr nicht verhindern könnt!" Er schluckt hart. „Jeder noch so clevere Trick wird nichts weiter tun, als diesen Platz in ein Schlachthaus verwandeln. Außerdem sind noch weitere Männer außerhalb, noch mehr auf den anderen Stockwerken und noch mehr auf der Straße. Ihr könnt mit dieser Menge sicherlich nicht fertigwerden."

Harold lächelte ungezwungen und antwortete: „Sie führen uns in Versuchung, Sie zu zwingen, diese Spielzeuge aus dem Fenster zu werfen und Ihre Unterhosen hinterher. Aber wir wollen mit dem Exekutivrat verhandeln und haben keine Zeit, uns zu vergnügen. Gehen wir."

Der Captain wußte nicht, ob er sich ärgern oder wundern sollte. Vorsichtig stand er auf der Seite, als die vier durch die Tür gingen. Die Eskorte war ebenfalls argwöhnisch. Sie umringten das Quartett, aber nicht zu nahe, mit der Miene von Männern, die Vipern an ihrer Brust liebkosen müssen.

Während sie den Korridor entlang zum Schwebefahrstuhl gingen, stupste Burt den ihm am nächsten gehenden Wächter an und erkundigte sich: „Wie ist Ihr Name?"

Der Bursche, ein schlacksiger Mann mit buschigen Augenbrauen, war überrascht und reserviert, als er antwortete: „Walt Bron."

„Tss!" sagte Burt.

Dem Wächter gefiel dieses ‚Tss' gar nicht. Seine Brauen zogen sich zusammen, seine Augen bekamen einen dümmlichen Ausdruck, während sein Geist mit sich selbst sprach: *Warum wollte er meinen Namen wissen? Warum ausgerechnet ich? Ich habe ihm doch nichts getan? Was hat er jetzt vor?*

Burt grinste breit, sein eigener Verstand griff nach denen von George und Harold. *Etwas hat sie beunruhigt, da die Höheren es vorgezogen haben, ihnen nicht viel zu erzählen.*

Ja — es sieht aus, als ob es Ärger in einflußreichen Kreisen gegeben hat und man diesen an den Bullen ausließ. Offensichtlich dringen die Neuigkeiten durch. Pause. *Fühlst du eine Sondierung!*

Nein.

Wir ebenfalls nicht. Dieser Drane muß gegangen sein. Pause. *Zu dumm, daß wir mit Melor nicht auf diese Art und Weise reden können. Er geht hinter uns, wie ein Fatalist, der seinen sicheren Tod vorhersieht.* Pause. *Hat eine Menge Mumm erfordert, wie er uns einfach so vertraute.*

Ja — wir werden uns um ihn kümmern!

Sie erreichten die Aufzüge. Die Etage war überfüllt mit Polizisten, einige drängten sich bereits in das verlassene Apartment, um es zu durchsuchen.

Sie bestiegen den Schwebefahrstuhl, das gefangene Quartett und die sieben Wächter, und aktivierten ihn. Die gläsernen Türen schlossen sich. Der stämmige Captain drückte einen Knopf, und der Fahrstuhl fuhr gemütlich in die Höhe, während die Insassen mit unverhohlenem Interesse die Stockwerksanzeige betrachteten. Sie hielten im siebenundzwanzigsten Stock.

Der Captain ließ die Türen nicht öffnen. Seine ganze Aufmerksamkeit galt der Anzeige, während sich sein Kalbsgesicht langsam verfärbte. Plötzlich schlug er mit seinem großen Daumen gegen den Knopf des Erdgeschosses, und der Fahrstuhl sauste nach unten.

Harold: *Wer war das?*

Burt: *Ich. Ich konnte nicht anders.* Dann laut: „Ich habe gar nicht gemerkt, daß die Gewehre losgegangen sind. Ihr etwa?

Die anderen Gefangenen grinsten. Der Captain starrte auf den nach oben eilenden Fahrstuhlschacht, sagte aber nichts. Die Unbehaglichkeit der Eskorte zeigte sich noch offensichtlich auf ihren Gesichtern.

Eine beachtliche Ehrengarde hatte sich zwischen der Front des Gebäudes und dem wartenden Auto aufgereiht. Über sechzig Gewehre wurden auf beiden Seiten bereit gehalten — in achtloser Gedankenlosigkeit, denn einer hätte nur irgend etwas anfangen müssen, um dann zuzusehen, wie das Feuer der einen Reihe die Hälfte der anderen Reihe niedermachte, was dem Tod ein reiches Futter liefern würde.

Die vier stiegen in das wartende Auto, der Fahrer wirkte nicht gerade glücklich über die Ankunft. Ein Bulle saß zu seiner Unterstützung neben ihm. Das Auto ließ seine Düsen aufheulen und startete, mehr als ein halbes Dutzend Autos voraus und ein volles Dutzend hinterher. Es war eine Prozession, die dem wichtigsten Staatsbegräbnis des Jahres alle Ehre gemacht hätte, auch die Geschwindigkeit war dem angemessen, als sie sich durch ein Gewirr von Seitenstraßen dem Stadtrand näherten. Einhundertfünfzig Meter über ihnen flog ein Helikopter und zwei Gyros, die gewissenhaft jeder Biegung und Kurve ihres Weges folgten.
Ihr Ziel stellte sich als immenser, nadelähnlicher Wolkenkratzer heraus, hoch, schlank, ehrerbietig. Er ragte majestätisch aus hübsch angelegten Rasenflächen empor, die von einer hohen Mauer umgeben waren, man konnte die spinnennetzförmige Anordnung eines Fotozellenwarnsystems sehen. Als sie durch das Tor glitten, konnten die Gefangenen einen kurzen Blick auf die Alarmanzeigetafel werfen, die sich versteckt im Innern der steinernen Torfestung befand, eine Gruppe schwerbewaffneter Wachen saß auf einer Bank.
„Der Palast des Rates“, informierte Melor. „Hier machen sie Welten und zerbrechen sie — das wird zumindest behauptet.“
„Sei still!“ fuhr der Bulle vorn ihn an. Dann, mit hoher mechanischer Stimme: „Es sind Feen im Dickicht meines Gartens!“
„Wirklich?“ fragte Burt verwundert, der ehrliche Überraschung heuchelte.
Das finstere Gesicht des Bullen wurde bleich. Seine Hand umklammerte seinen Blaster, in seiner Angst vergaß er vollkommen, daß ein festerer Druck vollkommen nutzlos war.
Laß ihn in Ruhe, Burt! dachte Harold.
Ich mag ihn nicht, entgegnete Burt. *Seine Ohren stehen ab.*
„Wie er nach Wahnsinn riecht!“ kritisierte Melor offen.
Die Unterhaltung erstarb, als die Prozession vor dem reich verzierten Eingang des Wolkenkratzers anhielt. Das Quartett stieg aus und durchschritt eine neue, kriegerische Ehrengarde, betrat dann das Gebäude. Dort wurden sie von weiteren schwarz uniformierten Männern in ein Apartment zwei Stockwerke höher ge-

führt, das ein Stahl-Beryllium-Gitter anstelle einer Tür hatte. Der letzte Mann versperrte das Gitter mit einem monströsen Schlüssel und verschwand.

Noch ehe die Gefangenen Zeit gehabt hatten, ihr neues Gefängnis zu untersuchen, erschien ein Aufseher, schob Nahrungsmittel zwischen den Gitterstäben hindurch und sagte: „Ich habe den Schlüssel nicht und habe auch keine Ahnung, wer ihn hat. Ich kann es auch nicht herausfinden. Wenn ihr etwas benötigt, dann ruft nach mir, aber glaubt nicht, daß ihr mich zum Öffnen verleiten könnt. Das könnte ich auch nicht, selbst wenn ich es wollte — was natürlich nicht der Fall ist.

„Mein Lieber“, sagte Burt, „das ist nicht nett von dir.“ Er ging zum Gitter, schwang es nach innen und schaute auf den erschrockenen Aufseher. Dann fuhr er fort: „Geh hinunter und sag dem Rat, wir fühlen uns sehr wohl, und sie sollen sich bereithalten. Wir werden in Kürze nach ihnen rufen lassen.“

Der zu Tode erschrockene Aufseher kam wieder zu sich. Er drehte sich um und stob davon, als säße ihm der Teufel im Nakken.

„Wie habt ihr das gemacht?“ fragte Melor mit weit aufgerissenen Augen. Er schlich geschmeidig zu dem Gitter und schwang es in den Angeln hin und her.

„Der Gentleman mit dem Schlüssel schloß ab und anschließend wieder auf, zufrieden, seine Pflicht erfüllt zu haben.“ Burt seufzte. „Das Leben ist voller Enttäuschungen.“ Er öffnete ein Paket und untersuchte dessen Inhalt. „Calorbix!“ stieß er angeekelt hervor und stellte das Paket auf den Tisch.

„Hey, sie kommen!“ rief George.

Eine Horde kam. Sie verschlossen das Gitter, sicherten es zusätzlich mit zwei schweren Ketten und verschlossen diese wiederum mit Vorhängeschlössern. Die vier sahen in amüsiertem Schweigen zu. Ein eindrucksvoller kleiner Mann, mit viel Silber über seine Brust verteilt, versicherte sich des Gitters, rüttelte mit aller Kraft daran. Zufrieden schnitt er den vieren eine bösartige Grimasse und ging. Die Horde folgte ihm. Burt strolchte ruhelos im Zimmer umher. „Da sind Kameras, die uns beobachten. Mi-

krofone, die uns belauschen, und, nach allem, was ich weiß, auch einige verfluchte Apparätchen, die uns riechen. Ich hab das alles satt. Laßt uns vor den Rat gehen."
„Ja, es wird Zeit, daß wir das tun", stimmte George ein.
„Je früher, desto besser", fügte Harold hinzu.
Melor sagte nichts dazu. Die Unterhaltung seiner Freunde, so dachte er, war oftmals verwirrend und schien unlogisch. Sie hatten eine Art, die merkwürdigsten Einstellungen auszusprechen. So beschäftigte er sich damit, auf das Gitter zu starren, das nichts, außer vielleicht einer Art flüssiger Lebensform, durchdringen konnte, und fragte sich, ob Tor und Vern ebenfalls in die Falle getappt waren. Er hoffte es nicht. Besser, ein Linganer wurde exekutiert anstatt dreien.
Eine Minute später kam der Mann mit den Schlüsseln zurück, begleitet von zwei Wachen und einem großen, grauhaarigen Offizier in Lindgrün. Das Zeichen des Silbernen Kometen glitzerte auf seinen Schulterklappen. Sein durchdringender Blick ruhte auf dem Aufseher, als dieser griesgrämig die Hängeschlösser öffnete, die Ketten entfernte und das Gitter löste.
Dann sagte er zu den vieren: „Beachtlich, beachtlich." Er wartete auf eine Antwort; als keine erfolgte, fuhr er fort: „Dieser Aufseher hat nicht die geringste Ahnung, was er macht. Wie der Rat vermutet, habt ihr ihn dazu gezwungen, zurückzukehren und das Tor zu öffnen. Wir hielten ihn unter Beobachtung. Es war eine interessante Demonstration, was Hypnose alles erreichen kann." Sein Lächeln war liebenswürdig. „Aber ihr habt ihn nicht in Begleitung zurückerwartet, he?"
„Was spielt das für eine Rolle?" gab Harold zurück. „Ihr Gehirn zeigt an, daß der Rat bereit ist, sich mit uns zu befassen."
„Ich verschwende meinen Atem mit dem Reden." Der Offizier machte eine Geste der Sinnlosigkeit. „In Ordnung. Folgt mir."

Der Rat war nicht sehr groß. Seine Stärke bestand aus nur acht Personen, alle, außer zweien, humanoid. Sie saßen an einem langen Tisch, die Menschen in der Mitte, ein Nichthumanoider an jeder Seite. Das Ding an der äußersten Rechten hatte einen Kopf wie eine purpurne Kugel, glatt, glänzend, haarlos, keine Gesichtszüge, ausgenommen ein Paar einziehbarer Augen. Darunter war mantelverhüllte Formlosigkeit, es schien weder Schultern noch Arme zu geben. Es war so abscheulich, wie das Geschöpf zur Linken hübsch war. Der an der linken Seite hatte ein flaches, kreisrundes, goldenes Gesicht, eingerahmt von goldenen Blütenblättern, groß und leuchtend. Der Kopf wurde gestützt von einem kurzen, faserigen, grünen Genick, von dessen Knospen lange, zarte Arme ausgingen, die in Tentakeln endeten. Zwei schwarze, knorrige Staubblätter ragten aus dem Gesicht und ein weiter, beweglicher Mund war unter ihnen zu sehen. Es war sehr schön, wie ein Blume.

Zwischen dem Tisch und den staunenden Gefangenen ragte eine Drahtbarriere auf. Harold, Burt und George konnten *sehen*, daß sie geladen war, ihre Wahrnehmungen untersuchten sie behutsam. Gleichzeitig erkannten sie die Funktionsweise, es handelte sich um eine Wechselstromsammelschiene, über einem pulsierenden Potential. Zweihundert Impulse pro Minute, mit einer minimalen Spannung von viertausend Volt, die nach jedem zehnten Impuls auf siebentausend Volt anstieg.

„Hypnotische Abwehr!" erklärte Burt. Er war erstaunt. „Aber das schwächt nicht die Nervenstrahlung. Das sind andere Wellenlängen. Könnt ihr hören, was sie denken?"

„Keinen Ton", antwortete Harold. „Ich konnte deine Gedanken, während du sprachst, ebensowenig verstehen."

„Auch ich habe den Kontakt verloren", warf George ein. „Irgend etwas, aber nicht dieser Schirm, strahlt einen konstanten Basisimpuls aus, der das telepathische Band stört."

Angewidert schnüffelnd warf Melor ein: „Jetzt komme ich zum Zug. Ich kenne den Grund. Es ist ein Drane im Raum. Er macht das."

„Bist du dir dessen sicher?"

„Ich kann ihn riechen." Er deutete auf das blumenähnliche Gebilde zur Linken. „Dranes können nicht sprechen. Sie haben keine vokalen Laute. Die Floraner fungieren als ihre Dolmetscher — darum ist dieser auch hier."

Einer der Menschen des Rates, ein stiernackiger, pausbäckiger Mann, beugte sich nach vorn und sah die vier mit funkelnden Augen an. Seine Stimme war rauh.

„Der Linganer hat recht. Da wir uns weder hier versammelt haben, um eure fremdartigen Mätzchen zu bestaunen, noch um uns eure Lügen anzuhören, dafür aber, um die Wahrheit mit Gerechtigkeit und Weisheit herauszufinden, halten wir es für notwendig, einen Dranen hinzuzuziehen."

Mit diesen Worten machte er eine dramatische Geste. Der Floraner griff mit einem Tentakel hinter den Tisch, hob den verborgenen Drane empor und setzte ihn auf die polierte Oberfläche.

Mentale Vorstellung, erkannte Harold, hatte ihm ein korrektes Bild vom Aussehen und Auftreten vermittelt, ihm die Größe aber verborgen. Er hatte fest angenommen, der Drane habe eine Größe ungefähr vergleichbar mit seiner eigenen. Aber diese Kreatur war nicht größer als seine Faust. Ihre Winzigkeit schockierte ihn.

Das Geschöpf war echsenähnlich, aber nicht so sehr wie zuerst vermutet, und nun, da er es von Angesicht zu Angesicht sah, wirkte die winzige, aber perfekte Uniform absurd. Während sie noch darauf starrten, betrachtete das Ding sie, mit Augen wie Nadelstiche flammenden Karmesinrots, gleichzeitig verschwand das mentale Dröhnen, eine psychische Flut durchdrang den Schirm und griff nach ihren Gedanken.

Aber die Schilde der drei waren undurchdringlich, während der vierte — der Linganer — die Kraft nur als ein akutes Kribbeln fühlte. Der Druck wurde stärker und stärker, es war erstaunlich, daß ein so kleines Gehirn eine solche mentale Kraft aufbringen konnte. Es fühlte, erprobte, drückte und stach, seine Gewalt vermehrte sich, ohne zu erlahmen.

Mit schweißgebadeten Gesichtern starrten die drei ebenso unnachgiebig immer auf dieselbe Stelle der Uniformjacke des Drane, während sie ihre Schilde dem unsichtbaren Angriff entgegensetzten. Melor setzte sich auf den Boden, verbarg den Kopf in den Armen und schaukelte langsam von Seite zu Seite. Der Rat beobachtete das Schauspiel ungerührt. Die Augen des Dranes waren feurige Juwelen.

„Hört auf damit“, flüsterte Harold. „Wir sind nahe dran.“
Wie es die Eidechsen tun, verharrte der Drane unbeweglich in einer Pose. Seit er auf der Tischoberfläche stand, hatte er seine Haltung nicht verändert, seine verderblichen Augen hatten nicht geblinzelt. Noch immer stieg seine psychische Ausstrahlung.
Dann, plötzlich, griff er nach seiner Jacke, zog die Pfote wieder weg. Eine dünne Rauchfahne stieg aus seinen Kleidern auf. Als nächstes floh die Kreatur von der Tischoberfläche, der mentale Druck brach zusammen, als sein Erzeuger verschwand. Seine schmerzerfüllte Stimme drang in ihre Gedanken, als das Ding sich durch eine winzige Tür schlängelte und weiter durch den äußeren Gang hetzte. Die Stimme verblaßte mit der Entfernung.
Feuer... Feuer... Feuer!
Das Ratsmitglied, das vorhin gesprochen hatte, saß nun stumm und betrachtete durch den Schirm seine Gefangenen. Seine Hand lag auf dem Tisch. Seine Finger trommelten nervös auf die Oberfläche. Die anderen Mitglieder stellten ausdruckslose Mienen zur Schau. Er drehte seinen Kopf und schaute den Floraner an.
„Was ist geschehen?“
„Der Drane sagte, er brenne“, erklärte der Mund in dem blumenähnlichen Gesicht. Seine Worte waren leise, aber präzise. „Sein Geist war sehr erschüttert. Die Gefahr zerstörte seine Konzentration, und er mußte fliehen, um Schlimmem zu entgehen.“
„Pyrotiker“, sagte das Ratsmitglied ungläubig. „Es gibt Legenden über solche Wesen.“ Seine Aufmerksamkeit wandte sich wieder den Gefangenen zu. „So, ihr seid also Pyrotiker — Brandstifter!“
„Einige Ihrer Leute können das auch, wissen es aber nicht“, sagte Harold ihm. „Sie haben unbewußt die meisten unerklärten Feuer entfacht, die Ihnen bekannt sind.“ Er machte eine Geste der Ungeduld. „Nun, da wir den Drane losgeworden sind, wie wäre es, den Weg zu Ihren Gedanken freizugeben? Wir können lesen, was dort geschrieben steht, und wissen den nächsten Zug. Ihr werdet Burkinshaw, Helman und Roka rufen, wonach die Verhandlung beginnen kann.“

Stirnrunzelnd, doch ohne eine Entgegnung zu machen, drückte das Ratmitglied einen roten Knopf auf seinem Pult. Seine Haltung war erwartungsvoll.

Nach kurzer Zeit betraten Helman und Roka den Raum und setzten sich an den Tisch. Die Miene des ersteren war mürrisch und verärgert. Letzterer grinste verschlafen zu dem Quartett hinüber, Harold nickte er sogar freundlich zu.
Eine Minute nach ihnen kam Burkinshaw III., der Oberbefehlshaber, herein und setzte sich in den zentralen Sessel. Sein ehrfurchtgebietender Name und sein imposanter Titel umgaben ihn wie ein fremder Handschuh, denn er war ein kleiner, dünner Mann, schmalbrüstig, mit Hängeschultern, mit einem bleichen, gefurchten Gesicht. Sein kahler Kopf trug nur noch an den Schläfen dünne, graue Haarbüschel, seine Augen starrten kurzsichtig durch einen randlosen Kneifer. Sein gesamter Eindruck entsprach dem eines sanftmütigen, zerstreuten Professors — aber sein Verstand war eiskalt.
Dieser Verstand war den dreien nun weit geöffnet. Es war ein messerscharfer, klarer und unnachgiebiger Verstand, dessen Aura die der anderen Ratsmitglieder überstrahlte.
Er legte sich einige Zettel zurecht, und während sein Blick auf den obersten Zeilen verharrte, begann Burkinshaw zu sprechen, sein Ton war gemessen, die Worte langsam. „Ich bezweifle nicht, daß Sie meine Gedanken zu lesen in der Lage sind, und sie gerade lesen, aber um dem Linganer, der das nicht kann, und meinen Ratskollegen, die ebenfalls nicht telepathisch sind, gerecht zu werden, muß ich die gewöhnliche Sprache verwenden." Er rückte den Zwicker zurecht, blätterte ein Papier um und sprach weiter. „Wir, vom Exekutivrat des Imperiums, sind zu dem Schluß gekommen, daß die Sicherheit des Imperiums es verlangt, den Planeten, der uns als KX-724 bekannt ist, zu zerstören, zusammen mit allen anderen Planeten, Monden oder Asteroiden, auf denen die dortige Lebensform beheimatet ist. Wir haben uns hier zusammengefunden, um das letzte Plädoyer dieser Lebensform anzuhören, und es ist die Pflicht jedes einzelnen von uns, aufmerk-

sam zuzuhören, die neugewonnenen Erkenntnisse zu überdenken und darüber zu urteilen, nicht mit Voreingenommenheit und Unrecht, sondern mit Gerechtigkeit."
Nachdem er so gesprochen hatte, nahm der Oberste Herrscher den Zwicker von der Nase und polierte jedes Glas, setzte ihn dann vorsichtig wieder auf und sah die Gefangenen über dessen Ränder hinweg mit dem Ausdruck einer Eule an. Seine Augen waren von einem sehr blassen Blau, schienen schwach und waren es doch nicht.
„Haben Sie Ihren Sprecher gewählt?"
Ihre Gedanken konferierten rasch, dann sagte Harold: „Ich soll sprechen."
„Sehr gut." Burkinshaw entspannte sich in seinem Sessel. „Bevor Sie beginnen, ist es nötig. Sie darauf hinzuweisen, daß unsere zerstörerische Entscheidung über das Schicksal Ihres Volkes weder leichtsinnig noch herzlos ist. Tatsächlich wurde sie mit größtem Widerwillen getroffen. Wir wurden durch die Last der Beweise dazu gezwungen, und, wie ich mit Bedauern sagen muß, durch zusätzliche Informationen, die wir zwischenzeitlich erhielten, die Ihre Verurteilung nötig erscheinen lassen. Augenscheinlich ist Ihre Lebensform eine Bedrohung für die unsere. Die Verantwortung, einen Gegenbeweis zu unserer Zufriedenheit zu erbringen, liegt nun bei Ihnen."
„Und wenn ich das nicht kann?" erkundigte Harold sich.
„Werden wir Sie unverzüglich zerstören."
„Wenn Ihnen das möglich ist", sagte Harold.
Die versammelten Gehirne reagierten prompt. Er konnte sie hören, aggressiv und wütend. Das purpurne Ding offenbarte keine Gedanken, strömte aber eine sonderbare Stimmung idiotischer Belustigung aus. Die Ausstrahlung des Floraners war milde Überraschung, verbunden mit Interesse.
Burkinshaw war nicht durcheinander. „Wenn es uns möglich ist", stimmte er zu, in seinem Gehirn machte sich ein leichter Zweifel, ob es ihnen möglich sein würde, breit. „Fahren Sie nach Ihrer Art fort", sagte er dann. „Sie haben vierzehn Stunden Zeit, um uns darzulegen, daß unsere Entscheidung falsch und undurchführbar ist."

„Sie haben uns dazu gezwungen, kleinere Demonstrationen unserer Macht zu geben", begann Harold. „Die Anwesenheit des Drane hier war ein offensichtliches Unternehmen; Sie benutzten ihn also als Maßstab, um unsere mentalen Fähigkeiten zu ermessen. Aus Ihrem Blickpunkt, schätze ich, haben die Ergebnisse Ihren Standpunkt gestärkt, unseren dagegen geschwächt. Nur, der Maßstab war nicht groß genug."
Burkinshaw fiel nicht auf den Lockvogel herein. Mit zusammengepreßten Fingerspitzen, wie in einem Gebet, starrte er abwesend zur Wand, er sagte nichts. Seine Gedanken waren beherrscht, denn es war ihnen nichts zu entnehmen, außer der Bemerkung: *Ein negativer Punkt.*
„Denken Sie darüber nach", fuhr Harold fort, „während ich über wahllose Übereinstimmungen rede. Auf meiner Welt ist eine wahllose Übereinstimmung eine rein zufällige Aneinanderreihung äußerer Umstände, sie ist ebenso isoliert und tritt nur unregelmäßig auf. Wenn sich eine scheinbare Übereinstimmung oft genug wiederholt, dann ist es keine wahllose Übereinstimmung mehr. Sie wissen das auch — oder sollten es wissen. Nehmen wir zum Beispiel die einst vermutete Übereinstimmung von Erdbeben und Meteoren. Sie kam so häufig vor, daß schließlich einer Ihrer Wissenschaftler darauf aufmerksam wurde, die Zusammenhänge untersuchte und so die Solardynamischen Raumverzerrungen entdeckte, jene Urtriebskraft, die seitdem Ihre Raumschiffe zu supraräumlichen Geschwindigkeiten beschleunigt. Was ich damit sagen will, ist, daß man Übereinstimmungen nicht einfach außer acht lassen kann, wenn sie zu häufig auftreten."
Ein Vorstoß — aber wohin? sann der Floraner.
Keine eindeutige Stellungnahme, dachte Burkinshaw.
Ich kann dieses Gebrabbel einfach nicht hören, dachte Helman unbehaglich. *Er redet, um Zeit zu gewinnen. Vielleicht versuchen die drei irgendwie, diesen Schirm zu durchdringen. Sie verbrannten den Drane durch ihn — oder nicht?* Er zappelte in seinem Stuhl herum. *Ich teile B's Vertrauen in diesen Schirm nicht. Verflucht seien Roka und die gesamte Erkundungsmannschaft — einmal werden sie unser Untergang sein.*

Insgeheim lächelnd, setzte Harold seine Rede fort. „Wir haben herausgefunden, daß das Schachspiel im gesamten Imperium verbreitet ist.

„Prrsch!“ prustete der Mann mit der rauhen Stimme heraus, der zu Burkinshaws Linken saß. „Das ist keine Übereinstimmung. Es breitete sich von einer zentralen Quelle aus, wie jeder, der über ein Mindestmaß an Intelligenz verfügt, wissen sollte.“

„Schweigen Sie, Dykstra“, wies Burkinshaw ihn zurecht.

„Welcher Quelle?“ fragte Harold ihn.

Dykstra schien verärgert, als er antwortete. „Uns! Wir haben es weitergegeben. Was soll das?“

„Wir hatten dieses Spiel schon lange, bevor ihr mit uns zusammengekommen seid“, erzählte Harold ihm.

Dykstra öffnete den Mund und sah Burkinshaw an, schloß den Mund und schluckte heftig. Burkinshaw betrachtete ununterbrochen die Wand.

Harold erklärte weiter: „Wir kennen es schon so lange, daß wir nicht mehr wissen, wie lange eigentlich. Dasselbe Spielbrett, dieselben Figuren, dieselben Züge, dieselben Regeln. Wenn Sie sich das vergegenwärtigen, dann werden Sie ein ganze Menge Übereinstimmungen erkennen.“

Sie antworteten nicht mit Worten, aber er konnte ihre Reaktion trotzdem erkennen.

Vier Mitglieder des Rates waren verwirrt.

Überraschend, aber vorstellbar, grübelte der Floraner.

Trotzdem, was soll das? rätselte Dykstras Verstand.

Keine Stellungnahme möglich, dachte Burkinshaw kühl.

Das Gehirn des purpurnen Dinges gab ein Kichern von sich.

„Bron“, sagte Harold. „Walt Bron, Robertus Bron und unzählige andere Brons. Eure Einwohnerverzeichnisse sind voll von ihnen. Meine Welt hat ebenso unzählige Mengen von ihnen, immer in Verbindung mit dem Namen des anderen Elternteils natürlich, und auch Brown geschrieben, die Aussprache ist allerdings dieselbe. Wir haben ebenfalls Roberts und Walters.“ Er blickte auf Helman. „Ich kenne vier Männer namens Hillman.“ Sein Blick

schwenkte zum Obersten Herrscher. „Und unter unseren wenigen Musikern befindet sich einer mit Namen Theodore Burkinshaw-May."
Burkinshaw wandte den Blick vom Sims ab und wieder der Wand zu. *Ich sehe, worauf er hinaus will. Warten wir mit unserem Urteil, bis er soweit ist.*
„Das Schiff, das uns hierherbrachte, trug den Namen Fenix in den Buchstaben ihres Alphabets", sprach Harold weiter. „In längstvergangenen Tagen, als wir noch Kriegsschiffe hatten, da hatten wir eines mit dem Namen Phoenix. Wir konnten Ihre Sprache unglaublich rasch lernen. Warum? Weil ein Fünftel eures Vokabulars mit dem unseren vollkommen identisch ist. Ein weiteres Fünftel leitet sich aus Veränderungen unserer Worte her. Der Rest setzt sich zusammen aus Worten, die so sehr verändert sind, daß man ihren Ursprung nicht mehr zurückverfolgen kann, oder Worten, die ihr von eroberten Rassen übernommen habt. Aber in den Grundzügen entspricht Ihre Sprache der unseren. Sind das genügend Übereinstimmungen?"
„Unsinn!" erklärte Dykstra lautstark. „Unmöglich!"
Burkinshaw wandte sich um und betrachtete Dykstra, mit Augen, die mißbilligend hinter dem Zwicker blickten. „Nichts ist unmöglich", korrigierte er milde. „Machen Sie weiter", befahl er Harold, seine Gedanken lauteten: *Der Anwalt zieht den unausweichlichen Schluß — zu spät.*
„Sie wissen also, worauf ich hinaus will", sagte Harold zu ihm. „Nur noch eine letzte Übereinstimmung. Ich war dumm genug, den Imperiumstitel zu mißverstehen. Ich dachte, Sie nennen sich selbst Herren des Terrors. Ein dummer Fehler." Seine Stimme sank herab. „Ihr Titel ist ein Mysterium, das seine Wurzeln tief in Ihrer Vergangenheit hat. Sie nennen sich selbst Herren von Terra!"
„Gute Güte", sagte Dykstra, „ist das hübsch!"
Ohne auf ihn zu achten, sagte Harold zu Roka: „Sie sind nun wach. Gestern nacht klickte etwas in Ihrem Verstand, und Sie erinnerten sich an Dinge, die Sie vergessen hatten. Erinnern Sie sich, wie mein Volk seinen Heimatplaneten nennt?"

„Terra", antwortete Roka sofort. „Ich unterbreitete es dem Obersten Herrscher heute morgen, ihr nennt euch selbst Terrestrier."
Dykstras grobes Gesicht lief dunkelrot an; Beschuldigungen wegen Blasphemie wogten durch seinen Verstand, als Burkinshaws Gedanken seinen Ausführungen folgten.
„Der revidierte Bericht Leutnant Rokas und anderer Überlebender seiner Mannschaft liegt nun dem Rat vor." Er wies auf die Papiere auf dem Tisch. „Er wurde bereits vom Polizeichef, Inquisitor Helman und mir selbst untersucht. Wir sind jetzt bereit zu glauben, daß die Ausführungen des Sprechers der Wahrheit entsprechen und daß die Neuentdeckung KX-724 der lang verlorene Ausgangspunkt unserer Expansion ist. Wir haben unseren Mutterplaneten gefunden. Die Fenix hatte, ohne unser Wissen, Heimatkurs eingeschlagen."

Die Hälfte des Rates war verblüfft. Nicht so die purpurne Kreatur, was zeigte, daß menschliche Wiederentdeckungen nur geringe Bedeutung für purpurne Geschöpfe haben. Der Floraner dachte ähnlich. Dykstras Verstand war ein verwirrtes Drunter-und-Drüber.
„Eine Distanz von dreitausend Lichtjahren hat uns zweitausend Jahrhunderte lang isoliert", erzählte Harold ihnen mit leiser Stimme. „In dieser unvorstellbaren Vergangenheit wurden wir groß und unternehmungslustig. Wir sandten einige Kolonistenkonvois zum nächstgelegenen System, das viereinhalb Lichtjahre entfernt ist. Wir haben nie erfahren, was aus ihnen geworden ist, denn dann folgte der letzte Atomkrieg, der uns zu wandernden Nomaden machte, auf tieferem Niveau als Wilde. Wir haben seitdem den Aufstieg wieder geschafft. Der Pfad unserer Weiterentwicklung hat sich aber sehr von dem euren unterschieden, denn radioaktive Partikel haben seltsame Veränderungen an uns bewirkt. Einige dieser Fähigkeiten sind ausgestorben, einige wurden ausgemerzt, andere blieben und machten uns zu dem, was wir jetzt sind."
„Was seid ihr?" unterbrach das Mitglied neben Roka.
„Verwandelte Menschen", antwortete Burkinshaw für ihn.

„In dem schrecklichen Kampf ums Überleben auf neuen und gefährlichen Welten seid auch ihr gestürzt", fuhr Harold fort. „Aber ihr habt euch wieder erholt und erneut nach den Sternen gegriffen. Verständlicherweise wähltet ihr das euch am nächsten liegende System, eineinhalb Lichtjahre entfernt, denn ihr hattet die Position eurer Heimatwelt vergessen, von der nur noch uralte Legenden berichteten. Wir waren drei Lichtjahre weiter entfernt als euer nächster Nachbar. Logischerweise habt ihr euch das ausgesucht — und euch von uns entfernt. Ihr fielt erneut, stiegt wieder auf, habt euch weiter ausgebreitet, und ihr seid nicht zurückgekehrt, ehe ihr ein mächtiges Imperium errichtet hattet, an dessen Rand wir warteten und uns veränderten und veränderten."

Mittlerweile hingen alle fasziniert an seinen Lippen. Selbst Dykstra war still, sein Verstand erfüllt mit der Majestät vergangener Jahrtausende.

„Diejenigen von euch, die der Brüderschaft des Kreuzes des Ursprungs angehören, wissen, daß das die Wahrheit ist — daß ihr den Kreis geschlossen habt und zurückgekehrt seid zu Sol." Er machte eine rasche, herausragende Gebärde. Zwei seiner Zuhörer antworteten automatisch.

Das hat kaum einen Zweck, erreichten Burts Gedanken ihn deutlich. *Sie sind zu wissenschaftlich.*

Warte.

Der Rat verharrte lange Zeit schweigend, schließlich sprach der Floraner. „All das ist sehr ergreifend — aber wie ergreifend wird es sein, wenn die das Imperium übernehmen?" In Gedanken fügte er hinzu: *Und wir Floraner tauschen einen Herrn gegen den anderen ein. Ich bin dagegen. Besser, den Spatz in der Hand als die Taube auf dem Dach.*

Die dünnen Arme auf dem Tisch aufgestützt, sprach Burkinshaw rechtfertigend zu den Terranern. „Wenn ihnen bekannt wäre, was wir wissen, dann wären die rührseligen Bürger des Imperiums wahrscheinlich gegen eure Ausrottung. Wie auch immer, das Gefüge unseres kosmischen Gebäudes kann nicht durch etwas so Sanftes wie Sentimentalität zum Einsturz gebracht werden. Mehr noch, die verlorenen Söhne haben nicht die Absicht, dieses gemästete Kalb ihren langvergessenen Vätern zu überlassen. Eure Vertilgung von der Bühne des Lebens scheint mir noch immer nötig — vielleicht noch nötiger als je zuvor —, und daß es ein Vatermord sein wird, ändert nichts an dieser Tatsache." Sein mageres, asketisches Gesicht verriet den einschmeichelnden Wunsch, zu gefallen. „Ich bin mir sicher, ihr versteht unsere Position. Habt ihr noch etwas hinzuzufügen?"

„Kein Glück", flüsterte Melor. „Der Haß ist verschwunden — er ist der Furcht gewichen."

Harold schnitt eine Grimasse und sprach zum Obersten Herrscher. „Ja, ich möchte noch sagen, daß Sie Terra zerstören können, zusammen mit dem ganzen System, aber es wird nichts Gutes daraus erwachsen."

„Wir handeln nicht unter dem Eindruck, uns einen Vorteil zu verschaffen", erklärte Burkinshaw. „Wir würden auch keine so drastische Maßnahme zu einem solchen Zweck billigen." Er nahm seinen Zwicker ab und verdrehte die Augen, als er seine Zuhörer ansah. „Das Motiv ist vernünftiger und dringender — wir tun es, um Schaden zu vermeiden."

„Das wird es nicht tun."

„Warum nicht?"

„Weil ihr zu spät kommt."

„Ich habe eine solche Aussage befürchtet", sagte Burkinshaw, er lehnte sich in seinem Sessel zurück, balancierte seine Brille auf einem Daumennagel. *Wenn er mich nicht überzeugt, daß sein Anspruch begründet ist, werde ich den Zeitpunkt vorverlegen.* Dann sagte er: „Das müßt ihr beweisen."

„Es gibt Ärger auf vier der fünf Planeten dieses Systems. Sie haben diese Nachricht erst vor kurzem erhalten. Nichts Ernstes, mehr eine Art unerlaubte Abwesenheit, oder Sabotage oder Demonstrationen, aber keinerlei Gewalt. Trotz allem ist es Ärger, und es könnte schlimmer werden."

„Es gibt immer wieder Ärger auf dem einen oder anderen Planeten", warf Helman säuerlich ein. „Wenn man viertausend verwaltet, kommt man kaum zur Ruhe."

„Sie übersehen die Signifikanz der Zusammentreffen, fürchte ich. Normale Unruhen gibt es mal hier, mal dort, zusammenhanglos. Diese treffen zusammen. Sie sind zeitlich verabredet."
„Wir werden damit fertig", fauchte Helman.
„Daran zweifle ich nicht", sagte Harold ausgeglichen. „Sie werden ebenfalls mit einem Aufruhr im nächsten System fertig, wenn Sie in Kürze die Nachricht davon erhalten. Sie werden mit vier Planeten gleichzeitig fertig — oder mit vierzig gleichzeitig. Aber vierhundert Planeten gleichzeitig — und schließlich viertausend. Irgendwo ist das eine Zahl, die selbst für die beste Organisation zu groß ist."
„Das ist nicht möglich", beharrte Helman starrsinnig. „Nur zwei Dutzend von euch Terranern sind hier, Roka hat uns das mitgeteilt. Ihr habt das Schiff übernommen und habt zwei Dutzend Terraner gegen Teile seiner Mannschaft eingetauscht, habt falsche Erinnerungen in seinen und die Gehirne der anderen einprogrammiert, damit sie nichts verrieten, bis ihre wahren Erinnerungen plötzlich zurückkehrten." Er runzelte die Stirn. Die Vene an seiner Schläfe pulsierte merklich. „Sehr klug von euch. Sehr, sehr klug. Aber vierundzwanzig sind nicht genug."
„Wir wissen das. Ohne Rücksicht auf die relativen Kräfteverhältnisse ist eine gewisse Zahl vonnöten, um mit einer gewissen Zahl fertig zu werden." Sein kalter Blick glitt von Helman zu Burkinshaw. „Wenn ihr Menschen nicht mehr und nicht weniger menschlich seid, als ihr das vor zweihundertausend Jahren wart — und ich glaube nicht, daß der Pfad eurer Expansion euch wesentlich verändert hat, ich würde sagen, eure Bürokraten leben noch immer hinter vernagelten Türen. Solange wahrscheinlich abwesende Schiffe sich nicht dem offiziell vorgeschriebenen Berichterstattungsgeschwätz unterzogen haben, so lange wird ihre Abwesenheit stillschweigend als gegeben angenommen. Und zehn zu eins, euer Handelsressort hat noch keine Ahnung, daß die Kriegsflotte etwas verlegt hat."
Die Tatsache des schnellen Handelns sprach für die gedankliche Schnelligkeit des Obersten Herrschers, denn er reagierte bereits, als alle anderen Ratsmitglieder noch darüber nachdachten.

Augenblicklich schaltete er das in die Wand an seiner Seite eingelassene Teleset an.
Er schaute direkt in den Bildschirm und sagte scharf: „Geben Sie mir das Handelsressort, Abteilung Truppentransport."
Der Bildschirm verfärbte sich, ein dicker Mann in Zivilkleidung erschien.
Ein immenser Respekt straffte seine stattliche Gestalt, als er seinen Gesprächspartner erkannte.
„Ja, Eure Exzellenz?"
„Die Kriegsflotte hat zwei Schiffe gemeldet, die jenseits des Grenzbereiches festgehalten würden. Es handelt sich um die *Callan* und die *Mathra*. Sind sie vor kurzem in irgendwelchen Transportmeldungen registriert worden?"
„Einen Moment, Eure Exzellenz." Der dicke Mann verschwand. Nach einiger Zeit kam er zurück, ein verwirrtes Stirnrunzeln verdunkelte seine Züge. „Eure Exzellenz, diese beiden Schiffe sind bei uns geführt als veraltete Kriegsschiffe, die als Frachter eingesetzt werden. Diese Umwandlung wurde von uns angenommen, seit sie Passagiere und Fracht transportieren. Die *Callan* hat in den letzten acht Tagen vier Häfen in der Randzone, Sektor B, angelaufen. Die *Mathra* verließ das Hyperion-System, nach Ablieferung von Passagieren und Fracht auf jedem der neun Planeten. Als Ziel wurde der äußere Randbezirk angegeben, Sektor J."
„Informieren Sie die Kriegsflotte", befahl Burkinshaw und schaltete ab. Er war das am wenigsten verstörte Wesen am Tisch. Er gab sich ruhig und unerschüttert, als er mit Harold sprach. „Sie bringen also unaufhörlich Terraner oder Terrestrier, oder wie auch immer ihr euch nennen wollt, herein. Die einzig logische Antwort wäre nun, die beiden Schiffe zu zerstören. Ist das möglich?"
„Ich fürchte, nein. Das hängt größtenteils davon ab, ob die Schiffe, die den Zerstörungsauftrag erhalten, unter unserer Kontrolle sind oder nicht. Der Ärger mit Kriegsschiffen, Atombomben und Planetenzerstörern ist, daß diese nur dann nützlich sind, wenn sie arbeiten, wann und wo Sie ihre Arbeit brauchen. Ansonsten sind sie wertlos." Er machte eine Geste, um auf Burt und George

hinzuweisen. „In Übereinstimmung mit meinen Freunden, die für Terra bestimmte Bombe befindet sich auf dem Schiff *Warcat,* das den Hafen des dritten Planeten verlassen hat. Fragen Sie Amilcare danach."

Es dauerte einige Minuten, den Herrn des dritten Planeten an den Bildschirm zu bekommen. Als er erschien, war sein Bild verzerrt durch statische Störungen.
„Wo ist die *Warcat?"* krächzte Burkinshaw.
Das Bild bewegte sich etwas, verschwamm noch stärker, klärte sich dann wieder etwas. „Weg", sagte Amilcare jovial. „Ich weiß nicht wohin."
„Gemäß wessen Autorität?"
„Meiner", antwortete Amilcare. Sein Kichern war ölig und ein klein wenig irr. „Jon wollte es, daher sagte ich ihm, er solle es nehmen. Ich konnte mir nichts vorstellen, das Ihr erfreulicher finden könntet. Macht Euch keine Gedanken wegen Jon — ich werde ihn für Euch suchen."
Burkinshaw unterbrach die Verbindung. „Dieser Jon ist ein Terraner, vermute ich?"
„Ein Terrestrier", korrigierte Harold.
„Gebt eine Suchmeldung nach ihm heraus", stieß Dykstra zornig hervor. „Nicht alle Polizisten werden ihrer Sinne beraubt sein."
„Laßt mich das machen", sagte Burkinshaw. Dann, zu Harold: „Was hat er mit der *Warcat* getan?"
„Er wird jemanden an Bord gebracht haben, der die Mannschaft kontrolliert, und nun werden sie euch demonstrieren, welch ein Ärgernis Planetenzerstörer sein können, wenn sie dort abgeworfen werden, wo sie nicht abgeworfen werden sollten."
„Also ist Angriff eure Verteidigung? Das Blutvergießen hat begonnen? In diesem Fall hat der Krieg bereits begonnen, und wir verschwenden unsere..."
„Es wird kein Blutvergießen geben", unterbrach Harold. „So infantil sind wir nicht. Nie war ein Blutvergießen ferner — ebensowenig wird es einen Krieg geben, wenn er verhindert werden kann. Deshalb sind wir hier — um ihn zu verhindern. Die Tatsa-

che, daß wir jede Unterwerfungs- und Auslöschungsaktion, die ihr gestartet habt, gewinnen, hat uns nicht blind gemacht gegenüber dem Wissen, daß Verlierer sehr blutig verlieren können." Mit einer Hand winkte er in Richtung des Fernsehgerätes. „Setzt euch mit euren hinter vernagelten Türen lebenden Bürokraten in Verbindung. Fragt eure Astronomen, ob der Asteroid mit der Tankstation noch immer kreist.

Burkinshaw aktivierte den Fernsehschirm zum drittenmal. Alle Augen hingen an dem Bildschirm, als er sprach. „Wo ist *Nemo* gerade?"

„*Nemo?* Nun, Eure Exzellenz, in diesem Moment nähert er sich der Bahn des letzten Planeten, *Drufa*, die er in circa zwanzig Stunden überschritten haben wird."

„Ich frage nicht, wo er sein sollte! Ich möchte wissen, ob er sich tatsächlich dort befindet!"

„Verzeihung, Euer Exzellenz." Die Gestalt verschwand vom Bildschirm und blieb längere Zeit verschwunden. Als der Mann zurückkam, drang seine Stimme hastig und erschrocken aus dem Lautsprecher. „Eure Exzellenz, es will scheinen, als wäre dem Himmelskörper eine sonderbare Katastrophe widerfahren. Ich kann nicht erklären, warum uns die Wahrnehmung entging."

„Ist er da?" krächzte Burkinshaw ungeduldig.

„Ja, Eure Exzellenz. Aber in gasförmigem Zustand. Man ist versucht zu glauben, ein Planetenzerstörer hätte..."

„Genug!" Ohne sich den Rest anzuhören schaltete er ab.

Er legte sich in seinen Stuhl zurück und brütete, unter vollständiger Mißachtung der Tatsache, daß sein Verstand weit geöffnet war, für einige zumindest, nicht für alle. Er achtete nicht darauf, wer seine Gedanken auffing.

Wir können zu spät dran sein. Vielleicht waren wir schon zu spät dran an dem Tag, als Roka zurückkam. Zu guter Letzt sind wir in die Falle getappt, die wir immer so sehr fürchteten, die Falle, der wir entgingen, als wir diese Parasitenwelt zerstäubten. Nichtsdestotrotz: können wir Terra noch immer zerstören — sie können unmöglich jede Welt und jedes Schiff übernommen haben — und sie vertilgen. Doch zu welchem Nutzen? Rache ist nur dann süß, wenn sie gewinnbringend ist. Wird es uns einen Gewinn bringen? Es hängt alles davon ab, wie viele dieser Leute sich in unsere Reihen eingeschlichen haben und wie viele sich nicht einschleichen können, ehe wir ihre Basis zerstören.

Helman dachte: *Das ist es! Jeder Narr hätte sagen können, daß dies früher oder später eintritt. Jede neue Welt ist ein Risiko. Wir waren glücklich genug, viertausend zu erforschen, ohne in Schwierigkeiten zu kommen. Aber das Ende hätte schlechter sein können. Letztlich sind sie von unserer Art und sollten uns wie keiner anderen Form wohlwollend gegenüberstehen.*

Melor murmelte: „Ihr Haß ist verflogen, und ihre Furcht verwandelt sich in persönliche Besorgnis. Ausgenommen der Purpurne und der Floraner. Der Purpurne, der belustigt war, ist nun zornig. Der Floraner, der interessiert und freundlich war, fürchtet sich nun."

„Das liegt daran, daß wir nicht von ihrer Gestalt sind. Rassenhaß und Haß gegenüber Andersfarbigen sind nichts, verglichen mit dem gegenseitigen Mißtrauen zwischen Wesen verschiedener Gestalt. Da liegt der wunde Punkt des Imperiums. Jede Gestalt wünscht sich die Herrschaft über ihr eigenes Territorium. Soweit es uns betrifft, können sie sie haben", erklärte Harold.

Burkinshaw setzte seine Brille wieder auf, seufzte und sagte! „Da ihr beschlossen habt, das Imperium zu übernehmen, ist unser letztmöglicher Ausweg ein genereller Befehl zur unverzüglichen Vernichtung Terras. Egal, wie viele Schiffe versuchen, die Ausführung dieses Befehls zu verhindern, der Gehorsam eines loyalen Raumers wird genügen." Seine Hand griff nach dem Einschaltknopf des Fernsehgerätes.

„Wir werden euer Imperium nicht übernehmen", erklärte Harold rasch. „Wir hegen auch nicht diesen Wunsch. Wir sind nur darauf bedacht, daß ihr nicht unsere Welt übernehmt. Alles, was wir wollen, ist ein Pakt gegenseitiger Nichteinmischung in die Belange des anderen und ein paar Linganer als Botschafter, denen gegenüber, mit denen wir uns einen angenehmen Kontakt sichern wollen. Wir wollen unseren eigenen Weg, entlang unseres eigenen Pfades gehen, wir sind festen Willens, dieses Recht zu verteidigen, die gegenwärtige Situation ist unsere Art, das zu zeigen. Nichts weiter. Wenn ihr aus Verärgerung unsere Welt zerstört, werden wir aus Rache eine baufällige Weltenkonstruktion zertrümmern, nicht mit unserer eigenen Kraft, sondern durch gezielte Anwendung der euren. Laßt uns in Frieden, so lassen wir euch in Frieden."

„Wo ist eure Garantie dafür?" fragte Burkinshaw zynisch. „Woher sollen wir wissen, daß nicht ein Jahrhundert heimtückischer Zersetzung diesem Pakt folgt?"

Er betrachtete die vier, seine blauen Augen scharfsinnig und berechnend, in einem Maß, wie es zuvor nie aufgefallen war. „Im Umgang mit uns habt ihr einen Vorteil, dessen ihr euch bedienen könnt, den weder Floraner noch Linganer noch Rethraner hatten, ihr kennt uns wie eure eigenen Brüder und Verwandten." Er beugte sich entschlossen nach vorn. „Genausogut kennen *wir euch!* Wenn ihr tüchtig und geistig gesund seid, werdet ihr stückchenweise absorbieren, was ihr nicht auf einmal hinunterschlucken könnt. Auf diese Weise erwarben wir das Imperium, und auf diese Weise werdet ihr es bekommen!"

„Wir haben bewiesen, daß wir es übernehmen könnten", stimmte Harold zu, „und das ist unser Schutz. Euer Mißtrauen ist der Maßstab für unseres. Ihr werdet niemals erfahren, wie viele von uns sich in eurem Imperium aufhalten, und ihr werdet es auch niemals herausfinden — aber die Vernichtung unseres Heimatplaneten wird nicht mehr die Vernichtung unserer Lebensform bedeuten. Dessen haben wir uns versichert. Macht euch klar, daß es in diesem Spiel keinen Gewinner gibt. Es ist ein Patt!" Er betrachtete interessiert, wie Burkinshaws Zeigefinger sachte auf den Knopf verhielt. „Ihr kommt zu spät, viel zu spät. Wir wollen euer Imperium nicht, denn wir sind in derselben Lage — wir kommen zu spät."

Burkinshaws Augen verengten sich, als er antwortete: „Ich verstehe nicht, warum es zu spät für euch sein sollte, das zu tun, wovon ihr so deutlich bewiesen habt, daß ihr es tun könnt."

„Der Wunsch dazu besteht nicht. Wir haben größere Wünsche. Wohl weil wir einen Weg durch eine selbst erschaffene Hölle ge-

gangen sind, der uns verändert hat und unsere Ambitionen mit uns. Weshalb sollten wir uns um territoriale Eroberungen kümmern, wenn unendlich Größeres uns erwartet? Warum sollten wir in Raumschiffen innerhalb der engen Grenzen einer Galaxie umhertreiben, wenn wir eines Tages ungehindert die Unendlichkeit durchqueren können? Wie, glaubt ihr, wußten wir um euer Kommen und bereiteten uns darauf vor, obwohl wir uns eurer Gestalt und eurer Absichten nicht sicher waren?"
„Ich höre", bemerkte Burkinshaw, dessen Finger noch immer mit dem Einschaltknopf spielten, „aber alles, was ich zu hören bekomme, sind Worte. Ungeachtet der vielen Unterschiede gegenüber uns, die ich anerkenne, halte ich mich an das gute alte Sprichwort: Gleiche Gestalt, gleicher Wille, gleiche Ziele."
Harold sah zu Burt und George. Kurze Zeit existierte eine Verbindung zwischen ihnen.
Dann sagte er: „Viel Zeit ist vergangen, und der kleine Spalt zwischen den Pfaden unserer Väter hat sich zu einer gewaltigen Kluft erweitert. Unsere Veränderungen waren gewaltig und zahlreich. Eine Welt harter Strahlung hat uns neu geformt, hat uns zu dem gemacht, was ihr nicht begreifen könnt, ihr seht uns in einer Erscheinung, die unserer gegenwärtigen Mission angemessen ist."
Ohne Warnung glühten seine Augen in Richtung des Purpurnen. „Selbst diese Kreatur, die von Lebenskraft lebt und die ganze Zeit unaufhörlich an uns gesaugt hat, wäre nun tot, hätte er Erfolg gehabt, und auch nur einen einzigen Strahl dessen eingesogen, um das er so inständig bittet!"
Burkinshaw machte sich nicht die Mühe, zu dem purpurnen Ding zu blicken, aber er gestand gelangweilt: „Der Rethran war ein Versuch, der scheiterte. Wäre er von Nutzen gewesen, er hätte euch schon lange." Er fuhr durch sein dünnes Haar und griff wieder nach dem Einschaltknopf. „Ich bin der sinnlosen Geräusche müde. Ihr offenbart nun, daß ihr nicht mehr von unserer Gestalt seid. Ich bevorzuge es allerdings, mich auf den Eindruck meiner Augen zu verlassen." Seine Augen suchten das Miniaturzeitaufzeichnungsgerät in einem Ring an seinem Finger. „Wenn ich ein-

schalte, mag es das Ende von uns allen bedeuten, aber ihr könnt keine Kamera hypnotisieren, und die Szene, in diesem Raum aufgezeichnet, wird meiner unausgesprochenen Order — Tod für Terra! — äquivalent sein. Ich habe euch in Verdacht, Zeit schinden zu wollen. Wir können keine Zeit mehr erübrigen. Ich gebe euch nun eine Minute Zeit um zu beweisen, daß ihr inzwischen ebenso verschieden von uns seid wie dieser Floraner oder dieser Rethraner oder jener Linganer. Wenn euch das gelingt, werden wir uns dieser Tatsache beugen und eine Vereinbarung treffen, wie ihr sie wünscht. Wenn nicht" — er spielte bedeutungsvoll mit dem Knopf —, „wird die Schlacht beginnen. Vielleicht verlieren wir — vielleicht nicht. Es ist eine Chance, die wir wahrnehmen müssen."

Die drei Terrestrier antworteten nicht. Ihre Gedanken waren in vollkommener Übereinstimmung, und ihre Reaktion erfolgte simultan.

„Seht! Oh, Ewigkeit, seht doch!" schluchzte Dykstra. Dann sank er auf seine Knie und begann zu stammeln. Die pupurne Kreatur zog ihre Augen schnurstraks in ihren Kopf, damit sie nichts sehen konnte. Burkinshaws Hand glitt herab von dem Knopf, seine Brille fiel zu Boden, wo sie zersplittert liegenblieb, unbeachtet. Roka, Helman und die anderen Menschen am Tisch verbargen ihre Gesichter in den Händen, die langsam tropische Bräune annahmen.

Nur der Floraner richtete sich auf. Er erhob sich zur vollen Größe, die goldenen Blütenblätter weit geöffnet, seine grünlichen Arme erschauerten in Ekstase.

Alle Blumen lieben die Sonne.

1947

William Tenn

Kinderspiel

(Child's Play)

H. Beam Piper

Zeitsprung

(Time and Time Again)

1947...

Der seit 1701 bestehende Staat Preußen wird aufgelöst. Bei den internationalen Reparationsberatungen wird eine Summe von 20 Milliarden Dollar genannt, die Deutschland bezahlen soll. Auf der Demontageliste für Westdeutschland stehen 918 Werke. Der Landtag in Nordrhein-Westfalen beschließt die Enteignung der Kohlegruben. Ost- und Westdeutsche Ministerpräsidenten treffen sich in München, doch Meinungsverschiedenheiten führen zu einem Scheitern dieses gesamtdeutschen Treffens. Mahatma Gandhi fastet öffentlich und trägt damit zur vorübergehenden Versöhnung von Hindus und Mohammedanern und der Erklärung der indischen Unabhängigkeit bei. Der Literaturnobelpreis wird an André Gide verliehen. Arens und van Dorp gelingt die künstliche Herstellung des Vitamin A. Wolfgang Borchert präsentiert das Heimkehrer-Schauspiel „Draußen vor der Tür", stirbt jedoch noch in diesem Jahr. Auch die Dichterin Ricarda Huch und der Romanschriftsteller Hans Fallada sterben. Fortwährende Unruhen auf dem indischen Subkontinent erzwingen die Gründung zweier getrennter Staaten für Hindus und Mohammedaner: Indien und Pakistan. In China bricht ein neuer Bürgerkrieg zwischen der nationalkonservativen Regierung und den Kommunisten aus. Milton Rynold fliegt in 79 Stunden einmal rund um die Erde. Nach der Abdankung König Michaels wird Rumänien Volksrepublik. Gustav Gründgens wird zum Generalintendanten der Städtischen Bühnen Düsseldorf berufen. Solange der faschistenfreundliche General Franco in Spanien die Macht ausübt, will der berühmte Cellist Pablo Casals dort nicht mehr öffentlich auftreten. Feininger stellt sein Aquarell „Verlassen" vor. Mit der „Kon-Tiki" segelt Thor Heyerdahl von Peru nach Polynesien, um den praktischen Nachweis zu erbringen, daß über diesen Weg Einwanderungsbewegungen möglich waren. Die Opernsängerin Maria Meneghini-Callas beginnt in Italien ihre Karriere. Auf dem Schwarzmarkt in Berlin kosten 20 amerikanische Zigaretten 150 Reichsmark, ein Kilo Kaffee kostet 1100 Reichsmark. In den USA sind 25000 Astrologen und mehr als dreimal so viele Wahrsager registriert. Henry Fonda hinterläßt bei seinem Tod ein Vermögen von 625 Millionen Dollar. Nachrichten über die Sichtung „Fliegender Untertassen" gehen durch die Presse. In Palästina werden die bisher ältesten Bibelhandschriften gefunden.

William Tenn

Kinderspiel

(Child's Play)

William Tenn ist das Pseudonym des amerikanischen SF-Autors Philip Klass, der 1920 in London geboren wurde und heute an einer Hochschule Englische Literatur unterrichtet. Innerhalb der SF kann man Tenn ein wenig mit Robert Sheckley vergleichen, denn er schrieb in erster Linie Kurzgeschichten, von denen nicht wenige bissige und humorvolle Satiren sind. Insgesamt brachte es William Tenn auf etwa 45 Kurzgeschichten und Erzählungen. Sein Erstling war ***„Alexander the Bait“****, 1946 in* ***„Astounding“*** *erschienen, sein bislang letzter SF-Text der Kurzroman* ***„The Men in the Walls“*** *(1963 in* ***„Galaxy“****), der 1968 zu seinem einzigen Roman,* ***„Of Men and Monsters“ („Von Menschen und Monstren“)*** *erweitert wurde. Zwischen diesen Publikationen lag eine lange Reihe ausgezeichneter Stories, unter denen* ***„Brooklyn Project“*** *(1948),* ***„Firewater“*** *(1952),* ***„The Liberation of Earth“*** *(1953),* ***„Party of the Two Parts“*** *(1954) und* ***„The Flat Eyed Monster“*** *(1955) herausragen. Auch die von uns ausgewählte Geschichte* ***„Child's Play“ („Kinderspiel“)*** *zeigt den Autor von seiner besten Seite, wenngleich seine satirische Ader hier nicht so stark zum Vorschein kommt, wie es bei späteren Stories, vor allem den in den fünfziger Jahren für* ***„Galaxy“*** *geschriebenen, der Fall ist. Ein junger Anwalt bekommt aus der Zukunft ein Kinderspielzeug — einen Menschenbaukasten, mit dem er herumzuexperimentieren beginnt. Aber anscheinend sind die Erwachsenen noch nicht in der Lage, Dinge zu verstehen, die in ein paar hundert Jahren ein Kinderspiel sein werden...*

Nachdem der Mann von der Speditionsfirma die Tür zugeschlagen hatte, beschloß Sam Weber, die riesige Kiste unter die einzige Glühbirne seines Zimmers zu stellen. Der Bote hatte gebrummt: „Keine Ahnung, was da drin ist. Wir schicken den Kram ja nicht, wir liefern bloß, Mister." Aber irgendeine vernünftige Erklärung mußte es doch geben.
Mürrisch schob Sam die Kiste ein paar Fuß vor. Sie war schwer genug. Wie der Mann sie wohl die drei Stockwerke hochgeschleppt hatte?
Er richtete sich auf und blickte mit gerunzelter Stirn auf die auffällige Karte mit seinem Namen und seiner Adresse und der Aufschrift „Frohe Weihnachten, 2353!"
Ein Witz? Aber er kannte keinen, der es besonders witzig finden würde, eine Karte zu schicken, deren Datum mehr als dreihundert Jahre in der Zukunft lag. Wenn man die Karte genau ansah, konnte man feststellen, daß die Buchstaben eigenartig geformt waren, komische grüne Striche und keine Linien. Und die Karte war aus purem Gold.
Sam entschied sich, daß die Sache ihn interessierte. Er riß die Karte weg, fetzte das dünne Packpapier herunter — und hielt plötzlich inne.
Die Kiste hatte keinen Deckel, keine Schlitze an der Seite, nirgendwo einen Griff. Sie schien eine feste, kubische Masse aus braunem Zeug zu sein. Und doch war er ganz sicher, daß innen etwas geklappert hatte, als er die Kiste geschoben hatte.

Er packte die Kiste an den Kanten und quälte sich stöhnend ab, bis er sie hochgehoben hatte. Die Unterseite war ebenso glatt und ohne Öffnungen wie der Rest. Er ließ sie auf den Boden zurückplumpsen.
„Nun, gut!" meinte er, ganz Philosoph. „Es ist nicht das Geschenk, es ist das Prinzip."
Er mußte noch eine ganze Menge Dankbriefe für Geschenke schreiben. Für Tante Maggie würde er sich etwas Besonderes einfallen lassen. Ihre Krawatten waren Geschmacklosigkeiten; aber er hatte ihr diesmal zu Weihnachten nicht einmal ein Ta-

schentuch geschickt. Jeder Cent war für diese Brosche, die er Tina geschenkt hatte, draufgegangen.
Er drehte sich um und ging zu seinem Bett zurück, das ihm gleichzeitig auch als Schreibtisch und Stuhl diente. Im Vorbeigehen versetzte er der Kiste einen Tritt. „Nun, wenn man dich nicht aufmachen kann, dann bleibst du eben zu."
Die Kiste öffnete sich, als hätte der Tritt ihr weh getan. Ein Schlitz tat sich an der Oberfläche auf, weitete sich schnell, und die beiden Seiten falteten sich herunter. Sam schlug sich an die Stirn und schickte ein schnelles Stoßgebet zum Himmel. Dann erinnerte er sich an das, was er gesagt hatte.
„Schließen!" Befahl er.
Die Kiste schloß sich und war wieder so glatt wie ein Babypopo.
„Aufmachen!"
Die Kiste öffnete sich.
Sam hatte von der Vorstellung genug, bückte sich und blickte ins Innere des Behälters.
Das Innere war ein verrücktes Durcheinander von Regalen und Nischen, auf denen Fläschchen mit blauen Flüssigkeiten, Gläser mit roten Kugeln, durchsichtige Röhren mit gelbem, grünem und orangem Inhalt standen, und noch vieles mehr, was Sam überhaupt nicht mehr in sich aufnehmen konnte. Auf dem Boden der Kiste waren sieben Gebilde, die aussahen, als ob ein verrückter Radiobastler sie zusammengestellt hätte. Und dann noch ein Buch.
Sam nahm das Buch. Die Seiten schienen aus Metall zu bestehen. Dennoch war das Buch federleicht.
Er trug das Buch zum Bett hinüber und setzte sich. Dann atmete er tief und wandte sich der ersten Seite zu. „Puuh!" machte er und atmete noch einmal tief durch.
Da stand es in verrückten grünen Strichen, die nur entfernt an Buchstaben erinnerten:

Bild-A-Man-Baukasten Nr. 3. Dieser Baukasten ist ausschließlich für Kinder zwischen elf und dreizehn Jahren bestimmt. Der Inhalt, der wesentlich umfangreicher und fortgeschrittener als der der

Bild-A-Man-Baukästen Nr. 1 und 2 ist, gestattet es Kindern dieser Altersgruppe, völlig funktionsfähige erwachsenen Menschen zu bauen und zusammenzustellen. Etwas zurückgebliebene Kinder können mit den Bauteilen auch Babys und Mannikins aus dem Programm der früheren Baukästen konstruieren. Zwei Demontagegeräte sind beigefügt, um den Baukasten auch öfter nutzbringend verwenden zu können. Ebenso wie bei den Baukästen 1 und 2, empfehlen wir bei der Demontage einen Zähler hinzuzuziehen. Nachfüllpackungen und zusätzliche Teile können von der Bild-A-Man-Corporation, 928 Diagnoal Level, Glunt City, Ohio, bezogen werden. Vergessen Sie nicht — nur mit Bild-A-Man-Baukästen kann man Menschen bauen!

Weber drückte die Augen zu. Wie war das eigentlich gestern abend in dem Film gewesen? Ein großartiger Gag! Ein großartiger Film übrigens auch. Gute Farben. Was der Regisseur wohl in der Woche verdiente? Und der Kameramann? Fünfhundert? Tausend?
Und dann öffnete er vorsichtig die Augen. Die Kiste war immer noch da, ein massiger Würfel mitten in seinem Zimmer. Und er hielt immer noch das Buch in seinen zitternden Händen. Und auf der Seite stand immer noch das gleiche.
„Nur mit Bild-A-Man-Baukästen kann man Menschen bauen!"
Der Himmel mochte einem neurotischen, jungen Rechtsanwalt wie Sam Weber beistehen!
Auf der nächsten Seite fand sich eine Preisliste für „Nachfüllpakkungen und Zusatzteile". Da konnte man zum Beispiel einen Liter Hämoglobin und drei Gramm sortierte Enzyme für einen Slunk fünfzig beziehungsweise drei Slunk fünfundvierzig kaufen. Unten auf der Seite stand ein Hinweis auf Baukasten Nr. 4: *Gönnen Sie sich und Ihrem Kind das Vergnügen, einen echten lebenden Marsianer zu bauen!*
In Dünndruck stand darunter *pat, pending 2348.*
Die dritte Seite enthielt das ausführliche Inhaltsverzeichnis. Sam klammerte sich mit einer schwitzenden Hand an der Matratze fest und las:

Kapitel I — Einführung in die Biochemie
Kapitel II — Die Herstellung einfacher Lebewesen
Kapitel III — Mannikins — die Wesen, die die Arbeit der Welt tun
Kapitel IV — Babys und andere kleine Menschen
Kapitel V — Zwillinge für jeden Zweck — Zwillinge für dich und deine Freunde
Kapitel VI — Was du brauchst, um einen Menschen zu bauen
Kapitel VII — Fertigstellung des Menschen
Kapitel VIII — Demontage des Menschen
Kapitel IX — Neues Leben für deine Mußestunden

Sam ließ das Buch in die Kiste fallen und rannte zum Spiegel. Sein Gesicht war immer noch das gleiche, wenn auch kreideweiß — aber im Prinzip das gleiche. Er hatte keinen Zwilling bekommen oder ein Mannikin gezüchtet oder eine neue Art von Leben für seine Mußestunden gebaut. Alles war ganz normal.

„Liebe Tante Magie", fing er fieberhaft zu schreiben an. „Deine Krawatten waren das schönste Weihnachtsgeschenk, das ich bekommen habe. Ich bedaure nur..."

Ich bedaure nur, daß ich für mein Weihnachtsgeschenk nur ein Leben geben kann. Wer könnte sich solche Mühe gegeben haben, bloß um ihm einen Possen zu spielen? Lew Knight? Selbst Lew mußte sich in seinem Ketzerschädel noch eine Spur von Achtung für die Institution des Christfestes bewahrt haben. Und außerdem besaß Lew gar nicht den Verstand, ganz zu schweigen von der Geduld, die man für etwas so Kompliziertes brauchte.

Tina? Tina hatte das Talent für komplexe Dinge. Aber so reichlich Tina auch mit allen physischen Attributen ausgestattet war — einen Sinn für Humor hatte sie nicht.

Sam holte den ledernen Umschlag heraus und strich liebkosend darüber. Tinas Parfüm schien noch daran zu hängen und ihm zu helfen, die Welt wieder im richtigen Licht zu sehen.

Die metallische Weihnachtskarte blitzte ihm vom Boden entgegen. Vielleicht stand der Name des Absenders auf der Rückseite? Er hob sie auf und drehte sie um.
Nichts. Nur eine glatte Goldfläche. Daß es Gold war, wußte er ganz genau; sein Vater war Juwelier gewesen. Der Wert der Karte sprach dagegen, daß das Ganze ein Witz war. Außerdem — was sollte es überhaupt?
„Frohe Weihnachten 2353." Wo mochte die Menschheit in vierhundert Jahren sein? Auf der Reise zu den Sternen oder noch weiter? Und kleine Mannikins, die die Arbeit von Maschinen und Robotern taten? Kinder, die...
Vielleicht war eine andere Karte oder ein Brief in der Kiste? Weber bückte sich erneut, um nachzusehen. Eine graue Dose mit eingeätzter Schrift fiel ihm auf: *dehydrierte Neuronen, nur für den Menschenbau.*
Er fuhr zurück und rief: „Schließen!"
Das Ding schmolz wieder zu. Weber seufzte erleichtert und entschied, zu Bett zu gehen.
Während er sich auszog, ärgerte er sich, daß er den Boten nicht nach dem Namen seiner Firma gefragt hatte; die hätte ihm vielleicht helfen können, die Herkunft dieses widerlichen Geschenks festzustellen.
„Aber dann", wiederholte er, „kommt es ja nicht auf das Geschenk an — sondern auf das Prinzip."

Am nächsten Morgen, als Lew Knight mit seinem üblichen „Guten Morgen, Euer Ehren!" hereingefegt kam, wartete Sam auf die ersten Sticheleien. Lew war nicht der Mann, der lange an sich halten konnte. Aber Lew vergrub sein Gesicht in die *New York Times* und ließ es den ganzen Morgen dort. Die anderen fünf jungen Anwälte in dem Gemeinschaftsbüro schienen entweder zu gelangweilt oder zu beschäftigt, um Bild-A-Man-Baukästen auf dem Gewissen zu haben. Niemand grinste versteckt, niemand beobachtete ihn von der Seite, niemand stellte Fragen.
Tina erschien um zehn Uhr. Sie sah aus wie ein Pin-up-Mädchen, das aus Versehen die Kleider angelassen hat.

„Guten Morgen, Euer Ehren!" sagte sie.
Die sieben Juristen strahlten, feixten, blickten mürrisch oder nickten einfach, je nach Laune. Lew Knight blickte mürrisch drein. Sam Weber strahlte.
Tina nahm die Blicke in sich auf und analysierte die Stimmung, während sie sich durch das Haar fuhr. Sie kam offenbar zu dem Schluß, daß sie sich unbedingt gegen Lew Knights Schreibtisch lehnen mußte, um ihn zu fragen, was er heute morgen für sie zu tun hätte.
Sam machte sich wütend über sein Gesetzbuch her. Theoretisch war Tina die Angestellte von allen sieben, und zwar gleichzeitig Sekretärin, Telefonistin und Empfangsdame. In Wirklichkeit bestanden ihre Pflichten in nicht viel mehr als dem Schreiben und Adressieren von zwei Umschlägen und gelegentlich einem Brief. Einmal die Woche mochte es einen kleinen Schriftsatz geben, doch der fand selten Gnade vor den Augen eines Richters. Tina besaß deshalb eine ziemlich umfangreiche Sammlung von Modezeitschriften in der ersten Schublade ihres Schreibtisches und ein komplettes Kosmetiklabor in den beiden anderen. Ein Drittel ihres Arbeitstages verbrachte sie auf der Damentoilette, wo sie mit den anderen Sekretärinnen Preise und Bezugsquellen von Strümpften austauschte; die beiden anderen Drittel widmete sie hingebungsvoll demjenigen ihrer Arbeitgeber, der ihr bei ihrer Ankunft am männlichsten erschien. Ihr Gehalt war klein, aber sie führte ein ausgefülltes Leben.
Vor dem Mittagessen erschien sie mit der Morgenpost. „Heute früh haben wir wohl nicht viel zu tun, Euer Ehren ...", begann sie.
„Da irren Sie, Miß Hill", erklärte er, bemüht, dabei etwas gereizt zu wirken. „Ich habe schon gewartet, bis Sie Ihre Konversation beendet hatten, damit wir uns ein wenig dem Geschäft widmen können."
Sie war so erschrocken wie ein Kätzchen, das man von seinem Lieblingskissen geworfen hat. „Aber... heute ist doch nicht Montag. Somerset & Ojack schicken Ihnen doch nur am Montag Akten."
Sam zuckte bei der Erinnerung zusammen, daß nur die Akten, die Somerset & Ojack ihm einmal die Woche schickten, ihn zu ei-

nem echten Anwalt machten. „Ich habe einen Brief, Miß Hill“, erwiderte er entschlossen. „Wenn Sie dann gütigst Zeit hätten, könnten wir ja damit anfangen.“
Tina erschien schon sehr kurz darauf mit Stenoblock und Bleistift.
„Üblicher Kopf, heutiges Datum“, begann Sam. „Adresse: Handelskammer, Glunt City, Ohio. Sehr geehrte Herren, bitte teilen Sie mir mit, ob sich unter Ihren Mitgliedern eine Bild-A-Man-Corporation oder eine Firma ähnlichen Namens befindet. Ferner hätte ich gern gewußt, ob eine Firma des erwähnten Namens in letzter Zeit die Absicht geäußert hat, sich in Glunt City niederzulassen. Es handelt sich hier um eine formlose Anfrage im Auftrag eines Klienten, der sich für ein Produkt dieser Firma interessiert, aber ihre Adresse verlegt hat. Unterschrift. Und dann noch ein P.S.: Mein Klient interessiert sich auch für die geschäftlichen Möglichkeiten an der Diagnol Avenue oder Diagonal Level Street. Einzelheiten über diese Adresse und die augenblicklich dort tätigen Firmen wären mir sehr wertvoll, und ich danke Ihnen dafür im voraus.“
Tina riß ihre großen blauen Augen auf. „Oh, Sam!“ hauchte sie, als hätte er sie nicht vor wenigen Minuten recht unfreundlich behandelt. „Oh, Sam, Sie haben noch einen Klienten? Da bin ich aber froh! Er hat etwas eigenartig ausgesehen, aber auf so distinguierte Weise, daß ich ganz sicher...“
„Wer hat eigenartig ausgesehen?“
„Nun, Ihr neuer Klient natürlich. Als ich heute morgen ins Büro kam, stand ein schrecklich großer, alter Mann im langen, schwarzen Mantel am Lift und sprach mit dem Fahrer. Er drehte sich zu mir herum — der Liftfahrer, meine ich — und sagte: „Das ist Mr. Webers Sekretärin. Sie kann Ihnen bestimmt mehr sagen.“ Und dann sah mich dieser alte Mann an, und ich fühlte mich gar nicht wohl dabei. Dann ging er weg und murmelte: ‚Entweder verklemmte oder besonders habgierige Persönlichkeiten. Aber niemals normal. Niemals ausgeglichen.‘ Ich hielt das auch nicht für besonders höflich. Das sollten Sie wissen, falls er wirklich Ihr neuer Klient ist.“ Sie lehnte sich zurück und atmete wieder normal.

Knorpeln vor der Kiste auf. Die Seitenwände der Kiste waren mit unbeschreiblich dünnen Blättern ausgelegt. Wenn man einen leichten Druck ausübte, so dehnten sich die Blätter in die dreidimensionalen Umrisse menschlicher Organe aus, deren Form und Größe man leicht dadurch verändern konnte, daß man auf ihre Oberfläche drückte — das waren also zweifellos Muster oder Vorlagen.

Ein beachtliches Sortiment! Wenn der Inhalt der Kiste wirklich eine wissenschaftliche Grundlage hatte, so war sie wahrscheinlich unvorstellbar wertvoll.

Wenn das Ganze eine wissenschaftliche Grundlage hatte!

Sam warf sich auf das Bett und schlug das erste Kapitel auf. *Einführung in die Biochemie.*

Um neun Uhr an diesem Abend kauerte er vor dem Elektronenmikroskop und fing an, kleine Fläschchen zu öffnen. Um neun Uhr siebenundvierzig machte Sam Weber sein erstes Lebewesen.

Es war nicht viel, wenn man das erste Kapitel der Schöpfungsgeschichte zum Vergleich nahm; nur ein primitiver, brauner Schimmelbelag, der im Sichtfeld des Mikroskops ein paar Krümel von einem Stück Brot zu sich nahm, ein Sporen ausstieß und in etwa zwanzig Minuten starb. Aber er hatte es gemacht. Er hatte ein Lebewesen konstruiert, das sich von Brotkrümeln ernährte. *Er hatte Leben geschaffen.*

Er ging weg, mit der Absicht, sich zu betrinken. Aber nach zwei Drinks überkam ihn der Drang, wieder nach Hause zurückzukehren, und er gab ihm nach.

Den Rest des Abends wollte jenes triumphierende Gefühl einer vollbrachten Schöpfung nicht wieder aufkommen, obwohl er ein Riesen-Proteinmolekül konstruierte und daneben eine ganze Reihe von Viren.

Am Morgen rief er aus dem kleinen Drugstore, in dem er immer sein Frühstück einnahm, das Büro an. „Ich bleibe heute den ganzen Tag zu Hause", sagte er Tina.

Sie war darüber überrascht; ebenso Lew Knight, der ihr das Telefon wegnahm. „He, Euer Ehren! Bauen Sie sich eine Praxis

auf? Kid Blackstone hat schon eine ganze Menge Fälle verpaßt. Heute sind schon zwei Ambulanzen vorbeigefahren."
„Ja!" meinte Sam. „Ich sag's ihm, wenn er kommt."
Das Wochenende stand beinahe bevor, also beschloß er, sich auch den nächsten Tag freizunehmen. Er hatte ohnehin bis Montag nichts zu tun. Somerset & Ojack legten nur einmal in der Woche ein Ei.
Ehe er in sein Zimmer zurückkehrte, kaufte er sich ein Lehrbuch über fortgeschrittene Bakteriologie. Es machte Spaß, einzellige Wesen zu konstruieren und noch dazu zu verbessern — deren Klassifikation in den Augen der Gelehrten seiner Zeit noch ein Rätsel war. Das Bild-A-Man-Lehrbuch gab natürlich nur einige Beispiele und Grundregeln; aber wenn man das Lehrbuch über Bakteriologie dazunahm, gab es für ihn keine Grenzen mehr.
Und dann baute er ein paar Austern. Die Schalen waren nicht hart genug, und er konnte sich auch nicht dazu entschließen, sie zu essen. Aber jedenfalls waren seine Produkte ganz eindeutig Mollusken. Und wenn er weitermachte, seine Technik verbesserte, würde er doch tatsächlich sein Nahrungsproblem lösen!
Dem Lehrbuch war leicht zu folgen, und es hatte eine Unzahl von Bildern, die, wenn man die Seite aufschlug, dreidimensional wurden. Und es setzte auch sehr wenig voraus. Kompliziertere Erklärungen kamen immer erst dann, wenn vorher die Grundzüge dargelegt worden waren. Nur die Hinweise, die er las, waren gelegentlich völlig unverständlich; ‚Das ist das Prinzip, das in den Phanophophlink-Spielzeugen verwendet wird'; ‚Wenn deine Zähne das nächstemal jokelisiert oder entmortonisiert werden, solltest du an das Bacterium cyanogenum denken'; ‚Falls deine Eltern einen rubikularen Mannikin besitzen, kannst du das Kapitel über Mannikins überspringen.'
Nachdem Sam sich überzeugt hatte, daß er keinen rubikularen Mannikin in seiner Wohnung besaß, beschloß er, das Kapitel über Mannikins zu lesen. Er hatte jetzt das Gefühl überwunden, ein Vater zu sein, der mit der Spielzeugeisenbahn seines Sohnes

spielte; er hatte bereits mehr gelernt, als die führenden Biologen der Welt in der nächsten Generation zu erreichen hofften. Und was mochte noch vor ihm liegen — was für Probleme mochte ihm dieses Buch noch bieten?

‚Vergiß nie, daß Mannikins nur für einen Zweck konstruiert sind.'

Ganz bestimmt nicht! versprach Sam. ‚Ob es nun Reinigungsmannikins sind, Schneidermannikins, Druckmannikins oder sogar suneviäre Mannikins, sind sie doch alle nur im Hinblick auf eine Tätigkeit konstruiert. Die Herstellung eines Mannikins, das mehr als eine Funktion erfüllen kann, ist streng verboten und daher strafbar.'

„Die Konstruktion eines elementaren Mannikins..."

Es war sehr schwierig. Dreimal löste er Monstrositäten auf, die sich entwickelten, und begann aufs neue. Erst am Sonntagnachmittag war der Mannikin fertig — besser gesagt unfertig.

Der Mannikin hatte lange Arme — irrtümlicherweise war einer etwas länger geraten als der andere — einen gesichtslosen Kopf und einen Rumpf. Keine Beine. Keine Augen oder Ohren. Keine Fortpflanzungsorgane. Der Mannikin lag auf seinem Bett, und die rote Öffnung seines Mundes, der sowohl zur Aufnahme als auch zur Abgabe von Nahrung bestimmt war, gurgelte unverständliche Laute. Die langen Arme, die für eine noch nicht erfundene Tätigkeit bestimmt waren, kreisten langsam.

Sam betrachtete sein Werk und entschied, daß das Leben so häßlich wie eine offene Feldlatrine im Sommer sein konnte.

Er mußte es demontieren. Die Länge des Wesens — einen Meter von den fast knochenlosen Fingern bis zu dem sich nach unten verjüngenden Rumpf — machte den Gebrauch des kleinen Demontagegerätes unmöglich, mit dem er die Austern und seine anderen Kreationen zerlegt hatte. Und auf dem großen Demontagegerät klebte ein Hinweis in grellem Gelb: ‚Darf nur unter Aufsicht eines Zählers benutzt werden! Rufe Formel A76 oder destabilisiere dein Id!'

‚Formel A76' bedeutete ihm etwa ebensoviel wie ‚suneviär', und Sam entschied, daß sein Id bereits hinreichend destabilisiert war. Er würde also ohne einen Zähler zurechtkommen müssen. Wahr-

scheinlich arbeitete das große Demontagegerät nach dem gleichen Prinzip wie das kleine.
Er befestigte es an einem Bettpfosten und stellte ein. Dann drückte er den Schalter an der Unterseite des Geräts.
Fünf Minuten später war der Mannikin eine rote, schmierige Masse auf seinem Bett.
Das große Demontagegerät bedurfte wirklich der Aufsicht eines Zählers; davon war Sam jetzt überzeugt, während er sein Zimmer wieder in Ordnung brachte. Während er die Einzelteile sorgfältig wieder einsammelte — oder wenigstens den größten Teil davon — zweifelte er daran, daß er den Baukasten in den nächsten fünfzig Jahren noch einmal benutzen würde — das Demontagegerät jedenfalls ganz bestimmt nicht; da war es noch besser, das ganze Ding in einen Fleischwolf zu stecken und die Kurbel zu drehen.
Als er hinter sich die Tür schloß und sich auf den Weg zu einer kleinen Sauftour machte, nahm er sich vor, am nächsten Morgen frische Bettwäsche zu kaufen. Heute abend würde er auf dem Boden schlafen müssen.
Bis zu den Ellbogen in Somerset & Ojack vertieft, spürte Sam Lew Knights Blicke und Tinas Interesse. Wenn sie nur wüßten! dachte er. Aber Tina würde nur ‚wunderbar!' sagen, und Lew Knight würde irgendeine Bemerkung machen, wie ‚Frankenstein am Werk' oder so etwas Ähnliches.
„He, Euer Ehren!" Lew Knight hockte plötzlich auf Sams Schreibtischkante. „Was machst du denn an diesen langen Wochenenden? Mag ja sein, daß du als Jurist nicht soviel Geld verdienst — aber was macht es für einen Eindruck, wenn mein Sozius nebenbei Zeitschriften verkauft?"
Sam hätte sich am liebsten die Ohren zugehalten. „Ich habe ein Buch geschrieben."
„Ein juristisches Buch? Eines über den Bankrott?"
„Nein, eins für Kinder. Lew Knight, der Neandertaler."
„Läßt sich bestimmt nicht verkaufen. Übrigens, Tina sagt mir, ihr beide hättet eine Verabredung für Silvester. Aber sie meint, es würde dir bestimmt nichts ausmachen, wenn ich sie statt dir aus-

führe. Immerhin habe ich schon einen Tisch im La Cigale bestellt, und dort sind weniger Menschen als im Automatencafé."
„Es macht mir nichts aus."
„Gut!" meinte Knight und entfernte sich. „Übrigens, den Fall habe ich gewonnen. Nettes Honorar."
Tina wollte ebenfalls wissen, ob ihm die Sache mit Silvester etwas ausmache; und er verneinte. Wo er die letzten zwei Tage gewesen sei? Sehr beschäftigt, wirklich sehr beschäftigt. Etwas ganz Neues. Etwas Wichtiges.
Sie musterte ihn überlegend, während sie seine Post sortierte. Da gab es Angebote über Gebrauchtwagen, die garantiert nicht mehr als eine Viertelmillion Meilen auf dem Rücken hatten, und freundliche Hinweise, daß er noch die letzte Halbjahresrate von der Universität schuldig sei und wann er denn bezahlen wolle? Und dann kam ein Brief, der weder eine Rechnung noch ein Angebot war. Sam warf einen Blick auf den Poststempel, und sein Herz setzte fast einen Schlag aus: Glunt City, Ohio.

Sehr geehrter Herr Weber,
in Glunt City gibt es augenblicklich keine Firma unter der Bezeichnung ‚Bild-A-Man-Corporation'. Auch sind uns keine Firmen mit ähnlicher Bezeichnung bekannt, noch liegen uns Anfragen solcher Firmen vor.
Wir haben auch keine Straße unter der Bezeichnung ‚Diagonal'; unsere nordsüdlichen Straßen sind nach Indianerstämmen benannt, während unsere Ost-West-Avenues Ziffern tragen.
Glunt City ist eine Wohngemeinde, und wir wollen daran auch nichts ändern; deshalb sind hier nur kleine Einzelhandels- und Dienstleistungsbetriebe zulässig. Falls Sie daran interessiert sein sollten, sich in Glunt City anzusiedeln, und den Beweis erbringen können, daß Ihre Familie in den letzten fünfzehn Generationen nur weiße, christliche angelsächsische Vorfahren gehabt hat, sind wir gern bereit, Ihnen weitere Informationen zu liefern.

Thomas H. Plantagenet
Bürgermeister

P.S.
Ein Flugplatz für Propeller- und düsengetriebene Privatflugzeuge wird gerade außerhalb der Stadtgrenzen erbaut.

So war das also! Er würde sich keine Nachfüllpackungen kaufen können, selbst wenn er dafür ein paar Slunks erübrigen konnte. Es empfahl sich also, haushälterisch mit seinen Vorräten umzugehen. Aber Demontage kam nicht mehr in Frage.
Würde die ‚Bild-A-Man-Corporation' irgendwann in der Zukunft die Fabrikation in Glunt City aufnehmen? Dann vielleicht, wenn Glunt City sich gegen den Willen ihrer Bürger zu einer industriellen Metropole entwickelt hatte? Oder war dieses Paket vielleicht von einer anderen Spur im menschlichen Zeitstrom abgeglitten, einer Ära, die vielleicht nur in der Welt einer anderen Dimension existierte? Aber einen gemeinsamen Ursprung mußten beide Zeiten haben — woher käme sonst die englische Sprache in dem Lehrbuch? Ob ein Zweck dahinterstecke, daß er die Sendung erhalten hatte — ein nützlicher Zweck oder ein anderer?
Tina hatte ihn etwas gefragt. Sam löste sich aus seinen ziellosen Spekulationen und sah sie an.
„Wenn Sie also wollen, daß ich mit Ihnen zu Silvester ausgehe, brauchte ich bloß Lew zu sagen, daß meine Mutter wieder Gallenkoliken hat und daß ich zu Hause bleiben muß. Dann könnten Sie ihm die Reservierung im *La Cigale* billig abkaufen."
„Vielen Dank, Tina! Aber ehrlich gesagt, habe ich das Geld im Augenblick gar nicht. Und außerdem geben Sie und Lew ein viel besseres Paar ab."
Lew Knight hätte das nie getan. Lew konnte einem anderen die Kehle durchschneiden, ohne sich etwas dabei zu denken. Aber Tina schien wirklich besser zu Lew zu passen.
Warum? Bevor Lew angefangen hatte, sich für Tina zu interessieren, hatte Sam keine Konkurrenten gehabt. Die restlichen Kollegen hatten das hingenommen und waren ihnen aus dem Weg gegangen. Das Ganze war nicht nur eine Frage von Lews Finanzen und Erfolgen; Lew hatte Tina einfach haben wollen und sie bekommen.

Das tat weh. Tina war nichts Besonderes; sie war ihm weder geistig noch kulturell ebenbürtig — aber er wollte sie. Er war gern mit ihr zusammen. Sie war die Frau, die er sich wünschte, gleichgültig, ob es für ihre Verbindung nun eine gute Basis gab oder nicht. Er konnte sich noch gut an seine Eltern erinnern, an die Zeit, ehe sie bei einem Eisenbahnunglück ums Leben gekommen waren. Theoretisch hätten sie auch nicht zusammengepaßt, aber sie waren sehr glücklich miteinander gewesen.

Er dachte am nächsten Abend immer noch darüber nach, als er das Kapitel ‚Zwillinge für dich und deine Freunde' las. Es würde interessant sein, einen Zwilling von Tina zu machen.
‚Eine für mich, eine für Lew.'
Nur daß es die erschreckende Möglichkeit eines Fehlers gab! Sein Mannikin war nicht perfekt gewesen: seine Arme waren ungleich lang gewesen. Und alleine der Gedanke an eine Tina, die nicht perfekt war, bereitete ihm Übelkeit. Er würde es nie übers Herz bringen, sie zu zerlegen.
Und dann warnte das Buch: ‚Der von dir erbaute Zwilling wird dir zwar in jeder Einzelheit ähneln, aber er hat nicht den langsamen, behüteten Reifeprozeß durchgemacht, der dich geformt hat. Er oder sie wird daher geistig nicht so stabil sein und viel weniger gut mit ungewöhnlichen Situationen fertig werden. Nur ein berufsmäßiger Carnuplicator kann unter Zuhilfenahme erstklassiger Geräte eine exakte Kopie einer menschlichen Persönlichkeit herstellen. Dein Zwilling wird leben und sich sogar fortpflanzen können; aber man wird in ihm nie ein echtes Mitglied der menschlichen Gesellschaft sehen.'
Nun, das würde er riskieren. Etwas weniger Stabilität in Tina würde man kaum bemerken; im Gegenteil, vielleicht war das sogar wünschenswert.
Es klopfte. Er öffnete die Tür und verdeckte die Kiste mit seinem Körper. Seine Wirtin.
„Sie hatten die letzte Woche die Tür abgeschlossen, Mr. Weber, deshalb hat die Aufwartefrau auch nicht saubergemacht. Wir dachten, Sie wollten niemanden im Zimmer haben."

„Ja.“ Er trat in den Korridor hinaus und schloß die Tür hinter sich. „Ich habe an einigen sehr wichtigen juristischen Schriften gearbeitet.“

„Oh!“ Er spürte ganz deutlich ihre Neugierde und wechselte das Thema.

„Wozu all die vielen, schönen Federn, Mrs. Lipanti — Silvesterparty?“

Sie fuhr sich mit den Händen glättend über ihr schwarzes Kleid. „Ja. Meine Schwester und ihr Mann sind heute von Springfield angekommen, und wir wollten ausgehen. Nur... das Mädchen, das herüberkommen und auf ihr Baby aufpassen wollte, hat gerade angerufen und gesagt, sie fühle sich nicht wohl. Also können wir wahrscheinlich nicht gehen, wenn wir nicht jemand finden, der nicht verabredet ist und der nicht...“ Sie verstummte in gespielter Verlegenheit, als ihr klar wurde, daß sie damit die Bitte bereits ausgesprochen hatte.

Nun, schließlich hatte er heute abend nichts vor. Und sie war immer sehr nett gewesen, wenn er ihr hatte sagen müssen: „Natürlich bekommen Sie den Rest der Miete in ein paar Tagen.“ Aber warum mußte auch immer automatisch Sam Weber einspringen, wenn es galt, irgendwo einen Gefallen zu tun?

Und dann erinnerte er sich an Kapitel vier, das sich mit Babys und anderen kleinen Mannikins befaßte. Seit der Nacht, als er den Mannikin in seine Einzelheiten zerlegt hatte, hatte er das Handbuch als reine Theorie betrachtet. Er fühlte sich einfach nicht imstande, bei der Herstellung eines kleinen Menschen nicht doch irgendeinen scheußlichen Fehler zu begehen. Aber die Herstellung von Zwillingen war angeblich doch nicht so schwierig.

Nur — und er schwor das wie einen heiligen Eid — diesmal würde er nicht demontieren. Es mußte andere Methoden geben, das Produkt in einer so großen Stadt mitten in der Nacht zu beseitigen. Ihm würde schon etwas einfallen.

„Ich passe gern ein paar Stunden auf das Baby auf. Ich bin heute abend nicht verabredet. Nein, das macht doch nichts aus, Mrs. Lipanti. Ich tu' das gern.“

In der Wohnung seiner Wirtin instruierte ihn ihre Schwester nervös. „Und sie weint wirklich nur dann, und zwar regelmäßig und lang. Wenn Sie sich also beeilen, passiert nichts. Jedenfalls nicht viel."
Er begleitete sie zur Tür. „Ich werde mich beeilen", beruhigte er die Mutter. „Gut, daß Sie mir den Tip gegeben haben."
Mrs. Lipanti blieb an der Tür stehen. „Habe ich Ihnen von dem Mann erzählt, der sich heute nachmittag nach Ihnen erkundigt hat?"
Schon wieder?
„Ein ziemlich großer, alter Mann in einem langen, schwarzen Mantel?" fragte er.
„Ja. Und er hat mir so in die Augen gesehen, daß mir angst wurde und hat halblaut gemurmelt. Kennen Sie ihn?"
„Nicht genau. Was wollte er denn?"
„Nun, er fragte, ob ein Sam Weaver hier wohnte und ob das ein Anwalt sei und ob er die letzte Zeit hauptsächlich in seinem Zimmer zugebracht hätte. Ich sagte ihm, wir hätten einen Sam Weber — Ihr Vorname ist doch Sam? —, auf den diese Beschreibung sehr exakt zutreffe, aber der letzte Weaver sei vor einem Jahr ausgezogen. Er sah mich eine Weile an und sagte dann, ‚Weaver — Weber — vielleicht haben die sich geirrt'. Und dann ging er weg, ohne sich zu verabschieden. Kein besonders höflicher Herr."
Sam ging nachdenklich zu dem Kind zurück. Eigenartig, was für eine klare Vorstellung er sich schon von diesem Mann gebildet hatte! Wahrscheinlich kam das daher, daß die beiden Frauen, mit denen er bis jetzt gesprochen hatte, sehr leicht zu beeindrucken waren. Freilich schien es auch so, als wäre es ein sehr eindrucksvoller Mann.
Er bezweifelte, daß es ein Irrtum gewesen war: der Mann hatte beide Male ihn gesucht. Sein Wissen um den Urlaub, den Sam sich letzte Woche genommen hatte, bewies das. Dabei schien es, als wäre er gar nicht daran interessiert, ihn zu treffen, bis seine Identität völlig zweifelsfrei feststand. Der Mann dachte wie ein Jurist.

Die ganze Angelegenheit hatte mit dem Bild-A-Man-Baukasten zu tun, daran bestand für ihn kein Zweifel. Diese ganze heimliche Untersuchung hatte erst begonnen, als das Geschenk aus dem Jahre 2353 angeliefert worden war — und als Sam angefangen hatte, es zu benutzen.
Aber solange die Gestalt in dem langen, schwarzen Mantel nicht selbst auf Sam Weber zugeschlurft kam und sagte, was sie wollte, konnte er nicht viel dagegen unternehmen.
Sam ging die Treppe hinauf zu seinem Junior Biokalibrator.
Er klappte das Handbuch auf, lehnte es ans Bett und schaltete das Gerät auf volle Leistung. Das Kind gab unartikulierte Laute von sich, als der Kalibrator über seinen pummeligen Körper gerollt wurde und einen Metallstreifen aus seinem Schlitz von sich gab, der — so stand es im Handbuch — eine ganz detaillierte physiologische Beschreibung enthielt.
Die Beschreibung war auch wirklich detailliert. Sam staunte, als das Band auf dem Bildschirm Informationen über das Kind gab. Chromosomenqualität, Gehirninhalt, Drüsenkapazität — alles für Konstruktionszwecke in einzelne Daten zergliedert. Schädelexpansion in Minuten, für die nächsten zehn Stunden angegeben; Geschwindigkeit der Knorpeltransformation; Unterschiede in der Hormonsekretion im Ruhezustand und im aktiven Zustand.
Das war ein echter Konstruktionsplan — mehr konnte man nicht erwarten.
Sam rannte hinauf. Mit Hilfe der Daten auf dem Band stutzte er seine Eiweißbausteine auf die richtige Größe zurecht. Und dann, noch ehe es ihm richtig bewußt wurde, konstruierte er einen kleinen Menschen.
Er staunte, wie leicht ihm die Arbeit von der Hand ging. Offenbar wurde bei diesem Spiel auch die Fingerfertigkeit ausgebildet; es war ihm viel schwerer gefallen, den Mannikin zusammenzustellen. Freilich machte ihm die Duplizierung, noch dazu von einem Informationsband unterstützt, wesentlich weniger Mühe.
Das Kind nahm unter seinen Augen Gestalt an.
Eineinhalb Stunden, nachdem er die ersten Maße genommen hatte, war er fertig. Jetzt mußte er sein Werk nur noch beleben.

Einen Augenblick ließ ihn die häßliche Vorstellung, daß er sein Werk später wieder demontieren mußte, innehalten. Aber dann tat er den Gedanken ab. Er wollte unbedingt sehen, wie gut er seine Arbeit getan hatte. Wenn dieses Kind atmen konnte — was war ihm dann noch unmöglich? Außerdem konnte er es nicht lange im unbelebten Zustand belassen, ohne das Risiko einzugehen, sein Werk und die Materialien zu ruinieren.

Er schaltete den Vitalisator ein.

Das Kind bewegte sich und begann leise, aber gleichmäßig zu weinen. Sam rannte wieder in die Wohnung seiner Wirtin hinunter und holte eine Windel, die für Notfälle auf dem Bett bereitgelegt war. Nun, er würde also wieder neue Bettwäsche brauchen.

Nachdem er die nötigen Handgriffe getan hatte, trat er zurück und musterte sein Werk. In gewissem Sinne war er jetzt Vater geworden. Er fühlte sich zumindest ebenso stolz.

Es war ein perfektes, kleines Geschöpf, leuchtend und rund vor Gesundheit.

„Ich habe gezwillingt!" sagte er glücklich. Jede Einzelheit stimmte. Die beiden Gesichtshälften korrekt ungleichmäßig; selbst das Essen, das das Baby zu sich genommen hatte, befand sich in genau demselben Verdauungszustand; dasselbe Haar, dieselben Augen — oder nicht? Sam beugte sich über das Kind. Er hätte schwören können, daß das andere blond war. Dieses Kind hatte dunkles Haar, das zusehends dunkler zu werden schien.

Er hielt den Säugling mit der einen Hand fest und griff mit der anderen nach dem Junior Biokalibrator.

Eine Treppe tiefer legte er die beiden Babys Seite an Seite auf das große Bett. Kein Zweifel: eines war blond; das andere, sein Plagiat, war jetzt ganz eindeutig brünett.

Der Biokalibrator zeigte andere Unterschiede: sein Modell hatte einen etwas schnelleren Puls und einen niedrigeren Blutdruck, auch eine geringfügig höhere Gehirnkapazität, obwohl der Gehirninhalt der gleiche war. Adrenalin und Gallensekretion völlig anders.

Er hatte also nicht einwandfrei gearbeitet. Sein Kind mochte das bessere oder das schlechtere sein; aber er hatte keine wahre

Kopie hergestellt. Er wußte im Augenblick nicht, ob das Kind, das er gebaut hatte, zur vollen Reife heranwachsen konnte. Das andere konnte das.

Warum? Er war den Anweisungen strikt gefolgt, hatte bei jedem Schritt Vergleiche mit dem Kalibratorband angestellt. Und das hier war das Ergebnis. Hatte er zu lange gewartet, ehe er den Belebungsprozeß vornahm? Oder war das Ganze nur eine Frage mangelnder Übung?

Er sah auf die Uhr. Er würde die Spuren seiner Babyherstellung entfernen müssen, ehe die Schwestern Lipanti nach Hause kamen. Sam überlegte schnell.

In wenigen Augenblicken kam er mit einem alten Tischtuch und einem leeren Karton wieder herunter. Er wickelte das Kind in das Tischtuch, erfreut, daß die Außentemperatur in der Nacht gestiegen war, und legte es in den Karton.

Das Kind gurgelte zufrieden. Sein Original auf dem Bett gab ihm Antwort. Sam schlich schnell auf die Straße hinaus.

Zahlreiche Betrunkene taumelten über die Straßen und machten mit kleinen Trompeten Lärm. Leute wünschten einander ein frohes neues Jahr, während er gemächlich die drei Blocks hinunterschlenderte.

Als er nach links abbog, sah er das Zeichen: ‚Städtisches Findlingsheim'. Über einer Seitentür brannte ein Licht.

Sam duckte sich einen Augenblick in eine finstere Seitengasse. Ein Gedanke war ihm gekommen: Das mußte alles echt wirken. Er holte einen Bleistift aus der Tasche und kritzelte mit möglichst kleiner Schrift auf den Karton:

Bitte sorgen Sie gut für mein liebes, kleines Mädchen. Ich bin unverheiratet.

Dann stellte er den Karton auf der Türschwelle ab und ließ den Finger auf der Glocke, bis sich hinter der Tür etwas bewegte. Als die Schwester die Tür geöffnet hatte, hatte er die Straße bereits überquert und in der Seitengasse Deckung gefunden.

Erst als er seine Pension betrat, erinnerte er sich an den Nabel. Er blieb stehen und versuchte sich das Bild seines Geschöpfes zu vergegenwärtigen. Natürlich, er hatte sein kleines Mädchen ohne Nabel gebaut! Der Bauch war völlig glatt gewesen. Das kam davon, wenn man es zu eilig hatte! Schlampige Arbeit! Wenn sie im Findlingsheim das Kind auswickelten, würde das einige Aufregung geben.

Abgesehen von gelegentlichem Stöhnen war das Büro am zweiten Tag des neuen Jahres ziemlich ruhig.
Er las gerade die letzten faszinierenden Seiten des Buches, als ihm auffiel, daß zwei Leute etwas verlegen vor seinem Schreibtisch standen. Sein Blick ließ widerstrebend von der Lektüre ab: ‚Neues Leben für deine Mußestunden' war wirklich faszinierend!
Tina und Lew Knight.
Sam nahm zur Kenntnis, daß keiner von beiden auf seiner Schreibtischkante hockte.
Tina trug den kleinen Ring, den sie zu Weihnachten bekommen hatte, jetzt am Ringfinger ihrer linken Hand; Lew experimentierte mit einer neuen Art von Schafsblick, was ihm aber gar nicht leichtfiel.
„Oh, Sam! Lew hat gestern... Sam, wir wollten, daß Sie der erste sind — so eine Überraschung, meine ich! Dabei hätte ich beinahe — wir meinten natürlich, das wäre etwas schwierig... Sam, wir werden, ich meine, wir erwarten..."
„Heiraten", führte Lew Knight kaum hörbar ihren Satz zu Ende. Zum erstenmal, seit Sam ihn kannte, wirkte er unsicher und irgendwie argwöhnisch, genauso wie ein Mann, der in seinem Frühstücksei plötzlich einen frisch ausgeschlüpften Oktopus findet.
„Stellen Sie sich nur vor, wie Lew mir seinen Antrag gemacht hat!" blubberte es aus Tina heraus. „So umständlich und so schüchtern! Ich hatte ihn zuerst gar nicht verstanden. War gar nicht leicht, dich zu verstehen, was, Liebster?"
„Hm? Ah, ja! War gar nicht leicht, mich zu verstehen." Lew starrte seinen ehemaligen Rivalen an. „Große Überraschung?"
„Oh, nein! Gar keine Überraschung. Ihr beiden paßt so herrlich zusammen, daß ich es gleich gewußt habe." Sam murmelte einen Glückwunsch und bemerkte dabei Tinas suchenden Blick. „Und

jetzt, wenn ihr mich entschuldigen wollt, habe ich noch etwas zu erledigen. Ein ganz besonderes Hochzeitgeschenk."
Lew staunte. „Ein Hochzeitgeschenk? So früh?"
„Aber klar doch!" meinte Tina. „Es ist nicht leicht, das Richtige zu finden. Und ein besonderer Freund wie Sam möchte natürlich auch ein ganz besonderes Geschenk machen."
Sam entschied, daß es ihm jetzt reichte. Er nahm das Buch und seinen Mantel und zwängte sich durch die Tür.
Als er die Ziegelstufen seiner Pension erreichte, hatte er den Schluß gezogen, daß die Wunde, wenn auch schmerzhaft, immerhin sein Herz nicht verletzt hatte. Er lachte sogar innerlich über Lew Knights Gesicht, als seine Wirtin ihn am Ärmel zupfte.
„Dieser Mann war heute wieder hier, Mr. Weber. Er sagte, er wolle mit ihnen sprechen."
„Welcher Mann? Der alte, große?"
Mrs. Lipanti nickte. Die Arme hatte sie selbstgefällig über der Brust verschränkt. „Ein unangenehmer Mensch! Als ich ihm sagte, sie wären nicht zu Hause, wollte er, daß ich ihn in ihr Zimmer führe. Ich sagte, ich könnte das nicht ohne Ihre Erlaubnis tun. Da hat er mich angesehen, als wollte er mich umbringen. Ich habe nie an den bösen Blick geglaubt — aber wenn es einen bösen Blick gibt, dann hat er ihn."
„Wollte er wiederkommen?"
„Ja. Er fragte, wann Sie normalerweise heimkommen, und ich sagte, gegen acht und habe mir gedacht, auf diese Weise haben Sie genügend Zeit, um auch noch einmal wegzugehen, falls Sie ihn nicht sehen wollen. Und, Mr. Weber, entschuldigen Sie, wenn ich das sage — aber ich glaube, Sie sollten ihm wirklich nicht begegnen."
„Danke! Aber wenn er um acht kommt, dann führen Sie ihn herauf. Wenn er der Richtige ist, dann habe ich auf illegale Weise sein Eigentum in Besitz genommen. Und ich möchte wissen, wo dieses Eigentum herkommt."

In seinem Zimmer legte er das Handbuch weg und befahl der Kiste, sich zu öffnen. Der Junior Biokalibrator war nicht besonders

groß und ließ sich leicht unter einer Zeitung verstecken. Wenige Minuten später befand er sich mit dem seltsamen Paket unter dem Arm wieder in der U-Bahn auf dem Weg ins Büro.
Wollte er Tina wirklich duplizieren? überlegte er. Ja, trotz allem. Sie war immer noch die Frau, die er mehr als jede andere begehrte. Und jetzt, da das Original bald mit Lew verheiratet sein würde, hatte das Duplikat gar keine andere Wahl außer ihm. Nur — das Duplikat würde Tinas Eigenschaften bis zu dem Augenblick haben, da er die Maße nahm. Vielleicht bestand sie also darauf, ebenfalls Lew zu heiraten.
Das wäre dann wirklich verrückt! Aber von diesem Punkt war er noch meilenweit entfernt. Vielleicht war es sogar amüsant...
Viel ärgerlicher war die Möglichkeit eines Fehlers. Die Tina, die er machen würde, würde vielleicht in einigen Punkten unscharf sein, so wie ein schlecht reproduziertes Foto. Vielleicht hatte sein Modell irgendeine seltsame, unheilbare Geisteskrankheit, die sich erst dann äußerte, wenn tiefe gegenseitige Zuneigung aufgeblüht war. Bis jetzt war er noch nicht gerade ein Meister im Duplizieren menschlicher Wesen; das bewiesen schon die Fehler, die er an Mrs. Lipantis Nichte begangen hatte.
Sam wußte, daß er es nie übers Herz bringen würde, Tina zu demontieren, falls sie Fehler zeigte. Abgesehen von der geradezu abergläubischen Wertschätzung für die Frau als höheres Wesen — so wie sie nur aus einer Jugendzeit in einer Kleinstadt entstehen kann —, war da noch der Schrecken, den er empfand, wenn er sich vorstellte, ein so geliebtes Wesen dem gleichen Desintegrationsprozeß zu unterwerfen wie — nun, wie den Mannikin. Aber wenn er bei seiner Konstruktion etwas Wesentliches übersah — was blieb ihm dann anderes übrig?
Lösung: Er durfte nichts übersehen. Sam grinste bitter, als der Lift ihn zu seinem Büro trug. Wenn er nur noch etwas Zeit hätte, um mit einer Person zu üben, deren Reaktionen er so genau kannte, daß ihm jede Abweichung von der Norm sofort auffiel! Aber der seltsame, alte Mann würde heute abend kommen; und wenn der Besuch den Bild-A-Man-Baukasten betraf, würden Sams Experimente ein abruptes Ende finden. Und wo sollte er ei-

ne solche Person finden — er hatte wenig echte Freunde, mit denen er sich wirklich verbunden fühlte. Und um Nutzen aus dem Experiment zu ziehen, mußte es jemand sein, den er ebenso kannte wie sich selbst.

Sich selbst!

„Ihr Stockwerk, Sir!" Der Liftboy sah ihn tadelnd an. Sams Ausruf hatte ihn dazu veranlaßt, die Kabine zehn Zentimeter unter dem Stockwerksniveau zum Halten zu bringen.

Und warum nicht er selbst? Sam kannte seine eigenen physischen Attribute besser als die Tinas. Und irgendwelche geistigen Instabilitäten in seinem reproduzierten Ich würden ihm lange, ehe sie den Punkt der Psychose oder noch Schlimmeres erreichten, auffallen. Und das Schönste daran war, daß er nicht die geringsten Skrupel haben würde, einen überflüssigen Sam Weber zu zerlegen! Ganz im Gegenteil: Es wäre viel schrecklicher, wenn ein Duplikat seiner Persönlichkeit existierte, und es mußte ihm Erleichterung bringen, es zu entfernen.

Einen Zwilling seiner selbst herzustellen, würde ihm die notwendige Übung in einem vertrauten Medium liefern. Ideal! Er würde sehr sorgfältig Notizen machen müssen, damit er — falls irgend etwas schiefging — genau wußte, welche Fehler er vermeiden mußte, wenn er seine Tina baute.

Und vielleicht interessierte sich der alte Knilch gar nicht für den Baukasten. Und selbst wenn dem so war — Sam konnte immer noch den Rat seiner Wirtin annehmen und nicht zu Hause sein, wenn der Mann kam.

Lew Knight starrte das Instrument an, das Sam in der Hand hielt.

„Was, im geheiligten Namen von Blackstone und all seiner Kommentare, ist das? Das sieht wie ein Rasenmäher für ein Fensterkästchen aus!"

„Es ist — äh — eine Art Meßgerät. Man kann damit die richtigen Maße nehmen. Ich kann mein Hochzeitgeschenk, das ich vorhabe, nicht bekommen, wenn ich nicht die richtigen Maße habe. Tina, würde es Ihnen etwas ausmachen, in den Gang herauszukommen?"

Sie sah das Gerät zweifelnd an. „Das tut doch nicht weh?"
Es würde überhaupt nicht weh tun, versicherte ihr Sam. „Ich möchte das bloß bis nach der Feier vor Lew geheimhalten."
Sie lächelte schon wieder und ging vor Sam hinaus. „He, Euer Ehren!" rief einer der jungen Anwälte Lew nach. „He, Euer Ehren, lassen Sie das nicht zu! Besitz ist alles, sagt Sam immer. Er bringt sie bestimmt nicht zurück."
Lew zwang sich zu einem Lächeln und beugte sich über seine Arbeit.
„Ich möchte jetzt, daß Sie in die Damentoilette gehen", erklärte Sam der verblüfften Tina. „Ich werde draußen Wache stehen und den anderen sagen, daß die Toilette nicht funktioniert. Wenn jemand drinnen ist, dann warten Sie, bis sie wieder geht. Und dann ziehen Sie sich aus."
„Ausziehen?" kreischte Tina.
Er nickte. Und dann erklärte er ihr sehr sorgfältig und ohne die geringste Einzelheit zu übergehen, wie sie den Junior Biokalibrator benutzen mußte; wie sie den Schalter anknipsen mußte, um das Band in Bewegung zu setzen; wie sie jeden Quadratzoll ihres Körpers abtasten mußte. „An diesem kleinen Arm können Sie es auch gegen Ihren Rücken halten. Stellen Sie jetzt keine Fragen! Los!"
In fünfzehn Minuten war sie wieder zurück und stopfte sich die Bluse in den Rock. Das Band musterte sie voll Staunen. „Das ist eigenartig — nach der Spule ist mein Jodgehalt..."
Sam riß ihr den Biokalibrator schnell weg. „Denken Sie nicht mehr daran! Das Ganze ist eine Art Kode. Es sagt mir bloß, welche Größe und so. Sie werden ganz verrückt nach dem Geschenk sein, wenn Sie es sehen."
„Ganz bestimmt!" Sie beugte sich über ihn, als er niederkniete und das Band untersuchte, um auch ganz sicher zu sein, daß sie das Instrument richtig angewandt hatte. „Wissen Sie, Sam, ich habe immer das Gefühl gehabt, daß Sie einen ausgezeichneten Geschmack haben. Sie müssen uns oft besuchen, wenn wir verheiratet sind. Sie haben so herrliche Ideen! Lew ist ein wenig zu ... zu geschäftsmäßig, nicht wahr? Ich meine, das ist nötig, um

Erfolg zu haben und all das. Aber Erfolg ist nicht alles. Ich meine, man muß auch Kultur haben. Sie helfen mir doch, meine Kultur zu bewahren, oder, Sam?"
„Sicher!" sagte Sam, ohne hinzuhören. Das Band war vollständig. Und jetzt mußte er anfangen. „Ich tu das gerne — ganz bestimmt."
Er klingelte nach dem Lift und bemerkte, wie sie ihm immer noch verblüfft nachsah. „Machen Sie sich doch keine Sorgen, Tina! Sie und Lew, Sie beide werden sehr glücklich miteinander sein. Und dieses Hochzeitgeschenk wird Ihnen gefallen. „Aber nicht so gut wie mir", dachte er, als er die Liftkabine betrat.
Wieder in seinem Zimmer, leerte er die Maschine aus und zog sich aus. In wenigen Augenblicken hatte er ein weiteres Band mit seinen Daten hergestellt. Er hätte es gerne eine Weile betrachtet; aber so kurz vor dem Ziel war er ungeduldig. Er versperrte die Tür, machte schnell Ordnung in seinem Zimmer, befahl der Kiste, sich zu öffnen — und war bereit.
Zuerst das Wasser. Bei der Unmenge Wasser, die der menschliche Körper brauchte — besonders der Körper eines Erwachsenen —, konnte er ebensogut jetzt schon anfangen, es zu sammeln. Er hatte ein paar Töpfe gekauft, und sein einziger Wasserhahn würde einige Zeit brauchen, um sie alle zu füllen.
Als er den ersten Topf unter den Hahn stellte, fragte sich Sam plötzlich, ob die chemischen Unreinheiten vielleicht das Endprodukt beeinflussen konnten. Natürlich war das möglich! Diese Kinder des Jahres 2353 würden wahrscheinlich absolut reines H_2O benutzen; in dem Handbuch hatte darüber nichts gestanden. Aber woher sollte er wissen, was für Wasser sie hatten? Nun, er würde sein Wasser eben abkochen. Und wenn er dann mit der Produktion Tinas begann, würde er sehen, ob er *aqua* völlig *pura* bekommen konnte.
Wieder ein Punkt mehr, der dafür sprach, zuerst ein Duplikat Sams herzustellen.
Während er darauf wartete, daß das Wasser kochte, legte er sich seine Utensilien zurecht. Der Vorrat begann bereits abzunehmen. Er hatte eine ganze Menge nützlicher Zutaten für das Baby

gebraucht; es ist jammerschade, daß er es nicht fertiggebracht hatte, es zu demontieren. Das bedeutete aber auch, daß er sein eigenes Duplikat unter keinen Umständen leben lassen durfte. Er mußte es zerlegen, um genug für Tina II (oder Tina I?) zu haben.

Er blätterte die Kapitel VI, VII und VIII noch einmal durch, um sich erneut mit den Bestandteilen, der Konstruktion und der Demontage eines Menschen vertraut zu machen. Er hatte das schon einige Male getan, aber Wiederholungen in letzter Minute hatten ihm schon bei den juristischen Examina geholfen.

Die häufigen Hinweise auf geistige Instabilität beunruhigten ihn. „Die mit diesem Baukasten konstruierten Menschen werden im besten Fall den Großteil der abergläubischen Tendenzen und Neurosen der mittelalterlichen Menschheit zeigen. Insgesamt betrachtet, sind sie nicht normal. Seid euch dessen immer bewußt!"

Nun, in Tinas Fall würde das keinen großen Unterschied machen — und das war das einzige, worauf es ankam.

Als er seine Eiweißbausteine richtig abgepaßt hatte, befestigte er den Vitalisator am Bett. Dann — sehr langsam und immer wieder das Buch zu Rate ziehend — begann er Sam Weber zu duplizieren. In den nächsten zwei Stunden erfuhr er mehr über seine physischen Grenzen und Fähigkeiten, als je ein Mann über sich selbst gewußt hatte.

Eigenartigerweise empfand er weder Ehrfurcht noch das Gefühl einer Leistung. Es war, wie wenn man zum erstenmal ein Radio baut. Ein Kinderspiel.

Die meisten Gläser und Töpfe waren leer, als er fertig war. Die feuchten Bausteine waren noch in der Kiste, jeder an seiner Stelle. Das Lehrbuch lag auf dem Boden.

Sam Weber stand neben dem Bett und blickte auf Sam Weber auf dem Bett herunter.

Jetzt mußte er ihn nur noch beleben. Er wagte es nicht, zu lange zu warten, sonst könnten sich Unregelmäßigkeiten einstellen und die Fehler des Babys sich wiederholen. Er schüttelte ein beklemmendes Gefühl der Unwirklichkeit ab, überzeugte sich, daß das

große Demontagegerät in Griffweite war, und setzte den Schnellvitalisator in Bewegung.
Der Mann auf dem Bett hustete. Er regte sich. Er setzte sich auf.
„He!“ sagte er. „Gar nicht schlecht, wenn ich das sagen darf!“
Und dann war er vom Bett gesprungen und hatte das Demontagegerät gepackt. Er warf es auf den Boden und trampelte darauf herum. „Über *meinem* Kopf wird kein Damoklesschwert hängen“, verkündete er Sam Weber, der mit offenem Mund dastand. „Obwohl ich es natürlich an dir hätte benutzen können. Aber das fällt mir jetzt erst ein.“

Sam setzte sich langsam auf die Matratze. Sein Geist hatte inzwischen aufgehört zu routieren und war langsam wieder zum Stillstand gekommen. Die Hilflosigkeit des Babys und des Mannikins hatte ihn so beeindruckt, daß er überhaupt nicht von der Möglichkeit geträumt hatte, sein Duplikat könnte das Leben mit solchem Enthusiasmus betreten. Dabei hätte er das ahnen müssen! Das hier war ein ausgewachsener Mann, der in einem Augenblick völliger physischer und geistiger Aktivität erschaffen worden war.
„Das ist schlimm!“ sagte er schließlich mit heiserer Stimme.
„Du bist instabil. Man kann dich nicht auf die normale Gesellschaft loslassen.“
„Ich — instabil?“ fragte sein Widerpart. „Was redest du denn da! Ein Bursche, der sein ganzes Leben lang den Mond angestarrt hat, der eine herausgeputzte, überspannte Ansammlung biologischer Impulse heiraten will, obwohl sie zu jedem Mann gekrochen käme, der auf die richtigen Knöpfe drückt...“
„Laß Tina aus dem Spiel!“ herrschte Sam ihn an.
Sein Double grinste. „Okay, meinetwegen! Aber jetzt hör zu, Sam oder Weber oder wie ich dich nennen soll! Du kannst dein Leben leben, und ich werde das meine leben. Ich werde nicht einmal Rechtsanwalt werden, falls dich das glücklich macht. Aber was Tina betrifft, jetzt, da es keine Bestandteile mehr gibt, um eine Kopie herzustellen, habe ich genügend von deinen Gefühlen in mir, um sie zu wollen. Und ich kann sie haben, was man von dir nicht behaupten kann. Du hast nicht den Mumm dazu.“

Sam sprang auf und ballte die Fäuste. Dann sah er, daß der andere genau gleich groß und offenbar etwas schneller war. Es hatte keinen Sinn, zu kämpfen — bestensfalls würde das zu einem Unentschieden führen. Also begann er wieder zu argumentieren.
„Nach dem Handbuch", begann er, „neigst du zu Neurosen..."
„Das Handbuch! Das Handbuch ist für die Kinder vierhundert Jahre in der Zukunft geschrieben, für Kinder, die das Produkt von Zuchtwahl und wissenschaftlicher Erziehung sind. Ich persönlich glaube, daß ich..."
Es klopfte zweimal an der Tür. „Mr. Weber?"
„Ja", sagten beide gleichzeitig.
Draußen war die Wirtin. Ihre Stimme klang unsicher. „Der Herr ist unten. Er möchte Sie sprechen. Soll ich ihm sagen, daß Sie da sind?"
„Nein, ich bin nicht zu Hause", sagte das Double.
„Sagen Sie ihm, daß ich vor einer Stunde weggegangen bin", rief Sam im genau gleichen Augenblick.
Draußen holte die Frau tief Luft, und dann entfernten sich ihre Schritte schnell.
„Wirklich schlau!" platzte Sams Faksimile heraus. „Kannst du nicht den Mund halten? Die arme Frau ist jetzt ganz durcheinander."
„Du vergißt, daß das hier mein Zimmer ist und du bloß ein Experiment, das schiefgelaufen ist!" brauste Sam auf. „Ich habe dasselbe Recht — ja, ich habe mehr Recht... He, was soll das?"
Der andere hatte den Kleiderschrank aufgerissen und stieg jetzt in ein Paar Hosen. „Ich ziehe mich an. Du kannst ja nackt herumstolzieren, wenn es dir gefällt, aber ich möchte normal aussehen."
„Ich habe mich ausgezogen, um meine Maße... oder deine Maße zu nehmen. Das hier sind meine Kleider, und das ist mein Zimmer..."
„Beruhige dich! Vor Gericht könntest du das nie beweisen. Zwinge mich nicht, mit dem alten Quatsch anzufangen, was dir gehört, gehört mir auch und all das!"

Schwere Schritte hallten über den Korridor. Sie blieben vor dem Zimmer stehen. Rings um sie hallte es unwirklich und einen Augenblick empfanden sie unerträgliche Hitze. Dann verhallte das Echo. Die Wände hörten auf zu zittern.
Schweigen und der Geruch von brennendem Holz.
Sie wirbelten herum und sahen einen schrecklich großen und schrecklich alten Mann in langem, schwarzem Mantel durch die noch rauchenden Reste der Tür treten. Viel zu groß für den Eingang. Und dennoch bückte er sich nicht, sondern zog den Kopf herunter und ließ ihn wieder hochschießen. Instinktiv traten sie näher zueinander.
Seine Augen, ganz aus schwarzer Iris bestehend, ohne das geringste Weiß, lag tief im Schatten seines Kopfes. Sie erinnerten Sam Weber an die Abtastorgane des Biokalibrators. Sie tabellierten, deduzierten, sahen aber nichts.
„Ich hatte Angst, zu spät zu kommen", grollte seine Stimme schließlich. „Sie haben sich bereits dupliziert, Mr. Weber, und dadurch die Notwendigkeit für unangenehme Konsequenzen geschaffen. Und das Duplikat hat das Demontagegerät zerstört! Schade! Ich werde es manuell tun müssen. Häßliche Arbeit!"
Er trat weiter ins Zimmer, bis er ihre Angst förmlich riechen mußte. „Diese Sache hat bereits vier Programme gestört. Aber wir mußten uns in normalen kulturellen Bahnen bewegen und uns der Identität des Empfängers absolut versichern, ehe wir Schritte unternehmen konnten, um den Baukasten zurückziehen. Mrs. Lipantis Zusammenbruch hat natürlich Notmaßnahmen erforderlich gemacht."
Das Duplikat räusperte sich. „Sie sind..."
„Nicht genau ein Mensch. Ein präzise hergestellter Beamter.
Ich bin Zähler für das ganze neunundzwanzigste Planquadrat. Wissen Sie, Ihr Baukasten war für die Thregander-Kinder bestimmt, die sich auf einem Ausflug in dieses Planquadrat befinden. Einer der Threganders, der eine Weber-Karte hat, hat den Baukasten durch das Chrondromos verlangt, das nicht ganz normal funktionierte und daher ohne Carnuplikation instabilisierte; deshalb erhielten Sie die Sendung. Unglücklicherweise war die

Instabilisation so komplett, daß wir Sie auf indirektem Wege suchen mußten."
Der Zähler hielt inne, und Sams Double zog sich nervös die Hosen hoch. Sam wünschte, er hätte irgend etwas — auch wenn es nur ein Feigenblatt wäre —, um seine Blöße zu bedecken.
„Wir werden den Baukasten natürlich zurückholen müssen", fuhr die schwarze Gestalt fort, „und alle Diskrepanzen ausgleichen müssen, die durch den Baukasten verursacht wurden. Und sobald die Angelegenheit geregelt ist, wird Ihr Leben seinen normalen Lauf nehmen dürfen. Inzwischen ist die Frage, welcher von Ihnen der ursprüngliche Sam Weber ist."
„Ich", sagten beide und funkelten einander böse an.
„Schwierigkeiten", polterte der alte Mann und seufzte. „Ich habe immer Schwierigkeiten! Warum bekomme ich nicht einmal einen einfachen Fall wie einen Carnuplikator?"
„Schauen Sie", begann das Duplikat, „das Original ist bestimmt..."
„Weniger instabil und emotionell wesentlich ausgeglichener als das Duplikat", unterbrach ihn Sam. „Mir scheint..."
„...daß Sie den Unterschied erkennen müßten", schloß der andere atemlos. „Von dem, was Sie von uns sehen und gesehen haben — können Sie da nicht selbst entscheiden, wer das wertvollere Mitglied der Gesellschaft ist?"
Was für ein pathetisches Selbstvertrauen dieser Bursche doch an den Tag legt! dachte Sam. Wußte er denn nicht, daß er es mit jemandem zu tun hatte, der geistige Unterschiede wirklich erkannte? Das war kein primitiver Psychiater der Gegenwart; das hier war ein Wesen, das durch alle Äußerlichkeiten hindurch die echte Persönlichkeit erkennen konnte.
„Ja, natürlich kann ich das! Augenblick" Er musterte beide, und seine Augen wanderten langsam über ihre Gesichter und Körper. Sie warteten, und um sie war Schweigen.
„Ja", sagte der alte Mann schließlich. „Ja, so ist es".
Er trat vor.
Ein langer, dünner Arm schoß vor.
Er fing an, Sam Weber zu zerlegen.

„Aber hören...", begann Weber mit einem Aufschrei, der in einen hohen, schrillen Ton überging und dann erstarb.
„Für Ihre geistige Gesundheit wäre es besser, wenn Sie nicht zusähen", schlug der Zähler vor.
Das Duplikat atmete langsam, wandte sich ab und begann sein Hemd zuzuknöpfen. Hinter ihm hielt das Murmeln an.
„Sehen Sie", polterte der Alte, „es ist gar nicht das Geschenk, vor dem wir Angst hätten, wenn Sie es bekommen — es ist das Prinzip. Ihre Zivilisation ist noch nicht reif dafür. Das begreifen Sie doch."
„Natürlich", erwiderte der gefälschte Weber und band sich Tante Maggies blaue Krawatte um.

H. Beam Piper

Zeitsprung

(Time and Time Again)

Der Amerikaner Henry Beam Piper wurde 1904 geboren und beging 1964 Selbstmord. Die SF verdankt dem ehemaligen Eisenbahningenieur zwei der schönsten Romane über Außerirdische, die die sympathischen Fuzzies vom Planeten Zarathustra schildern: ***„Little Fuzzy“*** *(1962,* ***„Der kleine Fuzzy“*** *) und dessen Fortsetzung* ***„Fuzzy Sapiens“*** *(1964,* ***„Fuzzy Sapiens“****). Die Geschichte dieser von der Ausrottung bedrohten Pelzwesen, die wirtschaftlichen Interessen der Terraner im Wege stehen, wurde für den Hugo nominiert und zu Pipers bekanntestem Werk in der SF. Ungeachtet einiger weiterer Romane, etwa* ***„The Space Vikings“*** *(1963,* ***„Die Weltenplünderer“), „Junkyard Planet“*** *(1963,* ***„Der verschollene Computer“****) oder zweier Kollaborationen des Autors mit John J. McGuire, lag Pipers Stärke auf dem Gebiet der Kurzgeschichte oder Novelle. Seine erste SF-Geschichte, die von uns ausgewählte* ***„Time and Time Again“,*** *erschien im April 1947 in* ***„Astounding“.*** *Es handelt sich dabei um eine Zeitreisestory, die gut zu John W. Campbell jrs. Vorstellungen paßte und das wissenschaftliche Abenteuer repräsentierte, wie es für die zweite Halbdekade der vierziger Jahre typisch war. Zugleich ist es eine der besten Kurzgeschichten des Autors, wenn auch nicht unbedingt* ***die*** *beste. Für uns wäre an dieser Stelle auch eine Story aus Pipers* ***„Paratime-Zyklus“*** *in Frage gekommen, der zu den interessantesten Alternativweltabenteuern gehört und* *von 1948 bis 1952 in „**Astounding**“ lief, oder für den 2. Band der fünfziger Jahre seine Novelle „**Omnilingual**“ (1957), die viele für seine beste Geschichte überhaupt halten. Aus technischen Gründen entschieden wir uns aber für „**Time and Time Again**“, die einen vollwertigen Ersatz für die oben genannten darstellt. Darüber hinaus vermittelt sie älteren SF-Lesern bestimmt ein nostalgisches Gefühl, denn sie war auch in der ersten deutschen SF-Anthologie enthalten, in Gotthard Günthers „**Die Überwindung von Raum und Zeit**“, die 1952 im Karl Rauch Verlag erschien.*

Geblendet vom Blitz der Bombe und betäubt von dem Narkotikum, das man ihm eingespritzt hatte, war er nicht imstande, das Ausmaß seiner Verwundung zu ermessen. Er wußte aber, daß er im Sterben lag. Um ihn herum drangen Stimmen aus der Dunkelheit, als kämen sie durch eine dicke Wand.
„Ebensogut hätten wir die meisten dieser Burschen dort liegenlassen können, wo sie lagen. Die Hälfte von ihnen wird draufgehen, ehe der Lastwagen kommt."
„Das ist ganz gleichgültig. Solange sie leben, müssen sie behandelt werden", widersprach eine andere Stimme geschäftsmäßig und kultiviert. „Fangen Sie schon an, die Namen aufzunehmen!"
„Jawohl, Sir!" Finger suchten nach seiner Erkennungsmarke. „Hartley, Allan; Hauptmann, G 5, Chemische Forschungsabteilung AN/73/D, Seriennummer SO 23869403 J."
„Allan Hartley!" Der Arzt war überrascht und erschrocken. „Mein Gott, das ist der Mann, der ‚Kinder des Nebels' geschrieben hat und ‚Rose des Todes' und ‚Der Weg des Siegers'."
Er versuchte zu sprechen, und vermutlich bewegte er sich dabei. Die Stimme des Sanitäters wurde lauter.
„Herr Major, ich glaube, er ist halb bei sich. Vielleicht sollte ich ihm besser noch 'ne Spritze geben."
„Natürlich, auf alle Fälle, Feldwebel!"
Etwas stach Allan in die Rückseite seines Halses. Sanfte Nebel des Vergessens wallten um ihn. Was übrigblieb, war nichts als ein winziger Funke von Bewußtsein, der allein und verlassen in der großen Dunkelheit glühte.
Der Funke wurde heller. Er, Allan Hartley, war mehr als nur ein Etwas, das kaum wußte, daß es existierte. Er war ein Mann, hatte einen Namen, einen militärischen Rang und — Erinnerungen. Sie betrafen den alles verbrennenden blaugrünen Blitz, betrafen den Augenblick, ehe der Blitz niedersauste, seine Tätigkeit außerhalb des Unterstandes, die Belagerung, die mehr als einen Monat gedauert hatte, den Rückzug aus dem Norden, die Tage vor dem Kriege. Sie gingen bis zu jener Zeit zurück, als Hartley noch ein Schuljunge war, der Sohn eines erfolgreichen Anwaltes in Williamsport, Pennsylvanien.

An seine Mutter konnte er sich nicht erinnern. Nur ganz vage hatte er den Eindruck eines Hauses voller Menschen, die alle versuchten, ihn aus irgendeinem Grunde, den er nicht verstehen konnte, zu trösten. Wohl aber erinnerte er sich der alten Deutschen, die danach seinem Vater den Haushalt geführt hatte, erinnerte sich seines Schlafzimmers mit den chintzüberzogenen Stühlen und dem warmen bunten Plumeau auf seinem alten Bett und der braunen Vorhänge an den Fenstern mit ihren staubig-roten Säumen, und wie es aussah, wenn die Morgensonne durch sie hindurch ins Zimmer schien. Fast konnte er sie in diesem Augenblick vor sich sehen.

Er blinzelte. Er konnte sie tatsächlich sehen.

Lange Zeit lag er da und starrte sie ungläubig an. Dann senkte er die Lider über seine Pupillen und zählte bis zehn. Während er zählte, wurde er von tiefem Grauen erfaßt. Würde er, wenn er die Augen wieder öffnete, zur Erkenntnis kommen, erblindet zu sein? Würde er in den Schmutz und die Trümmer einer zerstörten Stadt starren müssen? Als er aber bis zehn gekommen war, zwang er sich, aufzuschauen. Ein Seufzer der Erleichterung drang aus seiner Brust. Die sonnenbeleuchteten Vorhänge und der sonnendurchstrahlte Dunst draußen vor den Fenstern waren noch immer vorhanden.

Er begann seine Stimme zu prüfen, griff nach den Vorhängen, spürte deutlich das rauhe Tuch sowie den seidenen Faden des Saumes. Die Vorhänge waren also ebenso greifbar wie sichtbar. Dann bemerkte er, daß der Rücken seiner Hand narbenlos war. Eigentlich hätte dort eine Narbe sein müssen, ein Andenken an einen Streit, in den er als angehender Reporter einmal verwickelt worden war. Er untersuchte beide Hände sehr sorgfältig. Einen Augenblick später hatte er sich in seinem Bett aufgesetzt, die Decke zurückgeworfen und seinen Schlafanzug teilweise ausgezogen. Sehr genau betrachtete er so viel von seinem Körper, wie er sehen konnte.

Es war der glatte Körper eines Jungen.

Aber das war natürlich lächerlich. Er war ein dreiundvierzigjähriger Mann, Offizier, Chemiker und früher einmal ein bekannter

Romanschriftsteller. Er war verheiratet gewesen und seit zehn Jahren geschieden. Wieder betrachtete er seinen Körper, der nicht älter war als zwölf Jahre. Im höchsten Falle vielleicht vierzehn. Seine erstaunten Blicke wanderten durch den Raum. Jede Einzelheit war ihm vertraut: die geblümten Stuhlüberzüge; der Tisch, der als Pult diente und gleichzeitig zum Abstellen für all seine Reichtümer; die Kommode mit ihrem Spiegel, an dem Bilder von Flugzeugen steckten. Dies war das Schlafzimmer seiner Jugend. Er schwang die Beine über den Rand des Bettes. Sie waren fünfzehn Zentimeter zu kurz, um den Boden zu berühren. Einen Augenblick schien sich der Raum zu drehen. Panik hatte ihn gepackt. Das ganze Vertrauen in das richtige Arbeiten seiner Sinne war ihm verlorengegangen. War er wahnsinnig geworden? Oder lag er im Delirium? Oder hatte die Bombe ihn wirklich getötet, und das, was er nun erlebte, war nichts anderes als Totsein? Wie war das nur, jener Satz: „Wenn ihr nicht werdet wie die Kinder“? Er begann zu lachen, und seine jugendliche Kehle gab kichernde Laute von sich. Auch diese erschienen ihm komisch, und sie steigerten noch das Groteske der Situation. Für eine Weile befand er sich am Rande eines hysterischen Anfalls. Schließlich gelang es ihm, sein Lachen zu beherrschen, und er wurde ruhiger. War er tot, mußte er doch wohl ein körperloses Wesen und damit in der Lage sein, durch Materie hindurchzugehen. Zu seiner großen Erleichterung gelang es ihm nicht, seine Hand durch das Bett hindurchzustoßen. Somit lebte er also. Auch war er vollkommen wach und — so hoffte er wenigstens — im vollen Besitz seiner fünf Sinne. Er erhob sich und strich durch den Raum, während er eine Art von Bestandsaufnahme machte.

Er konnte keinen Kalender finden. Auch keine Zeitung oder Zeitschrift. Sicher lag das Datum vor dem 18. Juli 1946. An diesem Tage, seinem vierzehnten Geburtstag, hatte ihm sein Vater ein leichtes zweiundzwanziger Gewehr geschenkt. Es hatte an ein paar rostigen Haken an der Wand gehangen. Nun war es nicht da, noch jemals dagewesen. Auf dem Tisch fand er ein Jungenbuch über Militärflugzeuge mit sauberem neuem Umschlag. Es

trug auf der ersten Seite die Inschrift: „Für Allan Hartley zu seinem dreizehnten Geburtstag, am 18. Juli 1945 von seinem Vater." Er warf einen Blick aus dem Fenster. Dem Laub der Bäume nach schätzte er das Datum auf Ende Juli oder Anfang August 1945. Somit würde er also gerade dreizehn Jahre alt sein.
Seine Kleider lagen auf einem Stuhl neben seinem Bett. Er zog den Schlafanzug aus und ein Paar Unterhosen an, ließ sich dann nieder und nahm ein Paar zitronenfarbene Socken in die Hand, die er mit Mißfallen betrachtete. Als er gerade einen davon anstreifte, begann eine Kirchenglocke zu läuten. Sankt Bonifatius droben auf dem Hügel rief die Gläubigen zur Frühmesse. Es war also Sonntag. Den zweiten Socken in der Hand, saß er regungslos da.
Es war außer Frage, daß seine gegenwärtige Umgebung wirklich war. Andererseits aber besaß er einen vollständig geschlossenen Kreis von Erinnerungen, die im völligen Widerspruch zu dieser Gegenwart standen. Angenommen nun, dieser Erinnerungskreis war eine Illusion, nachdem doch seine gegenwärtige Umgebung den Tatsachen entsprach ... angenommen, diese schrecklichen Erinnerungen waren nichts als ein böser Traum. Natürlich! Er war einfach der kleine Allan Hartley, heil und gesund an einem Sonntagmorgen in seinem Zimmer, erschreckt von einem grauenhaften Alpdruck. Er hatte zu viele Abenteuergeschichten gelesen, zu viele Kolportageromane.
Dies war ein wunderbarer Gedanke, und er schmiegte sich zärtlich an ihn. Er dauerte die ganze Zeit an, während er sein Hemd zuknöpfte und die Hosen anzog. Als er aber nach seinen Schuhen griff, verflüchtigte sich der Traum. Die ganze Zeit hindurch, seitdem er aufgewacht war, hatte es ihn beschäftigt, daß sein Gehirn sich mit Dingen abgab, die für einen dreizehnjährigen Jungen ziemlich unverständlich sein mußten. Dies ging so weit, daß er in Worten dachte, die für ihn selbst als Dreizehnjährigen Sanskrit gewesen sein mußten. Bedauernd schüttelte er den Kopf. Die Hypothese, daß alles nur ein Traum sei, mußte aufgegeben werden.

Er nahm den zweiten Schuh in die Hand und starrte ihn lange an, als wäre dieser Schuh verantwortlich für seine besonders schwierige Lage. Er würde sicherlich vorsichtig sein müssen. Ein unerwartetes Zurschaustellen von Charakteristika des Erwachsenseins mochte Anlaß zu Fragen geben, deren glaubwürdige Beantwortung schwierig sein würde. Glücklicherweise war er ein einziges Kind. Es gab keine Brüder oder Schwestern, die ihn hereinlegen konnten. Die alte Frau Stauber, die Haushälterin, würde keine Schwierigkeiten machen. Selbst in einer normalen Kindheit war er ihr gegenüber ein Riese an Intelligenz gewesen. Aber der Vater...!
In dieser Hinsicht würde die Sache nicht leicht sein. Er kannte den Verstand dieses schlauen Anwalts, diese Intelligenz, die sich an einer ganzen Generation lügender und widersprechender Zeugen geschärft hatte. Früher oder später würde er sich für einen Augenblick vergessen und sich damit verraten. Er lächelte. Die Bücher fielen ihm ein, die er in seines Vaters Bücherfach entdeckt hatte, als er achtzehn oder neunzehn Jahre alt war. Er erinnerte sich des klaren und allem Neuen offenen Verstandes, den der agnostizistische Anwalt immer bewiesen hatte. Wenn es ihm nur gelang, die unvermeidliche Demaskierung so lange zu vermeiden, bis er eine plausible Theorie gefunden hatte, die alles erklären konnte.

Blake Hartley verließ das Badezimmer, als Allan Hartley gerade seine Tür öffnete. Der Anwalt trat in den Gang. Er hatte nackte Arme, seine Füße steckten in Pantoffeln. Mit achtundvierzig Jahren hatte er nur leichte Spuren von Grau in seinem dunklen Haar. Der kurz geschnittene Schnurrbart zeigte noch keinen einzigen weißen Faden. Der alte Lustige Witwer persönlich, dachte Allan. Grinsend erinnerte er sich des weißhaarigen, aber noch immer kraftvollen Mannes, von dem er bei Ausbruch des Krieges Abschied genommen hatte.
„Morgen, Papa!" grüßte er.
„Morgen, mein Sohn! Du bist früh munter. Gehst wohl in die Sonntagsschule, was?"

Es war ein Vorteil, einen Vater zu besitzen, der mit Tom Paine und Bob Ingersoll geistig groß geworden war. Ob man an Gottesdiensten teilnahm oder nicht, wurde einem völlig freigestellt.
„Ach, ich glaube kaum. Ich möchte lieber ein wenig lesen."
„Das kann nie was schaden", sagte Blake Hartley billigend. „Wie wär's, wenn du nach dem Frühstück einen Spaziergang zum Bahnhof machtest und mir die *Times* brächtest?" Er griff in die Hosentasche und brachte einen halben Dollar zum Vorschein. „Kauf dir selber etwas, wenn du schon da drunten bist!"
Allan bedankte sich und steckte das Geld ein.
„Frau Stauber wird wohl noch in der Kirche sein", sagte er. „Wie wär's, wenn ich die Zeitung jetzt gleich hole! Wir müssen ohnehin mit dem Frühstück warten, bis Frau Stauber wieder da ist."
„'ne gute Idee." Blake Hartley nickte erfreut. „Du hast mindestens dreiviertel Stunden Zeit."
So weit war alles gutgegangen, und er gratulierte sich selbst. Er zog sich vollends an und ging hinunter auf die Straße. An der Ekke Brandon Street wandte er sich nach links in die Campbell Street und dann wieder nach links in die Richtung des Bahnhofes. Noch ehe er die Unterführung erreichte, war ein Dutzend halb vergessener Erinnerungen neu erwacht. Hier stand ein Haus, das in ein paar Jahren vom Feuer zerstört werden würde. Dort befanden sich vier Wohnstätten, wo er zuletzt ein vierstöckiges Mietshaus gesehen hatte. Eine Tankstelle und ein grasüberwachsener Platz würden sehr bald ersetzt werden durch einen übergroßen Lebensmittelladen. Die Umgebung des Bahnhofs selbst war für ihn ein völliges Rätsel, bis er sich nach und nach wieder orientierte.
Er kaufte eine New York Times. Als erstes schaute er aufs Datum. Sonntag, den 5. August 1945. Seine Schätzung war recht gut gewesen. Die Schlacht von Okinawa war gewonnen. Die Konferenz von Potsdam war soeben beendet worden. Noch immer erschienen Bilder vom Zusammenstoß jenes Riesenflugzeuges mit dem Empire State Building, obwohl dieser bereits Samstag vor einer Woche stattgefunden hatte. Japan wurde noch immer von Bomben aus der Luft und von Schiffsgranaten zertrommelt.

Mein Gott, morgen war ja Hiroshima fällig! Der Gedanke, daß er vermutlich die einzige Persönlichkeit in ganz Williamsport war, die davon etwas wußte, amüsierte ihn.
Auf dem Nachhauseweg wurde er von einem Jungen angerufen, der auf der obersten Stufe einer Treppe saß, die zu einer Veranda hinaufführte. Allan antwortete herzlich. Er versuchte, sich zu erinnern, wer der Junge war. Dann fiel es ihm ein. Natürlich! Larry Morton. Er und Allan waren Kameraden gewesen. Wahrscheinlich hatten sie am vorangegangenen Nachmittag Kommandos und Deutsche gespielt.
Larry war im gleichen Jahr auf die Cornell-Universität gegangen, in dem Allan auf Pennsylvania State ging. Beide hatten im Jahre 1954 ihre Examina gemacht. Larry arbeitete zunächst bei einer Behörde. Dann hatte er ein Mädchen aus Pittsburgh geheiratet und war zwölfter Vizepräsident in der Firma seines Schwiegervaters geworden. Er war 1968 bei einem Flugzeugunglück ums Leben gekommen.
„Gehst du in die Sonntagsschule?" fragte Larry, der glücklicherweise von dem ihm bevorstehenden Schicksal keine Ahnung hatte.
„Nee, hab ein paar Sachen zu Hause zu erledigen!" Er mußte vorsichtig sein. Larry würde einen Unterschied schneller merken als ein Erwachsener. „Zum Teufel mit der Schule!" fügte er hinzu.
„So möcht ich's auch mal haben! Wollte, ich könnte auch von der Schule wegbleiben, wenn es mir gerade so paßt!" beneidete ihn Larry. „Wie wär's, wenn wir beide später im Kanuklub schwimmen gingen, was?"
Allan dachte schnell nach. „Mensch, ich wollt, ich könnt mitkommen!" antwortete er und versuchte, sein grammatikalisches Niveau zu senken. „Muß aber nachher zu Hause bleiben. Bekommen Besuch. Zwei alte Tanten. Mein Alter will, daß ich daheimbleibe, wenn die kommen."
Das wurde geglaubt. Jeder wußte, daß man verstandesmäßig die Eigenheiten Erwachsener überhaupt nicht erklären konnte. Überdies gab es gegen ihre Forderungen keinerlei Einspruch. Die Aussicht, daß Besuch kam, würde Larry an diesem Nachmittag

vom Hause der Hartleys fernhalten. Er zeigte seine Enttäuschung.
„Na, viel Vergnügen!“ rief er.
„Vielleicht morgen“, sagte Allan. „Wenn ich Zeit habe. Jetzt muß ich gehn. Hab noch nicht gefrühstückt!“ Jungenhaft schlurfte er mit den Füßen, rief seinem Freund auf Wiedersehen zu und setzte den Nachhauseweg fort.
Wie er gehofft hatte, beschäftigte die Sonntagszeitung seinen Vater während des ganzen Frühstücks. So wurde jedes gefährliche Tischgespräch vermieden. Blake Hartley war noch tief versunken in die Lektüre des finanziellen Teils, als Allan den Tisch verließ und ins Bibliothekszimmer ging. Dort mußten sich zwei Bücher befinden, in denen er dringend nachlesen wollte. Eine Zeitlang hatte er Angst, sein Vater könnte sie vielleicht erst nach 1945 gekauft haben. Schließlich aber fand er sie und trug sie hinaus auf die Veranda, zusammen mit einem Bleistift und einem Stück gelben linierten Papiers. In seiner hinter ihm liegenden Zukunft — man konnte diese Zeit ebensogut als seine zukünftige Vergangenheit bezeichnen — hatte Allan sich angewöhnt, sein ganzes Nachdenken sozusagen mit dem Bleistift zu bewerkstelligen. Ganz gleichgültig, ob er Reporter war, Romanschriftsteller, Chemiker in seinem Privatlaboratorium, wissenschaftlicher Forschungsoffizier — stets waren seine Gedanken klarer geworden, wenn er sich Notizen machte. Er schob einen Stuhl zum Tisch und erhöhte dessen Sitz, indem er Kissen aufeinanderlegte. Wie lange es wohl dauern würde, bis er sich an das Mißverhältnis zwischen dieser Jungengröße und den Möbelstücken gewöhnt hatte? Als er das Buch öffnete und den Bleistift in die Hand nahm, fehlte ihm nur eine einzige Sache zu seinem Glück. Wie gerne hätte er eine Pfeife geraucht!
Der Vater kam heraus und streckte sich in einem flachen Rohrstuhl aus. In der Hand hielt er die literarische Beilage der *Times*. Die Morgenstunden vergingen. Allan Hartley durchblätterte erst das eine Buch, dann das andere. Manchmal bewegte sich sein Bleistift sehr schnell. Dann wieder malte er geistesabwesend kleine Figuren. Für ihn war es keine Frage mehr, was oder wer er

war. Er war Allan Hartley, ein Mann von dreiundvierzig Jahren, gestrandet in seinem dreizehn Jahren alten Körper. Er befand sich in seiner eigenen, dreißig Jahre zurückliegenden Vergangenheit. Dies war natürlich entgegen allen Vorstellungen des gesunden Menschenverstandes, worüber er sich jedoch leicht hinwegzusetzen vermochte. Derartiges hatte sich schon früher ereignet ... mit der Astronomie des Kopernikus, der Geographie des Kolumbus, der Biologie Darwins, der industriellen Technologie Samuel Colts und mit den militärischen Doktrinen von Charles de Gaulle. Der gesunde Menschenverstand von heute besaß die schlechte Angewohnheit, sich in den völligen Unsinn von morgen zu verwandeln. Was er im Augenblick benötigte, und zwar ganz dringend benötigte, war eine Theorie, die zu erklären vermochte, was mit ihm geschehen war.

Er war eben im Begriff, die Sache zu verstehen, als Frau Stauber erschien, um anzukündigen, daß das Mittagessen fertig sei.

„Ich hoff, Sie sind nit bös, wenn ich's heut so früh servier!" entschuldigte sie sich. „Mei Schwester, die Jennie drüben in Nippenose, ist krank. Ich möcht gern heut nachmittag mal rüberschaun. Ich werd rechtzeitig fürs Nachtessen wieder dasein."

„Hör mal, Papa", sagte Allan. „Warum könnten wir uns nicht selber unser Nachtessen richten, so wie ein Picknick, meine ich? Würd'n Spaß sein, und Frau Stauber könnte wegbleiben, solange sie will."

Der Vater schaute ihn an. Derartige Rücksichtnahme anderen gegenüber war eine herzlichst zu begrüßende Abweichung von der jugendlichen Norm. Aufdämmern des Altruismus oder so was. Er gab bereitwillig seine Zustimmung.

„Aber natürlich, Frau Stauber! Allan und ich können für uns selber sorgen. Nicht wahr, Allan? Sie brauchen vor morgen vormittag nicht zurückzukommen."

„Ach, danke schön! Danke vielmals, Mr. Hartley!"

Beim Mittagessen konnte Allan sich dadurch vor der Last einer Konversation drücken, daß er seinem Vater Fragen über den Krieg stellte. Schlau entlockte er ihm eine ausgedehnte Darstellung der Schwierigkeiten der bevorstehenden Invasion Japans.

Dies amüsierte Allan, der sich deutlich der Ereignisse der nächsten vierundzwanzig Stunden erinnerte, ganz außerordentlich. Sein Vater war überzeugt, daß der Krieg bis Mitte 1946 dauern würde.
Nach dem Essen gingen die beiden auf die Veranda zurück. Hartley Vater rauchte eine Zigarre. Unter dem Arm trug er ein paar juristische Bücher. Nur gelegentlich warf er einen Blick darauf. Meist saß er da, blies Rauchringe in die Luft und beobachtete, wie sie entschwebten. Ein dreifach schuldiger Verbrecher stand vor seiner triumphalen Freisprechung durch weinende Geschworene. Allan erkannte, daß er Zeuge der Ausbrütung eines Meisterstücks im Gerichtssaal war.
Einige Stunden später veranlaßte das Knirschen von Schritten auf dem Sand des Weges Vater und Sohn, gleichzeitig aufzuschauen. Der sich nähernde Besucher war ein großer Mann in einem zerdrückten schwarzen Anzug. Er hatte knotige Gelenke und große ungeschickte Hände. Sein Haar war durchsetzt mit grauen Flecken, und sein Gesichtsausdruck war hart und bigott. Allan erinnerte sich seiner. Frank Gutchall war sein Name. Wohnte in der Campbell Street. War religiöser Fanatiker, eine Art von Laienprediger. Vielleicht brauchte er den Rat des Rechtsanwalts. Ganz dunkel konnte Allan sich eines Zwischenfalls erinnern ...
„Ach, guten Tag, Mr. Gutchall! Schöner Tag heute, nicht wahr?" sagte Blake Hartley.
Gutchall räusperte sich. „Mr. Hartley, ich komme, Sie darum zu bitten, mir einen Revolver und ein paar Kugeln zu leihen", begann er verlegen. „Mein kleiner Hund hat sich verletzt. Leidet schrecklich. Möchte den Revolver, um das arme Vieh von seinen Schmerzen zu erlösen."
„Aber selbstverständlich! Wie wäre es mit einem zwanziger Gewehr?" fragte Blake Hartley. „Was Schwereres brauchen Sie ja wohl nicht!"
Gutchall wand sich. „Na ja, ich hoffte eigentlich, Sie würden mir einen Revolver geben können!" Er hielt seine Hände etwa fünfzehn Zentimeter auseinander. „'n Schießeisen, das ich in die Tasche stecken kann. Es würde nicht gut aussehn, wenn ich am

heiligen Sonntag mit 'nem Jagdgewehr durch die Stadt ginge. Die Leute würden ja nicht wissen, daß es sich um einen Gnadenakt handelt."

Der Rechtsanwalt nickte. Im Hinblick auf Gutchalls religiöse Ansichten war der Einwand berechtigt.

„Ich habe einen Colt 38 Spezial", sagte er. „Aber wie Sie wissen, gehöre ich der Hilfspolizei an. Sollte ich heute abend zum Dienst gerufen werden, so brauche ich die Waffe selbst. Wie bald könnten Sie sie wiederbringen?"

Allan Hartley fiel es wie Schuppen von den Augen. Jetzt erinnerte er sich des Zwischenfalls. Im selben Augenblick war ihm auch klar, was er zu tun hatte.

„Papa, haben wir nicht noch ein paar Patronen für den Lueger im Hause?" fragte er.

Blake Hartley schnalzte mit den Fingern. „Bei Gott, natürlich! Ich besitze einen deutschen Revolver, den Sie haben können. Ich möchte aber, daß Sie ihn so bald als möglich wiederbringen. Ich hole ihn."

Noch ehe er aufstehen konnte, war Allan schon auf den Füßen. „Bleib ruhig sitzen, Papa! Ich hole ihn. Ich weiß auch, wo die Patronen sind." Und damit rannte er ins Haus und die Treppen hinauf.

Der Lueger hing an der Wand über Vaters Bett. Er holte ihn herunter und begann, ihn auseinanderzunehmen. Seine Hände arbeiteten schnell und genau. Mit der Schneide seines Taschenmessers entfernte er das Ende des Verschlusses, ließ den Bolzen herausgleiten und steckte ihn in die Hemdtasche. Dann setzte er die nun völlig harmlose Pistole wieder zusammen und füllte das Magazin mit Neunmillimeterpatronen, die er aus der Schreibtischschublade nahm.

Neben dem Bett befand sich ein Fernsprechanschluß, und Allan fand Gutchalls Nummer im Telefonverzeichnis. Dann hob er den Hörer ab und breitete sein Taschentuch über den Trichter. Schließlich wählte er die Nummer der Polizeidirektion.

„Hier ist Blake Hartley", log er, wobei er seine Stimme vertiefte und den Tonfall des Vaters nachahmte. „Frank Gutchall, der —

notieren Sie bitte" — er gab dem Beamten Gutchalls Adresse — „hat soeben von mir eine Pistole geliehen, angeblich um einen Hund zu erschießen. Er besitzt aber keinen Hund. Er beabsichtigt, seine Frau umzubringen. Versuchen Sie nicht, von mir zu erfahren, woher ich das weiß! Wir haben dazu keine Zeit. Nehmen Sie es als Tatsache an, daß ich es weiß! Ich habe die Pistole durch Herausnahme des Bolzens unschädlich gemacht. Findet er aber heraus, was ich getan habe, so ist er imstande, sich eine andere Waffe zu besorgen. Er befindet sich jetzt auf dem Nachhauseweg. Er geht zu Fuß. Beeilen Sie sich, dann können Sie wohl einen Mann hinbekommen, ehe er selbst anlangt, und ihn schnappen, ehe er merkt, daß man mit der Pistole nicht schießen kann!"

„Gut, Mr. Hartley! Wir werden das Nötige veranlassen. Danke schön!"

„Und bitte sehen Sie zu, daß ich meinen Revolver wiederbekomme, und zwar so bald als möglich! Es ist ein Andenken an den letzten Krieg; ich möchte ihn nicht gerne verlieren."

„Auch darum werden wir uns kümmern. Danke sehr, Mr. Hartley!" Er hängte ab und trug den Lueger sowie das gefüllte Magazin auf die Veranda hinunter.

„Sehen Sie mal, Mr. Gutchall, ich will Ihnen zeigen, wie dieses Ding funktioniert", sagte er, während er dem Besucher die Pistole zeigte. Dann schob er das Magazin hinein und riß den Lauf zurück, wodurch eine Patrone in die Kammer rutschte. „Nun ist der Revolver schußfertig. Hier ist die Sicherung." Er schob sie zurück. „Wenn Sie schießen wollen, bewegen Sie die Sicherung einfach vorwärts und dann nach oben. Dann drücken Sie los. Sie müssen jedesmal den Hahn drücken. Acht Schuß sind in der Waffe. Und achten Sie unbedingt darauf, daß Sie sie wieder sichern, wenn Sie fertig sind!"

„Hast du auch die Kammer geladen?" fragte Blake Hartley.

„Natürlich. Nun ist die Waffe gesichert."

„Zeig her!" Sein Vater nahm die Pistole. Er achtete darauf, den Finger nicht dem Hahn zu nähern. Er betrachtete die Waffe.

„Jawohl, so ist sie in Ordnung." Er wiederholte sämtliche Anweisungen, die Allan bereits gegeben hatte, und legte besonderen

Wert darauf, daß die Pistole nach Gebrauch auch ja gesichert würde.

„Verstehn Sie nun, wie sie funktioniert?“ fragte er.

„Jawohl, ich versteh's. Danke schön, Mr. Hartley! Danke auch dir, junger Mann!“

Gutchall steckte die Pistole in seine Hüfttasche, versicherte sich, daß sie nicht herausrutschen konnte, und verabschiedete sich.

„Du hättest sie nicht laden sollen!“ tadelte Hartley Vater, als Gutchall gegangen war.

Allan seufzte. Die Maskerade war nun zu Ende.

„Ich mußte es tun, um dich daran zu hindern, mit dem Ding herumzuspielen“, sagte er. „Ich wollte nicht, daß du herausfändest, daß ich den Bolzen entfernt habe.“

„Was hast du getan?“

„Gutchall hat sich den Revolver nicht geholt, um damit einen Hund zu erschießen. Er besitzt keinen Hund. Seine Absicht ist, seine Frau damit umzubringen. Er ist ein religiös Wahnsinniger. Hat Visionen, hört Stimmen, empfängt Offenbarungen, spricht mit dem Heiligen Geist. Wahrscheinlich hat ihm der Heilige Geist diese neueste Dummheit eingegeben. Ich behaupte, daß keinem Mann, der lange Gespräche mit dem Herrgott führt, ein Revolver anvertraut werden darf. Das gleiche gilt für einen Mann, der lügt, wenn er erzählt, wofür er eine Pistole ausleihen will. Um alles gleich von Grund auf zu regeln, habe ich dann auch, als ich droben im Schlafzimmer war, rasch die Polizei angerufen. Ich mußte mich deines Namens bedienen. Ich machte meine Stimme tief und sprach durch ein Taschentuch.“

„Du ...“ Blake Hartley fuhr auf, als wäre er von einer Tarantel gestochen. „Warum mußtest du auch das noch tun?“

„Das weißt du doch selbst. Ich hätte nicht zu ihnen sagen können: ‚Hier spricht Klein Allan Hartley, dreizehn Jahre alt. Bitte, Herr Polizist, verhaften Sie Frank Gutchall, ehe er — bum bum bum — seine Frau mit Papas Lueger erschießt!‘ Das hätte bei Gott gut gezogen, was?“

„Nun nimm einmal an, er wollte wirklich nur einen Hund erschießen! Dann werd ich hübsch in der Tinte sitzen, was?“

„Keineswegs! Wenn ich mich irre — aber das ist ausgeschlossen —, nehm ich alles auf mich. Man wird die ganze Sache als einen dummen Kinderstreich hinnehmen, und das ist alles. Habe ich aber recht, dann mußt du für mich geradestehn. Deinen Namen werden sie nicht erwähnen. Mir aber würden sie 'ne Menge billige Heldenjungenpublizität anhängen, die ich nicht mag." Er nahm seinen Bleistift wieder auf. „In ungefähr zwanzig Minuten werden wir um das Ergebnis wissen."

Er hatte die Zeitdauer um etwa zehn Minuten unterschätzt. Es dauerte noch eine weitere Viertelstunde, bis der Detektiv, der den Lueger zurückbrachte, damit fertig war, Blake Hartley zu gratulieren und ihm den Dank der Polizei auszudrücken. Nachdem er gegangen war, nahm der Anwalt den Lueger in die Hand, entfernte daraus das Magazin sowie die in der Kammer liegende Kugel.

„Na", sagte er freundschaftlich zu seinem Sohn, „du hattest recht. Du hast das Leben der Frau gerettet." Er schaute auf die Pistole und reichte sie dann über den Tisch hinüber seinem Sohne. „Nun sähe ich verständlicherweise gerne, wie du den Bolzen wieder einbaust."

Allan Hartley nahm die Waffe auseinander, schob den fehlenden Teil — den Bolzen — ein, setzte sie wieder zusammen, ließ sie dann versuchsweise schnappen und gab sie seinem Vater zurück. Wieder schaute Blake Hartley sie an und legte sie dann auf den Tisch.

„Was würdest du nun sagen, mein Sohn, wenn wir uns ein wenig unterhielten?"

„Ich habe aber doch schon alles erklärt", widersprach Allan mit unschuldiger Miene.

„Das hast du keineswegs getan", entgegnete der Vater. „Noch gestern wärst du nie auf einen derartigen Trick verfallen. Mein Gott, du hättest noch nicht einmal gewußt, wie man so eine Pistole auseinandernimmt! Und dann höre ich dich beim Mittagessen Gedanken äußern und eine Sprache gebrauchen, die weit über deinen Horizont hinausgehen. Jetzt möchte ich also wissen, was eigentlich los ist, und zwar ohne alle Umschweife!"

Allan kicherte. „Ich hoffe, du spielst nicht mit der mittelalterlichen Idee, ich sei vom Teufel besessen", sagte er.
Blake Hartley zuckte zusammen. Offenbar hatte ihm etwas Derartiges tatsächlich vorgeschwebt. Er öffnete den Mund, um etwas zu sagen, und schloß ihn dann rasch wieder.
„Leider bin ich nicht ganz sicher, daß du nicht recht hast", fuhr der Sohn fort. „Du sagst, du findest mich verändert. Wann hast du diese ‚Änderung' zum erstenmal bemerkt?"
„Gestern abend warst du noch mein kleiner Junge. Heute morgen ..." Blake Hartley sprach mehr zu sich selbst als zu Allan. „Ich weiß es nicht. Du warst außergewöhnlich still beim Frühstück. Und nun fällt mir ein, daß du — als ich dich oben im Gang traf — recht sonderbar schienst. Allan!" brach er los, „was ist bloß mit dir passiert?"
Allan Hartley fühlte etwas wie einen Schmerz. Was sein Vater nun erlebte, erinnerte sehr an das, was er selbst in den ersten paar Minuten nach seinem Aufwachen erlebt hatte.
„Ich wollte, ich wäre selbst sicher, was sich ereignet hat, Papa", sagte er. „Siehst du, als ich heute morgen erwachte, hatte ich nicht die geringste Erinnerung an das, was ich gestern getan habe. Das heißt, an nichts, was am 4. August 1945 geschehen war", erläuterte er. „Ich war hundert Prozent sicher, ich sei ein Mann im Alter von dreiundvierzig Jahren, und meine letzte Erinnerung war, daß ich, durch eine Bombenexplosion verletzt, auf einer Tragbahre lag. Ich war genauso davon überzeugt, daß sich dies im Jahre 1975 zugetragen habe."
„Was?" Der Vater setzte sich auf. „Sagtest du neunzehnhundertfünfund*siebzig*?" Er dachte einen Augenblick nach. „Das stimmt. 1975 wirst du dreiundvierzig Jahre alt sein. Eine Bombe, sagtest du?"
Allan nickte. „Während der Belagerung von Buffalo im Dritten Weltkrieg", sagte er. „Ich war Hauptmann in G 5 — Wissenschaftliche Kriegsführung — und dem Generalstab zugeteilt. Eine transpolare Luftinvasion Kanadas hatte stattgefunden, und man hatte mich an die Front geschickt, um festzustellen, woran es lag, daß ein neues Schmieröl für Kampfwaffen versagte. Eine

Woche nach meinem Eintreffen fiel Ottawa, und der Rückzug begann. Wir leisteten um Buffalo herum Widerstand, und dort hat es mich erwischt. Ich erinnere mich, daß ich gefunden wurde und eine Injektion bekam. Das nächste, woran ich mich erinnere, ist, daß ich droben in meinem Bett lag, und zwar im Jahre 1945, und daß ich sozusagen wieder in meinem eigenen, dreizehn Jahre alten Körper steckte."

„Ach, Allan, du hast einfach den Alptraum aller Alpträume gehabt", versicherte der Vater mit einem etwas zu herzlichen Lachen. „Das ist alles."

„Das war auch das erste, woran ich selbst dachte. Leider mußte ich diese Idee aber aufgeben. Sie stimmt einfach mit den Tatsachen nicht überein. Schau mal her! Ein normaler Traum ist sozusagen ein Teil des Gehirns des Menschen, der träumt. Hier aber, in meinem Falle, ist der Teil etwa zweitausend Prozent größer als das Gehirn, das ihn produziert hat. Was natürlich absurd ist."

„Meinst du damit dieses Zeug über die Schlacht bei Buffalo? Dafür ist die Erklärung ganz einfach. Alle Radiosprecher haben in den letzten Tagen nichts anderes getan, als sich mit den Schrekken des Dritten Weltkrieges zu beschäftigen. Selbst wenn du es nicht gewollt hättest, wäre es nicht zu vermeiden gewesen, daß du etwas davon in dich aufgenommen hättest. Du hast ganz einfach ein unverdautes Stück von K. V. Kaltenborns Radiokommentar in dir, einen Brocken, der dein Unterbewußtsein in Aufruhr versetzt."

„Es handelte sich nicht nur um den Dritten Weltkrieg. Alles andere war genauso vorhanden. Meine vier Jahre im Gymnasium und meine vier Jahre auf der Universität und meine sieben Jahre als Berichterstatter beim Philadelphia *Record.* Und meine Romane ‚Kinder des Nebels', ‚Rose des Todes', ‚Der Weg des Siegers'. Das alles war nichts Kindliches. Noch gestern hätte ich bestimmt nicht irgendeine Idee gehabt, die ich in meinen Detektivgeschichten verwendet habe, welche ich unter einem Pseudonym veröffentlichte. Dann meine Liebhaberei: Chemie. Ich war sogar ein recht guter Chemiker. Bekam zwei Patente, mit denen ich ebensoviel Geld verdiente wie mit meiner schriftstellerischen Arbeit. Glaubst du wirklich, daß ein Dreizehnjähriger das alles nur im Traum erfunden hat? Oder paß mal auf: Du sprichst doch Französisch, nicht wahr?“ Er wechselte hinüber in diese Sprache und redete eine ganze Weile in gutem Unterhaltungsfranzösisch. „Schade, daß du kein Spanisch sprichst!“ fügte er nun wieder auf Englisch hinzu. „Abgesehen von meinem mexikanischen Akzent spreche ich Spanisch noch besser als Französisch. Und ich kann auch etwas Deutsch und Russisch.“

Blake Hartley starrte seinen Sohn lange sprachlos an. Es dauerte dann eine gewisse Zeit, ehe er sich dazu bringen konnte zu reden.
„Ich konnte dir kaum folgen, als du Französisch sprachst“, gab er zu. „Ich kann beschwören, daß du in den bisherigen dreizehn Jahren deines Lebens absolut keine Möglichkeit hattest, es zu lernen. Schön also! Du hast, wie du sagst, bis 1975 gelebt. Dann erwachtest du ganz plötzlich wieder hier, warst dreizehn Jahre alt, und das Jahr war 1945. Ich nehme an, du erinnerst dich an alles, was dazwischenliegt?“ fragte er. „Hast du jemals James Branch Cabell gelesen? Erinnerst du dich an Florian de Puysange in ‚The High Place‘?“
„Ja. Die gleiche Idee findest du auch in ‚Jurgen‘“, sagte Allan. „Weißt du, ich fange an, mich zu fragen, ob Cabell nicht etwas wußte, was er nicht sagen wollte.“
„Es ist aber doch unmöglich!“ Blake Hartley schlug mit der Hand so hart auf den Tisch, daß der Revolver hüpfte. Die lose Munition, die er aus der Kammer herausgenommen hatte, fiel um und geriet ins Rollen. Sie kollerte über den Tischrand auf den Boden. Er bückte sich und hob sie auf. „Wie kannst du gegen den Strom der Zeit schwimmen? Darüber hinaus existiert die Zeit, aus der du zu kommen behauptest, doch im Augenblick gar nicht. Von all den Dingen ist doch überhaupt noch nichts geschehen.“ Er streckte die Hand nach dem Revolvermagazin aus, um die Patronen einzulegen, und während er dies tat, fiel sein Blick auf die Bücher, die vor seinem Sohne lagen. „Dunnes ‚Experimente mit der Zeit‘“, sagte er, „und J. N. M. Tyrells ‚Wissenschaft und über-

sinnliche Phänomene'. Versuchst du vielleicht, eine Theorie auszuarbeiten?"
„Ja." Es ermutigte Allan zu sehen, daß sein Vater unbewußt eine Haltung angenommen hatte, als spreche er zu einem Erwachsenen. „Ich glaube, sogar erfolgreich. Du hast ja die Bücher gelesen, nicht wahr? Schön! Dann wüßte ich gerne, was deine Ansicht über ‚Vorauswissen' ist, über jene Fähigkeit des menschlichen Geistes, wirkliche Kenntnis zukünftiger Ereignisse zu zeigen, und zwar außerhalb jeder logischen Erklärbarkeit. Glaubst du, daß Dunne die Wahrheit spricht, wenn er von seinen Erfahrungen erzählt? Oder daß die Fälle in Tyrells Buch genügend verifiziert sind und nicht einfach als Zufälle wegerklärt werden können?"
Blake Hartley runzelte die Stirn. „Ich weiß es nicht", gab er zu. „Die Evidenz ist derartig, daß jedes Gericht in der ganzen Welt sie akzeptieren würde, bezöge sie sich auf gewöhnliche und normale Ereignisse. Ganz besonders trifft dies auf jene Fälle zu, die von der Gesellschaft zur Erforschung des Übersinnlichen untersucht worden sind. Diese Fälle sind tatsächlich verifiziert. Wie aber kann überhaupt jemand etwas von Dingen wissen, die sich noch nicht ereignet haben? Sie sind noch nicht passiert, existieren nicht, und da sie nicht existieren, kannst du also keine wirkliche Kenntnis von ihnen besitzen."
„Tyrell bespricht dieses Dilemma, kann es aber nicht lösen. Ich glaube fast, daß ich es kann. Hat jemand wirkliche Kenntnis von der Zukunft, dann muß diese Zukunft für den gegenwärtigen Verstand erreichbar sein. Und wenn irgendein Augenblick, der nicht reine Gegenwart ist, existiert, dann muß die ganze Zeit immer total gegenwärtig sein. Jeder Augenblick muß dauernd neben jedem anderen Augenblick vorhanden sein", sagte Allan.
„Ja, ich glaube, ich verstehe, was du meinst. Das war wohl Dunnes Gedanke, nicht wahr?"
„Nein. Dunne setzte eine unendliche Serie von Zeitdimensionen voraus. Die Gesamtausdehnung jeder einzelnen dieser Dimensionen sollte lediglich der gegenwärtige Augenblick der nächsten sein. Was ich aber postuliere, ist die dauernde Koexistenz

jedes einzelnen Zeitmoments in dieser Dimension, genau wie jede Einteilung auf einem Metermaß gleichermaßen mit jeder anderen Einteilung existiert, aber jede an einem anderen Punkt im Raume."
„Soweit es sich um Dauer und Sequenz handelt, ist das in Ordnung", stimmte der Vater bei. „Wie aber steht es mit dem Ablauf der Zeit?"
„Es sieht tatsächlich so aus, als liefe die Zeit ab. Genauso scheint die Landschaft sich zu bewegen, wenn wir aus dem Fenster eines fahrenden Zuges schauen. Ich nehme an, daß es sich in beiden Fällen um gleichartige Illusionen handelt. Wir stellen uns Zeit dynamisch vor, weil wir sie nie von einem feststehenden Punkte aus betrachten können. Ist sie aber total gegenwärtig, dann muß sie statisch sein, und in diesem Falle sind *wir* es, die sich durch die Zeit bewegen."
„Das klingt richtig. Wie aber steht es mit deinem Wagenfenster?"
„Ist alle Zeit total gegenwärtig, dann mußt du gleichzeitig in jedem Augenblick entlang deiner individuellen Lebensspanne existieren", sagte Allan. „Dein Körper, dein Geist und alle in ihm enthaltenen Gedanken, alles im geeigneten Augenblick innerhalb der Reihenfolge. Was aber ist es, das nur in dem winzigen Augenblick, den wir mit ‚jetzt' bezeichnen, existiert?"
Blake Hartley blickte auf. Schon jetzt akzeptierte er seinen kleinen Sohn als geistig ebenbürtig.
„Bitte, Herr Lehrer! Was?"
„Dein Bewußtsein. Und sag nicht: ‚Was ist das?'! Auch der Herr Lehrer weiß es nicht. Sicher ist lediglich, daß wir uns jeweils nur eines einzigen Augenblicks bewußt sind. Dieser Augenblick ist die Illusion des ‚Jetzt'! Jetzt ist jetzt, und es war ‚jetzt', als du die Frage stelltest, und es wird ‚jetzt' sein, wenn ich aufhöre zu sprechen, aber jedesmal handelt es sich um einen anderen Augenblick. Wir bilden uns ein, daß all die ‚Jetzt' an uns vorbeirasen. In Wirklichkeit aber stehen sie still, und unser Bewußtsein hastet an ihnen vorüber."
Der Vater dachte über diesen Punkt eine ganze Weile nach. Dann richtete er sich auf. „He", rief er plötzlich, „wenn irgendein Teil

unseres Ego sozusagen ‚zeitfrei' ist und von einem Augenblick zum anderen wandert, dann kann dieser Teil nicht körpergebunden sein, da ja der physische Körper in jedem Augenblick, durch den das Bewußtsein geht, existiert. Ist aber ein Teil nicht körpergebunden, dann gibt es keinen Grund dafür, daß er seine Existenz verliert, wenn der Körper stirbt. Dann liegt darin also die logische Evidenz für ein Fortleben nach dem Tode, ganz unabhängig von jeder angeblichen Verbindung mit der Geisterwelt. Du kannst alle Bücher, die sich damit beschäftigen, zum Fenster hinauswerfen und behältst noch immer deine Evidenz."

„Daran hatte ich gar nicht gedacht", gab Allan zu. „Ich glaube fast, du hast recht. Stellen wir das aber mal zurück und fahren wir in unserem Gespräch über die Zeit fort! Man ‚verliert sein Bewußtsein' wie zum Beispiel im Schlaf. Wohin geht es? Ich glaube ganz einfach, daß es sich im Augenblick deines Einschlafens loslöst und sich entlang der Linie der Augenblicksreihenfolge rückwärts oder vorwärts bewegt, und zwar zu einem früheren oder späteren Moment, an dem es sich dann festsetzt."

„Und warum wissen wir davon nichts?" fragte Blake Hartley. „Es scheint, als geschehe es nie. Wir gehen heute nacht schlafen, und es ist immer morgen früh, wenn wir aufwachen. Nie vorgestern oder im vergangenen Monat oder letztes Jahr."

„Es *scheint*, als geschähe es nie oder fast nie. Da hast du schon recht. Weißt du auch, warum? Weil nämlich das Bewußtsein, wenn es sich vorwärts bewegt, sich an einen Augenblick attachiert, in dem das körperliche Gehirn noch Erinnerungen an den vorangegangenen, bewußt erlebten Moment enthält. Du erwachst und erinnerst dich des Abends zuvor, weil dies die Erinnerung ist, die dein Geist in diesem Augenblick enthält, und dahinter liegen Erinnerungen aller dazwischenliegenden Ereignisse. Verstehst du?"

„Jawohl. Wie aber steht es mit der Rückwärtsbewegung, ich meine in der Art dessen, was du selbst erlebt hast?"

„Dieses Erlebnis mag nicht einzigartig sein, obwohl ich nie von einem auch nur ähnlichen Fall gehört habe. Meist geht das doch so vor sich, daß die vom Bewußtsein zurückgetragenen Erinnerungen im Unterbewußtsein begraben werden. Du weißt ja selbst, wie dünn die Wand zwischen Bewußtsein und Unterbewußtsein ist. Jene Träume Dunnes und die Fälle in Tyrells Buch sind auf Undichtigkeiten zurückzuführen. Daher kommt es auch, daß Vorauswissen oder Ahnungen gewöhnlich unvollständig, verzerrt und im allgemeinen trivialer Natur sind. Das Wunder liegt nicht darin, daß es nur so wenig gute Fälle gibt. Das Überraschende ist, daß es überhaupt welche gibt." Allan schaute auf die vor ihm liegenden Notizen. „Ich habe noch nicht damit begonnen, eine Theorie dafür zu suchen, wie es kam, daß ich es fertigbrachte, mich an alles zu erinnern. Vielleicht waren es die Strahlungen der Bombe oder die Wirkungen der Narkose oder beides zusammen oder etwas hier auf dieser Seite oder eine Kombination aller drei Möglichkeiten. Die Tatsache aber bleibt bestehen, daß meine unterbewußte Schranke nicht funktionierte und alles durchkam. Du siehst also, daß ich besessen bin — von meiner eigenen zukünftigen Identität."

„Und ich hatte schon Angst, daß sich deiner vielleicht — nun, vielleicht ein Außenseiter bemächtigt haben könnte." Blake Hartley lachte zögernd. „Ich gebe gerne zu, Allan, daß mich das, was passiert ist, im höchsten Grade erschreckt hat. Jenes andere aber — ich glaube, das hätte ich einfach nicht ertragen."

„Nein! Sicher nicht, ohne den Verstand zu verlieren! Ich bin aber wirklich und wahrhaftig dein Sohn. Ich bin das gleiche Wesen wie gestern. Ich bin einfach vom Standpunkt der Erziehung aus einen Abkürzungsweg gegangen."

„Bei Gott!" Sein Vater lachte nun laut und herzhaft. Er entdeckte, daß seine Zigarre ausgegangen war, und zündete sie von neuem an. „Paß mal auf! Nachdem du dich ja an die nächsten dreißig Jahre erinnern kannst, dann sag mir doch mal, wann dieser Krieg — ich meine der jetzige — endet!"

„Die Übergabe der Japaner wird genau um neunzehn Uhr eins, das heißt sieben Uhr eins, am 14. August bekanntgegeben werden. Das heißt Dienstag in einer Woche. Du sorgst besser dafür, daß wir genügend zu essen im Hause haben. Alle Läden werden bis Donnerstag früh geschlossen sein, selbst die Restaurants.

Ich erinnere mich, daß wir damals außer ein paar Resten nichts im Hause hatten."
„Wie praktisch es ist, einen Propheten in der Familie zu haben! Ich werde dafür sorgen, daß Frau Stauber genügend einkauft. Dienstag in einer Woche? Das kommt aber recht plötzlich, oder nicht?"
„Den Japanern wird das auch so vorkommen", erwiderte Allan. Er begann zu beschreiben, wie alles vor sich gehen würde.
Sein Vater fluchte leise. „Weißt du, ich habe wohl Gerüchte über atomische Energie gehört, dachte aber, das sei alles pure Phantasie. War das die Sorte Bombe, die dich tötete?"
„Sie war ein reines Kinderspiel gegen die meine. Das Ding, das mir den Garaus machte, explodierte siebzehn Kilometer weit weg."
Blake Hartley pfiff leise. „Und das wird also in dreißig Jahren geschehen. Weißt du, mein Sohn, wenn ich du wäre, ich hätte es keineswegs gerne, so was im voraus wissen zu müssen." Er schaute Allan einen Augenblick lang an. „Bitte, wenn du es weißt, erzähl mir nie, wann ich sterben werde!"
Allan lächelte. „Das kann ich auch gar nicht. Unmittelbar ehe ich an die Front fuhr, bekam ich einen Brief von dir. Du warst damals achtundsiebzig Jahre alt, und du gingst noch immer auf Jagd und zum Fischen, und du flogst dein eigenes Flugzeug. Ich aber werde mich dieses Mal in keiner Schlacht von Buffalo töten lassen, und wenn ich's verhindern kann, wird es überhaupt keinen Dritten Weltkrieg geben."
„Aber — du sagst doch, alle Zeit existiert dauernd koexistent und total gegenwärtig", sagte der Vater. „Dann liegt doch das alles vor dir, und mit jedem Ticken der Uhr näherst du dich ihm."
Allan schüttelte den Kopf. „Weißt du, woran ich mich erinnerte, als Frank Gutchall kam, um den Revolver zu leihen?" fragte er. „Nun, das letztemal, da war ich nicht zu Hause. Damals war ich mit Larry Morton im Kanuklub schwimmen. Als ich etwa eine halbe Stunde später als jetzt nach Hause kam, fand ich das Haus voller Schutzleute. Gutchall hatte dir das achtunddreißiger Offiziersmodell abgeschwätzt und war nach Hause gegangen. Er

hatte seine Frau viermal durch den Leib geschossen und sie schließlich mit einem Schuß hinters Ohr erledigt. Den sechsten Schuß hatte er dann dazu verwendet, sich selbst umzubringen. Die Polizisten fanden heraus, woher der Revolver kam. Sie nahmen es dir ziemlich übel, daß du ihn ausgeliehen hattest. Du bekamst ihn niemals zurück."

„Das trau ich dieser Bande ohne weiteres zu."

„Dieses Mal wollte ich nun nicht, daß wir den Revolver einbüßten, noch daß dein Name in die Geschichte verwickelt würde. Die Gutchalls an sich kümmerten mich nicht", sagte Allan. „Der Hauptgrund aber, warum ich Gutchall mit einer Zwangsjacke versorgte, war der, daß ich sehen wollte, ob man die Zukunft ändern könne. Nun weiß ich, daß das geht. Offenbar gibt es zusätzliche Zeitdimensionen, Linien alternativer Möglichkeiten. Als ich Erinnerungen der Zukunft mitbrachte in die Gegenwart, da fügte ich der Kausalkette gewisse Faktoren hinzu. Damit hat eine völlig neue Linie von Wahrscheinlichkeiten begonnen. Ohne jede Vorbereitung vermochte ich einen Mord und einen Selbstmord zu verhindern. Habe ich dreißig Jahre Zeit, dann werde ich auch einen Weltkrieg verhindern können. Die Mittel, es zu tun, besitze ich."

„Die Mittel?"

„Unbegrenzten Reichtum und Einfluß! Hier!" Allan zog ein Stück Papier hervor und reichte es dem Vater hin. „Bei richtigem Gebrauch können wir damit allein zwei oder drei Millionen Dollar verdienen. Es ist eine Liste aller Sieger in den Pferderennen von Preakness und Belmont von heute bis zum Jahre 1970. Das wird uns mit dem nötigen Anfangskapital versorgen. Und dann vergiß bitte nicht, daß ich so eine Art Chemiker war! Ursprünglich habe ich mich damit befaßt, um für eine meiner Detektivgeschichten das nötige Rohmaterial zu sammeln. Die Sache faszinierte mich ungemein, wurde dann zur Liebhaberei und schließlich eine Einkommensquelle. Ich bin jedem Chemiker in der Welt um mindestens dreißig Jahre voraus. Erinnerst du dich an die *I. G. Farbenindustrie?* In zehn Jahren von heute an werden sie neben uns wie Anfänger aussehen."

Der Vater schaute auf das gelbe Blatt Papier. „Assault mit einer Quote von acht zu eins“, sagte er. „Dafür kann ich etwa fünftausend Dollar zusammenkratzen. Jawohl, in zehn Jahren. Beabsichtigst du noch andere kleine geschäftliche Unternehmungen?“ fragte er.
„Ungefähr im Jahre 1950 werden wir anfangen, hier in Pennsylvania eine politische Organisation aufzubauen. Ich nehme an, daß wir im Jahre 1960 so weit sein werden, daß du zum Präsidenten gewählt werden kannst. Um diese Zeit wird die Weltsituation äußerst kritisch sein. Wir hatten das letztemal eine gutmütige Null im Weißen Haus, die die Dinge so lange treiben ließ, daß der Krieg schließlich unvermeidlich wurde. Ich glaube wohl, daß wir das feste Vertrauen haben dürfen, daß Präsident Hartley eine starke Politik betreiben wird. Inzwischen kannst du mal Macchiavelli studieren!“
„So ist’s recht, mein Junge“, sagte Blake Hartley leise. „Gut, mein Sohn. Ich werde genau das tun, was du mir sagst, und wenn du erst mal groß bist, dann werde ich Präsident ... komm, machen wir uns jetzt das Abendessen zurecht!“

1948

Judith Merril

Nur eine Mutter

(That Only a Mother)

Wilmar H. Shiras

Im Verborgenen

(In Hiding)

1948...

Mahatma Gandhi fällt dem Attentat eines fanatischen Hindu-Brahmanen zum Opfer. Die Blockade Berlins durch die UdSSR wird von einer Luftflotte aus den USA durchbrochen. Am Rekordtag bringen 896 Flugzeuge etwa 7000 Tonnen Versorgungsgüter nach Berlin. 45,2 Milliarden Reichsmark deutscher Sparguthaben werden durch die Währungsreform auf 2,2 Milliarden Deutsche Mark (DM) abgewertet. Die westlichen Besatzungsmächte lehnen Sozialisierungen auf Länderbasis in ihren Zonen ab. Otto Klemperer geht als Dirigent nach Budapest. Norman Mailer veröffentlicht den realistischen Kriegsroman „Die Nackten und die Toten", Jean Paul Sartre das Schauspiel „Die schmutzigen Hände", Bert Brecht das Bühnenstück „Herr Puntila und sein Knecht". Das Leben im Jahre 2018 nach einem Atomkrieg ist Gegenstand eines utopischen Romans von Aldous Huxley. Das Volkseinkommen in den USA hat 260 Milliarden Dollar erreicht. Albert Einstein ruft in seiner „Botschaft an die geistigen Arbeiter" zur Unterstützung einer Weltregierung auf. Der Architekt Le Corbusier errichtet in Marseille einen siebzehnstöckigen Wohnkomplex aus Stahl und Glas. Die UN deklarieren die Menschenrechte, Yehudi Menuhin konzertiert auf der Versammlung. De Sica schließt die Arbeiten zu seinem Film „Die Fahrraddiebe" ab. Franz Lehár, der volkstümliche österreichisch-ungarische Operettenkomponist, und der Tenor Richard Tauber sterben. Die Anzahl der Fernsehempfänger in den USA steigt auf 750 000, für Europa läuft unter der Bezeichnung „Marshallplan" das Hilfsprogramm der USA an, Westdeutschland soll davon 1000 Millionen Dollar erhalten. Norbert Wiener begründet die „Kybernetik", die Wissenschaft von den Steuer- und Regelungsvorgängen in der belebten und unbelebten Natur. „Arbeit und Leben", das Erwachsenenbildungswerk der westdeutschen Gewerkschaften und der Volkshochschulen, wird gegründet. Mehr als 5000 Sportler nehmen an der Olympiade in London teil. Fanny Blankers-Koen aus den Niederlanden erringt 4 Goldmedaillen. Gegen arabischen Widerstand wird der Staat Israel auf palästinensischem

Boden gegründet. Truman gewinnt die Präsidentenwahl in den USA, und Joe Louis verteidigt seinen Weltmeistertitel erfolgreich — in der 11. Runde schlägt er Walcott k. o.

Judith Merril

Nur eine Mutter

(That Only a Mother)

*Judith Merril ist, abgesehen von C. L. Moores Kollaboration mit Henry Kuttner an **„Mimsy Were the Borogoves“** im ersten Halbdekadenband der vierziger Jahre, die erste Frau in dieser Anthologienserie, und es war für die Herausgeber ein Muß, sie gerade an dieser Stelle hereinzunehmen. Wie die Stories von Piper und Shiras ist **„That Only a Mother“** eine Erstlingsgeschichte. Sie erschien im Juni 1948 in **„Astounding“** und machte ihre Verfasserin auf der Stelle bekannt. Bezeichnenderweise war es eine Frau, die als erste auf die negativen Langzeitwirkungen der Bombe hinwies, indem sie eine werdende Mutter in den Mittelpunkt ihrer Geschichte rückte und die Auswirkungen radioaktiver Strahlung auf das Kind sowie die daraus resultierenden Reaktionen der Eltern beschrieb. **„That Only a Mother“** ist mithin die erste Anklage der Bombe in der Genre-SF, eine Tat, um die sich Judith Merrils männliche Kollegen mit Ausnahme Theodore Sturgeons elegant herumgedrückt hatten. Mutationen wurden von ihnen als großartige neue Evolutionsmöglichkeiten bejubelt oder als kollektive Gefahr für die menschliche Rasse verteufelt. Daß die Radioaktivität auch eine Katastrophe für die Menschheit sein konnte, darauf war vor ihr keiner gekommen. Aber Frauen denken ja in vielem praktischer ... Nun, diese Geschichte übte jedenfalls einen nachhaltigen Eindruck auf die SF aus. Nach ihr kippte die anfängliche Euphorie langsam in Angst um, und die Warnungen häuften sich* *mit dem beginnenden kalten Krieg. Die 1923 geborene Judith Merril konnte diesen Erfolg nicht wiederholen. Sie schrieb in den fünfziger Jahren vier Romane, zwei davon unter dem Pseudonym Cyril Judd zusammen mit C. M. Kornbluth, eine ganze Reihe von Kurzgeschichten und machte sich als Herausgeberin von Anthologien einen Namen, aber **„That Only a Mother“** blieb ihr bekanntestes Werk.*

Margaret langte hinüber zur anderen Seite des Bettes, wo Hank hätte sein müssen. Ihre Hand fuhr über das leere Kissen, und dann wachte sie richtig auf und stellte mit Verwunderung fest, daß die alte Gewohnheit so viele Monate überdauert haben sollte. Sie versuchte sich wie eine Katze zusammenzurollen, um ihre eigene Wärme zu halten, merkte, daß sie es nicht mehr konnte, und stieg mit der zufriedenen Feststellung ihres wachsenden Umfangs aus dem Bett.
Mechanisch verrichtete sie die morgendlichen Handgriffe. Auf dem Weg durch die Küche drückte sie auf den Knopf für die automatische Frühstückszubereitung — der Doktor hatte ihr geraten, möglichst viel zum Frühstück zu essen — und riß die Zeitung aus dem Bildschirmtextgerät. Sorgfältig faltete sie das lange Blatt bis zu dem Teil „Inland-Nachrichten" und brachte es vor dem Spiegel an, um es beim Zähneputzen zu überfliegen.
Keine Unfälle. Keine Treffer. Wenigstens keine, die offiziell zur Veröffentlichung freigegeben waren. *Heh! Maggie! Steigere dich da nicht rein! Keine Unfälle. Keine Treffer. Verlaß dich doch auf diese nette Zeitung!*
Die drei hellen Glocken aus der Küche verkündeten, daß das Frühstück fertig war. In einem vergeblichen Versuch, ihrem mangelhaften morgendlichen Appetit aufzuhelfen, legte sie ein helles Tischtuch auf und wählte fröhlich buntes Geschirr. Dann, als es nichts mehr vorzubereiten gab, ging sie, um nach der Post zu schauen, wobei sie sich den vollen Genuß der langgehegten Erwartung gönnte, denn heute würde *ganz bestimmt* ein Brief da sein. Da war auch einer. Da waren welche. Zwei Rechnungen und ein besorgter Brief von ihrer Mutter: „Liebes, warum hast Du nicht schon früher geschrieben und es mich wissen lassen? Ich freue mich natürlich schrecklich, aber, nun, man spricht so ungern von diesen Dingen, aber bist du auch *sicher*, daß der Doktor sich nicht irrt? Hank hat mit diesem ganzen Uran oder Thorium oder was das heute auch immer sein mag zu tun gehabt, und ich weiß, Du sagst, er ist nur Zeichner, kein Techniker, und er kommt nicht in Kontakt mit so Sachen, die gefährlich sein könnten, aber Du weißt, damals, in Oak Ridge, war das anders.

Glaubst Du nicht... ach, natürlich, ich stelle mich an wie eine närrische alte Frau, und ich will nicht, daß Du Dich deswegen aufregst. Du verstehst viel mehr davon als ich, und ich bin sicher, daß der Doktor recht hatte. Er *sollte* es schließlich wissen..."

Margaret verzog das Gesicht über ihrem ausgezeichneten Kaffee und ertappte sich dabei, wie sie die Zeitung bis zu dem medizinischen Nachrichtenteil auffaltete.

Schluß jetzt, Maggie, hör auf! Der Radiologe hat doch gesagt, daß Hank in seinem Job unmöglich Strahlung abbekommen haben könnte. Und das zerbombte Gebiet, durch das wir gefahren sind... Nein, nein, hör auf jetzt! Lies doch die Gesellschaftsspalte oder die Rezepte, Maggie!

Im medizinischen Nachrichtenteil behauptete ein bekannter Genetiker, daß man schon im fünften Monat mit absoluter Sicherheit voraussagen könne, ob sich das Kind normal entwickeln würde oder wenigstens, ob die Mutation irgendwelche Monstrositäten zur Folge haben würde. Die schlimmsten Fälle wenigstens könnten so verhindert werden. Kleinere Mutationen, natürlich, wie Entstellungen der Gesichtszüge oder Änderungen der Gehirnstruktur, waren nicht zu entdecken. Und da hatte es in letzter Zeit einige Fälle von normalen Embryos mit verstümmelten Gliedmaßen gegeben, die sich nicht über den siebenten oder achten Monat hinaus entwickelten. Aber — schloß der Doktor zuversichtlich — die *schlimmsten Fälle konnten jetzt vorhergesagt und verhindert werden.*

„Vorhergesagt und verhindert." Wir haben es doch vorhergesagt oder etwa nicht? Hank und die anderen, sie haben es vorhergesagt, aber verhindern konnten wir es natürlich nicht. 1946 und 1947, da hätten wir das Ganze noch aufhalten können. Jetzt ...

Margaret beschloß, auf das Frühstück zu verzichten. Seit zehn Jahren kam sie morgens mit einer Tasse Kaffee aus, das würde auch heute genügen müssen. Sie knöpfte sich in ein unendlich weites Faltengewand, das, wie die Verkäuferin beteuert hatte, die *einzige* bequeme Sache während der letzten Monate war. Mit einer Welle reiner Freude, ohne weiter an den Brief und die Zeitung zu denken, bemerkte sie, daß sie beim vorletzten Knopf angelangt war. Jetzt würde es nicht mehr lange dauern.

Die Stadt in den frühen Morgenstunden hatte schon immer etwas besonders Erregendes für sie gehabt. Nachts hatte es geregnet, und die Fußwege waren noch immer feuchtgrau und nicht staubig, wie gewöhnlich. Die gelegentliche Beimischung von scharfriechendem Fabrikrauch ließ die Luft für einen Stadtmenschen wie sie um so frischer erscheinen. Zur Arbeit waren es nur sechs Häuserblocks, die sie zu Fuß ging. Dabei beobachtete sie, wie in den nachts geöffneten Hamburgerlokalen die Lichter erloschen und die Spiegelglaswände bereits das Sonnenlicht reflektierten und wie in den düsteren Zigarrenläden und Trockenreinigungen die Lichter angingen.

Das Büro befand sich in einem der neuen Regierungsgebäude. Als sie auf dem Förderband nach oben fuhr, fühlte sie sich, wie immer, wie ein Brötchen auf einem dieser altmodischen Rotationstoaster. Dankbar verließ sie das Luftschaumkissen im vierzehnten Stock und ließ sich an ihrem Schreibtisch nieder, am Ende einer langen Reihe völlig gleicher Tische.

Jeden Morgen war der Papierstoß, der sie erwartete, ein wenig höher. Wie jeder wußte, waren dies die entscheidenden Monate. Der Krieg konnte aufgrund dieser, als auch irgendwelcher anderer Berechnungen gewonnen oder verloren werden. Die Arbeitsvermittlungsstelle hatte sie hierher versetzt, als ihre alte Stelle im Expeditionskorps zu anstrengend für sie wurde. Der Computer war einfach zu bedienen, und die Arbeit nahm all ihre Aufmerksamkeit in Anspruch, wenn sie auch nicht so interessant war wie die alte. Aber man konnte nicht einfach mit der Arbeit aufhören in diesen Tagen. Jeder, der überhaupt etwas tun konnte, wurde gebraucht.

Und — sie dachte an das Gespräch mit dem Psychologen — *ich bin wahrscheinlich nicht besonders stabil. Was für eine Neurose ich wohl kriegen würde, wenn ich daheim rumsitzen und diese sensationslüsterne Zeitung lesen würde...*

Ohne den Gedanken weiter zu verfolgen, stürzte sie sich in die Arbeit.

18. Februar

Hank, Liebling!
Nur ein paar Zeilen — immerhin aus der Klinik. Mir ist bei der Arbeit schwach geworden, und der Doktor hat es sich zu Herzen genommen. Was soll ich bloß mit mir anfangen, wenn ich wochenlang nur im Bett liegen und warten muß —, doch Dr. Boyer glaubt offenbar, daß es nicht mehr so lange dauert.
Hier liegen zu viele Zeitungen herum. Ständig neue Fälle von Kindsmord, und kein Gericht scheint je einen nachweisen zu können. Es sind übrigens die Väter, die das machen. Du bist ja zum Glück nicht da, für den Fall...
Ach Schatz, das war kein sehr guter Witz, nicht? Schreib doch bitte soviel Du nur irgend kannst. Ich habe hier zuviel Zeit zum Nachdenken. Aber eigentlich ist ja alles in Ordnung, und es besteht kein Grund zur Sorge.
Schreib mir oft und vergiß nicht, daß ich Dich liebe,
Deine Maggie

Fronttelegramm

21. Februar 1953
22:04 Lk37G

Absender: Tech. Lt. H. Marvell
X47 – 016 GCNY
An: Mrs. H. Marvell
Frauenklinik
New York City
Doktors Telegramm erhalten Stop Komme vier Uhr zehn Stop Kurzurlaub Stop Maggie Du hasts geschafft Stop Dein Hank

25. Februar

Lieber Hank,
Du hast das Baby also auch nicht zu sehen bekommen? An sich würde man doch erwarten, daß sie in so einer Klinik Sichtscheiben auf den Brutkästen haben, damit die Väter mal schauen können, wenn die armen umnebelten Mütter das schon nicht können. Es heißt, ich kann sie erst in einer Woche sehen oder viel-

leicht noch später — aber, natürlich, Mutter hat mich ja schon immer gewarnt, daß ich mein Tempo ein bißchen drosseln müßte, sonst würde ich sogar meine Babys zu schnell kriegen. Warum muß sie *jedesmal* recht haben?
Hast Du diese Schreckschraube von Krankenschwester getroffen, die sie hier eingesetzt haben? Ich kann mir vorstellen, daß sie sie nur zu Frauen lassen, die ihres schon gekriegt haben, und sie nicht zu sehr in die Nähe der Zukünftigen kommen lassen. — Aber eine Frau wie sie sollte auf der Wöchnerinnenstation ganz einfach verboten werden. Sie ist von Mutationen geradezu besessen, scheint von nichts anderem reden zu können. Nun ja, *unseres* ist aber in Ordnung, selbst, wenn das Ganze ein bißchen fix gegangen ist.
Ich bin müde. Sie haben gesagt, ich solle mich nicht zu bald aufsetzen, aber ich *mußte* Dir einfach schreiben. Mit all meiner Liebe,
Deine Maggie

29. Februar

Schatz,
Ob ich sie nun endlich gesehen habe? Es stimmt genau, was man über neugeborene Babys sagt und das Gesicht, das nur eine Mutter lieben könne — aber es ist alles da, Liebling, Augen, Ohren und Nasen — nein, natürlich nur eine! — und alles am richtigen Platz. Wir haben ja solches *Glück,* Hank.
Ich fürchte, ich bin eine aufsässige Patientin. Ich habe dieser sauertöpfischen Frau mit dem Mutations-Tick immer wieder gesagt, daß ich das Baby *sehen* wollte. Schließlich ist der Doktor hereingekommen, um mir alles zu „erklären", und hat einen Haufen Unsinn geredet, von dem wohl keiner mehr verstanden hätte als ich. Das einzige, was ich aus ihm herausbekommen konnte, war, daß sie nicht unbedingt im Brutkasten bleiben *muß,* sie halten es bloß für „klüger".
Ich glaube, an dem Punkt bin ich wohl ein bißchen hysterisch geworden. Machte mir wohl größere Sorgen, als ich zugeben wollte, dann hatte ich einen kleinen Wutausbruch. Die ganze Geschichte endete mit einer dieser improvisierten Ärztebespre-

chungen vor der Zimmertür, und dann sagte die Frau in Weiß endlich: „Na ja, meinetwegen. Vielleicht geht es so auch besser." Ich hatte schon gehört, wie Ärzte und Krankenschwestern in so einer Klinik einen Gotteskomplex entwickeln und, glaube mir, es stimmt sowohl im übertragenen wie im wörtlichen Sinne, daß eine Mutter hier keinen festen Fuß fassen kann.
Ich bin wirklich noch scheußlich schwach. Bald mehr.

Deine Maggie

8. März

Liebster Hank,
Also, die Krankenschwester muß Dir etwas Falsches erzählt haben. Die ist überhaupt eine Idiotin. Es ist ein Mädchen. Bei kleinen Kindern ist das doch leichter zu sehen als bei Kätzchen, und ich kenne mich da aus. Was meinst Du zu Henrietta?
Ich bin jetzt wieder zu Hause und flitze mehr herum als ein Betateilchen. In der Klinik haben sie buchstäblich alles verkehrt gemacht, und ich mußte mir selbst beibringen, wie ich sie baden muß, und fast alles andere auch. Sie wird jetzt auch schon niedlicher. Wann kannst Du Urlaub nehmen, *richtigen* Urlaub?

Liebe Grüße, Deine Maggie

26. Mai

Hank, Liebster,
Du solltest sie jetzt sehen, und das wirst Du auch! Gleichzeitig schicke ich Dir einen Farbfilm, den ich von ihr gedreht habe. Diese Nachthemden mit den Bändchen dran hat ihr meine Mutter geschickt. Ich habe ihr gerade eins angezogen, und jetzt sieht sie aus wie ein schneeweißer kleiner Kartoffelsack, und ihr schönes, schönes Blumengesichtchen blüht obendrauf. Daß *ich* so rede! Bin ich blind vernarrt? Aber warte nur, bis Du sie siehst!

10. Juli

... Glaube es oder nicht, ganz wie Du magst, aber Deine Tochter kann sprechen und damit meine ich keine Babysprache! Alice hat es entdeckt — sie ist Zahnarzthelferin im WAC, weißt Du —, und als sie hörte, wie das Baby etwas von sich gab, das in meinen Ohren wie sinnloses Geschnatter klang, da hat sie gesagt, daß das Kind Worte kenne und Sätze, sie aber nicht klar aussprechen könne, weil sie noch keine Zähne hat. Ich gehe mal zu einem Sprachspezialisten mit ihr.

13. September

... Ganz bestimmt, wir haben ein Wunderkind! Jetzt, wo ihre Vorderzähne alle da sind, spricht sie völlig klar und — noch eine neue Begabung — sie kann singen! Ich meine, sie singt ganz rein! Mit sieben Monaten! Ach Schatz, mein Glück wäre vollständig, wenn Du nur heimkommen könntest.

19. November

... endlich. Der kleine Putz war so sehr mit Schlausein beschäftigt, daß sie erst jetzt krabbeln gelernt hat. Der Arzt hat gesagt, daß die Entwicklung bei diesen Fällen immer ziemlich sprunghaft ist ...

Fronttelegramm

1. Dezember 1953
08:47 LK59F

Absender: Tech. Lt. H. Marvell
X47–016 GCNY
An: Mrs. H. Marvell
Apt. K–17
504 E. 19 St.
N.Y. N.Y.
Ab morgen eine Woche Urlaub Stop Ankunft Flughafen zehn Uhr fünf Stop Nicht abholen Stop Dein Hank

Margaret ließ das Wasser aus der Kinderwanne auslaufen, bis es nur noch wenige Zentimeter hoch stand und lockerte ihren Griff um das zappelnde Baby.

„Ich glaube, es war fast besser, als du noch in deiner Entwicklung zurückgeblieben warst, junge Frau“, teilte sie ihrer Tochter

glücklich mit. „Du *darfst* in der Kinderwanne nicht krabbeln, weißt du."
„Warum darf ich dann nicht in die Badewanne?" Allmählich hatte Margaret sich nun an die Sprechkünste ihres Kindes gewöhnt, doch bisweilen überraschte es sie immer noch. Rasch legte sie die widerstrebende Masse aus rosa Fleisch in ein Handtuch und begann sie abzurubbeln.
„Weil du zu klein bist, und dein Kopf ist sehr weich, und Badewannen sind sehr hart."
„Ach. Also, wann darf ich in die Badewanne?"
„Wenn dein Kopf außen so hart ist wie innen, kluges Kindchen."
Sie langte nach einem Haufen frischer Wäsche. „Ich verstehe einfach nicht", fügte sie hinzu, „warum ein Kind mit deiner Intelligenz nicht lernen kann, die Windeln so zu halten, wie andere Kinder auch. Seit Jahrhunderten schon braucht man sie, und zwar mit vollkommen zufriedenstellenden Resultaten."
Das Kind verzichtete auf eine Antwort; zu oft hatte es dasselbe schon zu hören bekommen. Es wartete geduldig, bis Maggie es, ein sauberes und duftendes Bündel, in das weißgestrichene Kinderbettchen gelegt hatte. Dann bedachte es seine Mutter mit einem Lächeln, bei dem Margaret jedesmal unwillkürlich an den ersten goldenen Sonnenstrahl, der in eine rosige Dämmerung bricht, denken mußte. Sie dachte an Hanks Reaktion auf die Farbbilder von seiner schönen Tochter, und wie sie das dachte, machte sie sich klar, wie spät es schon war.
„Schlaf jetzt, Kindchen. Du weißt, wenn du aufwachst, ist dein Vati hier."
„Warum?" fragte sich der Verstand einer Vierjährigen und versuchte in einem aussichtslosen Kampf den zehn Monate alten Körper wach zu halten.
Margaret ging in die Küche und stellte die Küchenuhr für den Braten. Sie prüfte kurz den Tisch und holte ihre Sachen aus dem Schrank; alles neu: Kleid, Schuhe, Unterrock. Gekauft vor Wochen schon und aufgespart für den Tag, an dem Hanks Telegramm käme. Sie hielt einen Augenblick lang inne, um die Zeitung aus dem Bildschirmtextgerät zu ziehen, ging dann mit ihren

Kleidern und der Zeitung ins Badezimmer und senkte sich behutsam in den dampfenden Luxus eines Schaumbades.
Ohne besonderes Interesse sah sie die Zeitung durch.
Heute wenigstens brauchte sie die Inland-Nachrichten nicht zu lesen. Da war ein Artikel von einem Genetiker. Demselben. Mutationen, sagte er, wären überproportional im Ansteigen begriffen. Für rezessive Vererbung war es noch zu früh. Denn selbst die ersten Mutierten, die im Jahre 1946 und 1947 in der Nähe von Nagasaki und Hiroshima geboren wurden, waren zur Fortpflanzung noch zu jung. *Mein Kind aber ist in Ordnung.* Anscheinend war es so, daß ein bestimmter Grad durch die Atomexplosionen freigesetzter Strahlung für das Ganze verantwortlich war. *Mein Baby ist gesund, frühreif, aber normal.* Wenn man den ersten Mutationen in Japan mehr Aufmerksamkeit geschenkt hätte, meinte er ...
Da war doch diese kleine Zeitungsnotiz im Frühjahr '47. Das war damals, als Hank von Oak Ridge wegging. „Nur zwei bis drei Prozent derer, die des Kindesmordes schuldig sind, werden heute in Japan überführt und bestraft ..." *Aber mein Kind ist in Ordnung!*
Sie war schon fertig angezogen und frisiert, wollte gerade noch ein wenig Rouge auflegen, als es an der Tür schellte. Sie flog zur Tür, und ehe die Glocke noch verhallt war, hörte sie, zum erstenmal seit achtzehn Monaten, das fast vergessene Geräusch eines Schlüssels, der sich im Schloß dreht.
„Hank!"
„Maggie!"
Und dann wußte sie nicht, was sie sagen sollte. So viele Tage, so viele Monate, in denen sich kleine Neuigkeiten angesammelt hatten, so vieles, das sie ihm sagen wollte, und jetzt stand sie nur da und starrte die Khakiuniform an und das blasse Gesicht eines Fremden. Mit dem Finger der Erinnerung fuhr sie seine Züge nach. Dieselbe gebogene Nase, die weit auseinanderliegenden Augen, die feingezeichneten Brauen; das ausgeprägte Kinn, der Haaransatz, nun ein wenig weiter oben auf der hohen Stirn, dieselbe scharfe Falte zum Mund. Bleich ... Natürlich, er war ja auch die ganze Zeit unter Tage gewesen. Und fremd — fremder noch

als das Gesicht eines Unbekannten sein könnte wegen der verlorenen Vertrautheit.
Sie hatte Zeit, all dies zu bedenken, bevor er die Hand ausstreckte, um sie zu berühren, und die Kluft von achtzehn Monaten überbrückte. Jetzt, noch einmal, gab es nichts zu sagen, weil es nicht notwendig war. Sie waren beisammen, und das genügte für den Augenblick.
„Wo ist die Kleine?"
„Schläft. Sie muß gleich aufwachen."
Keine Eile. Ihre Stimmen waren so gelassen, als handele es sich um ein ganz alltägliches Gespräch, als ob Krieg und Trennung nicht existierten. Margaret hob den Mantel auf, den er auf einen Stuhl neben der Tür geworfen hatte, und hängte ihn in den Schrank in der Diele. Sie ging, um nach dem Braten zu schauen, und ließ ihn allein durch die Zimmer schlendern, um Erinnerungen aufzufrischen und wirklich heimzukommen. Sie fand ihn schließlich, wie er über das Kinderbettchen gebeugt stand.
Sein Gesicht konnte sie nicht sehen, aber das war nicht nötig.
„Ich glaube, wir können sie heute ausnahmsweise mal wecken."
Margaret schlug die Decken zurück und hob das weiße Bündel aus dem Bett. Unter verschlafenen Lidern kamen langsam rauchig-braune Augen zum Vorschein.
„Hallo!" Hanks Stimme war unsicher.
„Hallo!" Die Antwort des Babys klang entschiedener.
Er hatte davon gehört, natürlich, aber es selbst zu erleben war etwas ganz anderes. Voller Eifer wandte er sich an Margaret. „Kann sie wirklich ...?"
„Natürlich, kann sie, Schatz. Aber, was noch wichtiger ist, sie kann auch ganz normale Sachen, wie andere Babys auch, selbst dumme. Guck, wie sie krabbelt!" Margaret setzte das Baby auf das breite Bett.
Einen Augenblick lang lag die kleine Henrietta da und schaute ihre Eltern zweifelnd an.
„Krabbeln?" fragte sie.
„Ja, ganz recht. Für deinen Vater ist das alles neu hier, weißt du. Er will, daß du ein bißchen vor ihm angibst."

„Dann dreh' mich auf den Bauch."
„Ja, natürlich." Zuvorkommend drehte sie das Baby um.
„Was ist los?" Hanks Stimme war noch immer gelassen, aber sie hatte einen Unterton, der eine gewisse Spannung im Raum verursachte. „Ich hatte geglaubt, daß sie das als erstes machen, sich umdrehen."
„Dies Kind", Margaret schien die Spannung nicht zu bemerken, „*dies* Kind macht alles dann, wenn es das will."
Der Vater dieses Kindes beobachtete mit feuchten Augen, wie der Kopf sich vorreckte, der Körper sich nach oben bog und sich über das Bett schob.
„Oh, das Schlingelchen." Er brach in befreites Lachen aus. „Sie sieht aus wie beim Sackhüpfen. Ist mit den Armen schon aus den Ärmeln." Er langte nach ihr und packte den Knoten am Ende des langen Nachthemds.
„Laß nur, ich mach das." Margaret suchte ihm zuvorzukommen.
„Sei doch nicht albern, Maggie. Das ist vielleicht *dein* erstes Baby, aber ich habe schließlich fünf kleine Brüder gehabt." Er schob sie lachend zur Seite und langte mit der anderen Hand nach dem Band, mit dem der eine Ärmel zugebunden war. Er löste den Knoten und tastete nach einem Arm.
„Du zappelst so", richtete er sich streng an das Kind, als seine Hand auf einen beweglichen Fleischauswuchs an der Schulter traf, „daß man fast meinen könnte, du seist ein kleiner Wurm, der seinen Bauch zum Krabbeln braucht, anstatt Hände und Füße."
Margaret stand dabei und schaute lächelnd zu. „Warte nur, bis du sie singen hörst, Schatz ..."
Seine Hand wanderte von der Schulter bis zu der Stelle hinab, wo er meinte, daß ihr Arm sein müßte, wanderte weiter und immer weiter, über feste kleine Muskeln, die sich wanden in dem Versuch, sich dem Druck seiner Hand zu entziehen. Er ließ seine Finger wieder zur Schulter hinauf gleiten. Mit unendlicher Vorsicht öffnete er den Knoten am Ende des Nachthemds. Seine Frau stand neben dem Bett und sagte: „Sie kann ‚Jingle Bells' singen und ..."

Seine linke Hand tastete sich den weichen Strickstoff des Nachthemds entlang bis zu der Windel, die glatt und weich über das Hinterteil seines Kindes gefaltet lag. Keine Falten. Kein Strampeln. *Keine ...*

„Maggie!“ Er versuchte seine Hand von der sauberen Falte der Windel wegzuziehen, von dem sich windenden Körper. „Maggie!“ Seine Kehle war ausgetrocknet, die Worte kamen mühsam, leise und rauh. Er sprach sehr langsam und stellte sich dabei den Klang jedes Wortes vor, um sich zu zwingen, es auszusprechen. In seinem Kopf drehte sich alles, aber er mußte es *wissen*, bevor er sich dem überließ. „Maggie, warum ... hast du ... mir nichts gesagt?“

„Was gesagt, Schatz?“ Margaret nahm die ewige Haltung der Frau gegenüber dem kindischen Ungestüm des Mannes ein. Ihr plötzliches Lachen klang wunderbar mühelos und natürlich in diesem Zimmer; jetzt war ihr alles klar. „Ist sie naß? Ich wußte es nicht.“

Sie wußte es nicht. Unkontrolliert fuhren seine Hände auf der weichen Haut des Babykörpers auf und ab, dem glatten, gliederlosen Körper. *O Gott, guter Gott!* — In seinem Kopf schwankte es, und seine Muskeln zogen sich in einem schmerzlichen Krampf von Hysterie zusammen. Seine Hände schlossen sich fester um sein Kind — *o Gott, sie wußte es nicht ...*

Wilmar H. Shiras

Im Verborgenen

(In Hiding)

Die 1908 geborene Amerikanerin Wilmar H. Shiras ist die zweite Frau in dieser Anthologie. Sie schrieb neben Sachbüchern und Artikeln auch einige SF-Geschichten, die sie mit einem Schlag bekannt machten und die zu dem Buch ***„Children of the Atom“*** *(1953) zusammengefaßt wurden. Es handelt sich dabei im einzelnen um die Noveletten* ***„In Hiding“*** *(1948),* ***„Opening Doors“*** *(1949) und* ***„New Foundations“*** *(1950), die allesamt in* ***„Astounding“*** *erschienen. Der Roman und speziell die erste der Noveletten, die wir auch für diesen Band auswählten, beschreibt das Heranwachsen eines jugendlichen Genies, eines positiven Mutanten, der in einer feindlich eingestellten Umwelt seine Fähigkeiten zu verbergen trachtet. Das Besondere an dieser Geschichte ist das Einfühlungsvermögen, das die Autorin aufbringt und das im Gegensatz zu den Klischees vieler Mutantenstories steht. Das Problem wird von ihr eher nüchtern realistisch und nicht sensationsheischend angegangen. Obwohl Wilmar H. Shiras sonstiger Einfluß auf die SF gleich Null war, hinterließen* ***„Children of the Atom“*** *und* ***„In Hiding“*** *einen bleibenden Eindruck. Die Novelette war genau am Puls der Zeit und so typisch für die Jahre 1945—49, daß wir nicht auf sie verzichten konnten.*

Peter Welles, Psychiater, musterte den Jungen nachdenklich. Warum war Timothy Paul von seiner Lehrerin zu ihm zur Untersuchung geschickt worden?
„Ich weiß selbst nicht, ob an Tim wirklich etwas nicht in Ordnung ist", hatte Miß Page Dr. Welles erklärt. „Mir kommt er ganz normal vor. Er ist gewöhnlich recht ruhig und meldet sich in der Schule nur selten. Mit den anderen Jungen kommt er gut zurecht und scheint auch einigermaßen beliebt, obwohl er keine besonderen Freunde hat. Seine Noten sind befriedigend — eigentlich in allen Fächern. Aber wenn man so lange wie ich im Lehrberuf war, Peter, dann bekommt man da ein gewisses Gefühl. Irgend etwas an ihm wirkt angespannt — manchmal ist es ein ganz bestimmter Blick, den er hat — und er ist häufig geistesabwesend."
„Was nehmen Sie denn an?" hatte Welles sie gefragt. Manchmal waren solche Vermutungen sehr nützlich. Miß Page hatte dreißig Jahre Lehrerfahrung. Sie hatte Peter in letzter Zeit unterrichtet, und er hielt sehr viel von ihrer Meinung.
„Eigentlich sollte ich das nicht sagen", antwortete sie. „Das ist eigentlich überhaupt nichts Greifbares — noch nicht. Aber vielleicht fängt irgend etwas an, und wenn man das verhindern könnte..."
„Es werden oft Ärzte gerufen, ehe die Symptome sich genügend ausgeprägt haben", sagte Welles. „Ein Patient oder die Mutter eines Kindes oder jeder sonstwie geübte Beobachter kann oft besser erkennen, daß sich etwas in die falsche Richtung entwikkelt. Aber für den Arzt sind solche Fälle sehr schwierig. Sagen Sie mir, worauf ich achten sollte."
„Sie werden das aber nicht zu ernst nehmen, ja? Es ist mir einfach so in den Sinn gekommen, Peter; ich weiß, daß ich nicht in Psychiatrie ausgebildet bin. Aber es könnte eine Art Größenwahn sein. Vielleicht auch der Versuch, sich aus der Gesellschaft anderer zurückzuziehen. Ich muß ihn jedenfalls meist zweimal ansprechen, bevor er mich bemerkt — und richtige Freunde hat er auch nicht."
Welles hatte sich schließlich bereit erklärt, sich den Jungen anzusehen und versprochen, sich nicht von ‚den Spinnereien einer al-

ten Frau‘, wie Miß Page das selbst nannte, zu sehr beeinflussen zu lassen.
Als Timothy zur Untersuchung gekommen war, hatte er auf ihn den Eindruck eines ganz normalen Jungen gemacht. Er war vielleicht etwas klein für sein Alter, hatte große, dunkle Augen und kurzgeschnittenes, lockiges, dunkles Haar, dünne, feinfühlige Finger und — ja, aber es war tatsächlich so, er wirkte irgendwie angespannt. Aber viele Jungen waren nervös, wenn sie zum erstenmal einen — Psychiater aufsuchten. Peter wünschte sich oft, er könne sich auf ein oder zwei Schulen konzentrieren und einen Tag die Woche darauf verwenden, besser mit den jungen Leuten bekanntzuwerden.
Auf Welles einleitende Fragen antwortete Tim mit klarer, leiser Stimme, höflich und ohne zu viele Worte zu machen. Er war dreizehn Jahre alt und lebte bei seinen Großeltern. Seine Mutter und sein Vater waren gestorben, als er noch ein kleiner Junge gewesen war, und er konnte sich nicht an sie erinnern. Er sagte, er fühle sich zu Hause wohl und ginge auch ‚recht gern‘ zur Schule und spiele gern mit anderen Jungen. Befragt, wer seine Freunde wären, benannte er einige Jungen.
„Welche Fächer magst du denn in der Schule besonders gern?“
Tim zögerte und sagte dann: „Englisch und Rechnen... und Geschichte... und Geographie“, schloß er dann nachdenklich. Dann blickte er auf, und an seinem Blick war etwas Seltsames.
„Was tust du denn in deiner Freizeit am liebsten?“
„Lesen und Spielen.“
„Was für Spiele?“
„Ballspiele... und Murmeln... und solche Sachen. Ich spiele gerne mit den anderen Jungs“, fügte er nach einer kaum wahrnehmbaren Pause hinzu, „alles, was die gern spielen.“
„Spielen sie bei dir zu Hause?“
„Nein, auf dem Schulgelände. Meine Großmutter mag keinen Lärm.“
War das der Grund? Wenn ein stiller Junge freiwillig etwas erklärt, ist es durchaus möglich, daß die Erklärung nicht stimmt.
„Was liest du denn gerne?“

In dem Punkt blieb Timothy ziemlich unbestimmt. Er lese gerne ‚Bücher für Jungs', sagte er, konnte aber keine benennen.
Welles ließ den Jungen die üblichen Intelligenztests absolvieren. Tim schien dazu bereit, aber seine Antworten ließen ziemlich lange auf sich warten. *Vielleicht,* dachte Welles, bilde ich mir das ein, aber er ist mir einfach zu vorsichtig — zu *bedacht.* Ohne es sich genau auszurechnen, wußte Welles, was Tims IQ sein würde — etwa 120.
„Was tust du denn, wenn du nicht zur Schule gehst?" fragte der Psychiater.
„Dann spiele ich mit den anderen Jungs. Nach dem Abendessen mache ich meine Hausaufgaben?"
„Was hast du gestern gemacht?"
„Gestern spielten wir auf dem Schulspielplatz Handball."
Welles wartete ab, ob Tim etwa aus eigenem Anstoß etwas sagen würde. Die Sekunden dehnten sich zu Minuten.
„Ist das alles?" fragte der Junge. „Darf ich jetzt gehen?"
„Noch nicht, ich würde noch gerne einen Test mit dir machen. Eigentlich ein Spiel. Hast du eine lebhafte Phantasie?"
„Ich weiß nicht."
„Sprünge in der Decke — wie die dort oben —, erinnern die dich an irgend etwas? Gesichter, Tiere oder so?"
Tim sah hin.
„Manchmal. Und auch an Wolken. Bob hat letzte Woche eine Wolke gesehen, die wie ein Nilpferd aussah." Wieder klang jener letzte Satz wie etwas im letzten Augenblick Angeflicktes, wie ein aus ganz bestimmtem Grund angehängter Nachsatz.
Welles holte die Rorschach-Karten heraus. Als sein Patient sie sah, steigerte sich seine Spannung, und seine Vorsicht wurde unverkennbar deutlich. Als sie das erstemal das Kartenspiel durchblätterten, war der Junge kaum dazu zu überreden, irgend etwas anderes als ‚Ich weiß nicht' zu sagen.
„Du kannst das viel besser", sagte Welles. „Jetzt nehmen wir uns die Karten noch einmal vor. Wenn du in diesen Bildern nichts siehst, muß ich dich als Versager kennzeichnen", erklärte er. „Das geht nicht. Bei den anderen Dingen bist du recht gut klar-

gekommen. Vielleicht machen wir das nächstemal ein Spiel, das dir besser gefällt."
„Ich habe jetzt keine Lust, dieses Spiel zu machen. Können wir es nicht ein andermal spielen?"
„Wir sollten es hinter uns bringen. Weißt du, es ist nicht nur ein Spiel, Tim, es ist ein Test. Gib dir mehr Mühe, dann geht es schon."
Also erklärte Tim diesesmal, was er in den Tintenklecksen sah. Sie gingen die Karten langsam durch, und der Test zeigte Tims Angst und daß es da irgend etwas geben mußte, das er verbarg; das war aber nur aus seiner übertriebenen Vorsicht zu schließen und auch daran zu bemerken, daß er ganz offenkundig dem Psychiater nicht vertraute und eine ungewöhnlich hohe emotionelle Selbstkontrolle an den Tag legte.
Miß Page hatte recht gehabt; der Junge brauchte Hilfe.
„So", meinte Welles vergnügt, „das hätten wir. Wir gehen es nur noch einmal ganz schnell durch, und dann sage ich dir, was andere Leute aus den Karten herausgelesen haben."
Einen Augenblick lang hatte er den Eindruck, als leuchtete in den Augen des Jungen echtes Interesse auf.
Welles ging die Karten langsam durch, insbesondere, als er bemerkte, daß Tim auf jedes Wort achtete. Als er das erstemal sagte: „Manche Leute sehen das genauso wie du", war die Erleichterung des Jungen offenkundig. Tim begann sich zu lockern und von sich aus einige Bemerkungen zu machen. Als sie mit den Karten fertig waren, stellte er eine Frage.
„Dr. Welles, könnten Sie mir den Namen dieses Tests sagen?"
„Manchmal nennt man das den Rorschach-Test, nach dem Mann, der ihn entwickelt hat."
„Würden Sie mir das bitte buchstabieren?"
Das tat Welles und fügte dann hinzu: „Manchmal nennt man ihn auch den Tintenklecks-Test."
Tim zuckte überrascht zusammen und riß sich dann mit sichtlicher Mühe zusammen.
„Was ist denn? Du bist zusammengezuckt."
„Nichts."
„Ach, was soll das? Raus damit." Welles wartete.

„Nur weil ich über den Tintenteich in den Kipling-Geschichten nachgedacht habe", sagte Tim, nachdem er eine Weile überlegt hatte. „Das hier ist anders."
„Ja, sehr", lachte Welles. „Ich habe das nie versucht. Würdest du das gerne?"
„O nein, Sir", rief Tim ernst.
„Du bist heute etwas nervös", sagte Welles. „Wir haben noch Zeit, uns etwas zu unterhalten, wenn du nicht zu müde bist."
„Nein, ich bin nicht müde", sagte der Junge vorsichtig.
Welles trat an einen Schrank und holte eine Spritze aus einer Schublade. Üblicherweise tat man das nicht, aber vielleicht...
„Ich gebe dir bloß eine Spritze, damit deine Nerven sich etwas entspannen, ist dir das recht? Dann geht es leichter."
Als er sich umdrehte, blickte ihm aus den Augen des Kindes das nackte Entsetzen entgegen.
„O nein, nicht! Bitte, bitte nicht!"
Welles legte die Spritze wieder an ihren Platz und schloß die Schublade, ehe er etwas sagte.
„Ich tu' es ja nicht", sagte er ruhig. „Ich habe nicht gewußt, daß du Spritzen nicht magst. Ich gebe dir keine, Tim."
Der Junge, der immer noch um seine Fassung kämpfte, schluckte und sagte nichts.
„Es ist schon gut", sagte Welles, zündete sich eine Zigarette an und tat so, als sähe er dem aufsteigenden Rauch nach. Er durfte jetzt unter keinen Umständen den Anschein erwecken, als beobachte er den verstörten Jungen, der ihm gegenüber saß und beinahe zitterte. „Tut mir leid. Du hast mir nicht erzählt, was du nicht magst und wovor du Angst hast."
Die Worte hingen in dem nun folgenden Schweigen.
„Ja", sagte Timothy endlich langsam. „Ich habe Angst vor Spritzen. Ich hasse Nadeln. Da kann man nichts machen." Er versuchte zu lächeln.
„Dann werden wir ohne sie auskommen. Du hast sämtliche Tests bestanden, Tim und ich würde gerne mit dir nach Hause gehen und deiner Großmutter davon erzählen. Ist dir das recht?"
„Ja, Sir."

„Unterwegs essen wir eine Kleinigkeit", fuhr Welles fort und öffnete seinem Patienten die Tür. „Ein Eis vielleicht oder ein Würstchen."

Sie gingen zusammen hinaus.

Timothy Pauls Großeltern, Mr. und Mrs. Herbert Davis, wohnten in einem großen altmodischen Haus, das nach Geld und Einfluß roch. Das Grundstück war groß und eingezäunt und ringsum von gepflegten Büschen umgeben. Im Innern des Hauses gab es wenig Neues, und alles wirkte sehr gepflegt. Timothy führte den Psychiater in Mr. Davis' Bibliothek und ging dann seine Großmutter suchen.

Als Welles Mrs. Davis sah, glaubte er einen Teil der Erklärung zu haben. Manche Großmütter sind gelockert, vergnügt und vergleichsweise jung. Diese Großmutter war, wie sich bald zeigte, ganz anders.

„Ja, Timothy ist schon ein guter Junge", sagte sie und lächelte ihrem Enkel zu. „Wir sind immer streng mit ihm gewesen, Dr. Welles, aber ich glaube, das zahlt sich aus. Selbst als er noch ein Baby war, versuchten wir ihm beizubringen, was sich gehört. Zum Beispiel, als er gerade drei Jahre alt geworden war, las ich ihm gelegentlich Märchen vor. Und ein paar Tage später wollte er uns vormachen, ob Sie's glauben oder nicht, daß er sie selbst lesen konnte! Vielleicht war er noch zu jung, um zu wissen, was eine Lüge ist. Aber ich fand, daß es meine Pflicht war, ihm das klarzumachen. Als er darauf beharrte, schlug ich ihn. Das Kind hatte ein erstaunliches Gedächtnis, und vielleicht dachte es, das sei alles, worauf es beim Lesen auch ankäme. Nun! Ich will nicht mit meiner Brutalität prahlen", sagte Mrs. Davis mit einem bezaubernden Lächeln. „Ich kann Ihnen versichern, Dr. Welles, daß es für mich ein sehr schmerzliches Erlebnis war. Wir hatten sehr wenig Anlaß zur Strafe. Timothy ist ein guter Junge."

Welles murmelte, daß er davon überzeugt wäre.

„Timothy, du kannst jetzt deine Zeitungen austragen", sagte Mrs. Davis. „Ich bin sicher, daß es Dr. Welles recht sein wird." Und damit machte sie es sich für ein gutes langes Gespräch über ihren Enkel bequem.

Timothy war, wie es schien, so etwas wie ihr Augapfel. Er war ein stiller Junge, ein gehorsamer Junge und ein kluger Junge.
„Wir haben natürlich unsere Regeln. Ich habe Timothy immer eingeschärft, daß man Kinder nur sehen, aber nicht hören dürfe, wie es in dem altmodischen Sprichwort heißt. Als er als Drei- oder Vierjähriger lernte, Rad zu schlagen, kam er immer wieder zu mir und sagte: ‚Großmutter, schau mich an!‘ Ich mußte einfach streng mit ihm sein, ‚Timothy‘, sagte ich, ‚hör auf damit! Das ist einfach nur Prahlerei. Wenn es dir Spaß macht, Rad zu schlagen, nun gut, aber mir macht es keinen Spaß, dir endlos dabei zuzusehen. Spiel ruhig, wenn du magst, aber verlange keine Bewunderung.‘“
„Haben Sie nie mit ihm gespielt?“
„Sicher habe ich mit ihm gespielt. Es hat mir auch Freude bereitet. Wir — Mr. Davis und ich — haben ihm eine Menge Spiele beigebracht und alle möglichen Fertigkeiten. Wir haben ihm Märchen vorgelesen und ihm Gedichte und Lieder beigebracht. Ich habe sogar einen speziellen Kindergartenkurs gemacht, um dem Kind Freude zu machen — und ich muß zugeben, daß es mir auch Freude machte!“ fügte Tims Großmutter hinzu und lächelte dann in der Erinnerung. „Wir haben aus Zahnstochern mit kleinen Tonbällchen an den Ecken Häuser gebaut. Sein Großvater hat Spaziergänge mit ihm gemacht oder hat ihn mit dem Wagen mitgenommen. Heute haben wir keinen Wagen mehr, weil mein Mann nicht mehr so gut sieht, und deshalb ist die Garage heute Timothys Werkstatt. Wir haben Fenster einsetzen lassen und eine Tür und das Tor zugenagelt.“
Bald stellte sich heraus, daß Tims Leben keineswegs nur aus Verboten und Strenge bestand. Er hatte seine eigene Werkstatt und im Obergeschoß neben seinem Schlafzimmer eine eigene kleine Bibliothek und ein Arbeitszimmer.
„Dort bewahrt er seine Bücher und Schätze auf“, sagte seine Großmutter, „sein eigenes kleines Radio und seine Schulbücher und seine Schreibmaschine. Er war erst sieben, als er uns um eine Schreibmaschine bat. Aber er ist ein sehr gehorsames Kind, Dr. Welles, gar nicht destruktiv, und ich hatte gelesen, daß man

in vielen Schulen Kindern Schreibmaschinen gibt, um sie Lesen und Schreiben zu lehren. Die Wörter sehen genauso aus wie in gedruckten Büchern, wissen Sie, und es kostet weniger Muskelkraft. Also kaufte ihm sein Großvater eine schöne, leise Schreibmaschine, und er liebt sie heiß. Ich höre sie oft summen, wenn ich durch den Korridor gehe. Timothy hält seine Zimmer hübsch in Ordnung und seine Werkstatt auch. Das ist sein eigener Wunsch. Sie wissen ja, wie Jungen sind — und mögen es nicht, wenn andere sich in ihre Sachen mischen. ‚Also gut, Timothy', habe ich zu ihm gesagt, ‚wenn ich sehe, daß du es selbst richtig machst, wird niemand deine Zimmer betreten; aber du mußt sie sauber halten.' Und das tut er jetzt schon seit einigen Jahren. Ein sehr ordentlicher Junge, unser Timothy."

„Timothy hat gar nicht erwähnt, daß er Zeitungen austrägt", meinte Welles. „Er sagte nur, er würde mit den anderen Jungs nach der Schule spielen."

„O ja, das tut er", sagte Mrs. Davis. „Er spielt bis fünf, und dann trägt er seine Zeitungen aus. Wenn er sich verspätet, geht sein Großvater ihm entgegen und ruft ihn. Die Schule ist nicht weit von hier, und Mr. Davis geht oft hin und sieht den Kindern beim Spielen zu. Mit den Zeitungen verdient Timothy sich das Geld, um seine Katzen zu füttern. Mögen Sie Katzen, Dr. Welles?"

„Ja, sehr", sagte der Psychiater. „Viele Jungen mögen aber lieber Hunde."

„Timothy hatte als Baby einen Hund — einen Collie." Ihre Augen waren feucht. „Wir haben Ruff alle geliebt. Aber ich bin nicht mehr die Jüngste, und ein Hund macht viel Arbeit. Timothy ist die meiste Zeit in der Schule oder im Pfadfinderlager oder so etwas, und ich fand, es wäre am besten, ihm keinen Hund mehr zu geben. Aber Sie wollten etwas über unsere Katzen hören, Dr. Welles. Ich züchte Siamesen-Katzen."

„Sehr interessante Tierchen", sagte Welles freundlich. „Meine Tante hat auch welche gezüchtet."

„Timothy mag sie sehr gern. Aber vor etwa drei Jahren bat er mich, ob er ein Paar schwarze Perserkatzen haben könnte.

Zuerst war ich dagegen, aber wir wollten dem Kind eine Freude machen, und er hat versprochen, selbst die Käfige zu bauen. Er hatte in einem Feriencamp einen Tischlerkurs mitgemacht. Also erlaubten wir ihm ein Paar wunderschöne schwarzer Perserkatzen. Als dann das erstemal Junge kamen, waren sie kurzhaarig, und Timothy gestand, daß er seine Kätzin mit meinem Siamesenkater gekreuzt hatte, um zu sehen, was herauskommen würde. Und was noch schlimmer ist, er hatte auch seinen Kater mit einer meiner Siamesen gekreuzt. Ich war stark versucht, ihn zu bestrafen. Aber ich erkannte natürlich, daß er sich für die Ergebnisse solcher Kreuzungen interessierte. Natürlich sagte ich, daß die Jungen getötet werden müßten. Der zweite Wurf war genauso wie der erste — alle schwarz und kurzhaarig. Aber Sie wissen ja, wie Kinder sind. Timothy bettelte darum, sie leben zu lassen, und sie waren schließlich seine ersten jungen Kätzchen. Drei in dem einen Wurf, zwei in dem anderen. Ich sagte, er dürfe sie behalten, wenn er sich um sie kümmern und für alle Kosten aufkommen würde. Da ging er Rasenmähen und übernahm kleine Aufträge und tischlerte kleine Schemel und Bücherregale, die er verkaufte. Alles mögliche tat er, und sein Taschengeld hat er wahrscheinlich auch noch hergenommen. Aber er behielt die Kätzchen, und jetzt hat er eine ganze Reihe Käfige im Hof neben seiner Werkstätte."

„Und die Jungen?" fragte Welles, der nicht ganz begriff, was all das mit der eigentlichen Frage zu tun hatte. Aber er war bereit, sich alles anzuhören, das ihm vielleicht weitere Informationen einbringen konnte.

„Einige der Kätzchen scheinen reine Perser und andere reine Siamesen zu sein. Er bestand darauf, diese zu behalten, obwohl ich ihm erklärt hatte, daß es unehrenhaft wäre, sie zu verkaufen, da sie ja nicht reinrassig sind. Eine Menge der Kätzchen sind schwarz und kurzhaarig, und die töten wir. Aber genug von Katzen, Dr. Welles. Ich fürchte, ich rede zuviel von meinem Enkel."

„Ich verstehe, daß Sie sehr stolz auf ihn sind", sagte Welles.

„Ich muß gestehen, daß wir das sind. Er ist auch ein sehr kluger Junge. Wenn er und sein Großvater sich unterhalten, und auch wenn er mit mir spricht, stellt er sehr intelligente Fragen. Wir ermuntern ihn nicht gerade dazu, seine Meinung auszusprechen — ich mag diese altklugen kleinen Jungen nicht —, aber ich glaube, daß er für ein Kind seines Alters eine recht reife Meinung hat."

„War sein Gesundheitszustand immer gut?" fragte Welles.

„Insgesamt ja. Ich habe ihm beigebracht, wie wichtig reichliche Bewegung, Spiel, kräftige Nahrung und genügend Schlaf sind. Er hatte ein paar der üblichen Kinderkrankheiten, aber nichts Ernstes. Er erkältet sich nie. Aber er läßt sich natürlich zweimal im Jahr gegen Erkältung impfen, so wie wir auch."

„Machen ihm die Spritzen etwas aus?" fragte Welles so beiläufig er konnte.

„Gar nicht. Ich sage immer, daß er uns, so jung er ist, ein Beispiel gibt, dem ich manchmal nur schwer folgen kann. Ich zucke immer noch zurück und muß gestehen, daß ich ziemliche Angst habe."

Welles blickte zur Tür, wo er plötzlich ein leises Geräusch gehört hatte.

Timothy stand dort. Er hatte gehört, was seine Großmutter gesagt hatte. Wieder stand die Angst in seinem Gesicht.

„Timothy", sagte seine Großmutter, „du darfst Dr. Welles nicht so anstarren."

„Entschuldigen Sie, Sir", brachte der Junge hervor.

„Hast du deine Zeitungen schon alle ausgetragen? Jetzt habe ich gar nicht bemerkt, daß wir eine Stunde miteinander geredet haben, Dr. Welles. Würden Sie gerne Timothys Katzen sehen?" erkundigte sich Mrs. Davis freundlich. „Timothy, zeig Dr. Welles deine Tiere. Wir haben uns lang über sie unterhalten."

Welles verließ mit Tim das Zimmer, so schnell er konnte. Der Junge ging voraus um das Haus herum und führte ihn in den Hof, wo die ehemalige Garage stand.

Dort blieb der Arzt stehen.

„Tim", sagte er, „du brauchst mir die Katzen nicht zu zeigen, wenn du nicht willst."

„Oh, das ist schon in Ordnung."
„Ist das ein Teil von dem, was du versteckst? Wenn ja, dann möchte ich es lieber nicht sehen bis du selbst so weit bist, daß du es mir zeigen möchtest."
Jetzt blickte Tim zu ihm auf.
„Danke", sagte er. „Das mit den Katzen macht mir nichts aus. Nicht, wenn Sie wirklich Katzen mögen."
„Ja, ich mag sie. Aber, Tim, ich möchte jetzt wirklich etwas wissen: Du hast keine Angst vor Spritzen. Könntest du mir sagen, warum du Angst... warum du sagtest, daß du Angst hättest, als ich dir die Spritze geben wollte? Die ich dir dann doch nicht gab."
Ihre Blicke begegneten sich.
„Sie sagen es nicht weiter?"
„Das verspreche ich."
„Weil es Pentothal war. War es das nicht?"
Welles mußte sich erst selbst einreden, daß er wach war und nicht schlief. Ja, das war ein kleiner Junge, der ihn nach Pentothal fragte. Ein Junge, der — ja, ganz offensichtlich, ein Junge, der darüber Bescheid wußte.
„Das war es", sagte Welles. „Eine ganz kleine Dosis. Weißt du, was es ist?"
„Ja, Sir. Ich... ich habe davon gelesen. In einer Zeitung."
„Schon gut. Du hast ein Geheimnis — etwas, das du verbergen willst. Das ist es doch, wovor du Angst hast, nicht wahr?"
Der Junge nickte stumm.
„Wenn es etwas Unrechtes ist oder etwas, das unrecht sein könnte, dann könnte ich dir vielleicht helfen. Aber vorher willst du mich natürlich besser kennenlernen. Du willst sicher sein, daß du mir vertrauen kannst. Ich helfe dir jederzeit gerne, du brauchst es nur zu sagen, Tim. Sonst stoße ich vielleicht zufällig auf Dinge, so wie es jetzt gerade war. Aber eines mußt du wissen — wenn mir jemand etwas Geheimes sagt, sage ich es nie weiter."
„Nie?"
„Nie. Ärzte und Priester verraten keine Geheimnisse. Ärzte selten, Priester nie. Wahrscheinlich bin ich eher so etwas wie ein Priester, wegen der Art von Arbeit, die ich tue."

Er blickte auf den gesenkten Kopf des Jungen hinunter.
„Indem ich Leuten helfe, die solche Angst haben, daß es sie krank macht“, sagte der Psychiater ganz leise. „Indem ich Leuten helfe, die Schwierigkeiten haben; Dinge wieder geraderücke, Dinge, die durcheinandergeraten sind, entwirre. Wenn ich kann — das ist meine Arbeit. Und ich sage nie jemandem etwas. Das ist dann immer nur zwischen dem Betreffenden und mir stillschweigend vereinbart.“
Aber, fügte er sich in Gedanken hinzu, *ich muß es herausfinden. Ich muß herausfinden, was dieses Kind plagt. Miß Page hat recht — er braucht mich.*
Sie gingen zu den Katzen.
Da waren die Siamesen in ihren Käfigen, und die Perserkatzen in ihren Käfigen, und in einigen kleinen Käfigen die kurzhaarigen, schwarzen Katzen und ihre Jungen. „Wir tragen sie ins Haus oder lassen sie in diesem großen Käfig, wo sie sich bewegen können“, erklärte Tim. „Ich nehme die meinen manchmal mit in meine Werkstatt. Die hier gehören alle mir. Großmutter hält die ihren auf der Sonnenterrasse.“
„Man würde nie auf die Idee kommen, daß das nicht alles reinrassige Tiere sind“, meinte Welles. „Wo sind die echten Perser? Sind irgendwelche von ihren Jungen hier?“
„Nein; die habe ich verkauft.“
„Ich würde gern eine kaufen. Aber die hier sehen ganz genauso aus — für mich würde das keinen Unterschied machen. Ich möchte einfach ein Haustier und würde es nie zur Zucht benutzen. Würdest du mir eine von diesen hier verkaufen?“
Timothy schüttelte den Kopf.
„Tut mir leid, ich verkaufe nur reinrassige.“
In diesem Augenblick begann Welles zu erkennen, mit was für einem Problem er zu tun hatte. Ganz vage sah er es, erfreut und erleichtert, und mit etwas Hoffnung und Begeisterung.
„Warum nicht?“ drängte Welles. „Ich kann natürlich auf ein reinrassiges Tier warten, wenn dir das lieber ist. Aber warum nicht eine von diesen hier? Sie sehen ganz genauso aus. Vielleicht wären sie interessanter.“

Tim sah Welles an. Es war ein langer, langer Blick.
„Ich zeige es Ihnen“, sagte er. „Versprechen Sie mir, hier zu warten? Nein, ich zeige Ihnen die Werkstatt. Warten Sie bitte einen Augenblick.“
Der Junge zog einen Schlüssel unter der Bluse hervor, der ihm an einer Kette um den Hals hing. Er öffnete die Tür, ging hinein, schloß sie, und Welles konnte ein paar Augenblicke lang hören, wie er drinnen herumhantierte. Dann kam er an die Tür und winkte.
„Sagen Sie Großmutter nichts“, bat Tim. „Ich habe es ihr noch nicht gesagt. Wenn es durchkommt, werde ich es ihr nächste Woche sagen.“
In der Ecke stand eine Schachtel unter einem Tisch, und in der Schachtel lag eine Siamesenkatze. Als sie sah, daß ein Fremder eingetreten war, versuchte sie, ihre Jungen zu verbergen, aber Tim hob sie vorsichtig an, und dann sah Welles, was er ihm zeigen wollte. Zwei der Kätzchen sahen wie kleine weiße Ratten aus, mit dünnen Schwänzen und winzigen Pfötchen, Ohren und Nase. Aber das dritte — ja, das würde ganz anders aussehen. Wenn es durchkam, würde es eine wunderschöne Katze werden. Es hatte langes, seidig weißes Haar, wie die schönste Angorakatze, die man sich vorstellen konnte, aber auch die Rassenmerkmale der Siamesen waren deutlich zu erkennen.
Welles hielt den Atem an.
„Gratuliere, Junge! Hast du das noch niemandem gesagt?“
„Sie ist noch nicht soweit, daß man sie zeigen kann. Sie ist noch keine Woche alt.“
„Aber du wirst sie zeigen?“
„O ja, Großmutter wird begeistert sein. Sie wird sie gern haben wollen. Vielleicht bekommen wir noch mehr davon.“
„Du hast gewußt, daß das passieren würde. Du hast dafür gesorgt, daß es passieren würde. Du hast das von Anfang an so geplant“, bedrängte ihn Welles.
„Ja“, gab der Junge zu.
„Woher hast du das gewußt?“
Der Junge wandte sich ab.

„Ich habe es irgendwo gelesen", sagte Tim.
Die Katze sprang wieder in die Schachtel zurück und begann, ihre Jungen zu säugen. Welles hatte das Gefühl, das nicht länger ertragen zu können. Ohne auf irgend etwas anderes im Raum einen Blick zu werfen — und alles andere war ohnehin unter Planen und Zeitungen versteckt —, ging er zur Tür.
„Danke, daß du mir das gezeigt hast, Tim", sagte er. „Und denk an mich, wenn du welche zu verkaufen hast. Ich warte. Ich möchte eine wie diese."
Der Junge folgte ihm nach draußen und schloß die Tür sorgfältig ab,
„Aber Tim", sagte der Psychiater, „das ist es nicht, was ich nicht herausfinden sollte. Ich würde doch keine Drogen brauchen, um dich dazu zu bringen, mir das zu sagen, oder?"
Tim antwortete vorsichtig: „Ich wollte davon noch nichts sagen. Großmutter sollte das wirklich als erste erfahren. Aber Sie haben mich dazu gebracht, daß ich es Ihnen sagte."
„Tim", sagte Peter Welles ernst, „wir sehen uns bald wieder. Was immer es auch ist, vor dem du Angst hast, hab' vor mir keine Angst. Ich errate oft Geheimnisse. Ich bin bereits nahe daran, deines zu erraten. Aber sonst braucht das niemand zu erfahren."
Er ging schnell nach Hause und pfiff dabei hin und wieder vor sich hin. Vielleicht war er, Peter Welles, der glücklichste Mensch auf der Welt.

Als der Junge das nächstemal zu ihm kam, hatte er gerade angefangen, mit ihm zu sprechen, als das Telefon im Korridor klingelte. Als er wieder zurückkam und die Tür öffnete, sah er, daß Tim ein Buch in der Hand hielt. Der Junge machte Anstalten, es zu verstecken, überlegte es sich dann aber anders.
Welles nahm das Buch und sah es an.
„Du willst mehr über Rorschach wissen, wie?" fragte er.
„Ich habe es auf dem Regal gesehen. Ich..."
„Oh, schon gut", sagte Welles, der das Buch absichtlich neben dem Stuhl liegengelassen hatte, auf dem Tim sich setzen würde. „Ist in der Bibliothek nichts darüber zu finden?"

„Die haben schon Bücher darüber, aber die stehen in den abgeschlossenen Regalen, wo ich nicht an sie heran kann." Tim hatte das gesagt, ohne nachzudenken, und sah Welles jetzt schuldbewußt an.
Doch der meinte ruhig: „Ich besorge es dir. Nächstesmal, wenn du herkommst, kannst du es haben. Heute kannst du ja dieses hier mitnehmen. Tim, ich meine das wirklich ehrlich — du kannst mir vertrauen."
„Ich kann Ihnen gar nichts sagen", meinte der Junge. „Sie haben da einiges herausgefunden. Ich wollte... oh, ich weiß nicht, was ich will! Aber es wäre mir lieber, wenn man mich jetzt alleine lassen würde. Ich brauche keine Hilfe. Vielleicht werde ich auch nie welche brauchen. Wenn doch, kann ich dann zu Ihnen kommen?"
Welles zog sich einen Stuhl heran und setzte sich langsam.
„Vielleicht wäre das das Beste, Tim. Aber warum abwarten, bis die Axt fällt? Ich könnte dir helfen, sie abzuwehren — das abzuwehren, wovor du Angst hast. Was die Katzen betrifft, kannst du die Leute täuschen; du kannst ihnen sagen, du hättest einfach nur herumexperimentiert, um zu sehen, was passieren würde. Aber du kannst nicht die ganze Zeit alle Leute täuschen, die sagen es mir. Vielleicht könntest du das, wenn ich dir helfen würde. Oder wenn ich dich unterstützte, dann wäre der Knall vielleicht nicht so schlimm. Auch für deine Großeltern wäre das leichter."
„Ich habe doch nichts Unrechtes getan!"
„Langsam glaube ich das wirklich, aber es könnten Dinge ans Licht kommen, die du versuchst verborgen zu halten. Das Kätzchen — du könntest es verstecken, aber das willst du ja gar nicht. Du mußt etwas riskieren, um es zu zeigen."
„Ich werde ihnen sagen, daß ich das irgendwo gelesen habe."
„Das war also die Unwahrheit, das habe ich mir gedacht. Du hast es dir selbst zusammengereimt."
Schweigen.
Dann sagte Timothy Paul: „Ja, ich habe es mir ausgedacht. Aber das ist mein Geheimnis."
„Bei mir ist dein Geheimnis sicher."

Aber der Junge vertraute ihm nicht. Welles bemerkte bald, daß er auf die Probe gestellt worden war. Tim nahm das Buch mit nach Hause und brachte es zurück, nahm die Bücher aus der Bibliothek, die Welles ihm besorgte und brachte die nach einiger Zeit ebenfalls zurück. Aber er redete wenig und blieb verschlossen. Welles konnte reden, soviel er wollte, er bekam aus Tim wenig oder gar nichts heraus. Tim hatte ihm alles gesagt, was er ihm sagen würde. Er redete über nichts mit Ausnahme der Dinge, über die jeder Junge zu reden pflegte.

Nach zwei Monaten, in denen Welles Tim einmal die Woche offiziell und einige Male inoffiziell sah — indem er nämlich am Schulspielplatz auftauchte, um den Kindern zuzusehen oder Tim beim Zeitungsaustragen begegnete und ihn nachher zu einer Limonade einlud —, hatte Welles nur wenig mehr in Erfahrung gebracht. Er versuchte es erneut. Während der zwei Monate hatte er nicht gebohrt, hatte das Schweigen des Jungen respektiert und versucht, ihm Zeit zu lassen, ihn kennen und ihm vertrauen zu lernen.

Aber eines Tages fragte er: „Was wirst du machen, wenn du einmal erwachsen bist, Tim? Katzen züchten?"

Tim lachte.

„Ich weiß noch nicht. Ich denke manchmal dies und manchmal das."

Das war ein typische Jungenantwort. Welles ging nicht darauf ein.

„Was würdest du am liebsten tun?" fragte er.

Tim lehnte sich eifrig vor. „Das, was Sie tun!" rief er.

„Du hast vermutlich darüber gelesen", sagte Welles, so beiläufig er konnte. „Dann weißt du vielleicht auch, daß man, ehe man das tun kann, was ich tue, es selbst wie ein Patient erleben muß. Er muß auch Medizin studieren und muß natürlich ein richtiger Arzt sein. Das kannst du noch nicht. Aber du kannst es jetzt wie ein Patient erleben."

„Warum? Nur, um es einmal zu erleben?"

„Ja. Und auch, weil es hilft. Du müßtest der Angst ins Auge sehen und mit ihr fertig werden. Du wirst eine Menge ande-

rer Dinge geradebiegen müssen oder sie zumindest akzeptieren."
„Wenn ich erwachsen bin, wird auch meine Angst weg sein", sagte Timothy. „Das glaube ich wenigstens. Ich hoffe das."
„Bist du sicher?"
„Nein", gab der Junge zu. „Ich weiß nicht genau, warum ich Angst habe. Ich weiß es nur. Ich *muß* die Dinge verstecken. Ist das auch schlecht?"
„Gefährlich ist es vielleicht."
Timothy überlegte eine Weile schweigend. Welles rauchte drei Zigaretten und wäre gerne auf und ab gegangen, wagte aber nicht, sich zu bewegen.
„Wie wäre es denn?" fragte Tim am Ende.
„Du würdest mir über dich erzählen. Woran du dich erinnerst. Deine Kindheit — so wie deine Großmutter, wenn sie über dich redet."
„Sie hat mich aus dem Zimmer geschickt. Ich soll nicht glauben, daß ich intelligent bin", sagte Tim und grinste, etwas, das bei ihm sehr selten war.
„Und du sollst wohl auch nicht wissen, wie gut sie dich aufgezogen hat?"
„Sie hat es sehr gut gemacht", sagte Tim. „Sie hat mir die klügsten Dinge beigebracht, die ich kenne."
„Was denn zum Beispiel?"
„Zum Beispiel, daß man den Mund hält. Daß man nicht alles sagen soll, was man weiß. Daß man nicht prahlen soll."
„Ich vestehe, was du meinst", sagte Welles. „Hast du je die Geschichte vom heiligen Thomas von Aquin gehört?"
„Nein."
„Als er als Student in Paris war, hat er in der Schule nie etwas gesagt, und die anderen hielten ihn für dumm. Einer von ihnen erbot sich sogar freundlicherweise, ihm zu helfen und ging alle Arbeiten sehr geduldig mit ihm durch, damit er sie verstehen lernen sollte. Und dann kamen sie eines Tages zu einer Stelle, wo der andere Student völlig durcheinander geriet und zugeben mußte, daß er sie selbst nicht begriff. Da schlug Thomas eine Lö-

sung vor, und es war die richtige. Er wußte die ganze Zeit mehr als irgendeiner der anderen, aber sie nannten ihn den dummen Ochsen."
Tim nickte ernst.
„Und als er erwachsen war?" fragte der Junge.
„Er war der größte Denker aller Zeiten", sagte Welles. „Ein Superhirn aus dem dreizehnten Jahrhundert. Er hat mehr philosophische Grundlagenarbeit geleistet als zehn andere Philosophen zusammengenommen; und er ist ganz jung gestorben."
Von diesem Tag an war es leichter.

„Wie soll ich anfangen?" fragte Timothy.
„Am besten ganz vorne. Erzähle mir alles über deine frühe Kindheit, woran du dich erinnern kannst, ehe du zur Schule kamst."
Tim überlegte.
„Ich muß häufig vor und zurück springen", sagte er dann. „Ich könnte nicht alles der Reihe nach erzählen."
„Schon gut. Erzähle mir heute einfach alles, woran du dich aus dieser Zeit deines Lebens erinnern kannst. Bis nächste Woche erinnerst du dich bestimmt an mehr. Und wenn wir dann auf spätere Perioden deines Lebens eingehen, erinnerst du dich vielleicht an Dinge, die in einen früheren Zeitabschnitt gehören, die kannst du mir ja dann erzählen. Irgendwie bringen wir schon Ordnung hinein."
Welles hörte sich die Schilderung des Jungen mit wachsender Erregung an. Es fiel ihm schwer, nach außen hin die Ruhe zu bewahren.
„Wann hast du mit Lesen angefangen?" fragte Welles.
„Ich weiß nicht, wann das war. Meine Großmutter las mir Geschichten vor, und irgendwie kam ich auf die Idee — über die Worte. Aber als ich ihr klarzumachen versuchte, daß ich lesen konnte, schlug sie mich. Sie sagte immer wieder, daß ich das nicht könnte, und ich sagte immer wieder, ich könnte es doch, bis sie mich dann wieder schlug. Eine Weile war das eine schreckliche Zeit für mich, weil ich kein Wort kannte, das sie mir nicht vorgelesen hatte — ich denke, ich saß neben ihr und sah

zu, oder ich habe es mir gemerkt und es mir nachher alleine angesehen. Ich muß es sofort gelernt haben, als mir die Idee gekommen war, daß jede Buchstabengruppe auf der Seite ein Wort darstellte."

„Die Ganzheitsmethode", meinte Welles. „Die meisten, die sich das Lesen selbst beigebracht haben, lernten es so."

„Ja. Davon habe ich inzwischen auch gelesen. Und Macaulay konnte als Dreijähriger lesen, aber nur verkehrt herum, weil er immer seinem Vater gegenüberstand, als der der Familie aus der Bibel vorlas."

„Es gibt viele Fälle von Kindern, die so wie du das Lesen gelernt haben, und ihre Eltern überraschten. Nun? Wie ging es dann weiter?"

„Eines Tages fiel mir auf, daß zwei Worte fast gleich aussahen und auch fast gleich klangen. Das waren die Worte ‚kann' und ‚man'. Ich erinnere mich noch gut, wie ich sie anstarrte, und dann war es, als ob etwas Schönes sich in mir entfaltete. Ich begann, mir die Worte sorgfältig anzusehen, aber ganz aufgeregt, wie verrückt. Das machte ich ziemlich lange, denn als ich das Buch hinlegte und aufzustehen versuchte, war ich ganz steif. Aber dann hatte ich die Idee, und nachher war es dann nicht mehr schwierig, fast alle Worte zu begreifen. Die wirklich schwierigen Worte sind die geläufigen, die man die ganze Zeit in einfachen Büchern findet. Andere Worte werden so ausgesprochen, wie man sie schreibt."

„Und niemand wußte, daß du lesen konntest?"

„Nein. Großmutter hat mir gesagt, ich dürfe das nicht sagen, also tat ich es auch nicht. Sie las mir oft vor, und das half. Wir hatten natürlich viele Bücher. Die mit Bildern mochte ich am liebsten. Ein paarmal erwischten sie mich mit einem Buch, in dem keine Bilder waren, und dann nahmen sie es mir weg und sagten: ‚Ich suche dir lieber ein Buch für einen kleinen Jungen.'"

„Erinnerst du dich noch daran, was für Bücher du damals mochtest?"

„Bücher über Tiere, daran erinnere ich mich. Und Geographie. Das mit den Tieren war komisch..."

Sobald man Timothy einmal in Gang gesetzt hatte, dachte Welles, war es nicht schwierig, ihn zum Weiterreden zu bewegen.
„Eines Tages war ich im Zoo", sagte Tim, „ich war ganz alleine bei den Käfigen. Großmutter ruhte sich auf einer Bank aus und ließ mich alleine herumgehen. Die Leute redeten über die Tiere, und ich fing an, ihnen alles zu sagen, was ich wußte. Irgendwie muß das sehr komisch gewesen sein, weil ich eine Menge Wörter gelesen hatte, die ich nicht richtig aussprechen konnte, Wörter, die ich noch nie gehört hatte. Sie hörten mir zu und stellten mir Fragen, und ich dachte, ich wäre wie Großvater, und belehrte sie, so wie er mich manchmal belehrte. Und dann riefen sie einen anderen Mann herbei und sagten: ‚Hören Sie sich diesen Jungen an; der ist das Letzte!', und ich merkte, daß alle mich auslachten."
Timothys Gesicht war röter als gewöhnlich, aber er versuchte zu lächeln, als er hinzufügte: „Ich begreife jetzt, daß es damals komisch geklungen haben muß. Und unerwartet auch; das ist etwas sehr Wichtiges beim Humor. Aber meine Gefühle waren so schrecklich verletzt, daß ich weinend zu meiner Großmutter rannte, und sie wußte nicht, weshalb ich weinte. Aber es geschah mir auch ganz recht, weil ich ihr nicht gehorcht hatte. Sie sagte mir immer, ich solle den Leuten nichts erzählen; sie sagte, ein Kind hätte ältere Leute nichts zu lehren."
„Auf diese Weise vielleicht nicht — in diesem Alter."
„Aber ehrlich, manche erwachsenen Leute wissen nicht sehr viel", sagte Tim. „Als wir letztes Jahr mit dem Zug fuhren, kam eine Frau und setzte sich neben mich und fing an, mir Dinge zu erzählen, die ein kleiner Junge über Kalifornien wissen müßte. Ich sagte ihr, ich hätte mein ganzes Leben lang dort gelebt, aber ich denke, sie wußte wahrscheinlich gar nicht, daß man uns in der Schule etwas lehrt, und versuchte mir Dinge zu erklären, und fast alles war falsch."
„Was zum Beispiel?" fragte Welles, der auch schon unter Touristen gelitten hatte.
„Wir... sie sagte so viele Dinge... aber ich fand, daß das das Komischste war: Sie sagte, die Missionen wären alle so alt und in-

teressant, und ich sagte ja, und dann sagte sie: ‚Weißt du, die sind alle gebaut worden, lange bevor Kolumbus Amerika entdeckte‘, und ich dachte, das sollte ein Witz sein, also lachte ich. Aber sie sah mich sehr ernst an und sagte: ‚Ja, diese Leute sind alle von Mexiko heraufgekommen.‘ Ich denke, sie meinte, das wären alles Azteken-Tempel.“

Welles lachte laut und mußte zugeben, daß vielen Erwachsenen tatsächlich selbst die primitivsten Grundlagen des Wissens fehlten.

„Nach diesem Erlebnis im Zoo und ein paar anderen begann ich zu begreifen“, fuhr Tim fort. „Leute, die Dinge wußten, wollten sie nicht noch einmal von mir hören, und Leute, die sie nicht wußten, wollten sich nicht von einem vierjährigen Kind etwas beibringen lassen. Ich glaube, ich war vier, als ich mit Schreiben anfing.“

„Wie?“

„Oh, ich dachte einfach, wenn ich nie zu jemandem etwas sagen durfte, würde ich zerplatzen. Also begann ich, es festzuhalten — in Druckschrift, wie in den Büchern. Und dann fand ich das mit dem Schreiben heraus. Wir hatten ein paar altmodische Schulbücher, in denen das Schreiben gelehrt wurde. Ich bin Linkshänder, wissen Sie. Als ich zur Schule ging, mußte ich die rechte Hand gebrauchen. Aber bis dahin hatte ich schon gelernt, so zu tun, als wüßte ich nichts. Ich sah den anderen zu und tat, was sie taten. Meine Großmutter hat mir gesagt, ich solle das tun.“

„Ich möchte wissen, weshalb sie das gesagt hat“, wunderte sich Welles.

„Sie wußte, daß ich nicht an andere Kinder gewöhnt war, sagte sie, und das war das erstemal, daß sie mich jemand anderem überließ. Also sagte sie mir, ich solle tun, was die anderen taten und was meine Lehrerin sagte“, erklärte Tim, „und ich befolgte ihren Rat aufs Wort. Ich tat so, als wüßte ich gar nichts, bis die anderen anfingen, es auch zu wissen. Ein Glück, daß ich so schüchtern war. Aber es gab schon Dinge zu lernen. Wissen Sie, als man mich das erstemal zur Schule schickte, war ich enttäuscht, weil die Lehrerin sich ganz genau wie andere Frauen anzog. Die einzigen Bilder von Lehrern, die ich kannte, waren aus alten Mother-Goose-Büchern, und ich dachte, alle Lehrerinnen müßten Reifröcke tragen. Aber als ich sie dann gesehen hatte und nachdem meine Überraschung verflogen war, wußte ich, daß das albern war, und sagte nie etwas darüber."

Der Psychiater und der Junge lachten gemeinsam.

„Wir spielten Spiele. Ich mußte lernen, mit Kindern zu spielen, und nicht überrascht zu sein, wenn sie mich schlugen oder herumschubsten. Ich begriff nicht, warum sie das taten oder was es ihnen einbrachte. Aber wenn sie mich damit erschrecken wollten, dann sagte ich eben auch ‚Buh' und erschreckte sie etwas später, und wenn sie böse waren, weil ich ihnen einen Ball oder sonst etwas weggenommen hatte, dann spielte ich eben mit ihnen."

„Hat man je versucht, dich zu schlagen?"

„O ja. Aber ich hatte ein Buch über das Boxen — mit Bildern. Man kann nicht viel von Bildern lernen, aber ich hatte auch etwas Übung, und das half. Aber ich wollte nicht gewinnen. Das ist es, was mir an den Geschicklichkeits- und Kraftspielen gefällt — da sind mir meine Gegner gewachsen, und ich brauche nicht dauernd aufzupassen, daß ich nicht angebe oder versuche, jemanden zu dominieren."

„Du hast also hin und wieder bewußt versucht, andere zu beherrschen."

„In den Büchern drängen sich alle um den Jungen herum, der sie neue Spiele lehren oder sich neue Sachen zum Spielen ausdenken kann. Aber ich stellte fest, daß das gar nicht so ist. Sie wollen nur die ganze Zeit das gleiche tun — zum Beispiel Verstekken spielen. Es macht keinen Spaß, wenn der erste, der erwischt wird, ‚es' das nächstemal ist. Der Rest läuft bloß herum und versucht gar nicht erst, sich zu verstecken oder wegzulaufen, weil es egal ist, ob man sie erwischt oder nicht. Die Jungs begreifen das einfach nicht, daß es besser wäre, wenn der letzte ‚es' würde."

Timothy sah auf die Uhr.

„Ich muß jetzt gehen“, sagte er. „Es hat mir Spaß gemacht, mit Ihnen zu sprechen. Dr. Welles. Ich hoffe, ich habe Sie nicht zu sehr gelangweilt.“
Welles erkannte das Echo und lächelte dem kleinen Jungen zu. „Du hast mir nichts vom Schreiben erzählt. Hast du angefangen, ein Tagebuch zu führen?“
„Nein. Es war eine Zeitung. Eine Seite pro Tag, nicht mehr und nicht weniger. Ich mache das immer noch“, vertraute Tim ihm an. „Aber ich bekomme jetzt mehr auf die Seite. Ich schreibe mit der Maschine.“
„Schreibst du jetzt mit beiden Händen?“
„Die linke Hand ist geheim. Für die Schule und solche Dinge gebrauche ich die rechte Hand.“

Als Timothy gegangen war, gratulierte sich Welles im stillen. Aber den ganzen nächsten Monat über erfuhr er nichts mehr. Tim offenbarte ihm überhaupt nichts von Bedeutung. Er redete vom Ballspielen, schilderte die freudige Überraschung, die seine Großmutter über das schöne Kätzchen empfand, erzählte, wie es wuchs und wie es spielte. Er berichtete ernsthaft faszinierende Fakten, wie zum Beispiel, daß er gerne mit der Eisenbahn führe und daß sein Lieblingstier der Löwe sei und daß er sich wünschte, einmal Schnee fallen zu sehen. Aber kein Wort von dem, was Welles zu hören wünschte. Der Psychiater, der wußte, daß er wieder auf die Probe gestellt wurde, wartete geduldig.
Und dann, eines Nachmittags, als Welles glücklicherweise, ohne mit einem Patienten beschäftigt zu sein, auf seiner Veranda saß und Pfeife rauchte, kam Timothy Paul in den Garten.
„Gestern hat Miß Page mich gefragt, ob ich Sie sehen würde, und ich habe ja gesagt. Sie sagte, sie hoffe, meine Großeltern fänden das nicht zu teuer, weil Sie ihr gesagt hatten, daß ich ganz in Ordnung wäre und sie sich keine Sorgen um mich zu machen brauche. Und dann fragte ich Oma, ob es teuer wäre, wenn Sie mit mir sprechen, und sie sagte ‚O nein, mein Lieber; die Schule zahlt dafür. Deine Lehrerin hatte die Idee, daß du ein paarmal mit Dr. Welles reden solltest‘.“

„Ich bin froh, daß du zu mir gekommen bist, Tim, und ich bin sicher, daß du mich nicht an die beiden verraten hast. Niemand bezahlt mich. Die Schule zahlt dann für meine Dienste, wenn es einem Kind schlecht geht und seine Eltern arm sind. Das ist neu, seit 1956. Man kann vielen verhaltensgestörten Kindern helfen — das ist für den Staat viel billiger, als wenn sie verrückt werden oder Verbrecher oder so etwas. Du verstehst das alles. Aber — setz dich doch, Tim! — ich kann dem Staat in deinem Fall keine Rechnung stellen, und deinen Großeltern auch nicht. Du bist, soweit ich erkennen kann, in jeder Hinsicht hervorragend angepaßt, und wenn ich den Rest gesehen habe, werde ich dessen sogar noch sicherer sein."
„Oh — dann wäre ich nicht gekommen..." Tim stammelte verwirrt. „Sie sollten Geld dafür bekommen. Ich nehme Ihnen so viel Zeit weg. Vielleicht sollte ich überhaupt nicht mehr kommen."
„Ich finde schon, daß du das solltest. Du nicht?"
Der Junge setzte sich auf den Schaukelstuhl und schaukelte nachdenklich vor und zurück. Der Stuhl quietschte.
„Du interessierst dich für mich. Du bist neugierig", sagte er.
„Das ist nicht alles, Tim."
Quietsch-quietsch. Quietsch-quietsch.
„Ich weiß", sagte Timothy. „Ich glaube es. Hören Sie, darf ich Peter sagen? Wir sind doch jetzt Freunde."

Bei ihrem nächsten Zusammentreffen erzählte Timothy Einzelheiten über seine Zeitung. Er hatte jedes einzelne Blatt aufgehoben, angefangen bei den ersten zerknitterten, schwerfällig mit Druckbuchstaben und Bleistift geschriebenen Ausgaben, bis zu den letzten, die sorgfältig mit Maschine geschrieben waren. Aber zeigen wollte er sie Welles nicht.
„Ich habe einfach jeden Tag all die Dinge aufgeschrieben, die ich sagen wollte, die Nachrichten oder Informationen oder Meinungen, die ich unausgesprochen hinunterschlucken mußte. Es ist also ein wirres Durcheinander. Die ersten Blätter sind schrecklich komisch. Manchmal vermute ich nur noch, womit sie sich befaßten, was mich dazu brachte, sie zu schreiben. Manchmal erin-

nere ich mich. Über die Bücher, die ich gelesen habe, habe ich auch etwas geschrieben, und dann habe ich sie benotet, so wie in der Schule, in zwei Punkten — wie mir das Buch gefiel, und ob es gut war. Und ob ich es schon einmal gelesen hatte."

„Wie viele Bücher liest du? Wie groß ist deine Lesegeschwindigkeit?"

Es erwies sich, daß Timothys Lesegeschwindigkeit bei neuen Büchern, die für Erwachsene geschrieben waren, zwischen acht- und neunhundertfünfzig Worten die Minute schwankte. Ein durchschnittlicher Krimi — die las er sehr gerne — dauerte bei ihm etwas mehr als eine Stunde. Den Geschichtsstoff für ein Jahr eignete Tim sich leicht an, indem er das ganze Buch während des Jahres drei- oder viermal las. Er entschuldigte sich dafür, erklärte aber, daß er wissen mußte, was in dem Buch stand, um bei Klassenarbeiten nicht zuviel von dem preiszugeben, was er aus anderen Quellen erfahren hatte.

Die Abende, wenn seine Großeltern glaubten, daß er Hausaufgaben machte, verbrachte er damit, andere Bücher zu lesen oder seine Zeitung zu schreiben oder ‚sonst irgend etwas'. Wie Welles vermutet hatte, hatte Tim alles gelesen, was die Bibliothek seines Großvaters enthielt und alles in der öffentlichen Bibliothek, das ihn interessierte und nicht in den geschlossenen Kästen stand, und alles, das er sich aus der Staatsbibliothek bestellen konnte.

„Was sagen die Bibliothekare denn?"

„Sie meinen, die Bücher seien für meinen Großvater. Das sage ich ihnen auch, wenn sie fragen, was ein so kleiner Junge mit einem solch großen Buch vorhätte. Peter, das beunruhigt mich, daß ich so oft lügen muß. Das muß ich doch, oder?"

„Soweit ich das verstehen kann, mußt du das", pflichtete Welles ihm bei. „Aber hier in meiner Bibliothek ist auch Material für eine Weile. Aber es muß auch hier einen verschlossenen Kasten geben, Tim."

„Könnten Sie mir sagen, warum? Ich weiß, wie es mit den Büchern in der Bibliothek ist. Einige von ihnen könnten den Leuten Angst machen, und einige sind..."

„Einige meiner Bücher könnten auch dir Angst machen, Tim. Wenn du willst, erzähle ich dir ein wenig über abnormale Psychologie, und dann wirst du wahrscheinlich begreifen, daß es besser für dich ist, wenn du nicht zuviel darüber weißt, wenigstens nicht, so lange du nicht ausgebildet bist, mit solchen Fällen umzugehen."

„Ich will nicht morbid sein", pflichtete Tim ihm bei. „Also gut. Ich werde nur lesen, was Sie mir geben. Und von nun an will ich Ihnen mehr sagen. Wissen Sie, da war nämlich noch mehr als die Zeitung."

„Das habe ich mir schon gedacht. Willst du mit deinem Bericht fortfahren?"

„Es ging an, als ich zum erstenmal einen Leserbrief an eine Zeitung schrieb — unter einem falschen Namen natürlich. Sie haben ihn abgedruckt. Eine Weile machte mir das mächtigen Spaß — fast jeden Tag einen Leserbrief unter allen möglichen Namen. Und dann weitete ich mich auf Magazine aus, wieder Briefe an die Redaktion. Und Geschichten — Geschichten habe ich auch versucht."

Er sah Welles etwas zweifelhaft an, aber der sagte nur: „Wie alt warst du denn, als du deine erste Kurzgeschichte verkauftest?"

„Ach", sagte Timothy. „Und als dann der Scheck kam, mit meinem Namen darauf, ‚T. Paul', wußte ich nicht, was ich damit anfangen sollte."

„Ja freilich. Was hast du dann gemacht?"

„Die Bank hatte ein Schild im Fenster. Ich lese immer Schilder, und das fiel mir dann ein. ‚Bankgeschäfte per Post.' Sie können sich ja vorstellen, daß ich ziemlich verzweifelt war. Also beschaffte ich mir den Namen einer Bank auf der anderen Seite der Bucht und schrieb ihnen — mit meiner Schreibmaschine — und sagte, ich wollte ein Konto eröffnen, und hier sei ein Scheck als erste Einzahlung. Oh, ich hatte schreckliche Angst, und mußte mir die ganze Zeit sagen, daß mir ja schließlich niemand viel tun könne. Das war mein eigenes Geld. Aber Sie wissen ja nicht, wie es ist, wenn man nur ein kleiner Junge ist! Sie schickten mir den Scheck zurück, und ich bin eines zehnfachen Todes gestorben, als ich ihn sah. Aber der Brief erklärte alles. Ich hatte ihn nicht unterschrieben. Sie schickten mir auch ein Formular, das ich ausfüllen sollte. Ich wußte nicht, wie viele Lügen ich wohl riskieren durfte. Aber es war mein Geld, und ich mußte es bekommen. Wenn ich es in die Bank schaffen konnte, dann konnte ich es auch eines Tages wieder herausholen. Ich gab ‚Schriftsteller' als Beruf an und behauptete, ich wäre vierundzwanzig. Ich hielt das für schrecklich alt."

„Ich würde die Geschichte gerne sehen. Hast du die Zweitschrift noch?"

„Ja", sagte Tim. „Aber niemand hat es bemerkt — ich meine, ‚T. Paul' konnte natürlich jeder sein. Und als ich an den Zeitungsständen Zeitschriften für Schriftsteller sah und sie kaufte, kam ich dahinter, ein Pseudonym für die Geschichte zu verwenden, aber oben in die Ecke meinen richtigen Namen und meine Adresse zu schreiben. Vorher benutzte ich nur ein Pseudonym und bekam die Sachen manchmal überhaupt nicht zurück oder hörte nichts mehr von ihnen. Manchmal aber schon."

„Und was hast du dann gemacht?"

„Oh, dann habe ich den Scheck an mich zahlbar ausgestellt und mit dem Pseudonym unterschrieben und dann meinen eigenen Namen darunter gesetzt. Hatte ich Angst, das zu tun! Aber es war mein Geld."

„Nur Kurzgeschichten?"

„Artikel auch. Und alles mögliche andere. Doch das genügt jetzt für heute. Nur — ich wollte nur sagen — vor einer Weile hat T. Paul der Bank geschrieben, ein Teil des Geldes sollte auf ein Scheckkonto übertragen werden. Um Bücher per Post kaufen zu können und so. Und um Sie bezahlen zu können, Dr. Welles..."

Das klang plötzlich ganz formell.

„Nein, Tim", sagte Peter Welles entschieden. „Das Vergnügen ist ganz meinerseits. Ich möchte gerne die Geschichte sehen, die veröffentlicht wurde, als du acht Jahre alt warst. Und einige der anderen Dinge, die T. Paul so reich machten, daß er sich einen beratenden Psychiater leisten kann. Und würdest du mir um Himmels willen sagen, wie das alles vor sich geht, ohne daß deine Großeltern davon erfahren?"

„Großmutter meint, ich würde Coupons ausfüllen und Schachteldeckel einschicken und so Zeug", sagte Tim. „Sie trägt die Post nicht herein. Sie sagt, ihrem kleinen Jungen würde das so große Freude machen. Jedenfalls hat sie das gesagt, als ich acht war. Ich habe den Postboten gespielt. Und da waren natürlich auch Coupons — ich habe sie ihr gezeigt, bis sie — das war wohl beim drittenmal — sagte, solche Dinge interessierten sie wirklich nicht sehr. Inzwischen hat sie sich angewöhnt, darauf zu warten, daß ich die Post hole."

Peter Welles dachte, daß dies wirklich ein Tag der Offenbarung war. Er verbrachte einen ruhigen Abend zu Hause, hielt sich den Kopf und stöhnte, und versuchte, alles in sich aufzunehmen.

Und dieser IQ — 120, Unsinn! Der Junge hatte ihn an der Nase herumgeführt. Tim hatte offensichtlich genügend über IQ-Tests gelesen, um ihn mit Erfolg zu manipulieren. Wozu der Junge wohl fähig war, wenn er wirklich kooperierte?

Welles beschloß, eben das herauszufinden.

Er fand es nicht heraus. Timothy Paul absolvierte den ganzen Bereich der Tests für überdurchschnittlich intelligente Erwachsene, ohne irgendeinen Fehler zu machen. Es gab einfach keine Tests, die imstande waren, seine echte Intelligenz zu messen. Timothy Paul hatte in einem Alter, das man noch mit einer Ziffer ausdrükken konnte, Problemen gegenübergestanden und sie gelöst, die für einen durchschnittlichen Erwachsenen unlösbar gewesen wären. Er hatte sich der schwierigsten Aufgabe angepaßt, die es überhaupt gab — der nämlich, ein ganz normaler, durchschnittlicher kleiner Junge zu sein.

Aber es gab ganz bestimmt noch mehr über ihn in Erfahrung zu bringen. Was schrieb er? Und was tat er außer Lesen und Schreiben, Tischlerkurse besuchen, Katzen züchten und die ganze Welt täuschen?

Als Peter Welles einige von Tims Arbeiten gelesen hatte, stellte er zu seiner Überraschung fest, daß die Kurzgeschichten des

Jungen von einer großen Menschlichkeit waren, das Produkt also einer scharfen Beobachtung der Natur des Menschen. Die Artikel andererseits waren logisch durchdacht und deuteten auf gründliche Studien und Recherchen hin. Offensichtlich las Tim einige Zeitungen von Anfang bis Ende und dazu noch ein gutes Dutzend Monatsschriften.
„Oh, sicher", sagte Tim, als er ihn danach befragte. „Ich lese alles. Hin und wieder lese ich sogar alte Zeitschriften ein zweitesmal."
„Wenn du so schreiben kannst", fragte Welles und deutete auf ein Magazin, in dem ein durchaus wissenschaftlicher und eher konservativer Artikel erschienen war, „und so" — das war ein politischer Artikel mit Argumenten für und gegen eine Änderung im ganzen Kongreßsystem —, „warum redest du dann mit mir immer in der Sprache eines ganz gewöhnlichen, dummen Schuljungen?"
„Weil ich nur ein kleiner Junge bin", erwiderte Timothy. „Was würde denn passieren, wenn ich herumlaufen würde und so reden?"
„Bei mir könntest du es doch riskieren. Mir hast du ja diese Dinge gezeigt."
„Ich würde es nie wagen, so zu reden. Ich könnte mich vergessen und es vor anderen auch tun. Außerdem kann ich die Hälfte der Worte gar nicht richtig aussprechen."
„Was?"
„Ich sehe nie nach, wie ein Wort ausgesprochen wird", erklärte Timothy. „Falls ich doch einmal unvorsichtig bin und ein Wort benutze, das über den Durchschnitt hinausgeht, kann ich immer noch hoffen, daß ich es falsch ausspreche."
Welles lachte schallend, war aber gleich wieder ernst, als ihm klar wurde, welche profunde Überlegung dahinter stand.
„Du bist wie ein Forscher, der unter Wilden lebt", sagte der Psychiater. „Du hast die Wilden sorgfältig studiert und versucht, sie nachzuahmen, damit sie nicht merken, daß es Unterschiede gibt."
„So etwas ähnliches", nickte Tim.

„Deshalb sind deine Kurzgeschichten auch so menschlich warm", sagte Welles. „Die eine über das schreckliche kleine Mädchen..."

Sie lachten beide.

„Ja, das war meine erste Geschichte", sagte Tim. „Ich war beinahe acht, und da war ein Junge in meiner Klasse, der einen Bruder hatte, und der Junge nebenan war der andere, der, über den sich alle immer lustig machten."

„Wieviel von der Geschichte war denn wahr?"

„Der erste Teil. Immer wenn ich bei Ihnen war, sah ich, wie dieses Mädchen sich über den Freund von Bills Bruder, Steve, lustig machte. Sie sollte die ganze Zeit selbst mit Steve spielen, und jedesmal, wenn er Jungen bei sich hatte, tat sie irgend etwas Schlimmes. Und Steves Eltern waren genauso, wie ich es beschrieben habe — sie ließen einfach nicht zu, daß Steve einem Mädchen etwas tat. Wenn sie Wassermelonenabfälle über den Hof in seinen Garten warf, mußte er sie alle aufheben und durfte nichts sagen; und sie lachte ihn über den Zaun aus. Er bekam dauernd die Schuld für Dinge zugeschoben, die er gar nicht getan hatte, und wenn er dann zur Strafe im Garten arbeiten mußte, hing sie im Fenster und verspottete ihn. Ich überlegte zuerst, weshalb sie sich wohl so verhielt, und dann überlegte ich mir, wie er sich wohl an ihr rächen könnte, und dann schrieb ich es so auf, wie es hätte passieren können."

„Steve hast du die Idee nicht erzählt, damit er sie ausprobiert?"

„Aber nein! Ich war doch nur ein kleiner Junge. Siebenjährige geben Zehnjährigen keine Ratschläge. Das ist das erste, was ich lernen mußte — immer derjenige zu sein, der stillhielt, besonders wenn ältere Jungen oder Mädchen in der Nähe waren, auch wenn sie nur ein oder zwei Jahre älter sein mochten. Ich mußte lernen, sie ausdruckslos anzusehen und den Mund offenstehen zu lassen und zu sagen: ‚Das verstehe ich nicht.'"

„Und Miß Page dachte, es sei seltsam, daß du keine gleichaltrigen Freunde hättest", sagte Welles. „Du mußt der einsamste Junge sein, den es auf der Welt gibt. Du hast wie ein Verbrecher

im Versteck gelebt. Aber sag mir doch, wovor hast du denn Angst?"
„Davor, daß man mich entdeckt, natürlich. Ich kann in dieser Welt nur in Verkleidung leben — zumindest bis ich erwachsen bin. Zuerst haben mich nur meine Großeltern gescholten und gesagt, ich solle nicht prahlen, und dann lachten die Leute immer, wenn ich versuchte, mit ihnen zu reden. Und dann merkte ich, wie die Leute jeden hassen, der besser oder intelligenter oder glücklicher ist als sie. Manche Leute gleichen das irgendwie aus; wenn man in einer Sache schwach ist, ist man in einer anderen gut. Aber sie verzeihen einem, daß man in manchen Dingen gut ist, nur, wenn man in anderen nicht gut ist und sie das ausgleichen können. In irgend etwas müssen sie einem überlegen sein, müssen das ausgleichen können. Ein Kind hat überhaupt keine Chance. Kein Erwachsener kann es ertragen, wenn ein Kind irgend etwas weiß, was er nicht weiß. Oh, in Kleinigkeiten, ja, wenn sie sie amüsieren... aber nicht viel. Es gibt da eine alte Geschichte über einen Mann, der sich in einem Land befand, wo alle anderen blind waren. So bin ich auch — aber die werden mir nicht die Augen ausstechen. Ich werde nie zulassen, daß sie erfahren, daß ich etwas sehe."
„Siehst du Dinge, die Erwachsene nicht sehen können?"
Tim deutete auf die Zeitschrift.
„Nur so, meinte ich. Ich höre Leute reden, in der Straßenbahn und in Läden und bei der Arbeit und so. Ich lese, wie sie sich verhalten — in den Nachrichten. Ich bin wie sie, genau wie sie, nur daß ich mir hundert Jahre älter vorkomme — reifer."
„Du meinst also, daß die meisten ziemlich unvernünftig sind?"
„Nein, das nicht. Ich meine nur, daß so wenige von ihnen vernünftig sind oder das zeigen, wenn sie es sind. Sie scheinen es nicht einmal zu wollen. Auf ihre Art sind es gute Leute, aber was meinen Sie wohl, was die aus mir machen würden? Selbst als ich erst sieben war, konnte ich ihre Motive schon verstehen, aber sie selbst konnten ihre eigenen Motive nicht verstehen. Und sie sind so faul — sie wollen gar nichts wissen oder begreifen. Die meisten der Bücher, die ich mir aus der Bibliothek geholt habe, um

aus ihnen zu lernen, wurden nur ganz selten von den Erwachsenen Leuten auch nur angerührt. Dabei waren sie für ganz normale, erwachsene Leute bestimmt. Aber die erwachsenen Leute wollen gar nichts wissen — sie wollen nur ihren Spaß haben. Ich empfinde für die meisten Leute das, was meine Großmutter für Babys und junge Hunde empfindet. Nur daß sie nicht die ganze Zeit vorgeben muß, ein junger Hund zu sein", fügte Tim etwas bitter hinzu.

„Du hast jetzt in mir einen Freund."

„Ja, Peter", sagte Tim und sein Gesicht hellte sich dabei auf. „Und Brieffreunde habe ich auch. Die Leute mögen das, was ich schreibe, weil sie nicht wissen können, daß ich nur ein kleiner Junge bin. Wenn ich einmal erwachsen bin..."

Tim führte den Satz nicht zu Ende. Welles verstand jetzt einige der Ängste, die Tim nicht gewagt hatte, in Worte zu fassen. Wenn er erwachsen war, würde er dann ebenso weit über allen Erwachsenen stehen, so wie er das bisher sein ganzes junges Leben lang über seinen Altersgenossen gestanden hatte? Die erwachsenen Freunde, denen er jetzt auf einigermaßen gleichem Niveau begegnete — würden sie ihm dann auch wie Babys oder junge Hündchen vorkommen?

Peter wagte es auch nicht, den Gedanken in Worte zu kleiden. Noch viel weniger brachte er es fertig, einen anderen Gedanken auch nur anzudeuten. Bis jetzt hatte Tim kein besonderes Interesse an Mädchen entwickelt; sie existierten für ihn als Teil der menschlichen Rasse, aber einmal würde die Zeit kommen, in der Tim ein erwachsener Mann sein und den Wunsch verspüren würde, zu heiraten. Und wo unter allen jungen Hündchen konnte er eine Gefährtin finden?

„Wenn du erwachsen sein wirst, werden wir immer noch Freunde sein", sagte Peter. „Und wer sind die anderen?"

Es erwies sich, daß Tim auf der ganzen Welt Brieffreunde hatte. Er spielte Korrespondenzschach — ein Spiel, das er nie persönlich zu spielen wagte, nur dann, wenn er sich dabei zwang, die Steine unbedacht über das Spielfeld zu bewegen und den Gegner wenigstens bei der Hälfte aller Spiele gewinnen zu lassen.

Und dann hatte er auch viele Freunde, die eine seiner Kurzgeschichten oder einen Artikel aus seiner Feder gelesen und ihm dazu einen Brief geschrieben hatten, woraus sich eine Korrespondenzfreundschaft entwickelt hatte. Nachdem ihm das zwei- oder dreimal passiert war, hatte er selbst Brieffreundschaften begonnen, immer mit Leuten, die in großer Entfernung lebten. Den meisten dieser Leute nannte er einen Namen, der zwar nicht falsch war, aber doch so aussah. Nämlich T. Paul Lawrence. Lawrence war sein Mittelname, und wenn man nach dem Paul ein Komma setzte, war es sogar sein eigener Name. Er besaß unter diesen Namen ein Schließfach und hatte T. Paul, den Besitzer des großen Bankkontos, dafür als Referenz angegeben.

„Brieffreunde im Ausland? Beherrschst du irgendwelche Fremdsprachen?"

Ja, das tat Tim. Er hatte sich auch diese Kenntnisse auf dem Korrespondenzweg angeeignet; viele Universitäten boten solche Kurse an und liehen den Studenten Schallplatten, damit sie auch die richtige Aussprache lernen konnten. Tim hatte einige solche Kurse absolviert und andere Sprachen aus Büchern gelernt. Übung verschaffte er sich mittel der Briefe in andere Länder und der Antworten, die ihn erreichten.

„Normalerweise kaufe ich mir ein Wörterbuch und schreibe dann an den Bürgermeister irgendeiner Stadt oder an eine ausländische Zeitung und bitte sie, eine Anzeige nach Brieffreunden aufzugeben, die mir helfen sollen, die Sprache zu erlernen. Wir tauschen dann Andenken und solche Dinge aus!"

Welles überraschte es auch keineswegs, daß Timothy auch andere Korrespondenzkurse mitgemacht hatte. Er hatte im Laufe von drei Jahren mehr als die Hälfte aller Fächer absolviert, die vier verschiedene Universitäten anboten, und auch noch einige andere Kurse mitgemacht, wobei der letzte Architektur war. Der Junge, noch nicht einmal vierzehn Jahre alt, hatte in diesem Fach einen vollen Kurs absolviert und hätte — würde er sich als Erwachsener verkleiden können — sofort hingehen und jedes beliebige Haus bauen können, denn er beherrschte auch die meisten handwerklichen Fertigkeiten, derer es dazu bedurfte.

„In den Angeboten stand immer, wie lange ein durchschnittlicher Student brauchte, und so lange brauchte ich dann auch“, sagte Tim, „ich mußte mich also natürlich in verschiedenen Schulen gleichzeitig eintragen.“
„Und Tischlerei in der Sommerschule?“
„O ja. Aber dort konnte ich nicht zuviel machen, weil man mich ja sehen konnte. Aber ich habe es gelernt, und das war eine gute Tarnung, damit ich Käfige für die Katzen und derlei Dinge machen konnte. Und viele Jungen sind handwerklich geschickt. Ich arbeite gerne mit den Händen. Ich habe mir auch mein Radio selbst gebaut — ich bekomme sämtliche ausländischen Stationen herein, und das hilft mir bei den Sprachen.“
„Wie hast du dir das mit den Katzen ausgedacht?“
„Oh, es mußte doch Rezessive geben, das ist alles. Die siamesische Färbung war rezessiv, und man mußte sie einfach mit einem anderen Rezessiven kreuzen. Schwarz war eine Möglichkeit, und Weiß eine andere. Aber ich fing mit Schwarz an, weil mir das besser gefiel. Ich könnte Weiß auch versuchen, aber ich habe soviel vor...“
Plötzlich verstummte er und wollte nichts mehr sagen.

Das nächstemal trafen sie sich in Tims Werkstätte. Welles holte den Jungen nach der Schule ab, und sie gingen gemeinsam zu ihm nach Hause; dort schloß Tim die Tür auf und schaltete das Licht ein.
Welles sah sich interessiert um. Er sah eine Werkbank und einen Werkzeugschrank. Wandschränke mit Vorhängeschlössern. Ein Radio, dem man es ansah, daß es nicht in einem Laden gekauft worden war. Ein Ablagekasten, ebenfalls verschlossen. Etwas auf einem Tisch, das mit einem Tuch bedeckt war. Ein Kasten in der Ecke — nein, zwei Kästen in zwei Ecken. In jedem war eine Mutterkatze mit Jungen, beides schwarze Angorakatzen.
„Die hier muß ganz schwarz Angora sein“, erklärte Tim. „Ihr dritter Wurf und kein einziges Mal eine siamesische Zeichnung. Aber die hier trägt beide Rezessive. Letztesmal hatte sie ein

kurzhaariges Siamesenkätzchen. Heute morgen — ich mußte zur Schule. Sehen wir nach."
Sie beugten sich über den Kasten, in dem die neugeborenen Kätzchen lagen. Ein Kätzchen war wie die Mutter. Die anderen zwei waren Angorasiamesen; ein Männchen und ein Weibchen.
„Du hast es wieder geschafft, Tim!" rief Welles. „Gratuliere!"
Sie schüttelten sich erfreut die Hände.
„Ich werde es registrieren", sagte der Junge vergnügt.
Er schrieb es mit der linken Hand in ein Wachstuchheft, auf dem ein Schild mit der Aufschrift ‚Aufsatz' klebte. Er hatte die korrekten Symbole benutzt — F_1, F_2, F_3; Ks, Sl.
„Die Dominanten in Großbuchstaben", erklärte er, „S für schwarz, und K für kurzes Haar; die Rezessiven in Kleinbuchstaben — s für Siamesen, l für langes Haar. Herrlich ll über ss zu schreiben, Peter! Noch zweimal. Und das andere Kätzchen trägt die siamesische Zeichnung als rezessives Merkmal."
Er klappte das Heft triumphierend zu.
„Jetzt", und damit ging er zu dem zugedeckten Gegenstand auf dem Tisch, „mein neuestes, großes Geheimnis."
Tim hob vorsichtig das Tuch, und ein wunderschön gebautes Puppenhaus kam zum Vorschein. Nein, ein Modellhaus — verbesserte Welles sich schnell. Ein wunderschönes Modell und — ja, maßstabsgetreu gebaut.
„Man kann das Dach abnehmen. Da, sehen Sie, da ist ein großer Lagerraum und noch Platz für einen Hobbyraum oder ein Hausmädchen oder so etwas. Und dann kann man den Oberstock abheben..."
„Du lieber Gott!" rief Peter Welles aus. „Jedes kleine Mädchen würde ihre Seele für so etwas geben!"
„Für die Tapeten habe ich Geschenkpapier benutzt. Die Teppiche habe ich auf einem kleinen Handwebstuhl gewebt", strahlte Timothy. „Die Möbel sind ganz wie echt, nicht wahr? Einige habe ich gekauft, die sind aus Plastik. Andere habe ich aus Pappe zusammengeklebt. Am schwierigsten waren die Vorhänge, aber ich konnte ja nicht gut Großmutter bitten, sie zu nähen..."
„Warum nicht?" fragte der immer noch erstaunte Psychologe.

„Es hätte ja sein können, daß sie das dann nachher erkennt"; sagte Tim, und nahm das oberste Stockwerk ab.
„Es erkennt? Du hast es ihr also nicht gezeigt? Wann würde sie es denn sehen?"
„Vielleicht nie", räumte Tim ein. „Aber manchmal muß ich eben ein Risiko eingehen."
„Der Plan ist sehr gut überlegt", sagte Welles und beugte sich über das Haus, um es näher zu untersuchen.
„Ja, das fand ich auch. Es ist schrecklich, in wie wenig Häusern genügend Stellraum für Bücher oder Platz für Bilder ist. Und in manchen sind die Türen so angeordnet, daß man jedesmal, wenn man aus dem Wohnzimmer in die Küche will, um den Eßtisch herum muß oder so, daß eine ganze Ecke eines Raumes für nichts zu gebrauchen ist und die Türen alle im Winkel zueinander stehen. Ich habe dieses Haus so entworfen, daß..."
„Du hast es entworfen, Tim?"
„Aber natürlich. Ach, jetzt verstehe ich — Sie haben gedacht, ich hätte es nach Plänen gebaut, die ich gekauft habe. Das war bei meinem ersten Modellhaus so, aber dann habe ich bei den Architekturkursen so viele Ideen bekommen, daß ich sehen wollte, wie das in Natur aussieht. Jetzt der Keller und der Hobbyraum..."

Welles kam erst eine Stunde später wieder zu sich, und erschrak, als er auf die Uhr sah.
„Jetzt ist es spät geworden. Mein Patient ist inzwischen sicher wieder nach Hause gegangen. Jetzt kann ich ebensogut bleiben — was ist denn mit deinen Zeitungen?"
„Die habe ich aufgegeben. Großmutter hat sich angeboten, die Katzen zu füttern, als ich ihr die kleinen Kätzchen gab. Und ich wollte dafür mehr Zeit haben. Hier sind die Bilder des Hauses."
Die Farbabzüge waren sehr gut.
„Ich schicke die Bilder und einen Artikel an die Fachzeitschriften", sagte Tim. „Diesmal bin ich T. L. Paul. Manchmal habe ich so getan, als würden all die verschiedenen Leute, die ich bin, miteinander reden — aber jetzt rede ich statt dessen mit Ihnen, Peter."

„Meinst du, es macht den Katzen etwas aus, wenn ich rauche? Danke. Es gibt doch hier nichts, was Feuer fangen könnte, hoffe ich? Setz das Haus wieder zusammen und laß mich hier Platz nehmen und es ansehen. Ich möchte durch die Fenster hineinsehen. Schalte die kleinen Lampen ein. So."
Der junge Architekt strahlte und knipste die kleinen Lichter an.
„Niemand kann hier hereinsehen. Ich habe hier Jalousetten, und wenn ich arbeite, mache ich die manchmal zu."
„Wenn ich alles über dich wissen soll, muß ich wohl von A bis Z durch das ganze Alphabet gehen", sagte Peter Welles. „Das ist also Architektur. Was gibt es unter A sonst noch?"
„Astronomie. Ich habe Ihnen diese Artikel gezeigt. Meine Berechnungen haben sich als richtig erwiesen. Astrophysik — ich habe in dem Kurs eine Eins bekommen, aber bis jetzt noch keine eigenen Arbeiten abgeschlossen. Und was das Alphabet angeht — nun, ich habe mir sämtliche Pfadfinderpunkte besorgt, durch das ganze Alphabet."
„Als Pfadfinder kann ich mir dich wirklich nicht vorstellen", widersprach Welles.
„Ich bin sogar ein sehr guter Pfadfinder. Ich habe fast so viele Plaketten wie alle anderen gleichaltrigen Jungen in meiner Gruppe. Und im Lager bin ich genauso gut wie die meisten Stadtjungen."
„Dann verrichtest du auch jeden Tag eine gute Tat?"
„Ja", sagte Timothy. „Damit habe ich angefangen, als ich das erstemal etwas über Pfadfinder las — ich war ein Pfadfinder mit dem Herzen, ehe ich alt genug war, um beizutreten. Wissen Sie, Peter, wenn man sehr jung ist, nimmt man all das ernst, das mit der guten Tat jeden Tag und die guten Angewohnheiten und Ideale und all das. Und dann wird man älter, und es fängt an, einem komisch vorzukommen und kindisch und aufgesetzt und künstlich, und man lächelt überlegen und macht Witze darüber. Aber da gibt es dann noch eine dritte Stufe, wenn man alles wieder ernst nimmt. Leute, die sich über die Pfadfindergesetze lustig machen, schaden den Jungen sehr, aber diejenigen, die an solche Dinge glauben, wissen nicht, wie sie es ausdrücken sol-

len, ohne daß es banal und albern klingt. Ich werde bald einmal einen Artikel darüber schreiben."

„Ist das Pfadfindergesetz deine Religion — wenn ich es so ausdrücken darf?"

„Nein, das nicht", sagte Timothy. „Ich habe die einzelnen Religionen studiert und versucht herauszubekommen, was die Wahrheit ist. Ich habe an Priester aller Glaubensrichtungen Briefe geschrieben — alle, die im Telefonbuch stehen und auch an die Zeitungen. Als ich im Osten auf Ferien war, habe ich mir die Namen beschafft und ihnen dann geschrieben, nachdem ich zurückgekehrt war. An Leute in dieser Stadt konnte ich nicht schreiben. Ich schrieb ihnen, daß ich wissen wollte, welche Kirche wahr und echt wäre, und habe erwartet, daß sie mir schreiben würden und etwas von ihrer Kirche erzählen und mit mir argumentieren, wissen Sie. Ich könnte Bücher aus der Bibliothek lesen, und sie brauchten mir nur welche zu empfehlen, schrieb ich ihnen, und dann sollten sie mit mir darüber korrespondieren."

„Haben sie das getan?"

„Ja, einige gaben Antwort", sagte Tim, „aber fast alle schrieben mir, ich sollte doch zu jemandem gehen, der in meiner Nähe lebte. Einige schrieben, sie hätten sehr viel zu tun. Ein paar nannten mir die Titel von ein paar Büchern, aber keiner von ihnen sagte, ich solle wieder schreiben, und... und ich war doch nur ein kleiner Junge. Neun Jahre alt, ich konnte also mit niemandem reden. Als ich dann darüber nachdachte, erkannte ich, daß ich eigentlich nicht gut mit so jungen Jahren irgendeiner Kirche beitreten konnte, wenn sie nicht auch die meiner Großeltern war. Ich gehe immer noch dorthin — es ist eine gute Kirche und sie lehrt viel Wahres, da bin ich sicher. Ich lese alles, was ich in die Finger bekommen kann, damit ich, wenn ich alt genug bin, weiß, was ich tun muß. Wie alt sollte ich denn Ihrer Ansicht nach sein, Peter?"

„Im Oberschulalter", erwiderte Welles. „Du gehst doch auf die Oberschule? Dann werden die meisten Priester mit dir sprechen — nur die nicht, die zuviel zu tun haben!"

„In Wirklichkeit ist es natürlich ein moralisches Problem. Habe ich das Recht, so lange zu warten? Aber ich muß warten. Es ist wie mit dem Lügen — manchmal muß ich lügen, aber ich tue das ungern. Wenn ich die moralische Pflicht habe, mich der richtigen Kirche anzuschließen, sobald ich sie finde, nun, was dann? Ich kann das doch nicht, solange ich nicht achtzehn oder zwanzig bin, oder?"

„Wenn du nicht kannst, dann kannst du eben nicht. Ich würde meinen, damit wäre das erledigt. Vor dem Gesetz bist du minderjährig und unterstehst dem Verfügungsrecht deiner Großeltern, und wenn du auch das Recht beanspruchen könntest, dorthin zu gehen, wohin dein Gewissen dich treibt, wäre es doch unmöglich, deine Wahl zu begründen und zu erklären, ohne dich völlig zu verraten — ebenso wie du gezwungen bist, bis zu deinem achtzehnten Lebensjahr zur Schule zu gehen, obwohl du mehr weißt als die meisten Akademiker. Das ist alles Teil dieses Spiels, und dein Schöpfer muß das verstehen."

„Ich werde Sie nie belügen", sagte Tim. „Ich war so verzweifelt einsam — meine Brieffreunde wußten in Wirklichkeit gar nichts über mich. Ich schrieb ihnen nur das, was sie wissen durften. Kleine Kinder sind es zufrieden, mit anderen Leuten beisammen zu sein, aber wenn man etwas älter wird, braucht man wirklich Freunde."

„Ja, das ist ein Teil des Heranwachsens. Du mußt aus dir herausgehen, dich an andere anschließen und Gedanken mit ihnen teilen. Du bist zu lange für dich geblieben."

„Das wollte ich doch nicht. Aber ohne einen echten Freund war das Ganze doch nur Schwindel, und ich konnte nie zulassen, daß meine Spielgefährten etwas über mich erfuhren. Ich studierte sie und schrieb Geschichten über sie, und in den Geschichten waren sie ganz vorhanden, aber von mir nur ein kleines Stück."

„Ich bin stolz darauf, dein Freund zu sein, Tim. Jeder Mensch braucht einen Freund. Ich bin stolz darauf, daß du mir vertraust."

Tim streichelte die Katze stumm ein paar Augenblicke lang und blickte dann auf. Er grinste.

„Möchten Sie meinen Lieblingswitz hören?" fragte er.

„Ja, sehr", sagte der Psychiater, und bereitete sich auf jeden beliebigen größeren Schock vor.

„Das sind Schallplatten. Ich habe das im Radio aufgenommen."

Welles hörte zu. Er verstand wenig von Musik, aber die Symphonie, die er hörte, gefiel ihm. Der Ansager lobte sie vor und nach jedem Satz in den höchsten Tönen. Timothy kicherte.
„Gefällt es Ihnen?"
„Sehr. Ich verstehe nur nicht, wo der Witz liegt."
„Ich habe sie geschrieben."
„Tim, ich komme einfach nicht mehr mit. Aber wo der Witz liegt, verstehe ich immer noch nicht."
„Der Witz ist, daß ich das mathematisch erarbeitet habe. Ich habe mir ausgerechnet, was wie Freude, Leid, Hoffnung, Triumph und all das klingen müßte — das war kurz nachdem ich Harmonielehre studiert hatte. Sie wissen ja, wie mathematisch das ist."
Welles nickte sprachlos.
„Ich habe die Rhythmen aus den verschiedenen Phasen des Stoffwechsels herausgearbeitet — so, wie man eben funktioniert, wenn man unter dem Einfluß dieser Gefühle steht, so, wie sich der Herzschlag und die Atmung und alles mögliche andere ändert. Ich habe die Symphonie an den Leiter jenes Orchesters geschickt, und er begriff nicht, daß es ein Witz war — ich habe ihm das natürlich auch nicht erklärt —, und dann hat er die Musik produziert. Ich bekomme da auch hübsche Tantiemen davon."
„Du bringst mich noch ins Grab", sagte Welles voll Überzeugung. „Laß es für heute gut sein. Ich könnte nicht mehr ertragen. Ich gehe nach Hause. Vielleicht verstehe ich den Witz bis morgen und komme dann zum Lachen zurück. Tim, ist dir je etwas mißlungen?"
„Ich habe zwei Schränke voll Artikel und Geschichten, die man mir nicht abgekauft hat. Bei einigen ist mir das sehr unangenehm. Da war zum Beispiel diese Schachgeschichte. Wissen Sie, in ‚Die Spiegelwelt' war das Spiel nicht besonders gut, und man konnte die Beziehung zwischen den einzelnen Zügen und der Geschichte nicht sehr gut mitverfolgen."
„Ich habe die nie begriffen."
„Ich dachte, daß es Spaß machen würde, ein Meisterschaftsspiel zu nehmen und eine Geschichte darüber zu schreiben, so als wäre es ein Krieg zwischen zwei kleinen, altertümlichen Ländern

mit Rittern und Fußsoldaten und befestigten Wällen, und die Damen sind natürlich echte Damen — man tötet sie nicht, nicht im Nahkampf... Verstehen Sie, worauf ich hinaus will? Ich wollte die Angriffe und die Gefangennahmen erfinden und die Leute lebendig darstellen ein Märchenkrieg, wissen Sie, und dann sollte die Strategie des Spiels und die Strategie des Krieges übereinstimmen und alles zusammenpassen. Ich brauchte furchtbar lange dazu, alles auszuarbeiten und es dann niederzuschreiben, das Spiel als Schachspiel zu verstehen und es dann in menschliche Handlungen und Motive zu übertragen und sprachlich so auszuarbeiten, daß es zu den verschiedenen Leuten paßt. Ich werde Ihnen die Geschichte zeigen. Mir hat sie gefallen. Aber niemand wollte sie drucken. Schachspieler mögen keine Märchen, und sonst mag niemand Schach. Man muß einen ganz besonderen Verstand haben, um beides zu mögen. Aber es war eine große Enttäuschung. Ich hoffte, daß sie veröffentlicht werden würde, weil sie den wenigen Leuten, die so etwas mögen, sehr gut gefallen hätte."
„Ich bin sicher, daß sie mir gefallen wird."
„Nun, wenn Sie so etwas mögen, dann ist die Geschichte genau das, worauf Sie Ihr ganzes Leben lang vergebens gewartet haben. Noch niemand hat so etwas geschrieben." Tim verstummte und lief rot an. „Jetzt verstehe ich, was Großmutter meint. Wenn man erst einmal angefangen hat, aufzuschneiden und zu prahlen, dann hört man nicht mehr damit auf. Es tut mir leid, Peter."
„Gib mir die Geschichte. Es macht mir nichts aus, Tim — vor mir kannst du so viel angeben, wie du magst; ich verstehe das. Am Ende zerspringst du noch einmal, wenn du nie deinen berechtigten Stolz und deine Freude an solchen Leistungen ausdrücken kannst. Was ich nicht begreife, ist nur, wie du das alles so lange zurückhalten konntest."
„Das mußte ich", sagte Tim.

Die Geschichte war genau das, was ihr junger Verfasser behauptet hatte. Welles mußte ein paarmal lachen, als er sie am Abend las. Er las sie ein zweitesmal und überprüfte sämtliche

Züge und die Strategie, die dahinter lag. Es war wirklich gute Arbeit. Dann dachte er an die Symphonie, und diesesmal konnte er lachen. Es war bis nach Mitternacht wach und dachte über den Jungen nach. Dann nahm er eine Schlaftablette und legte sich ins Bett.

Am nächsten Tag suchte er Tims Großmutter auf. Mrs. Davis empfing ihn freundlich.

„Ihr Enkel ist ein höchst interessanter Junge", sagte Peter Welles vorsichtig. „Ich möchte Sie um einen Gefallen bitten. Ich arbeite an einer Studie, die sich mit verschiedenen Jungen und Mädchen in diesem Bezirk befaßt, mit ihren Fähigkeiten, ihrer Umwelt, ihrer familiären Umgebung und ihren Charakterzügen und solchen Dingen. Selbstverständlich werden keine Namen erwähnt, aber ich werde einen statistischen Bericht abfassen, einen über zehn Jahre, und es kann durchaus sein, daß später einmal etwas daraus veröffentlicht wird. Dürfte Timothy mitmachen?"

„Timothy ist ein so guter, normaler kleiner Junge, daß ich wirklich nicht verstehe, welchen Sinn es hätte, ihn in eine solche Studie aufzunehmen."

„Das ist es ja gerade. Wir interessieren uns bei dieser Studie nicht für verhaltensgestörte Personen. Wir haben all die psychotischen Jungen und Mädchen eliminiert, wir interessieren uns für Jungen und Mädchen, denen es gelungen ist, mit ihren jugendlichen Problemen fertig zu werden und sich dem Leben befriedigend anzupassen. Wenn wir eine ausgewählte Gruppe solcher Kinder studieren, und über mindestens zehn Jahre ihren Fortschritt verfolgen und dann eine Zusammenfassung unserer Feststellungen veröffentlichen könnten — natürlich ohne Namen..."

„In dem Fall habe ich keine Einwände", sagte Mrs. Davis.

„Würden Sie mir dann etwas über Timothys Eltern erzählen — ihre Geschichte?"

Mrs. Davis setzte sich hin. Das würde ein langes, gutes Gespräch werden.

„Timothys Mutter, meine einzige Tochter, Emily", begann sie, „war ein reizendes Mädchen. So talentiert. Sie hat bezaubernd Violine gespielt. Timothy ist ihr wie aus dem Gesicht geschnitten,

aber er hat das dunkle Haar und die Augen seines Vaters. Edwin hatte sehr schöne Augen."
„Edwin war Timothys Vater?"
„Ja. Die jungen Leute lernten sich kennen, als Emily im Osten auf dem College war. Edwin studierte dort Atomphysik."
„Ihre Tochter studierte Musik?"
„Nein; Emily studierte Kunstgeschichte. Ich kann Ihnen nur wenig über Edwins Arbeit sagen, aber nach ihrer Hochzeit arbeitete er wieder weiter und... verstehen Sie, es tut mir weh, mich an all das zu erinnern, aber ihr Tod war ein solcher Schlag für mich. Sie waren so jung."
Welles hielt den Bleistift bereit, um sofort schreiben zu können.
„Timothy hat es nie erfahren. Schließlich muß er in dieser Welt heranwachsen... und wie furchtbar sich diese Welt doch in den letzten dreißig Jahren verändert hat, Dr. Welles! Sie erinnern sich ja ganz bestimmt nicht an die Tage vor 1945. Aber Sie haben ohne Zweifel von der schrecklichen Explosion in der Atomversuchsanlage, damals, 1958, gehört, als man versuchte, eine neue Art von Bombe herzustellen? Damals schien keiner der Beschäftigten verletzt zu sein. Man nahm an, der Schutz hätte ausgereicht. Aber zwei Jahre später waren sie alle tot oder lagen im Sterben."
Mrs. Davis schüttelte traurig den Kopf. Welles hielt den Atem an, beugte den Kopf, schrieb.
„Tim wurde vierzehn Monate nach der Explosion geboren, vierzehn Monate auf den Tag genau. Alle dachten immer noch, daß kein Schaden angerichtet worden wäre. Aber die Strahlung hatte irgendeine Wirkung, die sehr langsam vor sich ging — ich verstehe von solchen Dingen nichts —, Edwin starb, und dann kam Emily mit dem Jungen nieder. Nach ein paar Monaten war auch sie tot.
Oh, aber wir klagen nicht wie jene, die keine Hoffnung haben. Es war ein schwerer Verlust, Dr. Welles, aber Mr. Davis und ich haben einen Punkt in unserem Leben erreicht, wo wir uns darauf freuen können, sie wiederzusehen. Wir hoffen, so lange zu leben, bis Timothy alt genug ist, um für sich selbst zu sorgen. Wir haben

uns solche Sorgen um ihn gemacht, aber wie Sie sehen, ist er in jeder Beziehung völlig normal."
„Ja."
„Die Spezialisten haben alle möglichen Tests mit ihm durchgeführt. Aber mit Timothy ist alles in Ordnung."
Der Psychiater blieb noch eine Weile, machte noch ein paar Notizen, und floh dann, sobald er konnte. Er fuhr zur Schule, sprach mit Miß Page ein paar Worte und nahm dann Tim mit in sein Büro, wo er ihm sagte, was er erfahren hatte.
„Sie meinen — ich bin eine Mutation?"
„Ein Mutant. Ja, das bist du höchstwahrscheinlich. Ich weiß es nicht. Aber ich mußte es dir sofort sagen."
„Das muß ein dominanter Zug sein", sagte Tim, „nachdem er bereits in der ersten Generation zutage tritt. Sie meinen — es könnte mehr geben? Ich bin nicht der einzige?" fügte er dann erregt hinzu. „Oh, Peter, selbst wenn ich an Ihnen vorbeiwachse, brauche ich nicht mehr einsam zu sein?"
Da war es. Er hatte es ausgesprochen.
„Das könnte sein, Tim. In deiner Familie gibt es sonst nichts, was dich erklären würde."
„Aber ich habe nie jemanden wie mich gefunden. Ich hätte das gewußt. Ein anderer Junge oder ein anderes Mädchen in meinem Alter — wie ich —, das hätte ich gewußt."
„Du bist mit deiner Mutter nach dem Westen gegangen. Wohin sind denn die anderen gegangen, wenn es sie gegeben hat? Ihre Eltern müssen sich überall verstreut haben. Im ganzen Land, in der ganzen Welt. Aber wir können ihre Spur verfolgen. Und, Tim, hast du nicht einmal darüber nachgedacht, daß es doch ein wenig seltsam ist, daß bei allen deinen Pseudonymen und den verschiedenen Kontakten die Leute nicht mehr darauf bestehen, sich mit dir zu treffen? Daß die Leute sich nicht nach dir erkundigen? Alles läuft über die Post? Es ist gerade so, als wären die Redakteure an Leute gewöhnt, die sich verbergen. Es ist gerade so, als wären die Leute an Architekten und Astronomen und Komponisten gewöhnt, die man nie zu Gesicht bekommt, die nur Namen in Postfächern sind. Es besteht da eine Möglichkeit — ei-

ne Möglichkeit wohlgemerkt —, daß es andere gibt. Und wenn es sie gibt, würden wir sie finden."

„Ich werde einen Code ausarbeiten, den sie verstehen werden", sagte Tim mit konzentrierter Miene. „In Artikeln — das werde ich tun —, einigen Magazinen und in Briefen kann ich Kopien beilegen —, vielleicht sind einige meiner Brieffreunde diejenigen..."

„Ich werde in den Akten nachsehen — die müssen irgendwo abgelegt sein — Psychologen und Psychiater kennen alle möglichen Tricks — wir können uns irgendeine Begründung einfallen lassen — die Geburtsregister..."

Beide redeten gleichzeitig, aber die ganze Zeit über dachte Peter traurig, daß er Tim vielleicht jetzt verloren hatte. Wenn sie jene anderen fanden, jene, zu denen Tim rechtens gehörte, wo würde der arme Peter dann sein? Draußen, bei den Welpen?

Timothy Paul blickte auf und sah, daß Peter Welles Augen auf ihm ruhten. Er lächelte.

„Sie waren mein erster Freund, Peter, und das werden Sie immer sein", sagte Tim. „Ganz gleich, was oder wer kommt."

„Aber wir müssen nach den anderen Ausschau halten", sagte Peter.

„Ich werde nie vergessen, wer mir geholfen hat", sagte Tim.

Ein gewöhnlicher dreizehnjähriger Junge sagt so etwas vielleicht ganz ernsthaft und hat es eine Woche später vergessen. Aber Peter Welles war zufrieden. Tim würde nie vergessen. Tim würde immer sein Freund sein. Selbst wenn Timothy Paul und jene, die wie er waren, sich in einer ungeahnten Reife vereinen würden, um die Welt zu lenken, wenn sie das wollten, würde Peter Welles Tims Freund sein — kein junges Hündchen, sondern ein geliebter Freund —, so wie ein treuer Hund, den sein guter Herr liebt, nie ausgestoßen wird.

1949

Hal Clement

Feuerfest

(Fireproof)

Ray Bradbury

Kaleidoskop

(Kaleidoscope)

1949 ...

Die Bundesrepublik Deutschland wird gegründet, Konrad Adenauer bildet die erste Regierung. Der Versuch Ostdeutschlands, mit Hilfe einer „Nationalen Front" eine Zentralregierung für ganz Deutschland zu erreichen, ist damit gescheitert. Otto Grotewohl bildet eine eigene Regierung in der zur „Deutschen Demokratischen Republik" avanzierten Ostzone. Die Teilung der Nation ist vollendet. Die Volksbefreiungsarmee unter Mao Tse-Tung erobert nach jahrelangen Kämpfen ganz China, sein Gegenspieler Tschiang Kai-schek setzt sich nach Formosa (Taiwan) ab. In Peking wird die Volksrepublik China ausgerufen. Nach amtlichen Verlautbarungen aus den USA kann es als sicher gelten, daß auch die UdSSR über Atombomben verfügt. Die UdSSR erklären Jugoslawien aus ideologischen Gründen zum Feind, in Ungarn wird der Außenminister Rajk wegen „Titoismus" hingerichtet. Nach dem Roman von Graham Greene wird unter der Regie von C. Reed der Film „Der dritte Mann" gedreht. In der Bundesrepublik wird die Todesstrafe abgeschafft. Das englische Pfund wird um 30% abgewertet. Theodor W. Adorno setzt sich in seiner „Philosophie der neuen Musik" u.a. mit der Zwölftonkunst A. Schönbergs auseinander. Der Literaturnobelpreis wird William Faulkner zuerkannt. Die Existenz von Spiralnebeln in einer Milliarde Lichtjahre Entfernung wird erstmalig mit einem 5-m-Teleskop auf dem Mt. Palomar nachgewiesen. Der Deutsche Gewerkschaftsbund (DGB) wird in München gegründet. Molotow verliert seinen Posten als russischer Außenminister. George Orwell schreibt seine Anti-Utopie „1984". Gemessen an einer mit 100 angenommenen Stundenlohn-Kaufkraft eines amerikanischen Industriearbeiters beträgt die eines deutschen Industriearbeiters 32. Bertolt Brecht gründet das „Berliner Ensemble" für „episches Theater". Im Museum für modern art in New York findet eine Kokoschka-Ausstellung statt. Der deutsche Komponist Richard Strauss stirbt. Der Modetanz Samba erobert die Tanzsäle. Auf dem Stand bisheriger biologischer und astronomischer Kenntnisse wird Leben in anderen Sonnensystemen für möglich gehalten.

Hal Clement

Feuerfest

(Fireproof)

Harry Clement Stubbs, wie Hal Clement wirklich heißt, wurde 1922 in den USA geboren. Sein Name wird vom SF-Kenner sofort mit harter, wissenschaftlicher und logisch fundierter SF in Verbindung gebracht. Clement studierte in Boston und Havard und besitzt akademische Titel in Astronomie und Chemie. Sein wissenschaftlicher Background war wie geschaffen für ***„Astounding“****, in dem 1942 seine erste Story,* ***„Proof“****, und eine ganze Reihe weiterer Geschichten von ihm erschienen. Berühmt wurde er aber nicht durch Kurzgeschichten, die in seiner SF-Karriere immer ein Mauerblümchendasein fristeten, sondern durch einige Romane, unter denen* ***„Mission of Gravity“*** *(1953,* ***„Unternehmen Schwerkraft“****), eines der besten SF-Bücher der fünfziger Jahre, herausragt. In ihm und den losen Fortsetzungen* ***„Close to Critical“*** *(1964,* ***„Botschafter von den Sternen“****) und* ***„Star Light“*** *(1971,* ***„Stützpunkt auf Dhrawn“****) erweist sich Hal Clement als Meister im Beschreiben fremdartiger Welten. So entwickelt er die faszinierende Welt Mesklin und ihre Bewohner streng logisch, nachdem extreme physikalische Bedingungen zugrunde gelegt sind.* ***„Mission of Gravity“*** *ist ein Paradebeispiel der SF, die von einer Hypothese ausgeht und deren Konsequenzen bis ins Detail verfolgt werden.* ***„Needle“*** *(1950,* ***„Symbiose“****) und* ***„Iceworld“*** *(1953,* ***„Eiswelt“****) sind aus der Sicht Außerirdischer geschrieben bzw. schildern in gekonnter Weise Außerirdische. Unter seinen* *relativ wenigen Kurzgeschichten ragen **„Uncommon Sense“** (1945) und die von uns ausgewählte **„Fireproof“**, die im März 1949 in **„Astounding“** erschien, heraus. Letztere ist eine spannende Geschichte um einen Sabotageauftrag im All — bei dem es natürlich nicht ohne die besonderen Bedingungen des freien Falls abgeht.*

Hart wartete eine volle Stunde, nachdem die letzten Geräusche verstummt waren, bevor er vorsichtig die Tür seines Unterschlupfs öffnete. Sogar dann fühlte er sich noch minutenlang unsicher. Erst als er das Vorratslager gründlich durchsucht hatte, kräuselte ein verächtliches Lächeln seine Lippen.

„Diese Narren!" murmelte er. „Sie untersuchen ihre Ladungen überhaupt nicht. Wie, glauben sie denn, können sie ihre Zonen kontrollieren, wenn so inkompetente Leute am Werk sind." Er blickte auf die Analysatoren am Unterarm seines Raumanzugs und revidierte seine Meinung ein wenig — die Luft im Lagerraum war pures Kohlendioxyd. Jeder, der Harts Wagnis unternommen hätte, aber ohne den Luftvorrat, über den er verfügte, hätte es nicht überlebt. Trotzdem, sie hätten nachsehen müssen, dachte der Agent.

Aber er hatte gar keine Zeit, die Handlungsweisen anderer zu analysieren, er hatte seinen eigenen Job zu tun, und allzu lange durfte er nicht dazu brauchen. Wie schlampig auch immer die Organisation dieser Abschußstation war, es gab keine Chancen, irgendwelche ihrer wichtigen Bereiche gefahrlos zu erreichen. Erfolg und Tod lagen nahe beieinander.

Er glitt zurück zu der Kiste, in die sein durch den Raumanzug an Umfang verdoppelter Körper kaum gepaßt hatte, setzte sorgfältig wieder den Deckel darauf und versiegelte ihn neu. Dann stellte er die Kiste weiter nach hinten, um der Möglichkeit zu entgehen, daß sie vielleicht als erste geöffnet wurde. Dazu mußte er mehrere andere Behälter nach vorn schieben. Sie waren zwar groß, aber nichts auf dieser im freien Fall befindlichen Station besaß ein Gewicht, und er beendete die Arbeit rasch für einen Mann, der an das Fehlen jeglicher Schwerkraft nicht gewohnt war. Mit seinen Vorbereitungen zufrieden, ging Hart zur Tür des Lagerraums, aber bevor er sie öffnete, blieb er stehen, um noch einmal im Geist seinen Plan durchzugehen.

Er mußte in der Nähe des äußeren Randes der Station sein. Der Geheimdienst war nicht in der Lage gewesen, Pläne von dieser Abschußstation zu erhalten — eine Tatsache, die ihn eigentlich zum Nachdenken anregen sollte. Aber es gab keine Zweifel dar-

an, wie er vorgehen mußte. Der Lagerraum und die Wohnquartiere mußten gleich unter der Oberfläche der Sphäre sein. Dann würde eine Abteilung mit Maschinen und Kontrollsystemen sich anschließen. Und in der Mitte, innerhalb der Abschirmung, die den Großteil der Station ausmachte, befand sich der „heiße" Sektor — die Räume, die die Kernreaktoren enthielten, die ferngesteuerte Maschinerie, die die Torpedos scharfmachte, die Torpedos, die der Hauptgrund für die Existenz der Station waren.
Viel solcher Strukturen kreisten um die Erde. Jede Nation auf dem Globus unterhielt mindestens eine und für gewöhnlich sogar mehrere. Hart hatte eine solche Station besucht, die seinem Land gehörte, um sich mit der Technik und wenigstens einigermaßen mit der Schwerelosigkeit vertraut zu machen. Er hatte die Pläne der Station sorgfältig studiert und sich von Wissenschaftlern die Funktion aller Teile erklären lassen, ebenso, wie sich die Stationen der westlichen Allianz von anderen unterschieden. Und was das Wichtigste war, sie hatten ihm darlegen müssen, auf welche Weise man diese Stationen zerstören konnte. Hart lächelte zynisch, als er daran dachte. Diese Leute, die das Vergnügen persönlicher Freiheit der Zweckmäßigkeit vorzogen, würden sehen, was Zweckmäßigkeit zu vollbringen imstande war.
Aber sein Zögern war nicht zweckmäßig. Er hatte seine Pläne bereits lange vorher gemacht. Und es war höchste Zeit, daß er an ihre Ausführung ging. Er mußte sich in der Nähe von Raketentreibstoff befinden, und ein Teil der Luft in der Station mußte genug Sauerstoff enthalten, um atembar zu sein. Ohne noch weiter zu zögern, öffnete er die Tür und glitt hinaus in den Korridor.
Er ging nicht blindlings. Winzige Detektoren, die am Armgelenk seines Raumanzugs eingebaut waren, würden ihn warnen, denn sie reagierten auf die infraroten Strahlen, den Wasserdampf, das Kohlendioxyd und sogar auf die Atemgeräusche, die von einem Menschen ausgingen — außer dieser Mensch trug einen nichtmetallischen Anzug wie Hart. Offensichtlich besaß das Personal dieser Station aber nicht solche Anzüge, denn zweimal während der ersten zehn Minuten wurde der Saboteur durch ein Reagieren seiner winzigen Instrumente in ein Versteck getrieben. Wäh-

rend dieser zehn Minuten hatte er bereits ein gutes Stück der äußeren Zone zurückgelegt.
Er lernte rasch, daß ein Gebiet, in dem eine Kohlendioxyd-Atmosphäre aufrechterhalten wurde, in seiner Ausdehnung beschränkt war. Wahrscheinlich diente es als Quarantäne-Zone für neu eingetroffene Vorräte oder als Lagerraum. Es wurde auf der einen Seite von einem Korridor umgeben, von dem luftdichte Türen in die Kohlendioxyd-Räume führten, und auf der anderen Seite von normalen Türen, die in die anderen Lagerräume abgingen. Hart wunderte sich über diese riesigen Lagerräume. Dann wurde seine Aufmerksamkeit von etwas anderem in Anspruch genommen. Er wollte sich gerade den Korridor hinabgleiten lassen, auf der Suche nach Zweigkorridoren, die zum Treibstofflager führten, als ihn ein winziger Fleck an der einen Wand ins Auge stach.
Sofort trat er näher, um ihn genauer zu betrachten, und erkannte ihn rasch als photoelektrisches Auge. Es schien keine Linse vorhanden zu sein, was auf eine Strahleneinrichtung schließen ließ. Aber der Strahl selbst war nicht sichtbar. Auch konnte er keinen Projektor entdecken. Das bedeutete, daß es lebenswichtig war, den Strahl zu vermeiden. Er blieb stehen, um nachzudenken.

Im Beobachtungsraum auf der zweiten Ebene kicherte Dr. Bruce Mayhew laut.
„Es ist großartig, einen Überheblichkeitskomplex zu haben. Er ist zum erstenmal stehengeblieben — und er schien keine Zweifel an seiner Sicherheit zu hegen, bevor er das Auge sah. Anscheinend wirken die alten Phrasen von dekadenten Demokratien noch immer. Er muß eher ein militärischer Agent sein als ein Wissenschaftler."
Warren Floyd nickte.
„Wissenschaftler oder nicht, für einen solchen Job sucht man keinen Idioten aus. Glauben Sie, daß er Explosivstoff bei sich trägt? Ein Mann allein kann kaum genug Chemikalien bei sich haben, um eine Anzahl von Lecks in der äußeren Hülle zu verursachen."

„Vielleicht hofft er, ins Zentrum zu gelangen und einen Sprengkopf zu öffnen", erwiderte der ältere Mann, „obwohl ich mir nicht vorstellen kann, wie er das erwarten kann. In seiner Nähe ist eine Riesenmenge Treibstoff, natürlich. Aber der ist nur für Torpedos. Für uns also ungefährlich."

„Ein Feuer wäre sehr unangenehm, auch wenn keine Explosion zustande kommt", bemerkte der Assistent. „Besonders, weil alles aus fast purem Magnesium besteht. Ich weiß, es ist sündteuer, solche Massen von der Erde zu transportieren, aber ich wünschte, sie hätten diese Station aus irgendeinem Material gebaut, das weniger hitze- und sauerstoffempfindlich ist."

„Keine Angst", erwiderte Mayhew. „Er wird kein Feuer zustande bringen."

Floyd blickte auf die zuckenden Bildschirme, die bewaffnete Männer zeigten, wie sie in Parallelkorridoren mit dem Agenten Schritt hielten, und nickte.

„Ich nehme es auch nicht an — vorausgesetzt, Ben und seine Mannschaft sind nicht zu langsam, wenn wir das Signal geben."

„Sie meinen, wenn *ich* das Signal gebe", sagte der andere. „Ich habe meine Gründe, ihn so lange wie möglich frei agieren zu lassen. Je länger er frei ist, eine desto schlechtere Meinung wird er von uns haben. Wenn wir ihn dann überraschend schnappen, wird er keine Gelegenheit zum Selbstmord haben, und der plötzliche Zusammenbruch seines Selbstvertrauens wird die Befragung erleichtern."

Floyd hoffte im stillen, daß nichts passieren möge, was der Zuversicht seines Vorgesetzten schaden könnte, aber klugerweise sagte er nichts. Und die beiden Männer beobachteten Harts weitere Bewegungen fast schweigend während der nächsten Minuten. Hie und da sprach Floyd ein oder zwei Worte mit der Suchtruppe, um sie über den jeweiligen Standort ihres Opfers zu informieren. Aber kein anderer Laut unterbrach das angespannte Warten.

Endlich hatte Hart einen Korridor gefunden, der von dem abzweigte, den er bisher entlanggeglitten war, und bog vorsichtig in den neuen Gang ein. Inzwischen wußte er, in welchen Abständen die Photoaugen angebracht waren und wich ihnen beinahe schon automatisch aus. Er kam gar nicht auf den Gedanken, daß der Anblick eines Mannes im Raumanzug, der durch die äußeren Korridore ging, einen Beobachter nicht überraschen mußte, um so mehr aber die Anwesenheit eines Mannes, der den Photostrahlen auswich, um keine Aufmerksamkeit zu erregen. Die Linsen der Suchgeräte waren so klein und so gut verborgen, daß Hart sie nicht entdecken konnte, und er glaubte tatsächlich, daß die Photoaugen die einzigen Fallen waren, in die er tappen könnte. Da es ihm immer leichterfiel, sie zu umgehen, wuchsen sein Selbstvertrauen und seine Verachtung für die Bewohner der Station, wie Mayhew es vorhergesagt hatte.

Mehrmals kam er an automatischen „Luftbremsen" vorbei, die die Aufgabe hatten, Sektionen mit einem Leck abzuriegeln. Mit einem Stahlkeil, der an seinem Raumanzug befestigt war, zerstörte er diese Bremsen. Die Aktionen überzeugten Mayhew, daß der Agent kein Wissenschaftler war. Er agierte nämlich mit einer Geschicklichkeit, die den erfahrenen Einbrecher oder Spion charakterisierte. In der Stunde, bevor er fand, was er suchte, durchbrach er mehr als zwanzig Luftbremsen.

Bald gelangte Hart in einen Teil des Korridors, der mit Ventilvorrichtungen statt mit Türen ausgestattet war, und er wußte, daß sich eine Flüssigkeit hinter den Wänden befinden mußte. Oberhalb der Ventile waren Zeichen eingeritzt, die dem Spion nichts sagten. Aber er hantierte vorsichtig am Griff eines Ventils, bis ein wenig Flüssigkeit in den Korridor rann. Vorsichtig testete er sie. Mit dem Ergebnis war er zufrieden. Die Flüssigkeit war Kohlenwasserstoff mit niedrigem Verflüchtigungsgrad, der zusammen mit flüssigem Sauerstoff dazu benutzt wurde, die Raumtorpedos anzutreiben. Ein billiges Material, dessen niedriger Dampfdruck das Lagerproblem in Stationen im offenen Raum vereinfachte.

Alles, was Hart wirklich wußte, war, daß das Zeug so lange brennen würde, so lange Sauerstoff vorhanden war. Nun — er grinste bei dem Gedanken — eine Zeitlang würde noch Sauerstoff da sein. Bis die Verbrennungsgase das von Hitze erweichte Metall

der äußeren Wand in den Raum jagen würde. Und danach würde kein Sauerstoff mehr da sein, außer vielleicht im Zentrum, wo die Konzentration der Radioaktivität es gewiß machte, daß keiner da sein würde, der ihn atmete.
Jetzt war natürlich die zweite Ebene, wie alle anderen, versperrt. Aber dem konnte abgeholfen werden. In jedem Fall würde die Explosion des befreiten Brennstoffs die relativ dünnen Innenwände vernichten. Zu diesem Zeitpunkt wußte er noch nicht, daß diese Wände aus Magnesium bestanden. Sonst hätte er sich seiner Sache noch sicherer gefühlt.
Er blickte den Korridor entlang. So weit die Biegung ihm zu sehen erlaubte, befanden sich die Ventile im Abstand von wenigen Metern in den Wänden. Jedes Ventil hatte eine kleine elektrische Pumpe, die Luft in den Tank dahinter beförderte, um die Flüssigkeit durch Druck herauszutreiben, da hier keine Schwerkraft existierte. Über diesen Punkt dachte Hart gar nicht nach. Ein kurzer Test zeigte ihm, daß die Flüssigkeit floß, wenn man die Ventile öffnete, und das genügte ihm. Er stand neben dem ersten Ventil, nahm einen Gegenstand aus seinem Raumanzug und untersuchte ihn sorgfältig. Schließlich befestigte er ihn außen am Gürtel, wo er ihn leicht erreichen konnte.

Als Floyd dieses Objekt sah, traf ihn beinahe der Schlag.
„Eine Brandbombe!“ keuchte er. „Wir können ihn unmöglich erwischen und ihn rechtzeitig aufhalten! Und im Korridor fliegt schon Brennstoff herum!“
Er hatte recht. Mit langen, gleitenden Schritten ging der Agent von Ventil zu Ventil und blieb bei jedem stehen, um es zu öffnen und die ballonartige Masse von ausströmender Flüssigkeit mit den Armen in den Korridor zu schieben. Tropfen und Fetzen des entflammbaren Stoffes schwebten kreuz und quer umher.
Mayhew zündete sich ruhig eine Zigarette an und achtete nicht darauf, wie die Streichholzflamme vom Luftzug des Deckenventilators nach unten geweht wurde.
„Das ist wirklich kein Physiker“, murmelte er. „Das ist ein Militäragent. Sie hätten es auch sicher nicht riskiert, einen Forscher mit

diesem Job zu betrauen. Ich fürchte, ich werde von ihm nicht erfahren, was ich wissen will."
„Aber was sollen wir tun?" fragte Floyd erregt. „In dem Korridor fliegt nun genug Treibstoff herum, um die ganze äußere Hülle zu sprengen, und mit jeder Sekunde wird es mehr! Ich weiß, Sie sind schon viel länger hier als ich, aber wenn Sie mir nicht erzählen, wie Sie ihn davon abhalten wollen, das Zeug anzuzünden, gehe ich jetzt sofort in eine Kabine."
„Wenn das alles explodiert, wird es Ihnen auch nichts nützen, in einer Kabine zu sein."
„Das weiß ich!" schrie Floyd. „Aber was für eine Chance haben wir denn sonst noch? Warum haben Sie ihn so weit kommen lassen?"
„Es ist immer noch keine Gefahr", stellte Mayhew gelassen fest, „mögen Sie es nun glauben oder nicht. Aber wie dem auch sei, der Brennstoff kostet Geld, und es wird eine ziemliche Arbeit sein, ihn wiederzugewinnen. Also sehe ich nicht ein, warum wir es ihm nicht gönnen sollen, alle Treibstofftanks zu leeren. Jetzt ist er wenigstens aufgeregt genug." Er wandte sich dem Mikrophon zu und gab das Signal zur Aktion. „Packt ihn jetzt. Er scheint keine Handwaffen zu haben, aber verlaßt euch nicht darauf. Zumindest hat er eine Brandbombe." Dann griff er zu einem anderen Schalter und verhinderte mit einem Druck darauf, daß die Außenventilatoren arbeiteten. Und dann entspannte er sich wieder und widmete seine Aufmerksamkeit erneut dem Bildschirm, der die Aktivitäten des Agenten zeigte. Floyd betrachtete einen anderen Bildschirm, der einen größeren Teil des Korridors zeigte. Die Beobachter sahen die Angreifer im Raumanzug im selben Augenblick, in dem Hart sie entdeckte.

Der Europäer reagierte sofort — und zu rasch, denn als er sich zu seinen Feinden umwandte, verfehlte er den Ventilgriff, nach dem er gerade gefaßt hatte, und flog hilflos durch den Raum, bevor er den nächsten erreichte. Nachdem er Halt gefunden hatte, handelte er wie geplant und ignorierte mit beachtlicher Selbstkontrolle die vier bewaffneten Gestalten, die ihn umzingelten. Mit

einer scharfen Drehung öffnete er das Brennstoff-Ventil, das einen öligen Pilz in den Korridor sandte. Seine linke Hand zuckte zum Gürtel, packte den winzigen Zylinder, den er dort befestigt hatte, schlug sein Ende gegen die angrenzende Wand und warf dann die Bombe zu Boden. Aber seine geringe Erfahrung mit der Schwerelosigkeit rächte sich jetzt. Er hatte sich auf eine Schwerkraft verlassen, die es hier nicht gab. Statt zu Boden zu fallen, schlug die Bombe wenige Meter von seiner Hand entfernt an die Decke und prallte dumpf mit einem Funkenregen zurück. Sie glitt den Korridor hinab, auf fließende Kugeln von Kohlenwasserstoff zu, und plötzlich wich das Glühen der Funken einem grellen Strahl von Thermit, der in den Augen schmerzte.
Floyd stöhnte bei dem Anblick auf und erwartete, daß die Angreifer sich vergeblich auf das strahlende Ding stürzen würden. Aber obwohl sie alle in Reichweite der Wände waren, wich keiner von seinem Kurs ab. Hart versuchte weder zu fliehen noch zu kämpfen. Zufrieden beobachtete er die dahingleitende Bombe und erwartete in den nächsten Sekunden, von einem Flammenmeer umgeben zu sein, das die mächtigste westliche Torpedostation vernichten würde. Im Gegensatz zu Floyd betrachtete er die Geschehnisse gelassen, sogar als die Männer ihn packten und ihm seine Geräte aus den Taschen rissen. Einer klappte die Gesichtsplatte seines Helms auf. Auch dagegen wehrte er sich nicht. Er blickte nur triumphierend der Bombe nach, die sich auf den nächsten Klumpen von Brennstoff zubewegte.
Floyd sah den Blitz, als die Bombe den Brennstoff entzündete, und schloß die Augen.
Mayhew ließ sich vier oder fünf Sekunden Zeit, bevor er sprach. Er glaubte jetzt, daß der junge Mann die Spannung nicht länger ertragen konnte.
„Nun?“ sagte er schließlich ruhig. „Warum gebrauchen Sie nicht Ihre Augen? Und den Verstand dahinter?“
Floyd war viel zu verwirrt, um in der letzten Bemerkung eine Beleidigung zu sehen. Vorsichtig befolgte er Mayhews Rat und öffnete die Augen. Er konnte kaum glauben, was er auf dem Bildschirm sah.

Die Gruppe der fünf Männer hatte sich nicht verändert, nur der Gesichtsausdruck des Gefangenen hatte sich gewandelt. Alle blickten den Korridor hinab zu der Stelle, wo die Bombe noch immer brannte. Langs Mannschaft wirkte amüsiert, während Harts Augen in ungläubigem Staunen geweitet waren. Und als Floyd sah, was Hart sah, teilte er dessen Überraschung.
Die Bombe war inzwischen dicht an mehreren schwebenden Kugeln vorbeigestrichen. Jede hatte Feuer gefangen, wie Floyd gesehen hatte — aber nur für einen Augenblick. Jetzt war jede von einer Schicht umgeben, einer fast durchsichtigen grauen Substanz, die wie eine Mischung von Rauch und Petroleumdampf aussah. Die Schicht konnte nicht dicker als einen halben Zoll sein, da Floyd sich an die Originalgröße der Kugeln erinnerte. Keine der Kugeln brannte, jede hatte ihr Feuer erstickt, und langsam erkannte der junge Beobachter, wie und warum, als die Bombe gegen die letzte Brennstoffkugel schlug, die einen Fuß im Durchmesser maß.
Wie die anderen flammte sie auf und verlosch sofort wieder. Aber diesmal war die Schicht, die sich um die Kugel bildete, heller und schien sekundenlang zu wachsen. Dann erfolgte eine kleine funkensprühende Explosion. Fragmente von brennendem Thermit brachen aus der Kugeloberfläche und flogen in verschiedene Richtungen, bevor sie ausgingen. Und dann war alles ruhig — bis auf die Gesichter Floyds und Harts.

Der Saboteur schien völlig außer Fassung zu sein, und es sah nicht so aus, als würde sich sein Zustand in der nächsten Zeit ändern. Aber Floyd hatte sich inzwischen gefangen und machte sich bereits Vorwürfe wegen seiner grundlosen Ängste. Mayhew beobachtete das Gesicht seines Assistenten und kicherte.
„Jetzt haben Sie es wohl begriffen", sagte er nach einer Weile.
„Ja, *jetzt*", erwiderte Floyd. „Ich hätte schon früher darauf kommen sollen. Ich habe natürlich bemerkt, daß Sie genug Zigaretten angezündet haben und beobachtet, wie sich die Flammen benahmen. Aber unser Freund tappt offensichtlich noch im dunkeln." Er nickte dem Bildschirm zu.

Er hatte recht. Hart tappte völlig im dunkeln. Er gehörte zu einer Organisation, wo unliebsame Überraschungen weder unerwartet noch ungewöhnlich waren, aber er war noch nie in seinem Leben so verwirrt gewesen. Das Zeug sah wie Brennstoff aus. Es roch wie Brennstoff. Es hätte ganz einfach brennen müssen — aber es weigerte sich. Hart entspannte sich im Griff seiner Bewacher und suchte nach einem Angelpunkt, an dem er seine wirbelnden Gedanken aufhängen konnte. Ein Raumfahrer hätte die Situation begriffen, ohne lange nachzudenken. Ein Student von durchschnittlicher Intelligenz hätte wahrscheinlich nach einigen Überlegungen die Ursache der Ereignisse erkannt. Aber Harts Ausbildung war die eines Spions gewesen, in einem Land, in dem man es als Zeitverschwendung betrachtete, sich eine Allgemeinbildung anzueignen. Er besaß einfach nicht den Bildungshintergrund, um zu verstehen, was passiert war.
Das dachte zumindest Mayhew nach einer sorgfältigen Befragung des Gefangenen. Er erfuhr nicht viel von seiner Mission, obwohl es wenig Zweifel daran gab, was Hart hatte erreichen wollen. Die Anwesenheit eines fremden Agenten an Bord einer Torpedostation ließ eigentlich nur eine Interpretation zu. Und da die Zerstörung einer solchen Station endlose Verwicklungen nach sich ziehen konnte, nahm Mayhew sofort Funkverbindung mit anderen Stationen auf, um sie vor ähnlichen Eindringlingen zu warnen — mit allen Stationen, egal, welcher Nationalität. Wenn Harts Vorgesetzte erfuhren, daß seine Mission erfolglos verlaufen war, so wurden sie wenigstens daran gehindert, so zu agieren, als sei seine Absicht gelungen. Und man vermied Zwischenfälle von unabsehbaren Folgen. Mayhews Job war, Kriege zu verhindern, nicht, Kriege zu gewinnen. Hart hatte die Identität seiner Vorgesetzten nicht zugegeben, aber sein Akzent ließ kaum Zweifel an seiner Herkunft.
Natürlich blieb das Problem, was man mit Hart tun sollte. Auf der Station gab es kein eigentliches Gefängnis, und es war unwahrscheinlich, daß die Regierung des Westens dem Einsatz einer Spezialrakete zustimmen würde, um den Mann wegzubringen. Eine persönliche Bewachung war lästig, aber es war nicht rat-

sam, einen Mann, der das Training Harts besaß, auch nur eine Sekunde aus den Augen zu lassen.
Schließlich schlug einer der Wachen vor, Hart in einem kleinen Lagerraum an der Außenseite der Station unterzubringen. Die Tür des Lagerraums besaß kein Türschloß, aber man konnte sie auf- und zuschweißen. Auch gab es keinen Ventilator, aber ein Algentank sorgte für Frischluftzufuhr. Nach einiger Überlegung entschied Mayhew, daß dies die beste Lösung sei.

Hart wurde sorgfältig durchsucht, auch seine Kleidung wurde ihm sicherheitshalber abgenommen. Er bat lächelnd um seine Zigaretten und um sein Feuerzeug, aber Mayhew versorgte den Mann mit seinen eigenen Zigaretten und seinem Feuerzeug und behielt das Eigentum des Spions zurück, um es untersuchen zu lassen. Danach sagte Hart nichts mehr und wurde ohne weitere Zeremonien eingekerkert. Mayhew kicherte wieder einmal, als die Wachen mit dem Spion verschwanden.
„Hoffentlich hat er mit dem Feuerzeug mehr Spaß als ich", sagte er. „Mein Junge hat es mir als Geschenk geschickt, und bei dem Zug des Ventilators hat es nie funktioniert. Vielleicht merkt unser Freund etwas, wenn er lange genug damit herumspielt. Es ist ein wenig Brennstoff darin."
„Ich war ein wenig überrascht, als sie es ihm gaben", sagte Floyd lachend. „Ich glaube, jetzt weiß ich, warum Sie immer Streichhölzer benutzen. Wahrscheinlich erspare ich mir sehr viel Mühe, weil ich nicht rauche. Aber ich denke, Sie müßten Kaliumnitrat in Ihre Zigaretten stopfen, damit sie auch brennen, wenn Sie nicht daran ziehen." Hart konnte dies natürlich nicht mehr hören, und so konnte er auch absolut keinen Gewinn aus dieser Bemerkung ziehen.
Er hätte ihr auch nicht viel Beachtung geschenkt. Natürlich wußte er, daß die Wissenschaften der Physik und Chemie wichtig waren. Aber er dachte an sie nur in Verbindung mit großen Fabriken und Laboratorien. Der Gedanke, daß die Kenntnis dieser Wissenschaften von unmittelbarem Nutzen für einen Mann sein konnte, der weder Chemiker noch Physiker war, wäre ihm geradezu

phantastisch erschienen. Wenn auch seine derzeitigen Fluchtpläne ausschließlich auf der Chemie basierten, so war ihm das nicht bewußt.
Die Zelle befriedigte ihn sehr. Es gab keine Gucklöcher, die auch als Schußlöcher dienen konnten, die Tür konnte nicht rasch geöffnet werden — und es gab auch keinen Ventilator. Wenn Hart einmal in der Zelle war, so würde man ihm nicht mehr viel Beachtung schenken. Da der Raum ein Lagerdepot war, würde man sein Inneres auch nicht mittels Bildschirm beobachten, obwohl Hart sich sagte, daß er durchaus damit rechnen mußte, beobachtet zu werden. Aber er beschloß, diese Möglichkeit außer acht zu lassen und ging an die Arbeit, als er hörte, wie seine Tür zugeschweißt wurde.
Sein erster Gedanke führte nicht weit. Er verbrachte eine halbe Stunde damit, Mayhews Feuerzeug zum Funktionieren zu bringen, ohne Erfolg. Jedesmal, wenn er daraufdrückte, sprühte ein Funkenregen auf, und nach jedem vierten oder fünften Versuch hörte er ein schwaches Klicken, und ein blauer Blitz zuckte empor. Aber er brachte keine Flamme zustande. Schließlich stülpte er den Deckel auf das Feuerzeug, und zum erstenmal unternahm er den Versuch, wirklich nachzudenken. Diese Situation begann die Grenzen seines Trainings zu überschreiten.
Die Tatsache, daß der Brennstoff durch seine Bombe nicht entzündet worden war, beschäftigte ihn vordringlich. Offensichtlich hatten die Bewohner des Westens den Brennstoff mit irgendeiner feuerabweisenden Chemikalie ausgestattet, wahrscheinlich als eine Vorsichtsmaßnahme eher gegen Unfälle als gegen Sabotage. Solch einen chemischen Stoff konnte man sicher leicht entfernen, aber er hatte keine Gelegenheit gehabt herauszufinden, wie.
Aber warum brannte der Brennstoff in dem Feuerzeug nicht? Je länger er darüber nachdachte, desto mehr kam er zu der Überzeugung, daß Mayhew ihm das Feuerzeug absichtlich überlassen hatte als eine Geste der Verachtung. Eine solche Handlungsweise war nur zu verständlich. Und dieser Gedanke entzündete erneut den Haß, der ein so wesentlicher Teil seiner Persönlichkeit

war. Er würde es diesem klugen Westler zeigen! Irgendeinen Weg mußte es geben!
Mit Hilfe seiner Fingernägel nahm er das Feuerzeug in wenigen Minuten auseinander. Die Einzelteile waren ziemlich klein und wiesen keine besonderen Merkmale auf. Aber Hart examinierte jedes Teil sehr sorgfältig.
Der Brennstoff schien unbrauchbar zu sein. Außerdem verdampfte er jetzt ohnehin. Die Hülle bestand offenbar aus Magnalium und konnte als Hitzequelle dienen, wenn man sie nur anzünden könnte. Aber da das Ding als Zigarettenanzünder verwendet wurde, schien es ihm sinnlos, diesen Gedanken weiter zu verfolgen. Der Docht würde vielleicht brennen, wenn man ihn sorgfältig trocknete. Der Feuerstein und der Radmechanismus waren vielversprechend — zumindest ein Teil würde hart genug sein, Metall zu zerschneiden, und auch die Sprungfeder konnte nützlich sein.
Sonst gab es nicht viel in dem Lagerraum. Das Licht kam aus einer Gasröhre. Der Algentank hatte einen kleinen Motor und eine Pumpe, die die Luft durch die Flüssigkeit trieb. Als Hart sich im Lagerraum umblickte, entschied er jedoch, daß es unklug wäre, seine einzige Luftquelle zu demontieren.

Nach weiteren Überlegungen nahm er das kleine Rad des Feuerzeugs und begann, einen Kreis um das Türschloß zu ritzen.
Er hegte natürlich keine Hoffnung auf Flucht, und er dachte gar nicht daran, seinen Raumanzug wiederzubekommen. Er wollte nur aus der Zelle herauskommen und seine Mission vollenden. Und wenn er damit Erfolg hatte, so nützten ihm irgendwelche Waffen ohnehin nichts mehr.
Natürlich konnte sein Kerker beobachtet werden. Aber Mayhew war es schon längst müde geworden, dem Spion bei seinen Versuchen, das Feuerzeug zu entzünden, zuzusehen, und er hatte seine Aufmerksamkeit auf andere Dinge gelenkt. So kam es, daß Harts Aktivitäten eine Zeitlang unbeobachtet blieben. Die Metalltür war dünn und nicht sehr hart. Und es gelang ihm ohne nennenswerte Schwierigkeiten — außer ein paar wunden Fingern —,

ein Loch zu schneiden, das groß genug war, um ihm ein anderes Hindernis zu zeigen. Statt den Türrahmen zuzuschweißen, hatten seine Feinde einen Stahlbarren quer über die Türöffnung gelegt und seine Enden zu beiden Seiten des Rahmens festgeschweißt. Hart hörte auf, an dem Loch zu kratzen, sobald er die Breite des Barrens sah, und dachte über die neue Situation nach.

Er konnte natürlich ein Loch in die Tür schneiden, das groß genug war, um seinen Körper durchzulassen. Aber seine Finger schmerzten und waren bereits steif vom Gebrauch des winzigen Rades, und es war unvernünftig anzunehmen, man würde ihn lange genug allein lassen, damit er diesen Plan ausführen konnte. Wahrscheinlich brachte man ihm irgendwann einmal etwas zu essen.

Und es gab noch einen Grund, der zur Eile riet, obwohl er ihn vergaß, als er den Giftstoff in der Luft roch. Die Flüssigkeit, die aus dem Feuerzeug strömte, seit er es auseinandergenommen hatte, breitete sich ziemlich rasch aus, viel rascher als der Brennstoff der Raketen. Der Algentank entfernte nur Kohlendioxyd, und die Luft in der kleinen Zelle sättigte sich immer mehr mit Kohlenwasserstoff. Es war äußerst ungesund, diese Luft längere Zeit einzuatmen, wie Hart sehr wohl wußte. Und die Flucht aus der Zelle war der einzige Weg, das Einatmen der giftigen Luft zu vermeiden.

Wie konnte man eine Metalltür entfernen? Rasch? Mit brutaler Kraft? Davon besaß er nicht genug. Mit Chemikalien? Er hatte keine. Mit Hitze? Der Gedanke war entmutigend, wenn er an seine jüngsten Erfahrungen mit Hitzequellen dachte. Trotzdem — wenn flüssige Brennstoffe nicht brannten, vielleicht brannten andere. Da war der Docht des Feuerzeugs. Eine schwebende Wolke von Metallpartikeln rund um das Loch, das er in die Magnesiumtür geritzt hatte. Und der Radmechanismus des Feuerzeugs.

Er holte den Docht vorsichtig aus der Luft, wo er dahinglitt, und begann ihn langsam auseinanderzudrehen. Ohne Brennstoff bestand kaum die Chance, daß er sich an den Funken des Zünders entzündete.

Dann wischte er so viel Metallstaub wie nur möglich zusammen und preßte ihn an den Docht. Er inspizierte die Ränder des Lochs, das er in die Tür gebohrt hatte, und rauhte sie an einer Seite mit dem Rad noch mehr auf, so daß er noch mehr Metallstaub gewann. Er drückte ihn an seine Zündschnur, steckte diese zwischen die Tür und den Stahlbarren direkt außerhalb des Loches, so daß das Zündende in die Zelle ragte. Sorgfältig inspizierte er sein Werk, nickte zufrieden und fügte den Zündmechanismus wieder zusammen.
Natürlich erwartete er nicht, daß der Stahlbarren schmolz oder sich auch nur erweichte, aber er hoffte, daß das dünne Metall der Tür sich entzündete.

Der funkensprühende Mechanismus war beinahe wieder zusammengesetzt, als Harts Aufmerksamkeit abrupt von seiner Arbeit abgelenkt wurde. Seit er das Loch gebohrt hatte, war in der Zelle ein schwacher Luftzug entstanden, den die Ventilatoren auf der anderen Seite des Korridors hervorriefen. Ein Luftzug, von der Natur eines Wirbels, der lose Gegenstände nahe an das Loch herantrug. Einer dieser Gegenstände war eine Kugel, zusammengesetzt aus der verbliebenen Flüssigkeit des Feuerzeugs, die bisher noch nicht verdampft war. Als Hart die schimmernde Kugel bemerkte, war sie kaum mehr einen Fuß von seiner Zündschnur entfernt und trieb langsam näher.
Für ihn bedeutete diese flüssige Kugel das Fehlschlagen seines Plans. Sie selbst würde nicht brennen, und sie würde auch verhindern, daß etwas anderes brannte. Wenn sie seine Zündschnur berührte und tränkte, würde er warten müssen, bis sie verdampfte. Und dazu hatte er keine Zeit. Fluchend ließ er den Zündmechanismus los und versuchte, die Kugel auf die andere Seite zu schieben. Das gelang ihm nur teilweise. Die Kugel spaltete sich an seiner Hand, teilte sich in viele kleine Tropfen, von denen sich einige gehorsam entfernten, einige verdampften und einige weiterhin auf die Zündschnur zuglitten. Keiner der Tropfen entfernte sich allzuweit. Bald hatte der sanfte Luftzug sie wieder unter

Kontrolle, und sie trieben auf das Loch zu — und auf Harts Zündschnur.
Einen Augenblick beobachtete der Saboteur sie in schmerzhafter Unentschlossenheit, doch dann riß er sich zusammen. Mit einem weiteren Fluch packte er den Zündmechanismus, vergewisserte sich, daß er funktionierte, und wandte sich dem Loch in der Tür zu. Es geschah in diesem Augenblick, daß Mayhew sich entschloß, wieder einen Blick auf seinen Gefangenen zu werfen.
Der Bildschirm war so eingestellt, daß Harts Körper das Loch in der Tür verdeckte. Und da der Spion ihm den Rücken zuwandte, konnte der Beobachter nicht feststellen, was Hart tat. Aber Harts Haltung war so entschlossen, und ein so unübersehbarer Zug von Verbissenheit umgab ihn, daß Mayhew zum Mikrophon griff und befahl, man möge in der Zelle des Gefangenen nachsehen, gerade im selben Augenblick, als Hart das Rad der Zündung drehte.
Mayhew konnte nicht sehen, was der Mann getan hatte, aber die Folgen seiner Tat waren offensichtlich genug. Der Körper des Saboteurs wurde von der Tür zurückgeworfen, auf die Linse des Beobachtungsgeräts zu, wie eine Fetzenpuppe, der jemand einen Tritt versetzt hatte. Eine orangefarbene Flammenblüte umfloß ihn sekundenlang, und im selben Augenblick wurde der Bildschirms schwarz, als eine schwere Erschütterungswelle die Linse des Beobachtungsgeräts zerschmetterte.
Mayhew, der an Bewegungen im schwerelosen Raum gewöhnt war, war noch nie in seinem Leben so rasch gelaufen. Floyd und andere Mannschaftsmitglieder versuchten ihm zu folgen, aber sie konnten nicht mit ihm Schritt halten. Als sie Harts Zelle erreichten, sahen sie Mayhew reglos dastehen und auf die Tür starren.
Es war nicht nötig, den Stahlbarren zu entfernen. Das dünne Metall der Tür war zersplittert, eine Öffnung, die groß genug war, um einen Menschen hindurchzulassen, gähnte darin. Aber es war gewiß, daß Hart von dieser Fluchtmöglichkeit keinen Gebrauch gemacht hatte. Sein Körper klebte an der gegenüberliegenden Zellenwand. Und der jetzt relativ starke Luftzug, den die äußeren

Ventilatoren verursachten, bewegte ihn nicht. Floyd ahnte, was den Körper dort festhielt. Aber er wollte lieber nicht genauer hinsehen.

Mayhews Stimme durchbrach das lange Schweigen.
„Er hat es nicht herausgekriegt."
„Aber wieso ist dann das Feuer ausgebrochen?"
„Nun — das einzige brennbare Material in dieser Zelle war die Flüssigkeit aus dem Feuerzeug. Um sich so zu entzünden, muß sie fast ganz verdampft sein und sich mit genau der richtigen Luftmenge vermischt haben, was in einem solchen Raum sehr gut möglich war. Ich verstehe nur nicht, warum er alles hinausgelassen hat."
„Er hat Teile des Feuerzeugs verwendet", stellte Floyd fest. „Der lose Brennstoff war möglicherweise nur ein Nebenprodukt seiner Aktivitäten. Er war sogar noch dümmer als ich. Ich brauchte lange genug, um zu erkennen, daß Feuer Luft zum Brennen braucht — und keine Konvektionsströmung entwickelt, die es mit Sauerstoff versorgt, wenn es keine Schwerkraft gibt."
„Genauer gesagt, wenn es kein Gewicht gibt", wandte Mayhew ein. „Wir sind noch im Schwerkraftfeld der Erde, aber im freien Fall. Konvektionsströme entstehen, weil das erhitzte Gas leichter pro Volumeneinheit ist als das andere und deshalb steigt. Ohne Gewicht und ohne oben oder unten sind solche Luftströme unmöglich."
„Jedenfalls muß er geglaubt haben, wir wollen ihn mit unbrennbaren Flüssigkeiten zum Narren halten."
„Die Menschen werden in einem beständigen Schwerkraftfeld geboren und wachsen darin auf", sagte Mayhews langsam. „Und sie betrachten all die Manifestationen dieses Schwerkraftfelds als selbstverständlich. Es ist sehr schwer, alle Konsequenzen vorherzusehen, die sich ergeben, wenn man auf die Schwerkraft verzichtet. Ich bin hier schon seit Jahren, beinahe ohne Unterbrechung, und immer noch glaube ich, daß hier eine Schwerkraft existiert, wenn ich übermüdet bin oder gerade aufwache."

„Sie hätten einen Raumfahrer schicken sollen. Der hätte den Auftrag vielleicht besser erledigt als dieser Bursche."
„Wie hätte er denn die Station betreten sollen? Ein Mann ist entweder ein Raumfahrer oder ein Spion — wenn er beides gewesen wäre, dann wäre er meiner Meinung nach zu alt für diesen Job gewesen. Beide Berufe verlangen jahrelanges hartes Training, denn man muß sich nicht nur Wissen aneignen, sondern auch Gewohnheiten — zum Beispiel die Gewohnheit, ständig in der Nähe einer festen Wand oder eines anderen massiven Gegenstandes zu bleiben."
Mayhew kicherte, als er den letzten Satz sprach, und eine Lachsalve aus den Mündern der anderen Männer folgte. Floyd blickte sich um und errötete.
Er hing hilflos mitten in der Luft, weit entfernt von jedem Gegenstand, an dem er hätte Halt finden können — oder hinter dem er sich hätte verstecken können. Doch dann brachte er es zuwege, in das Gelächter einzustimmen. Als es verstummt war, blickte er noch einmal in Harts Zelle und sagte: „Wenn das die schlimmste Gefahr ist, die mir meine Unerfahrenheit einbringt, dann darf ich mich nicht beklagen. Bruce, wenn Sie das nächstemal die Erde besuchen, möchte ich mitkommen. Ich muß Sie ganz einfach im Schwerkraftfeld sehen. Ich wette nämlich, Sie werden nicht auf eine Leiter warten, wenn wir aus der Rakete steigen. Wie Sie andeuteten, Gewohnheiten sind schwer abzulegen."

Ray Bradbury

Kaleidoskop

(Kaleidoscope)

Den Abschluß dieses Bandes bildet ein Autor, den man nur noch wenigen Freunden der SF vorstellen muß: Ray Bradbury. Ray Douglas Bradbury wurde 1920 in Waukeegan, Illinois, geboren und zählt auch heute noch, nachdem seit zwanzig Jahren kaum etwas Neues von ihm erschienen ist, zu den vier, fünf bekanntesten SF-Autoren der Welt. Dieser Ruhm geht auf seine stilistisch meisterhaften Kurzgeschichten, gesammelt in den Bänden ***„The Martian Chronicles“*** *(1950,* ***„Die Mars-Chroniken“****) und* ***„The Illustrated Man“*** *(1951,* ***„Der illustrierte Mann“****) sowie den von Francois Truffaut verfilmten Roman* ***„Fahrenheit 451“*** *(1953,* ***„Fahrenheit 451“****) zurück. Nach seinem großen Erfolg mit* ***„The Martian Chronicles“*** *rissen sich angesehene Zeitschriften um seine Stories, die immer der Fantasy etwas näher standen als der SF und sich durch stilistische Brillanz, farbigen Symbolcharakter und nicht selten eine melancholisch-nostalgische Grundstimmung auszeichneten. Bradbury wurde in den fünfziger Jahren zu einem angesehenen, weit über die Grenzen der SF hinaus bekannten Autor, und einige Kritiker hielten ihn sogar für den bedeutendsten amerikanischen Erzähler nach dem 2. Weltkrieg. Kein Wunder, daß er daraufhin zwei Jahrzehnte lang das „gehätschelte Lieblingskindchen“ der SF war,* **der** *Vorzeigeautor, mit dem man beweisen konnte, daß man es zu literarischen Ehren gebracht hatte.*

Ray Bradburys schriftstellerisch beste Zeit lag in der Periode von 1946 bis 1955, und wir wußten selbst nicht genau, für welche Dekade er wichtiger war. Viele seiner besten Stories waren in den Jahren 1946—50 entstanden, andererseits gehört er stilistisch eindeutig in die fünfziger Jahre, wie wir das von Sturgeon auch annehmen. Wir entschieden uns schließlich für die vierziger Jahre, genauer, für die Grenze zwischen den vierziger und fünfziger Jahren. Daher fiel unsere Wahl auch auf ***„Kaleidoscope“****, eine Story, die übrigens im Oktober 1949 in* ***„Thrilling Wonder Stories“*** *erschien, und nicht auf die 1946 publizierte Kurzgeschichte* ***„The Million Year Picnic“****, denn wenn man Bradbury in den vierziger Jahren ansiedelt, stellt er einen Wandel, einen Übergang dar. Seine SF war nicht die von John W. Campbell jr. und* ***„Astounding“****, seine SF war die der Stimmung, des Gefühls, der hauchzarten Prosa. Er beschrieb nicht den Aufbruch in unendliche Weiten, seine Weltsicht war die der melancholischen Besinnung.*

Der erste Stoß schnitt die Seite des Raumschiffs wie mit einem riesigen Büchsenöffner auf. Die Männer wurden wie ein Dutzend zappelnde Silberfische in den Weltraum geschleudert. Sie fielen nach verschiedenen Richtungen in ein dunkles Meer; und das Schiff, in Millionen kleinen Teilchen, verfolgte weiter seine Bahn — ein Meteorenschwarm, der eine verlorene Sonne sucht.
„Barkley, Barkley, wo bist du?"
Der Klang von Stimmen, wie wenn verirrte Kinder in einer kalten Nacht einander rufen.
„Woode, Woode!"
„Käpt'n!"
„Hollis, Hollis, hier spricht Stone."
„Stone, hier spricht Hollis. Wo sind Sie?"
„Ich weiß nicht. Wie könnte ich auch? Wo ist oben? Ich falle. Guter Gott, ich falle."
Sie fielen. Sie fielen wie Kieselsteine in einen Brunnenschacht. Sie waren zerstreut wie Spielwürfel nach einem gewaltigen Wurf. Und an Stelle der Menschen waren da nur noch Stimmen — alle Arten von Stimmen, körperlos und doch leidenschaftlich erregt, in verschiedenen Stadien des Entsetzens und der Resignation.
„Wir treiben auseinander."
Das entsprach den Tatsachen. Hollis, der sich langsam um seine senkrechte Achse drehte, wußte, daß es wahr war. Er nahm es mit einem unbestimmten Gefühl der Erkenntnis hin. Sie trieben in verschiedenen Richtungen auseinander, und nichts konnte sie wieder zusammenbringen. Sie trugen ihre luftdichten Raumanzüge mit den Glashelmen über ihren bleichen Gesichtern, hatten aber keine Zeit mehr gefunden, ihre Rückstoßpistolen umzuschnallen. Mit diesen hätten sie sich gleich kleinen Rettungsbooten durch den Raum schießen können, sich und andere retten, einander finden und sammeln, bis sie eine Insel von Menschen bilden und einen Plan schmieden konnten. Ohne die Rückstoßpistolen jedoch waren sie willenlose Meteore, die jeder einem anderen unwiderruflichen Schicksal entgegenschnellten.
Eine Spanne von vielleicht zehn Minuten verstrich, während der das erste Entsetzen sich legte und einer kalten Ruhe Platz mach-

te. Der Raum begann ihre Stimmen wie auf einem großen, dunklen Webstuhl seltsam zu verflechten, hin und her, ein letztes, endgültiges Muster webend.
„Stone an Hollis. Wie lange können wir uns über Funk verständigen?"
„Das hängt davon ab, wie schnell du in deiner und wie schnell ich in meiner Richtung abtreibe."
„Eine Stunde, schätze ich?"
„Das sollte reichen", sagte Hollis, geistesabwesend und mit ruhiger Stimme.
„Was ist eigentlich passiert?" fragte Hollis einen Augenblick später.
„Das Raumschiff flog in die Luft, weiter nichts. Auch Raumschiffe explodieren gelegentlich", antwortete der Kommandant.
„In welche Richtung treiben Sie?"
„Sieht so aus, als ob ich mit dem Mond zusammenstoßen werde."
„Und ich mit der Erde. Zurück zur alten Mutter Erde, mit zehntausend Meilen pro Stunde. Ich werde aufflammen, wie ein Streichholzkopf." Hollis dachte mit sonderbarer Geistesabwesenheit daran. Er schien sich aus seinem Körper gelöst zu haben und beobachtete nun, wie er tiefer und tiefer in den Weltraum hinabfiel, so objektiv, als beobachte er, wie in einem lang vergangenen Winter, die ersten fallenden Schneeflocken.

Die anderen schwiegen und dachten über das Schicksal nach, das sie hierher gebracht hatte: fallen, fallen, und nichts, was sie dagegen tun konnten. Selbst der Kommandant war jetzt verstummt, denn er wußte kein Kommando und kannte keinen Plan, die das Geschehene rückgängig machen konnten.
„Oh, der Weg nach unten ist lang. Oh, es ist ein weiter Weg nach unten, ein weiter Weg nach unten", sagte eine Stimme. „Ich will nicht sterben, ich will nicht sterben, der Weg nach unten ist so lang."
„Wer ist das?" — „Ich weiß nicht."
„Stimson, glaube ich. Stimson, sind Sie das?"

„Der Weg ist so weit, so weit, und er gefällt mir gar nicht. Oh, Gott, ich will das nicht."
„Stimson, hier spricht Hollis. Stimson, hören Sie mich?"
Eine Pause, in der sie weiter auseinander fielen.
„Stimson?"
„Ja." Er antwortete endlich.
„Stimson, fassen Sie sich: wir stecken alle in derselben Klemme."
„Ich will aber nicht hier sein. Ich will irgendwo anders sein."
„Wir haben noch eine Chance, daß man uns findet."
„Man muß uns finden, man muß", sagte Stimson. „Ich glaube das hier einfach nicht; ich glaube nicht, daß so etwas passieren kann."
„Ist bloß ein böser Traum", sagte jemand.
„Schweigen Sie!" sagte Hollis.
„Bringen Sie mich doch zum Schweigen", antwortete die Stimme. Sie gehörte Applegate. Er lachte ungezwungen und sachlich. „Kommen Sie und bringen Sie mich zum Schweigen."
Zum ersten Mal wurde Hollis die Unhaltbarkeit seiner Stellung bewußt. Eine rasende Wut ergriff ihn, denn mehr als alles andere wünschte er in diesem Augenblick, Applegate etwas anzutun. Seit vielen Jahren hatte er eine solche Gelegenheit herbeigesehnt, und nun war es zu spät. Applegate war nur noch eine Stimme in seinem Kopfhörer. Und sie fielen, fielen, fielen...

Jetzt, als hätten sie eben erst das Grauenhafte ihrer Lage entdeckt, begannen zwei Männer zu schreien. Wie in einem Alptraum sah Hollis einen von ihnen ganz nahe vorbeitreiben, ununterbrochen schreiend.
„Aufhören!" Der Mann befand sich fast in seiner Reichweite und schrie wie wahnsinnig. Er würde nie aufhören. Sein Schreien würde noch eine Million Meilen weit zu hören sein, so weit ihre Radiogeräte reichten, und ihnen jedes Gespräch untereinander unmöglich machen.
Hollis langte nach ihm. Es war die beste Lösung. Mit einer besonderen Anstrengung gelang es ihm, den Mann zu berühren. Er faßte ihn am Knöchel und zog sich an seinem Körper hoch,

bis er seinen Kopf erreichte. Der Mann schrie und schlug wild um sich, gleich einem Ertrinkenden. Sein Schreien füllte das Universum.
So oder so, dachte Hollis. Der Mond oder die Erde oder Meteore werden ihn töten; warum also nicht gleich?
Mit seiner eisernen Faust schlug er die Glasmaske des Mannes ein. Das Schreien brach ab. Er stieß sich von dem Körper weg und ließ ihn auf seiner eigenen Bahn weiterwirbeln, fallen.
Und fallend, stürzend, wirbelten Hollis und der Rest der Mannschaft in die endlose Tiefe des Schweigens.
„Hollis, sind Sie noch da?"
Hollis antwortete nicht, fühlte aber, wie ihm das Blut ins Gesicht schoß.
„Hier spricht wieder Applegate."
„Was gibt's, Applegate?"
„Wir wollen uns unterhalten. Etwas anderes können wir ja doch nicht tun."
Der Kommandant schaltete sich ein: „Genug jetzt. Wir müssen einen Ausweg aus unserer Lage beraten."
„Käpt'n, warum halten Sie nicht lieber den Mund?" fragte Applegate.
„Was!"
„Sie haben mich verstanden, Käpt'n. Spielen Sie sich nicht mit Ihrem Rang auf, inzwischen sind Sie zehntausend Meilen entfernt, wir wollen uns doch nichts vormachen. Wie Stimson sagte, ist es ein weiter Weg bis unten."
„Seien Sie vernünftig, Applegate!"
„Ich bin's. Sie sehen sich der Meuterei eines einzelnen gegenüber. Verdammt noch mal, ich habe nicht das geringste zu verlieren. Ihr Schiff war ein schlechtes Schiff, und Sie waren ein schlechter Kommandant, und ich hoffe, daß nichts von Ihnen übrigbleibt, wenn Sie mit dem Mond zusammenstoßen."
„Ich befehle Ihnen zu schweigen!"
„Nur weiter so, befehlen Sie mir's noch einmal." Applegate lächelte über zehntausend Meilen hinweg. Der Kommandant schwieg. Applegate fuhr fort: „Wo waren wir stehengeblieben.

Hollis? Ach ja, ich erinnere mich. Ich hasse Sie auch. Doch das wissen Sie, Sie wußten es schon seit langer Zeit."
Hollis ballte machtlos die Fäuste.
„Ich möchte Ihnen etwas erzählen", sagte Applegate.
„Möchte Sie glücklich machen. Ich war derjenige, der Sie vor fünf Jahren bei der Raumschiffahrtsgesellschaft angeschwärzt hat."
Ein Meteorit flitzte vorbei. Hollis blickte an sich hinunter, seine linke Hand war fort. Blut spritzte. Plötzlich war keine Luft mehr in seinem Anzug. Er hatte genug Luft in seiner Lunge, um mit der rechten Hand nach seinem linken Ellbogen greifen und einen Knopf drehen zu können, der einen Verschluß um das Gelenk auslöste und das Leck abdichtete. Es war so rasch geschehen, daß es ihn nicht einmal überrascht hatte. Nichts konnte ihn mehr überraschen. Nachdem das Leck abgedichtet war, wurde der Luftdruck in seinem Anzug augenblicklich wieder normal. Und das Blut, das so rasch geflossen war, versiegte, während er den Knopf weiterdrehte, bis die Schlagader abgebunden war.
Alle diese Handgriffe verrichtete er in unheimlichem Schweigen. Und die anderen Männer schwatzten. Der eine, Lespere, erzählte unaufhörlich von seiner Frau auf dem Mars, seiner Frau auf der Venus, seiner Frau auf dem Jupiter, seinem Geld, seiner wunderbaren Vergangenheit, seinen Saufereien, seinen Wetten und von seinem Glück. Wieder und wieder, während sie alle fielen. Lespere schwelgte in Erinnerungen an seine Vergangenheit, während er seinem Tod entgegenfiel.

Es war so seltsam, so grotesk. Weltraum, Tausende von Meilen Weltraum, und in seiner Mitte diese hin und her schwingenden Stimmen. Man sah niemanden, nur die Radiowellen trugen ihre Botschaften von einem zum anderen, versuchten, die Lebensgeister der Männer anzufeuern.
„Sind Sie wütend, Hollis?"
„Nein." Er war nicht wütend. Die Geistesabwesenheit hatte ihn wieder erfaßt, und er war wie ein Stück gefühlloser Materie, das in alle Ewigkeit nirgendwohin fiel.

„Ihr ganzes Leben lang wollten Sie immer nach oben gelangen, Hollis. Sie haben sich immer den Kopf zerbrochen, was eigentlich geschehen war. Ich habe Sie angeschwärzt, kurz bevor ich selbst rausgeschmissen wurde."
„Das ist nicht mehr wichtig", sagte Hollis. Und es war auch unwichtig. Es war vorbei. Wenn das Leben zu Ende geht, zuckt es wie ein greller Film vorbei — ein Augenblick auf der Leinwand; alle seine Vorurteile und Leidenschaften leuchten auf und sind verdichtet in einem winzigen Tropfen Zeit, und ehe man ausrufen kann: ‚Dies war ein glücklicher Tag, das ein schlechter, dies ein böses Gesicht, das ein gutes', verbrennt der Film zu Asche, und die Leinwand wird dunkel.
Rückblendend vom äußeren Rand seines Lebens, bereute er nur eines: daß er nicht weiterleben durfte. Empfanden alle Menschen im Sterben das gleiche, als ob sie nie gelebt hätten? War das Leben wirklich so kurz, abgetan und vorbei, bevor man den nächsten Atemzug tun konnte? Kam es allen anderen auch so abgerissen und unfaßbar vor oder nur ihm selbst hier, jetzt, da ihm nur noch wenige Stunden zum Denken und Überlegen blieben?
Einer der anderen Männer, Lespere, erzählte: „Ich hab' mir wenigstens ein schönes Leben gemacht: auf dem Mars, der Venus und dem Jupiter hatte ich eine Frau. Alle hatten sie viel Geld und verwöhnten mich. Ich hab' mich betrunken, und einmal verspielte ich zwanzigtausend Dollar auf einen Schlag."
Aber jetzt bist du hier, dachte Hollis. Ich besaß nichts dergleichen. Als ich lebte, habe ich dich beneidet, Lespere; an jedem neuen Tag habe ich dich um deine Frauen und dein gutes Leben beneidet. Ich hatte Angst vor Frauen, und gleichzeitig sehnte ich mich nach ihnen, und wenn ich in den Weltraum vorstieß, beneidete ich dich um ihren Besitz, um dein Geld und um das wenige Glück, das du dir auf deine wilde Art verschafftest. Doch jetzt, da alles vorbei ist und wir ins Nichts stürzen, beneide ich dich nicht mehr, denn du bist genauso am Ende wie ich, und jetzt ist es grad so, als wär' es nie gewesen.
Hollis steckte den Kopf vor und schrie in das Mikrophon: „Es ist alles vorbei, Lespere!"

Stille.
„Es ist grad so, als ob es nie gewesen ist, Lespere!"
„Wer ist das?" Lesperes unsichere Stimme.
„Ich bin's, Hollis."
Er benahm sich gemein. Er spürte die Gemeinheit, die gefühllose Gemeinheit des Sterbens. Applegate hatte ihn verletzt; jetzt brannte er danach, jemand anders zu verletzen. Applegate und der Weltraum, beide hatten ihn verletzt.
„Sie sind jetzt hier draußen, Lespere. Es ist alles vorbei. Genauso, als wäre es nie geschehen, nicht wahr?"
„Nein."
„Wenn etwas vorbei ist, ist es immer so, als sei es nie gewesen. Ist Ihr Leben auch nur einen Deut besser als meins, jetzt? Nur das Jetzt zählt. Ist es auch nur eine Spur besser? Ist es?"
„Ja, es ist besser!"
„Wie denn!"
„Weil ich meine Erinnerungen besitze, die niemand mir nehmen kann!" schrie Lespere empört, weit weg, seine Erinnerungen mit beiden Händen fest an die Brust drückend.
Und er hatte recht. Mit einem Gefühl, als ströme ihm kaltes Wasser durch Kopf und Glieder, wußte Hollis, daß er recht hatte. Zwischen Erinnerungen und Träumen bestand ein Unterschied. Er besaß nur Träume von Dingen, die er hatte tun wollen, während Lespere sich an Taten und wirkliche Geschehnisse erinnerte. Und dieses Wissen begann Hollis mit langsamer, aber unheimlich zäher Beständigkeit jegliche Selbstbeherrschung zu rauben.
„Was nützt es Ihnen denn?" schrie er zu Lespere hinüber. „Jetzt? Wenn etwas verloren ist, hat es überhaupt keinen Nutzen mehr. Sie sind nicht besser dran als ich!"
„Ich trage es mit Fassung", antwortete Lespere. „Ich habe mein Leben gelebt. Ich werde am Ende nicht noch gemein wie Sie."
„Gemein?" Hollis ließ das Wort über seine Zunge rollen. Er war nie in seinem Leben gemein gewesen, so weit er zurückdenken konnte. Er hatte es nie gewagt, gemein zu sein. Er mußte dieses Gefühl die ganzen Jahre für eine Zeit wie diese aufgespart ha-

ben. Gemein. Er ließ das Wort in sein Unterbewußtsein zurückgleiten. Er spürte Tränen in seine Augen steigen und über sein Gesicht rollen. Jemand mußte seinen keuchenden Atem gehört haben.

„Nehmen Sie's nicht so schwer, Hollis."

Es war regelrecht lächerlich. Noch vor ein paar Minuten hatte er anderen gute Ratschläge gegeben; Stimson, zum Beispiel. Er hatte sich mutig gefühlt und diesen Mut als wahr hingenommen; jetzt aber wußte er, daß dies nichts als ein Schock und die nur während eines solchen Schocks mögliche Objektivität gewesen war. Jetzt versuchte er, ein ganzes Leben voller unterdrückter Gefühlsregungen in eine Spanne von Minuten zu pressen.

„Ich weiß, wie Sie sich fühlen, Hollis", sagte Lespere, dessen Stimme, inzwischen zwanzigtausend Meilen entfernt, leiser wurde. „Ich fasse es nicht persönlich auf."

Aber sind wir denn nicht gleich? dachte er verwundert. Lespere und ich? Hier, jetzt? Wenn etwas vorbei ist, ist es verloren und nützt keinem mehr etwas. Man stirbt so auch so. Doch er wußte, daß er mit rein vernunftmäßigen Erwägungen nicht weiterkam; es war, als wollte man den Unterschied zwischen einem Lebenden und einer Leiche beschreiben. In dem einen glühte ein Funke, in der anderen fehlte er — ein Hauch, ein geheimnisvolles Element. Ähnlich verhielt es sich mit Lespere und ihm selbst; Lespere hatte ein schönes, reiches Leben gelebt, das ihn jetzt zu einem anderen Menschen machte, und er, Hollis, war seit vielen Jahren so gut wie tot. Sie strebten auf verschiedenen Pfaden dem Tod entgegen, und wenn es überhaupt so etwas wie verschiedene Tode gab, mußten ihre sich wie Tag und Nacht voneinander unterscheiden. Die Todesarten mußten, wie das Leben selbst, unendliche Varianten aufweisen; und wenn man schon einmal gestorben war, was erwartet man dann noch von diesem letzten, endgültigen Tod?

Einen Augenblick später entdeckte er, daß sein rechter Fuß glatt abgeschnitten war. Er mußte beinahe darüber lachen. Die Luft war wieder aus seinem Anzug gewichen. Er bückte sich rasch und sah das Blut; der Meteorit hatte Fleisch und Anzug bis zum Knöchel mitgenommen. Oh, der Tod im Weltraum besaß eine Menge Humor; er schnitt einen weg, Scheibe um Scheibe, wie ein schwarzer, unsichtbarer Schlächter. Er dichtete den Knieverschluß ab; schwindelig vor Schmerzen kämpfte er, um bei Bewußtsein zu bleiben, und als der Verschluß abgedichtet, die Schlagader abgebunden und Luft wieder in den Anzug geströmt war, richtete er sich auf und stürzte weiter, stürzte, denn ihm blieb keine andere Wahl.

„Hollis?"

Hollis nickte schläfrig, müde vom Warten auf den Tod.

„Hier ist wieder Applegate", sagte die Stimme.

„Ja?"

„Ich hatte Zeit zum Nachdenken. Ich habe Ihnen zugehört. Unser Verhalten ist nicht gut. Es macht uns böse. Das ist eine schlechte Art zu sterben. So viel Bitterkeit wird dabei aufgerührt. Hören Sie zu, Hollis?"

„Ja."

„Ich habe gelogen. Vor ein paar Minuten. Ich habe gelogen. Ich habe Sie nicht angeschwärzt. Ich weiß nicht, warum ich das sagte. Wahrscheinlich wollte ich Sie verletzen. Sie schienen mir das geeignete Ziel zu sein. Wir haben uns stets gestritten. Ich glaube, ich werde rasch alt und bereue rasch. Ich glaube, als ich Sie so boshaft werden hörte, begann ich mich zu schämen. Was auch der Grund sein mag, Sie sollen wissen, daß ich mich wie ein Idiot Ihnen gegenüber benommen habe. In meinem Gerede war auch nicht ein Körnchen Wahrheit. Und jetzt können Sie meinetwegen zur Hölle fahren."

Hollis fühlte, wie sein Herz wieder zu arbeiten begann. Ihm war, als hätte es seit fünf Minuten nicht mehr geschlagen; doch jetzt kehrte Wärme und Leben in seine Glieder zurück. Der erste Schock war vorbei, und der nachfolgende Schock von Zorn, Grauen und Einsamkeit verging. Er fühlte sich wie ein Mann, der am frühen Morgen unter der kalten Dusche hervortritt, bereit zum Frühstück und bereit für einen neuen Tag.

„Danke Applegate."

„Nicht der Rede wert. Kopf hoch, alter Bastard."
„He", rief Stone.
„Was gibt's?" fragte Hollis quer durch den Weltraum; denn Stone war ihnen allen ein guter Freund.
„Ich bin in einen Meteoritenschwarm geraten, eine Menge kleiner Asteroiden."
„Meteore?"
„Ich glaube es, es ist der Myrmidonenhaufen, der bis über den Mars hinaus wandert und alle fünf Jahre in Erdnähe kommt. Ich befinde mich genau in der Mitte. Es ist wie in einem riesigen Kaleidoskop. Man sieht alle möglichen Formen-, Farben- und Größenanordnungen. Gott, ist das schön, das viele Metall!"
Stille.
„Ich reise mit ihnen", sagte Stone. „Sie nehmen mich mit. Verflucht und zugenäht." Er lachte.
Hollis blickte sich nach allen Seiten um, aber er sah nichts. Nur die großen Brillanten und Saphire waren da, die smaragdgrünen Nebel und samtschwarzen Flecken der Tiefe und Gottes Stimme, die aus den kristallenen Feuern klang. Staunen und Wunder ergriff ihn bei der phantastischen Vorstellung, daß Stone mit dem Meteorenschwarm wanderte, jahrelang, hinaus bis hinter den Mars und wieder zurück zur Erde, alle fünf Jahre einmal durch das Gesichtsfeld des Planeten kreisend für die nächsten hundert Millionen Jahre — Stone und der Myrmidonenhaufen, ewig und endlos, wechselnd und wirbelnd wie die Farben und Formen in einem Kaleidoskop, das man als Kind gegen die Sonne gehalten und gedreht hatte.
„Bis bald, Hollis." Stones Stimme war schon sehr schwach. „Bis bald."
„Viel Glück", rief Hollis ihm über dreißigtausend Meilen hinweg zu.
„Witzbold", sagte Stone und war verschwunden.
Die Sterne kamen näher.
All die anderen Stimmen schwanden jetzt dahin, jede auf ihrer eigenen Flugbahn, einige zum Mars, andere in die fernsten Tiefen

des Alls. Und Hollis selbst... Er blickte hinab. Er als einziger von allen kehrte zur Erde zurück.
„Bis bald."
„Trag's mit Fassung."
„Bis bald Hollis." Das war Applegate.
Die vielen Auf Wiedersehen. Die kurzen Abschiedsgrüße. Und jetzt fiel das große, lose Gehirn endgültig in seine Bestandteile auseinander. Die Bestandteile des Gehirns, das so großartig und erfolgreich in seiner Hirnschale, dem feurig durch das Weltall ziehenden Raumschiff, gearbeitet hatte, starben eins nach dem anderen. Der Sinn ihres Zusammenlebens fiel auseinander. Und wie ein Mensch stirbt, wenn sein Gehirn zu arbeiten aufhört, so starb auch der Geist des Schiffes, ihre lange gemeinsam verbrachte Zeit und alles, was sie einander bedeutet hatten. Applegate war jetzt nichts mehr als ein von seinem Körper getrennter Finger; man konnte nicht mehr gegen ihn arbeiten und ihn nicht mehr verachten. Das Gehirn war explodiert, und seine sinnlosen, nutzlosen Bruchstücke waren weit verstreut. Die Stimmen schwanden, und der Weltraum wurde stumm. Hollis war allein, stürzend.
Sie waren alle allein. Ihre Stimmen waren gestorben wie ein Echo auf Gottes Worte, das noch lange in der sternbesäten Tiefe vibrierte. Der Kommandant flog zum Mond; Stone mit dem Myrmidonenhaufen; dort Stimson; dort Applegate in Richtung Pluto; dort Smith und Turner und Underwood und all die anderen; die Scherben des Kaleidoskops, die so lange ein Muster mit eigenem Willen und Denken geformt hatten, schleuderten auseinander.
Und ich? dachte Hollis. Was kann ich tun? Gibt es irgend etwas, das ich jetzt noch tun kann, um für ein schreckliches und leeres Leben zu büßen? Wenn ich doch nur eine gute Tat tun könnte, um für die Bosheit zu sühnen, die ich in all diesen Jahren in mir häufte und von der ich nicht einmal wußte, daß sie in mir steckte! Aber es gibt niemand mehr außer mir, und wie soll man ganz allein Gutes tun? Man kann nicht. Morgen abend werde ich in die Atmosphäre der Erde tauchen.
Ich werde verbrennen, dachte er, und meine Asche wird über alle Kontinente verstreut werden. Ich werde nützlich sein. Zwar nur

ein klein wenig, aber Asche ist Asche, und sie wird das Land mehren.
Er fiel mit rasender Geschwindigkeit, wie ein Geschoß, wie ein Stein, wie ein eisernes Gewicht, und doch blieb er dabei objektiv, sachlich; er war weder traurig, noch glücklich, noch übermannte ihn ein anderes Gefühl; er wünschte nur, daß er noch eine gute Tat tun könnte, jetzt, da alles vorbei war, nur eine gute Tat, deren Wissen er mitnehmen konnte.
Wenn ich in die Atmosphäre tauche, werde ich brennen wie ein Meteor.
„Ob mich wohl jemand sehen wird?" sagte er.
Der kleine Junge auf der Landstraße blickte hoch und schrie auf. „Schau, Mutter, schau! Eine Sternschnuppe!"
Der grellweiße Stern fiel in den Abendhimmel von Illinois. „Wünsch dir was", sagte seine Mutter. „Wünsch dir was."

Anhang

Die wichtigsten Romane der vierziger Jahre

1940

Ron L. Hubbard: Final Blackout
A. E. van Vogt: Slan (Slan)

1941

Robert A. Heinlein: Methuselah's Children
(Die Ausgestoßenen der Erde)
Robert A. Heinlein: Sixth Column (Die sechste Kolonne)
E. E. Smith: Second Stage Lensmen (Das zweite Imperium)

1942

Lester del Rey: Nerves (Nervensache)

1943

Stanley G. Weinbaum: The New Adam (Der neue Adam)
Fritz Leiber: Gather Darkness

1944

—

1945

A. E. van Vogt: The World of A (Die Welt der Null-A)
C. S. Lewis: That Hideous Strength (Die böse Macht)

1946

—

1947

Lawrence O'Donnell: Fury (Alle Zeit der Welt)
E. E. Smith: Children of the Lens (Das Erbe der Lens)
Ward Moore: Greener Than You Think (Es grünt so grün)
Edmond Hamilton: The Star Kings (Herrscher im Weltraum)

1948

A. E. van Vogt: The Players of A (Kosmischer Schachzug)
Eric Frank Russell: Dreadful Sanctuary (Planet der Verbannten)

1949

George Orwell: 1984 (1984)
Will Stewart: Seetee Shock (Antimaterie-Bombe)
Hal Clement: Needle (Symbiose)
Charles L. Harness: Flight Into Yesterday
(Der Mann ohne Vergangenheit)

Ausgewählte Sekundärliteratur

Aldiss, Brian W.: Der Millionen-Jahre-Traum. Die Geschichte der Science Fiction (Billion Year Spree. The History of Science Fiction), Bergisch Gladbach 1980

Alpers/Fuchs/Hahn/Jeschke: Lexikon der Science Fiction-Literatur, 2 Bände, München 1980

Alpers/Fuchs/Hahn: Reclams Science Fiction-Führer, Stuttgart 1982

Ash, Brian (H): The Visual Encyclopedia of Sience Fiction, London 1978

Barmeyer, Eike (H): Science Fiction, Theorie und Geschichte, München 1972

Barron, Neil: Anatomy of Wonder: Science Fiction, New York 1976

Ermert, Karl (H): Neugier oder Flucht? Zur Poetik, Ideologie und Wirkung der Science Fiction, Stuttgart 1980

Hienger, Jörg: Literarische Zukunftsphantastik. Eine Studie über Science Fiction, Göttingen 1972

Jehmlich, Reimer: Science Fiction, Darmstadt 1980

Lem, Stanislaw: Phantastik und Futurologie, 2 Bände, Frankfurt 1977 und 1980

Lück, Hartmut: Fantastik, Science Fiction, Utopie: Das Realismusproblem der utopisch-fantastischen Literatur, Gießen 1977

Lundwall, Sam J.: Science Fiction. What It's All About, New York 1971

Nicholls, Peter (H): The Encyclopedia of Science Fiction. An Illustrated A to Z., London 1979

Platt, Charles (H): Gestalter der Zukunft (Who Writes Science Fiction). Köln 1982

Reginald, R.: Science Fiction and Fantasy Literature, 2 Bände, Detroit 1979

Rogers, Alva: A Requiem für Astounding, Chicago 1964

Rottensteiner, Franz: The Science Fiction Book. An Illustrated History, London 1975

Schäfer, Martin: Science Fiction als Ideologiekritik? Utopische Spuren in der amerikanischen Science Fiction-Literatur 1940—1955, Stuttgart 1977

Schröder, Horst: Science Fiction in den USA: Vorstudien für eine materialistische Paraliteraturwissenschaft, Gießen 1978

Suerbaum, Ulrich: Science Fiction. Theorie und Geschichte, Themen und Typen, Form und Weltbild, Stuttgart 1981

Suvin, Darko: Poetik der Science Fiction. Zur Theorie und Geschichte einer literarischen Gattung. Frankfurt 1979

Tuck, Donald, H.: The Encyclopedia of Sience Fiction and Fantasy, 2 Bände, Chicago 1974 und 1978

Copyrightangaben: